En tus tacones

Biblioteca
JOJO MOYES

En tus tacones

Traducción de
Laura Vidal

DEBOLS!LLO

Papel certificado por el Forest Stewardship Council®

Penguin
Random House
Grupo Editorial

Título original: *Someone Else's Shoes*

Primera edición en Debolsillo: octubre de 2024

© 2023 by Jojo's Mojo Ltd
© 2023, 2024, Penguin Random House Grupo Editorial, S. A. U.
Travessera de Gràcia, 47-49. 08021 Barcelona
© 2023, Laura Vidal, por la traducción
Diseño de la cubierta: Adaptación de la cubierta original de Holly
Ovenden / Penguin Random House Grupo Editorial
Imagen de la cubierta: © Jason Ramirez

Printed in Spain – Impreso en España

ISBN: 978-84-663-7225-1
Depósito legal: B-12.801-2024

Compuesto en Blue Action
Impreso en Black Print CPI Ibérica
Sant Andreu de la Barca (Barcelona)

P 372251

A JWH

1

Sam mira el techo que se ilumina poco a poco y practica la respiración que le aconsejó el médico, en un intento por evitar que sus pensamientos de las cinco de la madrugada se condensen en una enorme y oscura nube sobre su cabeza.

«Inspirar en seis, retener en tres, exhalar en siete».

Tengo salud, recita en silencio. Mi familia está sana. El perro ha dejado de hacerse pis en la entrada. Hay comida en la nevera y aún tengo un trabajo. Se arrepiente un poco de ese «aún» porque pensar en el trabajo hace que se le encoja otra vez el estómago.

«Inspirar en seis, retener en tres, exhalar en siete».

Sus padres viven. Claro que incluir eso en un diario mental de cosas por las que dar gracias puede ser difícil de justificar. Ay, Dios. Lo que es seguro es que el domingo su madre hará algún comentario afilado sobre cómo visitan mucho más a la madre de Phil. Llegará en algún momento entre la copita de jerez y el postre demasiado empachoso, es algo tan inevitable como la muerte, los impuestos y esos arbitrarios pelos en el mentón. Se imagina parándole los pies con una sonrisa cortés: «A ver, mamá. Nancy acaba de perder al que fue su marido durante cincuenta años. Ahora mismo se encuentra un poco sola».

«Pero la visitabais muchísimo también cuando estaba vivo», le parece oír la respuesta de su madre.

«Sí, pero su marido se estaba muriendo. Phil quería ver a su padre todo lo posible antes de que abandonara este mundo. No íbamos precisamente de jarana, joder».

Se da cuenta de que está teniendo una discusión imaginaria más con su madre y da marcha atrás, intenta guardar el pensamiento dentro de una caja mental, tal como leyó en un artículo, y ponerle una tapa imaginaria. La caja se niega en banda a cerrarse. Últimamente tiene muchas discusiones imaginarias de este tipo: con Simon en el trabajo, con su madre, con aquella mujer que se le coló ayer en la caja del supermercado. En la vida real, de su boca no sale ni una sola protesta. Se limita a apretar los dientes. E intenta respirar.

«Inspirar en seis, retener en tres, exhalar en siete».

No vivo en una zona de guerra, se dice. Tengo grifos de los que sale agua potable y comida en la despensa. No hay explosiones, ni armas. No hay hambruna. Solo por eso debería estar agradecida. Pero pensar en esos pobres niños en zonas de guerra le llena los ojos de lágrimas. Últimamente se pasa la vida con los ojos llenos de lágrimas. Cat no hace más que repetirle que vaya a que le receten terapia hormonal sustitutoria, pero Sam todavía tiene la regla y también algún que otro grano (menuda injusticia) y, en cualquier caso, es imposible conseguir cita con el médico. La última vez que llamó no tenían ni un solo hueco en dos semanas. «¿Y si me estuviera muriendo?», pensó. Y a continuación mantuvo una discusión imaginaria con la recepcionista del médico.

En la vida real se limitó a decir: «Dentro de dos semanas es un poco tarde. Seguro que me pondré bien. Gracias de todas maneras».

Mira a su derecha. Phil dormita, con expresión preocupada incluso en sueños. Tiene ganas de acariciarle el pelo, pero últimamente, cada vez que lo hace, Phil se despierta con expresión sobresaltada e infeliz, como si le hubiera hecho alguna crueldad.

Así que Sam junta las manos e intenta adoptar una postura relajada y natural. Descansar es tan bueno como dormir, alguien le dijo en una ocasión. No pienses en nada y relaja el cuerpo. Deja que tus extremidades liberen toda su tensión empezando por los dedos de los pies. Deja que te pesen los pies. Deja que esa sensación te suba despacio por los tobillos, las rodillas, las caderas, el estó...

A la mierda, dice la voz en su cabeza. Son las seis menos cuarto. Mejor me levanto.

—No queda leche —dice Cat.

Está inspeccionando acusadora el interior de la nevera, como esperando a que aparezca algo por arte de magia.

—¿Y si te acercas un momento a la tienda?

—¡No tengo tiempo! —dice Cat—. Necesito arreglarme el pelo.

—Bueno, pues me temo que yo tampoco tengo tiempo.

—¿Por qué?

—Porque voy a ese gimnasio con spa para el que me regalaste un vale. Chapa y pintura. El vale expira mañana.

—¡Pero si te lo regalé hace un año! Y no vas a estar más de dos horas, después tienes que ir a trabajar.

—Me he organizado para entrar más tarde. Por lo menos el sitio me pilla cerca de la oficina. No he tenido tiempo de ir.

Nunca tiene tiempo de nada. Lo dice como un mantra, acompañado de «Qué cansada estoy». Pero nadie tiene tiempo para nada. Todo el mundo está cansado.

Cat arquea las cejas. Para ella el autocuidado es una prioridad, por encima de necesidades más prosaicas como el dinero, la vivienda o la nutrición.

—Mira que te lo tengo dicho, mamá. Lo que no se usa se atrofia —dice Cat, que observa la cada vez más difusa proporción entre caderas y cintura de su madre con mal disimulado espanto. Cierra la nevera—. Uf. De verdad que no entiendo por qué papá no es capaz siquiera de comprar un cartón de leche.

—Déjale una nota —dice Sam mientras coge sus cosas—. Lo mismo hoy se encuentra mejor.

—E igual hoy me salen monos volando del culo.

Cat sale de la cocina con la expresión ofendida que solo puede tener una joven de diecinueve años. Pocos segundos después Sam oye el rugido furioso de su secador de pelo y sabe que si lo necesita tendrá que ir a buscarlo al dormitorio de Cat.

—De todas maneras, creía que ya no bebías leche de vaca —grita hacia las escaleras.

El secador se apaga momentáneamente.

—Mamá, no me cabrees —es la respuesta que llega de arriba.

Sam rescata su bañador del fondo del cajón y lo guarda en su bolsa negra.

Se está quitando el bañador mojado cuando llegan las MILF. Resplandecientes y flacas como palos, enseguida la rodean hablando a gritos y en varias conversaciones a la vez y rompen con sus voces la calma mal ventilada del vestuario, por completo ajenas a la presencia de Sam. Esta siente que la breve serenidad que ha alcanzado después de nadar medio kilómetro se evapora como la bruma. Ha necesitado una hora para acordarse de por qué odia esta clase de sitios; el apartheid de los cuerpos fibrosos, los rincones en los que ella y el resto de personas con curvas intentan esconderse. Ha pasado delante de este establecimiento un millón de veces y dudado de si entrar o no. Se da cuenta de que mujeres como estas la dejan sintiéndose peor que si no hubiera entrado.

—¿Vas a tener tiempo para un café luego, Nina? Deberíamos ir a ese tan bonito que han abierto detrás de Space NK. El de los *poke bowls*.

—Me encantaría. Pero solo puedo quedarme hasta las once. Tengo que llevar a Leonie al ortodoncista. ¿Te apuntas, Ems?

—Huy, sí, por favor. ¡Necesito un rato de chicas!

Son mujeres con ropa deportiva de marca, pelo perfectamente cortado y tiempo para tomarse un café. Mujeres cuyas bolsas de deporte llevan logos de diseñadores, no como la de Sam, que es imitación de Marc Jacobs, y tienen maridos con nombres como Rupe o Tris, que sueltan como si tal cosa abultados sobres llenos de billetes de pagas de beneficios en brillantes mesas de cocina diseño de Conran Shop. Estas mujeres conducen enormes todoterrenos que nunca se embarran, van por la vida aparcando en doble fila, pidiendo *babyccinos* para sus hijos malcriados a camareros desbordados y chasquean los labios si no se los sirven exactamente a su gusto. No se quedan despiertas hasta las cuatro de la madrugada preocupadas por las facturas de la luz, ni se les pone mal cuerpo cada vez que tienen que dar los buenos días a su nuevo jefe con su traje con brillos y mal disimulado desdén.

No tienen maridos que a mediodía siguen en pantalón de pijama y ponen cara de animalillo acorralado si sus mujeres les sugieren probar otra vez a terminar esa solicitud de trabajo.

Sam está en esa edad en la que todas las cosas malas parecen llegar para quedarse: la grasa, la arruga en el entrecejo, la ansiedad…, mientras que todo lo demás: la seguridad en el trabajo, la felicidad conyugal, las ilusiones… desaparece como si nada.

—No tenéis ni idea de lo mucho que han subido este año los precios en Le Méridien —está diciendo una de las mujeres. Está inclinada hacia delante secándose con la toalla su melena teñida en peluquería cara. Sam tiene que hacerse a un lado para evitar tocarla.

—¡Ya lo sé! Intenté reservar en isla Mauricio para Navidad… ¡Resulta que la villa a la que vamos siempre ha subido un cuarenta por ciento!

—Es un escándalo.

Desde luego que es un escándalo, piensa Sam. Qué pena me dais todas. Le viene a la mente la autocaravana que compró Phil dos años atrás con la intención de arreglarla. «Podemos ir al mar los fines de semana», había dicho alegre mirando el gigantesco vehículo que bloqueaba la entrada a la casa con un enorme girasol pintado en un costado. Nunca pasó de cambiarle el parachoques trasero. Desde su Año de Desdichas sigue delante de la casa, un recordatorio molesto y diario de lo que han perdido.

Sam se pone las bragas intentando esconder su piel pálida bajo la toalla. Hoy tiene cuatro reuniones con clientes importantes. Dentro de media hora se reunirá con Ted y Joel, Impresión y Transportes, y juntos intentarán conseguir encargos para la empresa. Y ella tratará de salvar su puesto de trabajo. Quizá incluso el de todos.

Así que presión, ninguna.

—Creo que este año vamos a ir Maldivas. Antes de que se hundan, ¿no?

—Ah, muy buena idea. A nosotros nos encantaron. Es una pena lo de que se estén hundiendo.

Otra mujer empuja a Sam para abrir su taquilla. Es morena, como ella, quizá unos años más joven, pero su cuerpo tiene ese aspecto tonificado de alguien para quien hacer ejercicio duro, hidratarse y acicalarse forman parte de la rutina diaria. Huele a perfume caro, de hecho parece rezumar de sus poros.

Sam se cierra mejor la toalla alrededor de su carne pálida y rugosa y desaparece en un rincón para secarse el pelo. Cuando vuelve todas las mujeres se han ido. Suspira de alivio y se derrumba en el banco de madera húmedo. Piensa en la posibilidad de ir a recostarse media hora en una de las hamacas de mármol calefactadas que hay en el rincón. La idea la llena de un placer repentino: media hora de simplemente estar tumbada en gozoso silencio.

Le vibra el teléfono en la chaqueta que ha colgado en la taquilla, a su espalda. Lo saca del bolsillo.

Sales ya? Estamos en la puerta.

Qué? Pero si lo de Framptons es esta tarde.

No te lo ha dicho Simon? Lo han cambiado a las 10. Venga, tenemos que irnos.

Sam mira su teléfono horrorizada. Esto quiere decir que su primera reunión es dentro de veintitrés minutos. Gime, se pone los pantalones, coge la bolsa negra del banco y se dirige furiosa hacia el aparcamiento.

La furgoneta blanco sucio con GRAYSIDE PRINT SOLUTIONS escrito en un costado espera delante del muelle de carga con el motor en marcha. Sam medio corre medio arrastra los pies hacia ella calzada con las chanclas del gimnasio. Piensa devolverlas mañana, pero ya se siente culpable, como si hubiera cometido un delito grave. Tiene el pelo todavía húmedo y la respiración jadeante.

—Me da que Simon te tiene enfilada, tesoro —dice Ted cuando Sam sube a la furgoneta. Ted le hace sitio en el asiento delantero. Huele a humo de cigarrillo y a Old Spice.

—¿Tú crees?

—Ándate con ojo. Confirma siempre la hora de las reuniones con Genevieve —responde Joel mientras gira el volante. Lleva las rastas recogidas en una pulcra coleta como en atención al día que tiene por delante.

—Desde que nos compraron ya no es lo mismo, ¿verdad? —comenta Ted cuando salen a la carretera—. Hay que andarse todo el tiempo con pies de plomo.

En el salpicadero hay dos bolsas de papel vacías con restos de azúcar y Ted le da a Sam una tercera que contiene un dónut todavía caliente relleno de mermelada.

—Toma, anda —dice—. El desayuno de los campeones.

No debería comérselo. Contiene al menos el doble de las calorías que ha quemado nadando. Le parece oír el suspiro de desaprobación de Cat, pero, tras un instante de vacilación, se mete el dónut en la boca y el consuelo caliente y azucarado que le procura le hace cerrar los ojos. Últimamente Sam aprovecha cada pequeño placer que la vida le pone delante.

—Genevieve ha vuelto a oírlo hablar de despidos por teléfono —comenta Joel—. Dice que cambió de tema en cuanto entró ella.

Cada vez que oye «despidos», una palabra que estos días revolotea por la oficina igual que una polilla acorralada, a Sam se le encoge el estómago. No sabe qué harán si también ella se queda sin trabajo. Phil se niega a tomar los antidepresivos que le recetó el médico. Dice que le dan sueño, como si no durmiera hasta las once todos los días igualmente.

—Eso no va a pasar —replica Ted poco convencido—. Sam va a conseguir los encargos hoy, ¿a que sí?

Sam cae en la cuenta de que los dos la miran.

—Sí —dice. Y, a continuación, con un tono más positivo, repite—: ¡Sí!

Se maquilla usando su espejito de mano y, cada vez que Joel coge un bache, maldice en silencio y se limpia los churretes con un dedo mojado en saliva. Se mira el pelo, que no se le ha secado mal del todo teniendo en cuenta las circunstancias. Revisa la carpeta con papeles para asegurarse de que tiene todos los números a mano. Conserva un vago recuerdo de cuando se sentía segura haciendo estas cosas, de cuando era capaz de entrar en una habitación sabiendo que se le daba bien su trabajo. «Venga, Sam, intenta volver a ser esa persona», se dice en silencio. A continuación saca los pies de las chanclas y busca sus zapatos en la bolsa.

—Llegamos en cinco minutos —dice Joel.

Es entonces cuando Sam cae en la cuenta de que, aunque la bolsa parece la suya, no lo es. Esta bolsa no contiene sus cómodos zapatos de salón negros, apropiados para pisar fuerte y negociar precios de impresión. Esta bolsa contiene unos vertiginosos Christian Louboutin destalonados de piel de cocodrilo color rojo.

Saca uno y mira el zapato de tiras y diseño nada familiar que cuelga de su mano.

—¡Toma castaña! —dice Ted—. ¿Qué pasa? ¿La reunión es en un cabaré?

Sam se agacha y revuelve en la bolsa, de la que saca el otro zapato, unos pantalones vaqueros y una chaqueta de Chanel de color pálido cuidadosamente doblada.

—Ay, Dios mío —dice—. Esto no es mío. Me he equivocado de bolsa. Tenemos que dar la vuelta.

—No hay tiempo —dice Joel con la vista fija en la carretera—. Ya vamos justos.

—Pero necesito mi bolsa.

—Lo siento, Sam —dice él—. Luego volvemos. ¿Por qué no llevas lo que te has puesto para el gimnasio?

—No puedo ir en chanclas a una reunión de trabajo.

—Pues entonces ponte los zapatos esos que hay en la bolsa.

—Estarás de broma.

Ted le coge uno.

—Tiene razón, Joel. Esos zapatos… no le pegan nada a Sam.

—¿Por qué no? ¿Qué es lo que me pega a mí?

—Pues… algo sencillo. Te gustan las cosas sencillas. —Ted piensa un momento—. Cosas sensatas.

—Ya sabes lo que dicen de zapatos como esos —dice Joel.

—¿El qué?

—Pues que no son para estar de pie.

Los dos hombres se dan un codazo y ríen.

Sam le quita el zapato a Ted. Es medio número menos del que usa ella. Mete el pie y se abrocha la tira de hebilla.

—Genial —dice—. Voy a hacer una presentación en Framptons con pinta de chica de alterne.

—Por lo menos es una chica de alterne de las caras —dice Ted.

—¿Cómo?

—Ya me entiendes. No una de esas que cobran cinco libras por mamada sin dientes…

Sam espera a que Joel deje de reír.

—Pues muchas gracias, Ted —dice mirando por la ventana—. Ahora me siento mucho mejor.

La reunión no es en un despacho, como había esperado Sam. Hay un problema en Transportes y van a tener que hacer la presentación en el almacén, donde Michael Frampton va a estar supervisando alguna reparación del sistema hidráulico. Sam intenta caminar con los tacones y nota el aire frío en los pies. Desearía haberse hecho la pedicura en algún momento posterior a 2009. Se le tuercen todo el rato los tobillos, como si fueran de goma, y se pregunta cómo en el nombre del cielo puede nadie caminar normalmente con un calzado así. Joel tenía razón. No son zapatos para estar de pie.

—¿Vas bien? —dice Ted cuando se acercan al grupo de hombres.

—No —murmura Sam—. Es como si caminara sobre palillos chinos.

Un camión con carretilla elevadora transporta una paca de papel delante de ellos obligándolos a dar un rodeo y haciendo tropezar a Sam. El pitido de la máquina es una advertencia casi ensordecedora en el cavernoso espacio. Sam ve cómo todos los hombres alrededor del camión giran la cabeza para mirar. Primero a ella y a continuación a sus zapatos.

—Ya pensaba que no venían.

Michael Frampton es un adusto tipo de Yorkshire, de esos que te hacen saber lo difícil que lo han tenido en la vida a la vez que te dan a entender que tú no, sea cual sea la conversación.

Sam consigue sonreír.

—Lo siento muchísimo —dice con tono alegre—. Hemos tenido otra reunión que se ha…

—Ha sido el tráfico —dice Joel al mismo tiempo y los dos se miran, incómodos.

—Soy Sam Kemp. Nos conocimos en…

—Me acuerdo —dice Frampton y mira al suelo. Dedica dos incómodos minutos a repasar lo escrito en un portapapeles con un hombre joven vestido con mono y Sam espera incómoda, consciente de las ocasionales miradas curiosas de los hombres que acompañan a Frampton. Sus poco apropiados zapatos resplandecen en sus pies igual que balizas radiactivas—. Bien —añade Michael cuando por fin termina—. Antes de empezar debo deciros que Printex nos ha ofrecido unas condiciones muy competitivas.

—Bueno, noso… —empieza a decir Sam.

—Y dicen que vosotros no vais a tener flexibilidad ahora que Grayside ha sido absorbida por una empresa más grande.

—Bueno, eso no es del todo cierto. Lo que ahora tenemos es volumen, calidad y… fiabilidad.

Se siente un poco tonta diciendo estas cosas, como si todos la miraran, como si saltara a la vista que es una mujer de mediana edad con unos zapatos que no son suyos. Farfulla durante toda la reunión, atropellándose con sus respuestas y poniéndose colorada, siempre con la sensación de que todos le miran los pies.

Por fin saca una carpeta de su bolso. Contiene el presupuesto que ha dedicado horas a pulir y presentar. Se dispone a caminar hasta Michael Frampton para dárselo, cuando el tacón se le engancha con algo. Tropieza, se tuerce el tobillo y le sube un dolor agudo por la pierna. Transforma la mueca de dolor en una sonrisa y entrega la carpeta a Frampton. Este la estudia y pasa las páginas sin mirar a Sam. Al cabo de un rato, ella se separa despacio de él tratando de no tambalearse.

Por fin Frampton levanta la vista.

—Nuestro próximo pedido son palabras mayores. Así que necesitamos estar seguros de que trabajamos con una empresa que va a cumplir.

—Lo hemos hecho antes, señor Frampton. Y el mes pasado trabajamos en unos catálogos para Greenlight con una tirada similar. Quedaron encantados con la calidad.

La cara entera de Frampton es un ceño fruncido.

—¿Podría ver lo que hicisteis para ellos?

—Por supuesto.

Sam busca entre sus papeles y de pronto recuerda que el catálogo de Greenlight está en la carpeta azul, en el salpicadero de la furgoneta, con las cosas que no creía que fuera a necesitar. Y eso supone salir del muelle de carga y cruzar el aparcamiento ante la mirada de todos los hombres. Manda un mensaje a Joel con la mirada.

—¿Os parece que vaya a por él? —dice este.

—¿Qué otras muestras tenéis en la furgoneta? —pregunta Frampton.

—Bueno, hicimos un encargo parecido para Clarks Office Supplies. De hecho, tenemos varios tipos de catálogos del mes pasado. Joel, ¿puedes…?

—Ya voy yo.

Frampton echa a andar. Eso quiere decir que Sam debe hacer lo mismo. Se pone en marcha, algo rígida, a su lado.

—Lo que necesitamos —dice Frampton metiéndose las manos en los bolsillos— es un socio impresor que sea rápido, flexible. Veloz, incluso.

Camina demasiado deprisa. Llegado este momento Sam se tuerce otra vez el tobillo en el pavimento desigual y deja escapar un gemido. Joel extiende un brazo justo cuando se le doblan las rodillas y tiene que cogerse a él para mantenerse recta. Sonríe azorada cuando Frampton los mira, con expresión inescrutable.

Más tarde recordará, con las orejas ardiendo de vergüenza, las palabras que musitó Frampton a Joel. Las últimas que dirigirá jamás a Grayside Print.

«¿Está borracha?».

2

Nisha Cantor corre furiosamente en una cinta. La música bombea en sus oídos y sus piernas aporrean el tapiz igual que pistones. Siempre corre con furia. El primer kilómetro es el peor, lo hace impulsada por una mezcla de resentimiento y ácido láctico; el segundo la pone muy, muy rabiosa, y al tercero su cabeza por fin empieza a despejarse, nota el cuerpo engrasado y se siente capaz de correr eternamente, pero entonces vuelve a estar furiosa porque tiene que parar para hacer otra cosa justo cuando empezaba a disfrutar. Odia correr y lo necesita para conservar la cordura. Odia venir a esta condenada ciudad, donde las aceras están llenas de gente que siempre parece ir de paseo, de forma que el único sitio donde puede correr es esta porquería de gimnasio al que el hotel ha desviado a sus huéspedes mientras sus muy superiores instalaciones están supuestamente siendo renovadas.

La máquina le informa de que es el momento de bajar el ritmo, y Nisha la apaga de golpe, reacia a que este puñetero trasto le diga lo que tiene que hacer. «No pienso bajar el ritmo», piensa. Cuando se quita uno de los auriculares, oye sonar su teléfono. Se inclina para cogerlo. Es Carl.

—Cariño…

—Perdón.

Nisha levanta la vista.

—Tiene que apagar el teléfono —dice una mujer joven—. Estamos en una zona de silencio.

—Entonces no me hable. Está haciendo mucho ruido. Y, por favor, no se acerque tanto. Puedo estar absorbiendo gotículas de su sudor.

La mujer se queda un poco boquiabierta y Nisha se pega el teléfono a la oreja.

—Nisha, cariño, ¿qué haces?

—Estoy en el gimnasio, amor mío. ¿Sigue en pie nuestra comida?

La voz de Carl, suave como mantequilla, es una de las cosas que siempre le han encantado a Nisha de él.

—Sí, pero igual podemos quedar en el hotel. Tengo que pasar a recoger unos papeles.

—Claro —dice Nisha automáticamente—. ¿Qué quieres que te pida?

—Ah, cualquier cosa.

Nisha se queda paralizada. Carl jamás dice «cualquier cosa».

—¿Te apetece la tortilla de trufa blanca especial de Michel? ¿O el atún a la plancha?

—Muy bien. Me parece fenomenal.

Nisha traga saliva. Intenta no subir la voz.

—¿A qué hora quieres quedar?

Carl tarda en responder y lo oye dirigirse a otra persona que está con él. Se le ha acelerado el corazón.

—A mediodía sería perfecto. Pero tómate tu tiempo. No quiero meterte prisa.

—Muy bien —dice Nisha—. Te quiero.

—Y yo a ti, cariño —dice Carl y cuelga.

Nisha se queda muy quieta; la sangre le bombea en los oídos sin que tenga nada que ver con haber estado corriendo. Por un momento piensa que le va a explotar la cabeza. Hace dos respiraciones profundas. A continuación marca otro número en el teléfono. Le sale el contestador. Maldice la diferencia horaria con Nueva York.

—¿Magda? —dice mientras se pasa la mano por el pelo sudoroso—. Soy la señora Cantor. Necesito que te pongas en contacto con tu hombre, pero ya.

Cuando levanta la vista, ha aparecido un empleado del gimnasio con polo y pantalones cortos baratos.

—Señora, me temo que no puede usar el teléfono aquí. Va contra la…

—Déjeme en paz —dice Nisha—. Váyase a fregar suelos o algo. Este sitio es como una placa de Petri, joder.

Pasa a su lado de camino al vestuario y por el camino le coge una toalla a otro empleado.

El vestuario está atestado, pero no ve a nadie. Repasa mentalmente la conversación telefónica una y otra vez con el corazón desbocado. Así que ha llegado el momento. Necesita despejar las ideas, prepararse para reaccionar, pero su cuerpo ha entrado en una extraña parálisis y nada funciona como debería. Se sienta un momento en el banco y mira al frente sin ver nada. «Puedo hacerlo —se dice mirándose las manos temblorosas—. He salido de cosas peores». Se acerca la toalla a la cara y respira hasta que deja de temblar; a continuación se endereza y echa los hombros atrás.

Por fin se pone de pie, abre su taquilla y saca la bolsa de Marc Jacobs. Alguien se ha dejado una bolsa en el banco junto a su taquilla y Nisha la tira al suelo para colocar la suya. Ducha. Antes de nada necesita ducharse. Las apariencias lo son todo. Entonces le vuelve a sonar el teléfono. Dos mujeres la miran, pero hace caso omiso y lo coge del banco. Es Raymond.

—Mamá, ¿has visto la foto de mis cejas?

—¿Qué, cariño?

—Mis cejas. Te he mandado una foto. ¿La has visto?

Nisha baja el teléfono y busca entre sus mensajes hasta encontrar la fotografía que le ha enviado.

—Tienes unas cejas preciosas, cariño —dice con tono tranquilizador después de colocarse otra vez el teléfono en la oreja.

—Son un horror. Estoy superdeprimido. Vi un programa sobre el negocio de delfines y salían unos delfines a los que obligaban a hacer números y cosas y me sentí superculpable porque me acordé de cuando fuimos a ese sitio de México y estuve nadando con ellos. ¿Te acuerdas? Me sentí tan mal que no era capaz de salir de mi habitación, así que se me ocurrió arreglarme las cejas y fue un desastre porque ahora parezco Madonna en los años noventa.

Una mujer ha empezado a secarse el pelo cerca y Nisha considera por un momento la posibilidad de arrancarle el secador de la mano y golpearla con él hasta matarla.

—Tesoro, no te oigo. Espera un momento.

Sale al pasillo. Respira hondo.

—Están perfectas —dice en el silencio ahogado—. Maravillosas. Y el look de Madonna en los años noventa es superatractivo.

Le parece estar viendo a su hijo, sentado como desde que era un mico, con las piernas cruzadas, en su cama de Westchester.

—De maravillosas nada, mamá. Son un desastre.

Una mujer sale del vestuario y pasa junto a Nisha deprisa y cabizbaja, lleva chanclas y una chaqueta barata. ¿Por qué no caminan rectas las mujeres? Esta va encorvada y con la cabeza dentro del cuello como si fuera una tortuga y Nisha se irrita automáticamente. Si vas por la vida con pinta de víctima, ¿por qué te sorprende que la gente te trate mal?

—Cuando vuelva a casa podemos ir a que te hagan una microabrasión.

—O sea, que están horribles.

—¡No! No, estás guapísimo. Pero, cariño, te tengo que dejar. Estoy con una cosa urgente, luego te llamo.

—No hasta que sean las tres aquí, como pronto. Ahora toca dormir y luego tenemos autocuidado. Es absurdo. Todo el rato con lo del mindfulness, como si darle tantas vueltas a las cosas no fuera lo que me ha llevado a esta situación.

—Lo sé, cariño. Te llamo cuando hayas terminado. Te quiero.

Nisha cuelga y marca otro número.

—¿Magda? ¿Magda? ¿Has oído mi mensaje? Llámame en cuanto oigas esto, ¿vale?

Está colgando cuando se abre la puerta. Un empleado del gimnasio entra y la ve con el teléfono en la mano.

—Señora, lo siento, pero…

—Ni se te ocurra —ruge Nisha y el empleado cierra la boca y se traga sus palabras.

Se ha dado cuenta de que ser una mujer americana de más de cuarenta años a la que se le ha acabado la puta paciencia tiene sus ventajas. Es la primera cosa de la que se alegra Nisha en toda la semana.

Nisha se ducha, se hidrata las extremidades con los productos baratos del gimnasio (va a pasarse el resto del día oliendo a cuarto de baño de estación de autobuses), se recoge el pelo mojado en un moño y, a continuación, con cuidado de pisar siempre una toalla (los suelos de los vestuarios le dan ganas de vomitar: ¡toda esa piel muerta!, ¡las verrugas plantares!), comprueba su teléfono por enésima vez para ver si Magda ha contestado.

Intentar contener el gigantesco nudo de furia y ansiedad que le crece en el pecho le resulta cada vez más difícil. Coge su blusa de seda de la percha y nota su fluidez pegársele a la piel cálida y húmeda cuando se la pasa por la cabeza. «¿Se puede saber dónde se ha metido Magda?». Se sienta y consulta otra vez su móvil mientras mete distraída la mano en su bolsa en busca de los vaqueros y los zapatos. Palpa el interior y por fin saca un zapato de salón gastadísimo, feo y de tacón ancho. Se gira y por un instante pestañea mirándose la mano antes de soltar el zapato con un pequeño respingo de horror. Se limpia los dedos en una toalla y usa una esquina para abrir despacio la bolsa y examinar el interior. Tarda un momento en comprender lo que ve. Esta bolsa no es la suya. Es de piel de imitación, la capa exterior de plástico ha empezado a pelarse por las costuras y lo que debería ser una placa metálica de «Marc Jacobs» ha perdido todo el lustre y es de un apagado color plata.

Mira debajo del banco. Luego detrás de ella. Casi todas esas molestas mujeres se han ido, y no quedan más bolsas, solo unas cuantas taquillas abiertas. No hay ninguna bolsa. Esta se parece a la suya —es del mismo tamaño, el mismo color, tiene asas parecidas—, pero desde luego no lo es.

—¿Quién ha cogido mi bolsa? —pregunta en voz alta a nadie en particular—. ¿Quién coño se ha llevado mi bolsa?

Las pocas mujeres que hay en el vestuario la miran, pero no parecen entender.

—No —dice Nisha—. No, no, no, no. Hoy no. Ahora no.

La chica de recepción ni siquiera pestañea.

—¿Dónde está la grabación de las cámaras de seguridad?

—Señora, en el vestuario no hay cámaras de seguridad. Va contra la ley.

—¿Y entonces cómo voy a averiguar quién me ha robado la bolsa?

—No creo que se la hayan robado, señora. Por lo que dice parece una confusión, como las bolsas son tan parecidas…

—¿De verdad crees que alguien que se viste en… —echa un vistazo dentro de la bolsa— Primark puede coger «por accidente» mi chaqueta de Chanel y mis Louboutin hechos a medida por el propio Christian?

En la cara de la recepcionista no se altera un solo músculo.

—Podemos revisar las grabaciones de seguridad de la entrada, pero necesitamos permiso de dirección.

—No tengo tiempo para eso. ¿Quién ha sido la última persona en salir de aquí?

—No llevamos registro de eso, señora. Está todo automatizado. Si espera usted un momento, aviso al gerente.

—¡Ya era hora! ¿Dónde está?

—Está formando personal en Pinner.

—Por el amor de Dios. Dejadme unas zapatillas. Tendréis zapatillas, ¿no? Necesito llegar hasta el coche. —Nisha mira por la ventana—. ¿Dónde está mi coche? ¿Y el coche?

Da la espalda a la recepcionista y marca un número en su móvil. No contestan. La recepcionista saca algo envuelto en plástico de debajo del mostrador. Su expresión es aburrida, como si saliera de escuchar una charla TED de dos horas sobre secado de pinturas. Deja caer el paquete en el mostrador.

—Tenemos chanclas.

Nisha mira a la chica, a continuación las chanclas y de nuevo a la chica. La expresión de esta es impenetrable. Por fin coge las chanclas del mostrador y, con un gruñido grave de irritación, se las calza. Cuando se da la vuelta oye a la chica murmurar: «¡Americanos!».

3

No te preocupes, cariño. Todavía nos quedan tres —dice Ted con amabilidad.

Han hecho el trayecto a la próxima reunión en silencio. Sam se ha pasado los últimos veinte minutos en la furgoneta en una nube de aplastante tristeza, con un sentimiento de culpa invadiendo hasta la última célula que una vez contuvo lo que le quedaba de su seguridad en sí misma. ¿Qué habrán pensado de ella? Aún le parece sentir las miradas incrédulas de aquellos hombres, las mal disimuladas sonrisas de suficiencia mientras volvía tambaleándose a la furgoneta. Joel le había dado una palmada en el hombro y le había dicho que Frampton era un capullo y que, además, todo el mundo sabía que pagaba mal y tarde, por lo que probablemente era lo mejor que les podía haber pasado, pero mientras lo escuchaba Sam solo podía pensar en la mueca fría de Simon cuando le dijera que había perdido un encargo importante.

«Inspirar en seis, retener en tres, exhalar en siete».

Joel detiene la furgoneta en el aparcamiento y quita el contacto. Permanecen unos instantes en silencio, escuchando el motor apagarse y mirando el edificio de brillante fachada. El estómago de Sam está en algún lugar del suelo de la furgoneta.

—¿Quedará muy mal si voy a esta reunión en chanclas? —dice por fin.

—Sí —dicen Ted y Joel al unísono.

—Pero…

—Cariño —Joel se inclina sobre el volante y gira la cara para mirar a Sam—, si vas a llevar esos zapatos, tienes que quitarle importancia.

—¿Qué quieres decir?

—Pues que… antes parecías avergonzada. Y lo sigues pareciendo. Tienes que llevarlos como si fueran tuyos.

—Es que no lo son.

—Tienes que parecer segura de ti misma. Como si te los hubieras puesto mientras piensas en un montón de encargos millonarios que acabas de cerrar hoy.

Ted aprieta los labios y asiente con la cabeza. Le da a Sam un codazo cariñoso con su brazo rollizo.

—Tiene razón. Venga, cariño. Mentón arriba, tetas bien altas y gran sonrisa. Tú puedes.

Sam coge su bolso.

—Eso no se lo dirías a Simon.

Ted se encoge de hombros.

—Si llevara esos zapatos, sí.

—Así que, por ese trabajo, el precio más ajustado que le podemos dar es… cuarenta y dos mil. Pero, si cambiamos el folio y la portadilla a tinta, entonces serían ochocientos menos.

Sam está explicando su estrategia de impresión cuando se da cuenta de que el gerente no la mira. Por un momento la invade de nuevo la vergüenza y balbucea el resto de la frase.

—Entonces… ¿qué le parecen estos números?

El gerente no dice nada. Se rasca la frente y emite un «hum» evasivo, como los que hacía Sam cuando Cat era pequeña y atendía a su incesante cháchara con un oído solo.

«Ay, Dios mío. Lo estoy perdiendo». Sam levanta la vista de sus notas y se da cuenta de que el gerente le está mirando el pie. Humillada, casi pierde el hilo. Pero entonces vuelve a mirar al hombre y repara en su expresión ausente: él es el que está pensando en otra cosa.

—Y, por supuesto, podríamos entregar en ocho días, tal y como hemos hablado —dice.

—¡Perfecto! —exclama el gerente como arrancado de una ensoñación—. Sí. Perfecto.

Sigue mirándole el pie. Sam lo observa y a continuación mueve un poco el pie hacia la izquierda y extiende el tobillo. El gerente observa, extasiado. Sam ve a Joel y a Ted intercambiar una mirada.

—Entonces ¿le parecen bien esas condiciones?

El gerente junta los dedos de las manos y mira a Sam momentáneamente a los ojos.

—Esto…, sí. Me parece bien. —No puede apartar la vista. Sus ojos viajan de la cara de Sam de vuelta a su pie.

Sam saca un contrato de su maletín. Ladea el pie y deja que la tira del talón se le deslice despacio por el tobillo.

—Así que ¿firmamos?

—Por supuesto —dice el gerente.

Coge el bolígrafo y firma el documento sin mirarlo.

—No quiero oír una palabra —le dice Sam a Ted con la mirada fija delante de ella mientras salen de la recepción.

—Y no la voy a decir. Si nos consigues otro contrato así, por mí como si vas en chanclas.

En la siguiente reunión Sam se asegura de que sus pies están bien a la vista todo el tiempo. Aunque John Edgmont no se queda mirándolos, Sam se da cuenta de que la mera presencia de los zapatos hace que la vea de otra manera. Y lo que es más extraño es que ella misma se ve de otra manera. Entra en el despacho de

Edgmont con la cabeza alta. Lo encandila. Se mantiene firme en las condiciones. Firma otro contrato.

—Estás que te sales, Sam —dice Joel mientras suben a la furgoneta.

Paran para comer —algo que no han hecho desde que tienen a Simon de jefe— y se sientan en la terraza de una cafetería. Sale el sol. Joel les habla de su cita la semana anterior con una mujer que le preguntó su opinión sobre la fotografía de un vestido de novia que había recortado de una revista. «Me dijo: "No te preocupes, solo se la enseño a personas que me gustan de verdad"», y a Ted se le sale el café por la nariz y Sam se ríe tanto que le duelen los costados y cae en la cuenta de que no sabe cuándo fue la última vez que algo la hizo reír.

Nisha camina de un lado a otro por la acera gélida delante del gimnasio, con el albornoz encima de la blusa y chanclas. Le ha dejado nueve mensajes a Peter en el móvil y este no contesta. No es buena señal. No es buena señal en absoluto.

—¿Peter? ¿Peter? ¿Dónde estás? ¡Te dije que me esperaras fuera a las once y cuarto! ¡Necesito que vengas ahora mismo!

La última vez que llama, una voz robótica le dice que el número no está operativo. Nisha mira la hora, maldice en voz alta y se saca la tarjeta de la habitación del bolsillo. La mira un momento y entra en el gimnasio hecha una furia.

La bolsa junto a su taquilla sigue en el banco. Pues claro. ¿Quién va a quererla? Inspecciona su contenido con una mueca de asco que le produce tocar ropa que no es suya. Saca un bañador húmedo de una bolsa de plástico y, con un gesto de desagrado, lo deja caer en el banco. Luego busca en los bolsillos laterales y saca tres billetes de diez libras húmedos, que sostiene a la luz. No recuerda cuándo fue la última vez que tuvo dinero físico en las manos. Le resulta de lo más antihigiénico, peor que las escobillas de váter, a juzgar por lo que decía un artículo que leyó hacía poco.

Se estremece y se guarda los billetes en el bolsillo. Saca una bolsa de plástico del dispensador que hay encima del secador de bañadores y se envuelve una mano con ella. A continuación coge la bolsa por las asas y sale por la recepción.

—Señora, no puede llevarse el albornoz…

—Sí, bueno. Resulta que en este país hace un frío que pela y habéis perdido mi ropa.

Nisha se cierra mejor el albornoz, se anuda el cinturón y sale.

No hacen más que quejarse de lo mucho que les ha perjudicado el negocio de los Uber, pero luego resulta que nada menos que seis taxistas hacen caso omiso de una mujer en albornoz antes de que uno pare. El conductor baja la ventanilla y abre la boca para decir alguna cosa sobre la indumentaria de Nisha, pero esta levanta una mano.

—Al hotel Bentley —dice—. Y ahórrese el comentario. Gracias.

El viaje en taxi cuesta 9,80 libras a pesar de que apenas dura cinco minutos. Nisha entra en el hotel sin hacer caso de la mirada perpleja del portero y cruza el vestíbulo en dirección al ascensor ignorando las cabezas de otros huéspedes vueltas hacia ella. Una pareja de mediana edad, él con chaqueta de traje y pantalón sport, ella con un vestido de un corte feísimo que le marca dos michelines a la altura de las axilas —probablemente venidos de provincias en una «escapada romántica»— ya están dentro del ascensor y ella alarga un brazo e impide que se cierre la puerta. Nisha entra, se coloca delante de ellos mirando a la puerta. No ocurre nada. Se vuelve.

—Al ático —dice.

Cuando la pareja se queda mirándola, agita una mano. Vuelve a agitarla.

—Al ático. El botón —dice. Y por fin añade—: Por favor.

Entonces la mujer le da al botón con gesto vacilante. El ascensor empieza a subir y Nisha nota la tensión mordiéndole el estómago. «Venga, Nisha —se dice—, lo vas a solucionar». Entonces el ascensor se detiene y las puertas se abren.

Cuando se dispone a entrar en la suite del ático se da de bruces con un ancho tórax. Tres hombres le cierran el paso. Nisha retrocede, incrédula. Ari, que está en el centro, tiene un sobre de tamaño A-5.

—¿Qué...? —empieza a decir Nisha mientras hace ademán de pasar, pero Ari se desplaza lateralmente y le cierra el paso.

—Tengo instrucciones de no dejarla entrar.

—No digas tonterías, Ari —contesta Nisha con un aleteo de pestañas—. Necesito coger mi ropa.

Nisha nunca ha visto esa expresión en su cara.

—Dice el señor Cantor que no puede pasar.

Nisha prueba con una sonrisa.

—No seas bobo. Necesito mis cosas. Mira cómo voy.

Es como si no lo conociera. Nada en la expresión de Ari delata que la conoce, que la ha protegido durante quince años. Nisha ha hecho bromas con este hombre. Por el amor de Dios, pero si hasta se acuerda de preguntarle por su mujer de vez en cuando.

—Lo siento.

Ari se inclina y deja el sobre en el suelo del ascensor detrás de Nisha, acto seguido retrocede para pulsar el botón y hacerla bajar. El mundo da vueltas alrededor de Nisha y por un momento se pregunta si se va a desmayar.

—¡Ari! ¡Ari! No puedes hacerme esto. ¡Es un despropósito! ¿Qué se supone que voy a hacer?

Las puertas del ascensor empiezan a cerrarse. Nisha observa a Ari girarse e intercambiar una mirada con el hombre a su lado. Es una mirada que Ari nunca se ha permitido delante de ella, pero que Nisha conoce de toda la vida y que dice: «Mujeres...».

—Por lo menos dame mi bolso... ¡Hombre, por Dios! —grita mientras se cierran las puertas.

—Sigo flipando con cómo lo has clavado, cariño —dice Joel golpeando el volante para dar énfasis—. Ha sido impresionante. La manera en que has hablado, como una auténtica jefa. Edgmont estaba dispuesto a firmar desde antes de que te sentaras.

—No dejaba de mirarte las piernas —comenta Ted antes de dar un sorbo a su lata de Coca-Cola y eructar discretamente—. No oyó una palabra de lo que dijiste sobre producción por lotes.

—Habría firmado el traspaso de su mujer de habérselo pedido tú. —Joe menea la cabeza—. De su primogénito. De cualquier cosa.

—Por cierto, juraría que habías dicho que aceptaríamos hacer ese encargo por ochenta y dos mil —apunta Ted.

—Y lo dije —contesta Sam—. Pero, cuando vi lo bien que iba la cosa, me entró una necesidad urgente de subir a noventa.

—¡Y asintió con la cabeza como si tal cosa! —exclama Joel—. Dijo que sí directamente. ¡Sin leerse siquiera la letra pequeña! ¡Espera a que se entere Simon!

—Brenda lleva meses insistiendo en que tenemos que cambiar de Peugeot. Si cerramos este último contrato, pienso dar la entrada.

Ted da un último trago a su lata y la estruja con su mano rolliza.

—Seguro que Sam lo consigue. Está *on fire*, tío.

—¿Que está qué?

—Que echa fuego.

—Ah, pues sí. ¿A quién tenemos ahora? —Ted consulta su carpeta—. Ah, es el nuevo. Esto…, un tal señor Price. Este es el cliente bueno, cariño. El encargo gordo, tesoro. Este el Peugeot 205 nuevo para mi señora.

Sam se está retocando el maquillaje. Frunce los labios en el espejo y piensa un momento. Mete la mano en la bolsa de deporte y saca con cuidado la chaqueta de Chanel. La sostiene admirando la lana color crema, el forro de seda inmaculado, aspira el tenue aroma a perfume caro. A continuación se suelta el cinturón de seguridad y se la pone. Le queda un poco estrecha, pero el peso y el tacto son deliciosos. ¿Quién habría dicho que la ropa cara es tan diferente? Ajusta el espejo retrovisor para ver cómo se le adapta a los hombros y la manera en que el cuello estructurado le enmarca la garganta.

—¿Demasiado? —pregunta volviéndose a los hombres.

Joel la mira.

—Nunca es demasiado. Estás que te sales, tía. Te queda fenomenal, Sam.

—Se va a quedar muerto —dice Ted—. Hazle eso de mover el pie para soltar la tira del talón. Eso los desconcentra por completo.

Sam mira su reflejo y se atusa el pelo. Es una sensación desconocida y empieza a gustarle. Se parece a alguien a quien ni siquiera reconoce. Entonces, de repente, para y se vuelve para mirar a sus compañeros mientras se le borra la sonrisa de la cara.

—¿Estoy… traicionando la sororidad?

—¿Cómo?

—¿Por negociar con unos tipos trajeados? —pregunta Ted.

—Por…, ya sabéis…, usar mi sexo como arma. Porque es lo que son estos zapatos, ¿no? Sexo.

—Mi hermana dice que cada vez que las reuniones de personal se alargan suelta que le duelen los ovarios. Dice que los hombres salen por piernas.

—Mi mujer una vez le enseñó el sujetador al gorila de una discoteca para que la dejara pasar —dice Ted—. La verdad es que me sentí orgulloso de ella.

Joel se encoge de hombros.

—Por lo que a mí respecta, hay que usar las armas que tenga uno a su alcance.

—No pienses en la sororidad —dice Ted—. Piensa en mi coche nuevo.

Han llegado. Sam baja de la furgoneta apoyando primero un pie y después el otro. Se endereza un poco. Ya se siente más segura con los zapatos, ha encontrado una forma de caminar con determinación sin que le tiemblen los tobillos. Comprueba que tiene bien el pelo en el espejo retrovisor. A continuación se mira los pies.

—¿Estoy bien?

Los dos hombres le sonríen de oreja a oreja. Ted le guiña un ojo.

—Pareces la puta ama. Ese señor Price no tiene nada que hacer.

Sam disfruta del repiqueteo de sus tacones en el suelo de mármol mientras caminan hacia el mostrador de recepción. Ve a la recepcionista admirar su chaqueta y observa cómo ladea la barbilla, como si se dispusiera a mostrarse un poco más receptiva a lo que vaya a pedirle Sam. Se imagina ser de esas mujeres que llevan calzado así todos los días. Vivir una vida en la que solo recorres distancias cortas en suelos de mármol. En la que tu única preocupación es si tu pedicura combina con tus zapatos caros.

—Hola —dice y percibe distraída que su voz tiene un tono nuevo, una seguridad y una desenvoltura de las que carecía al empezar el día—. Somos de Grayside Print Solutions y hemos quedado con el señor M. Price. Gracias.

Esa mujer es ella. Va a bordar esta reunión.

La recepcionista consulta una pantalla. Escribe algo en el teclado, mete tres tarjetas con nombres escritos en fundas de plástico y se las da.

—Si quiere esperar ahí un momento, voy a avisar arriba.

—Gracias, muy amable.

«Gracias, muy amable. Como si fuera de la realeza». Sam se sienta con cuidado en el sofá del vestíbulo con los tobillos juntos, a continuación comprueba rápidamente si lleva los labios bien pintados y se alisa el pelo. Va a conseguir este contrato, lo presiente. Detrás de ella, Joel y Ted intercambian sonrisas.

Oye pisadas en el mármol. Levanta la vista y se encuentra a una mujer menuda y de piel morena de cincuenta y algo años acercándose al sofá. Lleva la melena negra pulcramente corta y un traje azul marino de bonito corte y nada ostentoso con camiseta de seda color crema y zapatos planos. Sam se gira para mirar detrás de ella. La mujer le tiende la mano.

—Hola, ¿Grayside Print? Soy Miriam Price. ¿Subimos?

Sam tarda un segundo en caer en la cuenta de su error. Se vuelve a mirar a Ted y a Joel, que tienen la sonrisa congelada. Los tres se ponen de pie abruptamente y farfullan saludos. Después siguen a Miriam Price por el vestíbulo hasta los ascensores.

Tardan diez minutos en descubrir que Miriam Price sabe negociar y una hora en comprobar hasta qué punto. Si aceptan la propuesta en la que no deja de insistir, los márgenes de beneficio de Grayside serán prácticamente nulos. Miriam es menuda, serena, implacable. Sam va perdiendo la esperanza mientras Ted y Joel se hunden cada vez más en sus asientos.

—Para un plazo de entrega de catorce días no puedo subir de sesenta y seis mil —repite Miriam—. Nuestros costes de transporte suben a medida que nos acercamos al plazo de entrega.

—Ya te he dicho que sesenta y seis mil es complicado para nosotros. Si queréis acabado brillo, se tarda más, porque tenemos que usar una máquina distinta.

—Que tengáis o no las máquinas necesarias no debería ser problema mío.

—No es un problema, solo una cuestión de logística.

Miriam Price sonríe cada vez que se atrinchera en sus posiciones. Es una sonrisa leve y no exenta de cordialidad. Pero que dice que esta negociación la controla ella.

—Y, como he dicho, mi logística exige un transporte más caro por la reducción de los tiempos. Mira, si este encargo os supone un problema, prefiero saberlo ahora que estamos a tiempo de buscar un proveedor alternativo.

—No nos supone ningún problema. Solo te estoy explicando que los procesos de impresión para un encargo de ese volumen requieren un plazo de ejecución más largo.

—Y yo solo te estoy explicando por qué necesito que eso se refleje en el precio.

Parece imposible. La negociación no da más de sí. Sam está sudando enfundada en la chaqueta de Chanel y le preocupa un poco dejar marcas en el precioso y pálido forro.

—Necesito hablar un momento con mi equipo —dice y se levanta de la mesa.

—Tómate el tiempo que necesites —dice Miriam recostándose en su silla.

Sonríe.

Ted se ha encendido un cigarrillo y se lo está fumando a caladas cortas y ávidas. Sam cruza los brazos, los descruza, los vuelve a cruzar y mira fijamente una furgoneta Renault que se empeña en aparcar marcha atrás en un hueco demasiado pequeño.

—Si vuelvo a la oficina con esos márgenes, Simon se va a cabrear —dice.

Ted apaga el cigarrillo con el tacón del zapato.

—Si vuelves a la oficina sin este encargo, Simon se va a cabrear.

—No hay manera. —Sam cambia el peso de una pierna a otra—. Buf. Estos zapatos me están matando.

Los tres guardan silencio un instante. Ninguno parece saber qué decir. Ninguno quiere hacerse responsable del resultado de la reunión, sea cual sea. La furgoneta Renault por fin apaga el motor y observan cómo el conductor descubre que no tiene sitio para abrir la portezuela. Al cabo, Sam dice:

—Tengo que hacer pis. Nos vemos dentro.

En el baño de mujeres, Sam se sienta en un cubículo y saca su móvil. Escribe:

Hola, amor. Qué tal tu día? Has salido?

Espera, y al cabo de un momento llega la respuesta:

Aún no. Un pelín cansado. Bss

Le parece estar viéndolo, en camiseta y pantalón de chándal, incorporándose apenas del sofá para coger el teléfono. Aunque odia reconocerlo, a veces es casi un alivio cuando no está en casa, como si de pronto alguien hubiera abierto todas las cortinas y dejado entrar la luz.

Se limpia, tira de la cadena y se coloca bien la ropa; de pronto se siente culpable y tonta llevando los zapatos y la chaqueta. ¿Pueden llevarte a juicio por vestir ropa que no es tuya? Se lava las manos y se mira en el espejo. Toda la confianza que sentía parece haberse evaporado. Ve a una mujer de cuarenta y cinco años, con la tristeza, las preocupaciones y las noches de insomnio de todo un año reflejadas en la cara. «Vamos, vieja amiga —se dice al cabo de un minuto—. A tirar para adelante». Se pregunta cuándo empezó a llamarse a sí misma «vieja amiga».

Se abre la puerta de uno de los cubículos y sale Miriam Price. Las dos mujeres se saludan con una inclinación de cabeza cortés en el espejo mientras se lavan las manos. Sam intenta no dejar traslucir su repentina sensación de incomodidad. Miriam se retira pelos sueltos imaginarios de la cara y Sam se retoca el color de labios, más que nada por hacer algo. Se devana los sesos en busca de algo que decir, algo que convenza a Miriam Price de trabajar con ellos, unas pocas palabras mágicas que le hagan saber de manera informal que son una empresa estupenda y profesional y decida ampliar esos márgenes tan pequeños en el precio. Miriam esboza su sonrisa leve y serena. Salta a la vista que ella no está buscando algo que decir. Sam se pregunta si se ha sentido alguna vez tan fuera de lugar en un baño de señoras.

Entonces Miriam Price baja la vista.

—Ay, por favor. Me encantan esos zapatos.

Sam se mira los pies.

—Son una auténtica maravilla.

—La verdad es que no… —Sam se interrumpe—. Son preciosos, ¿verdad?

—¿Puedo verlos? —Miriam los señala. Sostiene el zapato que se ha quitado Sam, lo levanta a la luz y lo examina desde todos los ángulos con la reverencia con que alguien miraría una obra de arte, o una buena botella de vino—. Son Louboutin, ¿verdad?

—S…, sí.

—¿Es un modelo vintage? Lleva por lo menos cinco años sin hacer algo así. De hecho, no creo haber visto nunca nada parecido.

—Eh… Pues sí. Lo es.

Miriam pasa el dedo por el tacón.

—Es un verdadero artesano. ¿Sabe que una vez hice una cola de cinco horas solo para comprarme unos zapatos suyos? ¿No es un disparate?

—Pues… para nada —dice Sam—. Para mí no, desde luego.

Miriam sopesa el zapato, lo examina un momento más y se lo devuelve a Sam casi de mala gana.

—Los zapatos buenos se reconocen enseguida. Mi hija no me cree, pero el calzado dice mucho de las personas. Yo siempre me visto empezando por los pies. Estos que llevo son de Prada. Hoy me apetecía tener los pies en la tierra, por eso voy plana, pero, si le digo la verdad, ahora que la miro, me dan envidia sus tacones.

—¡Yo le digo lo mismo a mi hija!

Las palabras salen de la boca de Sam antes de que se dé cuenta de lo que dice.

—La mía se pasa la vida en zapatillas. Me parece que no entienden el poder totémico de unos zapatos.

—Huy, la mía igual. Siempre con botazas Dr Marten's. Y es verdad que no lo entienden —dice Sam, quien no está segura de conocer el significado de la palabra «totémico».

—Te voy a decir una cosa, Sam. ¿Puedo llamarte Sam? Odio negociar así. ¿Te parece que hablemos la semana que viene? Y lo vemos todo despacio, sin los chicos. Estoy segura de que podremos llegar a un acuerdo que funcione para las dos.

—Eso sería genial —dice Sam. Se encaja como puede otra vez el zapato y coge aire—. Entonces... ¿tenemos un principio de acuerdo?

—Yo creo que sí. —La sonrisa de Miriam es cálida, cómplice—. Oye, una pregunta. ¿Esa chaqueta no es de Chanel?

4

Nisha se hunde en un suntuoso sofá color rosa del vestíbulo del hotel Bentley, junto a un altísimo arreglo floral de aves del paraíso en un jarrón del tamaño de un torso, con el móvil pegado a la oreja. A su alrededor, unos cuantos huéspedes miran de reojo a la mujer en albornoz cuando su voz se eleva por encima de las conversaciones de fondo.

—Carl, esto es absurdo. Estoy en el vestíbulo. Baja y hablamos. —Se corta el mensaje. De inmediato vuelve a marcar—. Carl, voy a seguir llamando hasta que me lo cojas. Esta no es la manera de tratar a la que ha sido tu mujer durante dieciocho años.

El buzón de voz pita y Nisha vuelve a marcar.

—¿Nisha?

—¡Carl! Me… ¿Charlotte? ¿Charlotte? No. Ha desviado sus llamadas. Quiero hablar con Carl. Por favor, que se ponga al teléfono.

—Lo siento mucho, Nisha, pero no puedo hacer eso.

La voz de Charlotte es tan serena como la de la locutora de una app de meditación. Pero también hay algo nuevo en su tono que irrita a Nisha, un ligero aire de superioridad. Entonces cae en la cuenta: «Ay, Dios mío. Me ha llamado Nisha».

—El señor Cantor está en una reunión y ha dado instrucciones muy concretas de que no se le puede molestar.

—No. Sácalo de la reunión. Me da igual si no quiere que lo molesten. Soy su mujer. ¿Me oyes? ¡Charlotte! ¿Charlotte?

Se ha cortado la comunicación. Esa chica le ha colgado el teléfono, nada menos.

Cuando levanta la vista, las personas de los sofás vecinos no le quitan ojo. Nisha les sostiene la mirada hasta que giran la cabeza en un revuelo de cejas arqueadas y murmullos. De pronto tiene el organismo inundado de cortisol y es posible que le entren ganas de matar a alguien, de salir corriendo a alguna parte o de ponerse a gritar. No está segura de cuál de las tres cosas. Entonces se mira los pies y entiende que no puede salir airosa de esta situación vestida con un albornoz barato y unas chanclas. Piensa en la ropa que tiene en el ático y siente una ansiedad casi maternal por no poder acceder a ella. A su ropa.

Mira alrededor y ve una tienda al otro lado del vestíbulo. Se guarda el teléfono en el bolsillo y camina hasta ella. Tal y como esperaba, la ropa es horrenda y tiene unos precios escandalosamente altos. Nisha busca deprisa en las perchas y saca la chaqueta y los zapatos menos chillones que encuentra mientras se esfuerza por hacer oídos sordos a la música enlatada que suena en la diminuta tienda. Mira los zapatos en sus cajas con los números de pie marcados y coge unos salones lisos beis en el siete. Los deja en el mostrador, donde una mujer joven la mira con cierto aire de inquietud.

—Cargue esto a la suite del ático, por favor —dice Nisha.

—Por supuesto, señora Cantor —dice la chica y empieza a teclear números.

—Los zapatos necesito probármelos. Con una media. Que esté nueva.

—Voy a ver si tenemos…

La dependienta se interrumpe de pronto.

Nisha la mira, a continuación sigue su mirada y se da la vuelta. Frederik, el gerente del hotel, ha entrado en la tienda. Sonríe y se detiene a escasos metros de ella.

—Lo siento, señora Cantor. Tenemos instrucciones de no cargar nada a la cuenta del señor Cantor.

—¿Qué?

—El señor Cantor dice que ya no está usted autorizada a cargar nada a su cuenta.

—A nuestra cuenta —dice Nisha en tono gélido—. Es nuestra cuenta.

—Lo siento.

Frederik está completamente quieto y no aparta la vista de la cara de Nisha. Sus maneras son serenas, su tono completamente implacable. Es como si todo se derrumbara alrededor de Nisha. Una desconocida sensación de pánico le nace dentro del pecho.

—Estamos casados, como sabe. Eso quiere decir que su cuenta es mi cuenta.

Frederik no dice nada.

—Frederik, ¿cuánto tiempo llevo viniendo a este hotel? —Nisha da dos pasos hacia él, reprime la tentación de agarrarlo de la manga—. Es evidente que mi marido está pasando por un episodio extraño. Ni siquiera me deja subir a coger mi ropa. ¡Mi ropa! ¡Míreme! Lo menos que puede hacer es dejarme comprar algo con que vestirme. ¿No le parece?

La expresión del gerente se suaviza muy ligeramente. Hace una ligera mueca cuando habla, como si le resultara doloroso.

—Me ha dado unas instrucciones… muy insistentes. Lo siento muchísimo. No depende de mí.

Nisha se lleva las manos a la cara.

—No me puedo creer lo que está pasando.

—Y me temo… —añade Frederik— que también voy a tener que pedirle que se vaya. El albornoz está… Los otros huéspedes se han…

Se miran. Una parte lejana de Nisha se da cuenta de que la chica de la caja aprovecha el momento para retirar todo lo que hay en el mostrador.

—Dieciocho años, Frederik —dice Nisha despacio—. Hace dieciocho años que nos conocemos.

Hay un largo silencio. Esta vez Frederik sí parece avergonzado.

—Mire —dice por fin—. Voy a pedirle un coche. ¿Dónde quiere ir?

Nisha lo observa, entreabre la boca y a continuación menea un poco la cabeza. De pronto la ha invadido una sensación desconocida, algo enorme, oscuro y amenazador, como si unas arenas movedizas empezaran a engullirle los pies.

—No…, no tengo dónde ir.

Pero entonces la sensación desaparece. No va a admitir esto. No piensa tolerarlo. Se cruza de brazos y se sienta en una sillita de mimbre que hay junto al expositor de zapatos.

—No, Frederik. No pienso ir a ninguna parte. Estoy segura de que lo entiende. Pienso quedarme aquí hasta que baje Carl a hablar conmigo. Por favor, vaya a buscarlo. Toda esta situación es ridícula.

Nadie dice nada.

—Pienso quedarme aquí toda la noche si hace falta. Por favor, vaya a buscarlo. Arreglaremos esto y entonces decidiremos dónde, o si, me voy a alguna parte.

Frederik la mira un instante y a continuación deja escapar un leve suspiro. Mira detrás de él y entonces dos guardias de seguridad entran en la tienda y se quedan quietos, esperando. Todos los ojos están fijos en Nisha.

—Preferiría no montar una escena, señora Cantor.

Nisha lo mira fijamente. Los guardias dan un paso adelante. Uno cada uno. La pulcra coreografía de la escena es casi admirable.

—Como le decía —añade Frederik—, el señor Cantor ha sido muy insistente.

5

Felicidades por lo de hoy —dice Marina con un gesto de choca esos cinco cuando se cruza con Sam en el pasillo—. Dice Joel que has arrasado.

Sam está de nuevo en chanclas. Se las ha puesto en la furgoneta cuando ha empezado a perder la sensibilidad en los dedos de los pies y ahora nota un dolor en las almohadillas que le dice que mañana irá cojeando y en zapatillas de deporte. Pero sigue eufórica y una sonrisa poco habitual le curva las comisuras de la boca en cada conversación. Siente una extraña mezcla de invencibilidad y alivio que produce cierta flojera. «Lo he hecho. He conseguido encargos. Quizá esto es un punto de inflexión. Quizá ahora todo vaya bien». Choca los cinco de Marina con una palmada, algo tímida, eso sí. Eso de chocar los cinco no va mucho con ella.

—Dice Ted que quedemos después para tomar algo. Que no hemos conseguido tantos contratos en un día desde que usaba la talla L de pantalón. Vienes, ¿no?

—Er..., ¡sí, claro! ¿Por qué no? Pero antes tengo que llamar a casa. Quedamos en el White Horse, ¿no?

Sam vuelve a su cubículo y marca el número de su casa. Phil contesta al cabo de seis timbrazos, aunque Sam sabe que tiene el teléfono en la mesa baja delante de él.

—¿Cómo estás, amor?

—Bien.

Solo por una vez, a Sam le habría gustado no tener que oír ese tono derrotado, resignado. Se obliga a sonreír.

—Oye. Hoy he tenido un día genial. He conseguido un montón de encargos. A la salida vamos a ir unos cuantos al pub a celebrar y he pensado que igual te apetece. Estará Ted. Ted te cae bien. Y Marina. Cantaste con ella aquella versión porno de *Islands in the Stream* la noche que fuimos al karaoke, ¿te acuerdas?

Hay un breve silencio al otro lado de la línea, como si Phil se lo estuviera pensando.

—Solo para un par de rondas, anda. Hace años que no salimos, ¿no? Sería agradable poder celebrar algo para variar.

«Di que sí», lo urge mentalmente. Cat dice que su padre últimamente está en modo *standby*. Sam no deja de esperar que ocurra algo que lo desbloquee, una noche fuera o algún acontecimiento que de pronto encienda de nuevo a Phil.

—Estoy un poco cansado, amor. Creo que me voy a quedar en casa.

«¡Pero si no has hecho nada en todo el día!».

Sam cierra los ojos. Intenta disimular un suspiro.

—Vale. Me voy para casa en cuanto haya revisado estos números.

Menos de un minuto después de colgar, vuelve a sonarle el teléfono. Es Cat.

—¿Qué tal ha ido?

Le entra un ataque de amor por su hija, que se ha acordado de lo importante que era este día para ella.

—Pues ha ido muy bien, gracias, preciosa. De cuatro encargos he conseguido tres, y todos gordos.

—¡Toma! Qué maravilla. Bien hecho, mamá. ¡Seguro que ha sido por haber ido al gimnasio! —Baja la voz—. ¿Qué decía papá?

—Ah, pues le he invitado a venir al pub, pero no tiene ganas.

47

Así que compraré algo de comida de camino a casa y estaré ahí sobre las... ¿siete y cuarto? Primero tengo que pasar por el gimnasio a devolver una cosa.

—¿Para qué vas a venir a casa?

—¿Para hacer la cena?

—Mamá, vete al pub. Llevas meses sin salir y acabas de cerrar un negocio importante. ¿Qué eres, la esposa perfecta?

—No sé. No me gusta dejar solo a tu padre cuando...

—Ve. Desmelénate por una vez en la vida. No tienes que ocuparte tú de todo.

Insiste a su madre que sí, que está segura, que no pasa nada, ella se ocupará de que su padre coma algo. Tiene diecinueve años, no doce. ¡Papá es perfectamente capaz de hacerse una tostada con alubias! ¡Las mujeres no tienen por qué cargar siempre con todo el trabajo emocional!, le insiste a Sam, con la seguridad de alguien que nunca ha tenido que hacerlo. Y Sam cuelga el teléfono y de pronto piensa que puede ser agradable pasar una velada haciendo algo que no sea sentarse en el cuarto de estar al lado de su triste marido con la mirada perdida.

Sam termina el papeleo, introduce los números en el software y suma los ceros con satisfacción. Mientras trabaja hace una mueca de alegría, arruga la nariz y asiente en silencio. La mueca se transforma en un bailecito y menea la cabeza mientras salta en la silla. «Eso es. Noventa y dos en esta columna. Y ahora a sumar los totales. Otro cero por aquí. Y otro más. Y otro más. Me voy al pub. Al pub. Al pub». Deja escapar un pequeño: «Oh yeah».

Entonces se gira para coger un bolígrafo y da un respingo. Simon está a la entrada del cubículo. Sam no sabe cuánto tiempo lleva ahí, pero, por su cara de estudiada despreocupación, es probable que el suficiente para ver su bailecito de la victoria en versión silla.

—Simon —dice en cuanto se recupera—. Estaba metiendo los números de hoy.

—Ya. —Simon la mira, impasible—. He oído que hemos conseguido a Piltons y a Bettacare —dice.

Esa sonrisa otra vez. Sam no se puede resistir.

—Y también a Harlon and Lewis. Sí —dice volviéndose para mirarlo de frente—. Y con mejores márgenes que la última vez. —Hasta que no habla no cae en la cuenta de que Simon ha dicho «hemos». Como si hubiera tenido algo que ver en ello. Tú como si nada, se dice. Todo el mundo sabe quién ha conseguido estos encargos. Y los números no mienten.

—También he conseguido ampliar el plazo de entrega para...

—¿Qué ha pasado con Framptons?

—¿Perdón?

—¿Por qué no hemos conseguido Framptons?

¿Acaba de cerrar negocios por valor de casi un cuarto de millón de libras y Simon quiere hablar del único contrato —menor— que se les ha escapado? A Sam le falta el aire, tropieza con las palabras y Simon se recuesta en el marco de la puerta. Suspira.

—Creo que tenemos que hablar —dice.

—¿Cómo? ¿Por qué?

—Porque he tenido una llamada de la oficina de Michael Frampton. Me ha dicho que fuiste a la reunión borracha.

Sam lo mira sin dar crédito.

—¿Hablas en serio? Por el amor de Dios...

Simon se mete las manos en los bolsillos y adelanta un poco la entrepierna. Lo hace mucho cuando habla con una mujer.

—Madre mía, ese tipo. No estaba en absoluto borracha. Antes del trabajo hubo una confusión y tuve que ponerme unos zapatos de tacón que no eran míos y el suelo del almacén era irregular y...

—¿Qué es eso? —Simon la interrumpe señalando sus pies con el dedo—. ¿Qué llevas puesto?

Sam sigue la línea que marca su dedo.

—Ah... Pues unas chanclas.

—Espero que no fueras así a las reuniones. Son un calzado de lo menos profesional. —Sam repara en que los zapatos de Simon son de cordones y están relucientes. Algo puntiagudos, como dicta la moda. Piensa en lo que comentó Miriam Price: algo en los zapatos de Simon le dice todo lo que necesita saber acerca de él.

—Por supuesto que no, Simon. Justo te estaba contando que...

—Porque cuando vas en representación de la empresa, y te recuerdo que la cosa cambia mucho ahora que representas a Uberprint, tienes que hacerlo de la manera más profesional posible. En todo momento. Nada de andar por ahí con esa porquería de chanclas...

—Simon, si me dejas terminar, te decía que...

—No tengo tiempo para esas cosas, Sam. Esto ya no es Grayside. Espero que en el futuro te comportes de manera más profesional. No puedo estar pendiente de si me van a llamar más clientes quejándose de que estás borracha o de lo que llevas en los pies. Hoy me has puesto en una situación muy incómoda.

—Pero si no... No he... —empieza a decir Sam, pero Simon ya ha dado media vuelta y salido del cubículo.

Sam se queda mirando el espacio que ha ocupado antes con la boca entreabierta.

Entonces la cierra de golpe. Conociendo a Simon, puede reaparecer de pronto y acusarla de adoptar una expresión facial no lo bastante profesional.

—Es un capullo de primera categoría —dice Ted meneando la cabeza de forma que le tiemblan los carrillos—. Un desperdicio de materia orgánica.

A Sam la había dejado tan tocada la conversación que había estado a punto de irse a casa. A fin de cuentas, tenía que pasarse por el gimnasio. Pero justo cuando estaba guardando la chaqueta de Chanel color crema en su bolsa apareció Marina y le dijo que de ninguna manera iba a dejarla irse derecha a casa aquella tarde. Era ella la que había conseguido los contratos. Ya devolvería la bolsa por la mañana. «No dejes que ese capullito te estropee el día. No le des lo que busca. Venga, Sam, solo una ronda».

Así que ha bajado al White Horse y está rodeada de compañeros de trabajo que conoce desde hace más de una década, una especie de familia. Se sabe los nombres de sus parejas y de sus hijos, de los animales de compañía de quienes no tienen hijos y, a menudo últimamente, las dolencias de todos. Antes, cuando había un cumpleaños, Sam solía preparar tartas y las llevaba a la oficina, pero, la primera vez que lo hizo desde la absorción de Uberprint, Simon había entrado en el cuartito del café donde se habían reunido para cantar el *Cumpleaños feliz* y dicho que no podía creerse que tuvieran tiempo para algo así. ¿Qué era aquello? ¿Un jardín de infancia?

—¿Qué tal Phil? —Marina deja otra copa de vino blanco en la mesa delante de ella y se sienta—. ¿Ha encontrado ya trabajo?

Esta noche Sam no tiene ganas de hablar de Phil, así que contesta con un alegre «¡Aún no!» que da a entender que está segurísima de que la situación actual es solo transitoria y se apresura a cambiar de tema.

—Huy, no sabes lo que me ha pasado esta mañana.

Marina está deseando oírlo.

—Cuenta.

Y, mientras le cuenta la historia, Sam busca debajo del banco y saca la bolsa de deporte para enseñarle uno de los zapatos.

—Tenía que haber ido a devolverlos en lugar de venir aquí —dice—. Mañana voy sin falta.

Pero Marina no está escuchando.

—Ay, madre mía. ¿Has estado todo el día con esos zapatos? Yo no habría podido dar ni cinco pasos.

—Y yo tampoco, al principio. Pero, Marina, al final del día los tenía dominados. Te juro que he conseguido los encargos gracias a los zapatos.

—Y, entonces, ¿qué estás haciendo?

Sam la mira sin comprender.

—No puedes celebrarlo con esas chanclas espantosas. ¡Póntelos! ¡Quiero vértelos!

Marina está haciendo comentarios entusiastas sobre lo bonitos que son los zapatos («¡Seguro que cuestan lo mismo que mi hipoteca!»), cuando Lenny de Contabilidad les pregunta de qué hablan y, para cuando Sam quiere darse cuenta, Joel ha contado lo ocurrido al otro extremo de la mesa y los compañeros de trabajo de Sam le están pidiendo que desfile con los zapatos puestos. Va por la tercera copa de vino y, a pesar de que siente en el estómago el ácido recordatorio de que pagará por esto, sobre todo sin haber comido nada antes, termina simulando caminar pavoneándose por una pasarela ante sus colegas mientras estos silban y aplauden con aprobación.

—¡Deberíais ir siempre con tacones! —dice Ted.

—Venga. Lo hacemos si vosotros también os los ponéis —dice Marina y le tira un cacahuete.

Alguien ha puesto música y el pub está lleno de gente que pelea por un poco de espacio en la pista de baile pequeña y cuadrada: están los ejecutivos que celebran haber sobrevivido al estrés de una semana más, los enamorados secretamente de un compañero que recurren al alcohol para armarse de valor, los que necesitan un rato antes de enfrentarse a las responsabilidades, a los temidos silencios de un fin de semana en casa. Marina coge a Sam de la mano y al minuto siguiente se han unido a la fiesta con los brazos en alto y dando palmadas al ritmo de la música; bailan como bailan las personas de mediana edad, mal, pero con la seguridad que da el hecho de que les da igual, de que a veces el mero acto de bailar, de dejarse llevar en una habitación llena de gente sintiendo el ritmo en las venas, es un acto de rebelión contra la oscuridad, contra los tiempos difíciles que inevitablemente llegarán mañana. Sam baila, cierra los ojos y disfruta de la tensión en los muslos, del contacto de los tacones contra el suelo. Se siente poderosa, desafiante, sexy. Baila hasta que el pelo se le pega en mechones a la cara y le baja por la espalda un reguero de sudor. Nota la mano de Joel en la cintura y entonces este le coge la suya y tira de ella hasta hacerla girar.

—Hoy estabas espectacular con esos zapatos —le murmura al oído mientras Sam gira.

Esta ríe y se pone colorada. Acaba de sentarse, aún sonrojada y mareada, cuando aparece el hombre.

—Toma ya. Has ligado —murmura Marina cuando el hombre se detiene delante de ella.

Es alto, su uniforme oscuro y su cuerpo musculado dicen que es alguien que se toma a sí mismo muy pero que muy en serio. Mira a Sam de arriba abajo.

—Eh... ¿Hola? —dice Sam medio riendo, cuando el hombre no habla.

Por un instante se pregunta si los zapatos no le habrán conferido una suerte de superpoder sexual.

—Aquí tiene.

El hombre le da a Sam un sobre acolchado. Y, antes de que a esta le dé tiempo a decir nada, da media vuelta y desaparece, engullido por la multitud de cuerpos sudorosos que bailan exageradamente.

6

El problema de tener más de una casa es que, cuando necesitas algo, casi siempre está en otro sitio. De igual modo, el problema de tener solo amigos ricos es que cuando los necesitas siempre están en otro país, joder. Nisha tiene tres amigas que viven en Londres. Si es que se les puede llamar amigas, claro: Olivia, según le informa su contestador, está ahora mismo en su casa de las Bermudas, y Karin ha viajado a Estados Unidos para visitar a su familia. Las llama a las dos, pero en ambos casos le sale el contestador. Es por la diferencia horaria. Les pide, en el tono más despreocupado del que es capaz, si pueden llamarla cuando oigan el mensaje. Cuando cuelga se da cuenta de que no está muy segura de qué le dirá a ninguna de ellas si la llaman.

Angeline Mercer se ha divorciado dos veces, la segunda después de descubrir que su marido se acostaba con la niñera. Ella al menos comprenderá la situación en la que se encuentra Nisha. Angeline la saluda encantadora, escucha mientras Nisha le explica con tono desenfadado que ha tenido un pequeño problema con Carl —todo bastante incómodo— y le pregunta si puede enviarle una pequeña suma de dinero mientras lo soluciona. El tono de Angelina es igual de calmado cuando le dice que sí, que Carl ya le explicó la situación a James y que lo siente muchísimo, pero consideran que no deben involucrarse. «Sería como tomar partido», añade con dulzura, dejando muy claro de qué lado están.

Nisha tiene ganas de preguntarle cuál es esa «situación» que ha descrito Carl, pero un vestigio de amor propio se lo impide. «Lo entiendo perfectamente. Siento haberte molestado», dice con voz calmada. Y a continuación suelta tres palabrotas tan fuertes y explícitas que habrían hecho salir corriendo a su abuela en busca de la Biblia para emergencias.

No lo intenta con nadie más. Nisha no tiene demasiadas amigas de su mismo sexo. Sus años de colegio le inculcaron una profunda desconfianza respecto a las dinámicas sutilmente volátiles que se forman entre chicas jóvenes. Las amistades femeninas eran febriles, proclives a pequeños estallidos, y a menudo te dejaban con la sensación de que el suelo se hundía bajo tus pies de maneras que ni habías imaginado. Luego, cuando se fue de casa y empezó una nueva vida en la ciudad, le preocupaba demasiado delatarse como para sentir que podía de verdad sincerarse con alguien que no fuera Juliana. Y hace tiempo que ha dejado de pensar en Juliana. Algunas cosas resultan demasiado dolorosas. No, las mujeres intercambian cumplidos o quejas como si fueran dinero. Las mujeres sonríen comprensivas cuando les haces confidencias y después las usan de arma arrojadiza contra ti. Los hombres en cambio le resultan predecibles, y a Nisha lo predecible le gusta. Si te comportas de una determinada manera, el hombre responde de una manera que se puede gestionar. Es un juego cuyas reglas comprende.

Y luego está, además, como sabe cualquier mujer de un hombre rico, el hecho de que las otras mujeres son competencia, amenazas a un *statu quo* ganado con mucho esfuerzo. Cuando Nisha acababa de casarse con Carl, había mujeres que la miraban con desdén —el equipo Carol—, que no daban crédito a que Carl hubiera resultado ser tan decepcionantemente predecible, tan obvio. Pero, como esposa de Carl, Nisha no dio ni un solo paso en falso. Estudió tan a fondo el mundo al que ahora pertenecía que no dejó ni una sola fisura por la que pudiera asomar debilidad.

Había visto los matrimonios de los amigos de Carl romperse uno detrás de otro, igual que había ocurrido con el primero de Carl, y comprendía a la perfección cómo funcionaban aquellas segundas esposas, con sus caras cautelosas e inexpresivas, con sus palabras acarameladas: cada una de ellas era leal únicamente a su marido y a su propia posición social.

Y le había funcionado muy bien, hasta que cumplió los cuarenta y descubrió que había una amenaza nueva: las mujeres más jóvenes que ella. Las que tienen olfato para detectar una fecha de caducidad y deciden atacar con un misil teledirigido. Con cuerpos tersos y jóvenes, deseosas de complacer, complacidas de estar deseosas, con nada que perder y no abrumadas aún por la decepción, la ira o simplemente el cansancio fruto de intentar serlo todo al mismo tiempo. En respuesta, Nisha aprendió a ser mejor. Era una mujer guapa, de pelo lustroso y piel tratada únicamente con los sérums y cremas hidratantes más exclusivos del mercado, de manera que a menudo pasaba por alguien diez años más joven. Entrenaba cada día, se hacía la manicura una vez a la semana, la cera cada dos, le retocaban las extensiones del pelo cada cuatro, el bótox cada doce. Recibía siempre a Carl preparada para él con ropa interior de La Perla, flores frescas en el dormitorio, su vino favorito en la bodega. Le reía los chistes, aplaudía sus discursos, halagaba a sus colegas y enfatizaba su superioridad y virilidad de infinitas y sutiles maneras, en privado y en público. Le compraba camisas y pantalones cuando los necesitaba, le cogía cita en el barbero antes incluso de que la asistente de Carl supiera que le tocaba ir, se aseguraba de que todas las casas estaban preparadas para su llegada con su comida y sus vinos predilectos. No permitía que la más mínima preocupación doméstica llegara a su conocimiento. No se le escapaba nada. Estaba dedicada en cuerpo y alma a ser la mujer perfecta.

Para que luego resultara que ni siquiera eso fuera suficiente, joder.

Nisha ha estado ya en cuatro cajeros automáticos de los

alrededores del hotel, los cuales o bien se han tragado las tarjetas que le quedaban o bien las han escupido y comunicado en un lenguaje digital de lo más franco que debe contactar con una oficina bancaria respecto a su problema. Pero Nisha no necesita contactar con ninguna oficina bancaria para saber lo que pasa. Ha caminado hasta Mangal, la boutique exclusiva en la que ha comprado los últimos cinco años cada vez que visitaba Londres, y, antes siquiera de probarse un grueso abrigo de Alexander McQueen, Nigella, la encargada, ha salido a explicarle que lo sentía mucho, pero el señor Cantor había cerrado su cuenta aquella misma mañana y, sin una tarjeta de crédito, no podían atenderla. Mientras decía todo eso había mirado subrepticiamente el albornoz de Nisha, como si estuviera intentando decidir si se trataba de una nueva prenda de moda de la que no tenía noticia.

Nisha se sienta en la cafetería y, haciendo caso omiso de las miradas curiosas de otros clientes, intenta pensar. Necesita ropa, necesita un sitio donde vivir y necesita un abogado. Sin dinero no puede conseguir ninguna de esas tres cosas. Podría pedirle a Ray que le haga un giro, pero entonces lo ocurrido saldrá irreversiblemente a la luz y no quiere meter a su hijo en esto. Aún no. No con todo por lo que ha pasado este año.

—¿Sí? —Coge rápidamente el móvil.

—Soy yo, perdone, señora Cantor. —Magda habla en un susurro—. Tengo que usar el teléfono de mi marido porque me han cortado el mío.

—¿Has hablado con tu hombre?

—Sí. Ya lo tiene. Me va a llamar en un rato para decirme dónde quedan. No quiere llamarla a usted directamente… por si acaso. Por eso he tardado tanto en devolverle la llamada.

Sus disculpas parecen sinceras.

—¿Cuándo me va a llamar? Necesito ayuda, Magda. No tengo nada.

—Dice que en una hora más o menos.

—Estoy en albornoz, literalmente. Carl no me deja coger

mis cosas. ¿Puedes mandarme algo de ropa? Y también necesito que me envíes mis joyas por FedEx y algo de dinero en efectivo. Ah, sí, y mi portátil…

—Es que hay otra cosa, señora Cantor. —Magda se sorbe la nariz audiblemente y Nisha se estremece un poco—. El señor Cantor me ha despedido. No he hecho nada y me dicen que estoy despedida.

Nisha sabe que debería decir unas palabras de consuelo. Pero las únicas que le vienen a la cabeza son: «Mierda, mierda, mierda».

—El ama de llaves no me dejó entrar y dice que el señor me ha despedido con efecto inmediato. No sé qué vamos a hacer, porque las facturas médicas de Laney…

—¿Ni siquiera puedes entrar en la casa?

—¡Qué va! He tenido que coger el metro hasta el trabajo de Jano para usar su teléfono porque el mío me lo quitaron antes de que me fuera. Llegué a las siete de la mañana, como siempre, y a las siete y cuarto ya me habían echado. Menos mal que me sé su número de memoria y he podido llamarla.

Nisha piensa de pronto que necesita poner por escrito todos los números de su agenda de contactos. También a ella le va a cortar el teléfono, en cuanto Carl se acuerde de hacerlo.

—Necesito dinero, Magda. Necesito un abogado.

Pero Magda se ha echado a llorar.

—Lo siento muchísimo, señora Cantor. No he podido coger ninguna de sus joyas, de sus fotografías, nada. Dijeron que llamarían a la policía si intentaba llevarme algo, que sería robo y avisarían a Inmigración. ¡Me sacaron a la calle a empujones! Intenté coger su…

—Sí, sí. Escucha, llámame en cuanto tengas noticias. Necesito saber dónde me voy a reunir con él. Es muy importante.

—Así lo haré, señora Cantor. Lo siento muchísimo.

Está sollozando. Nisha ha empezado a oír un pitido en la cabeza. Tiene que colgar.

—No te preocupes, ¿vale? No te preocupes. Vamos a solucionar esto y entonces te volveré a contratar, ¿vale?

No tiene ni idea de si esto es posible, pero consigue que Magda deje de llorar. Cuando cuelga, sus exclamaciones de gratitud todavía resuenan en el auricular.

Las miradas de las personas a su alrededor empiezan a resultarle insoportables. Nisha está acostumbrada a que la miren —siempre ha llamado la atención—, pero por estar en forma, ser guapa y privilegiada. Estas miradas, se da cuenta, están llenas de compasión, de desconfianza, de repulsión incluso. ¿Qué hace esa mujer trastornada en albornoz? Que se vista inmediatamente.

Desde que se sentó con un *latte* con leche de soja ha evitado mirar la tienda que hay al otro lado de la calle, pero ahora comprende que no tiene demasiada elección. Se pone de pie, se guarda el móvil en el bolsillo del albornoz y cruza la calle hasta la tienda solidaria de ropa usada.

El olor. Madre del cielo. Qué olor. El local mismo huele al perfume rancio de gente que no llega a fin de mes, a absoluta falta de belleza y a desesperación. Nisha entra, da media vuelta y sale e inspira a bocanadas el aire relativamente limpio de Brompton Road y todo su tráfico. Espera un minuto, recobra la compostura, se gira y vuelve a entrar. «Es solo para unas horas», se susurra. Solo necesita algo que ponerse durante unas pocas horas.

La mujer de torso prominente y pelo color turquesa la mira cuando entra y Nisha hace caso omiso de su ligeramente desafiante «hola». Todo en este sitio tiene aspecto y tacto baratos. Ni siquiera quiere tocar las blusas de las perchas, las camisetas de nailon y los jerséis de mercadillo. A dos pasillos de distancia hay una mujer mayor mirando los zapatos, con la cara arrugada por la concentración mientras comprueba el número y el estado de cada uno. Va a tener que vestirse con ropa como la que está comprando esa mujer.

«Serán solo unas horas —se dice—. Tú puedes».

Va pasando perchas con las yemas de los dedos hasta encontrar una chaqueta que parece apenas usada y unos pantalones que podrían ser una talla 4 americana. La chaqueta cuesta siete libras y cincuenta peniques; los pantalones, once.

—Se ha quedado en la calle, ¿no?

Nisha no quiere hablar con esta mujer de pelo azul, pero se obliga a esbozar media sonrisa.

—Más o menos.

—¿Quiere probárselo?

—No —dice Nisha secamente. «No, no quiero probármelo. No, no quiero entrar en tu horrible y apestoso cubículo separado por una cortinilla. No quiero estar en el mismo código postal que esta ropa barata y con olor a rancio que a saber quién ha llevado puesta, pero resulta que mi marido está atravesando una especie de crisis de mediana edad y tratando de destruirme para poder divorciarse y no puedo enfrentarme a él vestida con un albornoz».

—¿Quiere rellenar un formulario de deducción fiscal por donaciones caritativas?

—¿Deducción por donaciones caritativas?

—Así a la organización le devuelven los impuestos. Solo tiene que poner su nombre y su dirección.

—Pues… es que ahora mismo no tengo dirección. —Es ahora cuando la realidad la golpea igual que un puñetazo. Se recompone—. Bueno, sí la tengo. Pero es de Nueva York. Quinta Avenida.

—Si usted lo dice.

La mujer ríe con disimulo.

Nisha paga la ropa, rechaza la vuelta, luego cambia de opinión y la pide, un gesto que la vendedora recibe con un sonoro «pfff» de fastidio. A continuación quita las etiquetas a la ropa, se pone los pantalones, agarra la chaqueta del mostrador y, de camino a la puerta, deja caer el albornoz en el suelo de la tienda.

Magda le reserva un hotel que dice no está lejos del Bentley. El Tower Primavera.

—Les he pedido que avisen a recepción de que no puede usar la tarjeta de crédito por seguridad, porque acaban de robarle el bolso, y al final han aceptado.

—Ah, gracias a Dios.

El olor a usado de la ropa se le ha alojado en la garganta y teme que le estén saliendo ronchas. Una vez leyó que, cada vez que hueles alguna cosa, tu cuerpo absorbe sus moléculas. Solo de pensarlo tiene arcadas. No deja de tirarse de las mangas para evitar que la tela le roce la piel.

—Pero me temo que me ha dicho que sin tarjeta de crédito no va a poder usar el minibar.

—Eso me da igual. Solo necesito ducharme y hacer unas llamadas.

Hay un largo silencio.

—Tengo…. Tengo que decirle una cosa más, señora Cantor.

Nisha comprueba el mapa en su teléfono y echa a andar.

—¿El qué?

—Pues que no es… como los hoteles a los que están acostumbrados usted y el señor Cantor.

Magda sigue disculpándose porque al parecer no tenían crédito en la tarjeta este mes, algo relacionado con el seguro médico, bla, bla, bla.

—La habitación son ciento cuarenta dólares. Pero hay hervidor en la habitación por si quiere hacerse un té. E igual también galletas. Le he pedido galletas extra. He pensado que debe de estar hambrienta.

Nisha tiene demasiadas cosas en la cabeza para enfadarse. Qué más da. Da las gracias a Magda y cuelga mientras piensa que ahora por lo menos Magda podrá ponerse en contacto con ella si —o cuando— él le corte el teléfono.

La caminata es interminable. Está claro que Magda no tiene ni idea de calcular distancias en un mapa. Nisha golpea el pavimento gris con sus chanclas demasiado grandes mientras el cielo se oscurece, baja y, por último, empieza a escupir esa clase de lluvia gélida y malévola que parece exclusiva de Londres. Nisha se da por vencida; se detiene un momento y saca los zapatos de la bolsa. Al menos dentro hay también unos calcetines limpios. Se los pone y, a continuación y con una mueca de desagrado, hace lo mismo con los zapatos negros, deformados y con aspecto de viejos. Son más o menos de su número, pero tienen los inquietantes contornos que da el uso prolongado. «No voy a pensar en ellos —se dice—. No me definen». Luego se pone la chaqueta y al notar la tela barata pegársele a los hombros tienen que ahuyentar sensaciones que de pronto amenazan con ahogarla. Ahora, más que caminar, taconea, los zapatos bajos a los que no está acostumbrada modifican el movimiento de sus caderas. Siempre ha tenido un coche esperando como una sombra a la puerta de cualquier edificio en el que se encontrara, y no tenerlo ahora en una ciudad que de pronto le resulta desconocida la hace sentir a la deriva, como flotando incontrolada en la atmósfera. «Mantén la calma», se susurra a sí misma mientras sigue caminando y poniendo mala cara al que comete la temeridad de mirarla. Conseguirá lo que necesita y esta tarde estará de vuelta en el ático. O en otro ático. Sea como sea, Carl pagará por esto.

El hotel es un edificio chato y moderno de ladrillo barato color vino, con un neón plasticoso encima de unas puertas correderas, y cuando Nisha llega por fin a la calle, se detiene para asegurarse de que ha leído bien el nombre. Cuando levanta la vista, un hombre con camiseta de jugar al fútbol sale con una lata de cerveza en la mano. Se para y grita alguna cosa a su acompañante, la cual tiene la nariz metida en una bolsa de patatas fritas igual que un cerdo en un comedero. Los mira doblar la esquina mientras gritan algo sobre necesitar urgentemente un Big Mac.

La recepcionista tiene un aviso relativo a su habitación y le repite varias veces que no podrá usar el minibar, lo siente muchísimo, dado que no puede proporcionarles una tarjeta de crédito.

—En circunstancias normales ni siquiera aceptaríamos la reserva —dice—. Pero hoy no tenemos muchos huéspedes y su amiga estuvo encantadora y muy preocupada por usted. Siento que le hayan robado el bolso.

—Gracias. No me quedaré mucho tiempo.

Vacila antes de pulsar el botón del ascensor para subir al cuarto piso porque no quiere tocarlo. Le da un golpecito, dos cuando no obedece y a continuación se limpia varias veces el dedo en la manga. Cuando llega a la habitación 414 después de recorrer un largo trecho de moqueta de espirales chillones claramente diseñada por alguien que quería que la clientela en bloque se desmayara del asco, abre la puerta y frena en seco. La habitación es pequeña, con una cama de matrimonio frente a la que hay un viejo aparador de madera que sirve de apoyo para un televisor de pantalla plana. La moqueta y las cortinas son turquesa y marrón. Huele a tabaco y a ambientador sintético, con notas de algo acre y que recuerda a la lejía, igual que en una escena del crimen que se acaba de limpiar. ¿Qué cosa horrible habrá ocurrido allí? El cuarto de baño, aunque aparentemente limpio, tiene el champú y el acondicionador en envases cerrados y fijados a la pared, como si la clientela tampoco fuera de fiar en ese sentido.

Se quita la chaqueta y la tira encima de la cama. Acto seguido se lava a conciencia la cara y los brazos con el jabón barato. Toca las toallas delgadas y un poco ásperas —aparentemente lavadas— y se seca con ellas. Se mira en el espejo el pelo aún recogido en la coleta de cuando se duchó en el gimnasio, la cara sin maquillar. Parece diez años mayor, furiosa, exhausta. Se sienta en el borde de la cama (las camas de hotel le dan escalofríos. ¿Es que la gente no ha visto lo que sale cuando se examinan con luz ultravioleta?) y espera a que llame Magda.

—Dice que un sitio discreto y concurrido para no llamar la atención. Le preocupa que se entere Ari. Quiere quedar en el típico pub.

—Un pub. De acuerdo. —Recuerda un pub a cuya puerta se detuvo para ajustarse los espantosos zapatos—. El White Horse. Dile que nos vemos en el White Horse. ¿Cómo lo reconoceré?

—Él sabe cuál es su aspecto. La encontrará. Dice que tiene que estar a las ocho de la tarde.

—¿A las ocho esta noche? Para eso faltan cuatro horas. ¿No puede venir antes?

—Dice que a las ocho. Llevará lo que le pidió. Espere dentro. Él la encontrará.

Nisha mira la moqueta. Su voz, cuando por fin le sale, es más dubitativa.

—¿Puedo fiarme de él, Magda? ¿Sabemos lo que tiene?

Hay un breve silencio.

—Dice que estará allí, señora Cantor. Yo solo le estoy transmitiendo lo que me ha dicho él.

Bastan exactamente dieciséis pasos para rodear la cama de la pequeña habitación. Para cuando Nisha deja de caminar, ha dado mil trescientos cuarenta y ocho. Tiene el corazón a mil por hora y un fichero rotativo de pensamientos mientras asimila lo que Carl ha hecho, lo que ha intentado hacerle. Ha sido testigo de la falta de piedad de Carl con enemigos del mundo de los negocios, lo ha visto cortar de cuajo amistades de años sin inmutarse. Un día formaban parte de su círculo íntimo, almorzaba con ellos en amor y compañía, compartían chófer o charlaban hasta entrada la noche tomando un coñac entre chistes y afabilidad y al siguiente era como si hubieran sido borrados de la faz de la tierra. Carl atraía y apartaba a personas según le convenía y después era como si apenas recordara sus nombres. A Carl nunca le han preocupado cosas como las multas de aparcamiento, las disputas legales o las demandas de empleados laborales. Siempre dice que para eso contrata a otros, para que le solucionen las «complicaciones» del día a día.

Nisha cae en la cuenta de que de repente ella se ha convertido en una complicación más.

Tiene un nudo en el estómago que no deja de tensarse, como si alguien le hubiera rodeado la cintura con una cuerda y tirara de ella. Cada vez que deja de caminar siente que no puede respirar bien, que el aire no le llega al fondo de los pulmones. Está sedienta, pero no quiere beber del grifo (a saber qué cosas acechan en esas cañerías) y tampoco quiere salir a comprar agua mineral por si llama Magda, de forma que, tras deliberar, se prepara un café instantáneo no sin antes hervir el agua del grifo tres veces para sentirse segura bebiéndoselo. (Una vez vio un reportaje en *Morning Show* en el que decían que algunos invitados afirmaban haber usado hervidores para «escaldar su ropa interior». Después había tenido pesadillas).

¿Y qué le va a decir a Ray? Tendrá que enterarse en algún momento, claro. Carl y ella acordarán alguna suerte de comunicado impreciso sobre cómo las personas cambian y ya no pueden seguir viviendo juntas, pero mamá y papá todavía se quieren bla, bla, bla. Carl seguramente se lo encargará a un abogado. Y ella tendrá que poner buena cara, fingir que esto es también lo que ella quería. Presentarlo con toda la naturalidad y la ligereza posibles para que Ray lo sobrelleve.

¿Quién es ella? Es la pregunta que no se le va de la cabeza, el runrún que acecha debajo de cada nuevo pensamiento. Hace una lista mental de mujeres candidatas que le han supuesto motivo de preocupación en los últimos meses: un exceso de atención, una mano posada como si tal cosa en un brazo durante una cena benéfica. Una broma susurrada por unos labios muy maquillados. Siempre hubo mujeres y ella las vigilaba de cerca, atenta en todo momento a las vibraciones en la atmósfera. Sabía que algo no iba bien, pero no se le ocurría quién podría estar detrás. También sabía que Carl, dueño de un apetito sexual insaciable —en ocasiones hasta extremos irritantes—, últimamente estaba casi siempre cansado. No es que Nisha disfrutara de las atenciones que estaba obligada a dispensarle cada mañana, pero cuando la obligación cesó se inquietó. Nunca le preguntó qué pasaba —no era de esas mujeres que reclaman atención—, pero sí se había comprado lencería nueva y escandalosa, tomado la iniciativa cuando Carl regresó de su último viaje y recurrido a trucos que sabía que él no podía resistir. Entonces de repente ya no estaba tan cansado. Pues claro que no. Pero incluso abrazada a él durante el sudoroso poscoito, Nisha había sido consciente de un cambio, una nota discordante de fondo. Lo había sabido —vaya si lo había sabido— y eso fue lo que la convenció de buscarse un seguro.

Gracias a Dios que lo había hecho.

Tiene hambre. Normal. Nisha lleva toda su vida adulta pasando hambre (¿cómo si no conserva alguien una silueta como la suya?). Pero hace memoria y de pronto se da cuenta de que no ha comido en todo el día. Va hasta la bandeja con el hervidor de plástico y allí, en envoltorios de alegres colores, hay dos paquetes de galletas baratas rellenas de una sustancia cremosa sin identificar. Examina con suspicacia uno de los paquetes. Los carbohidratos llevan tanto tiempo siendo el enemigo que tiene que hacer un enorme esfuerzo mental para persuadirse de que en esta ocasión necesita consumirlos. Dios, si es que lo que de verdad le apetece es fumarse un pitillo. Lleva cinco años sin ganas de fumar, pero ahora mismo mataría por un cigarrillo.

Para ocupar la mente en otra cosa vuelve a hervir tres veces el agua de la tetera, se prepara un té negro y se lo bebe. Por fin, cuando ya no puede soportar el dolor de estómago por el hambre, abre el paquetito y se mete una galleta en la boca. La pálida pasta resulta ser seca y correosa al mismo tiempo. Pero es posible que también sea de las cosas más deliciosas que ha probado Nisha en su vida. Ay, Dios, qué buena está. Tan poco saludable y tan riquísima, joder. Nisha cierra los ojos y saborea cada bocado de las galletitas entre ruiditos de placer. A continuación se come el otro paquete. Lo vuelca en la palma de su mano para rescatar las últimas migajas, abre el envoltorio y lo chupa. Cuando es evidente que no queda nada, lo tira a la papelera.

Se sienta y mira su reloj.

Y espera.

Ha estado en un pub inglés una sola vez, en los Cotswolds, con uno de los socios de Carl, que era propietario de una enorme finca de caza y pensó que podría divertirlos practicar la tradición británica de «tomarse una pinta». El edificio parecía salido de un libro de historia, lleno de vigas y techos combados, impregnado de olor a leña, con un coqueto letrero antiguo pintado a mano fuera y una puerta enmarcada en rosas. El propietario llamaba a todos por su nombre e incluso permitía la entrada de perros, que se echaban a los pies de hombres vestidos de tweed con malas dentaduras y voces que parecían rebuznos, mientras que en el aparcamiento convivían cuatro por cuatros viejos y salpicados de barro y los inmaculados Porsches y Mercedes de los domingueros.

Una camarera servía platitos con dados de queso (se conoce que allí no habían oído hablar de las bacterias que después identifican los laboratorios en platos compartidos, puaj) y tartaletas marrones de una carne inidentificable que Nisha había fingido mordisquear. El agua mineral estaba tibia. Había sonreído ante los ásperos chistes y deseado haberse quedado en la casa. Pero tenía la costumbre de acompañar a Carl a todas partes.

Este no es uno de esos pubs. Este es como los bares de carretera a varios kilómetros de la autopista con los que ha crecido. En los que las chicas jóvenes visten tops sin mangas y pantalones cortos y los hombres desearían estar en un concurso de Miss Tetas y se comportan como si así fuera. Nisha entra en el White Horse y de inmediato la envuelve un mar de cuerpos y de ruido, de corros de personas ebrias de cerveza haciéndose oír a gritos por encima de un chunda chunda al que le sobran unos cuantos decibelios. Se abre camino entre la gente y se encoge para evitar a hombres que dan tumbos, al parecer borrachos ya a las siete y media de la tarde.

Había abrigado la esperanza de sentarse en un rincón tranquilo, pero todas las sillas están ocupadas y, en cuanto se queda una mesa libre, la gente se abre paso a codazos hacia ella, como en un musculoso juego de sillas musicales. Así que espera en la zona del porche, junto a una puerta, como si hubiera decidido salir a fumar, y niega con la cabeza cuando un hombre le pregunta si «le sobra un pitillito». Mientras tanto no deja de observar a la concurrencia, atenta a un hombre que le haga un gesto con la cabeza.

Lo encontró por medio del amigo de un amigo del marido de Magda, que conoce a gente y tiene contactos en cada país. Nisha lo organizó todo personalmente usando un teléfono prepago seis semanas antes, para que Magda tuviera que participar lo menos posible. (Le había pedido que la dejara fuera: «Cuanto menos sepa, mejor, señora Cantor, no quiero meterme en líos»). Y, cuando el tipo se puso en contacto con ella la semana pasada, dijo que la labor de vigilancia había sido vergonzosamente fácil y que «no la decepcionaría». Nisha le había enviado dinero en efectivo y un reloj Patek Philippe que Carl había decidido que necesitaba dos años atrás en el aeropuerto de Dubái cuando estaba demasiado borracho para acordarse luego de que lo había comprado.

No tenía sentido tratar de identificar a aquel hombre por su aspecto. Además, aquellos hampones a sueldo eran todos iguales, con sus cabezas rapadas y sus gruesos cuellos. Lo reconocería porque sería el único hombre allí que no estaba borracho y rociando de saliva a la mitad de los presentes.

—¿Tienes un pitillo, guapa?

Un hombre joven aparece delante de ella. Lleva una camiseta polo blanca y un pantalón de chándal con la entrepierna caída. Un rubor brillante en las mejillas revela que lleva un buen rato bebiendo.

—No —dice Nisha.

—¿Qué estás? ¿Esperando a alguien?

Nisha lo mira de arriba abajo.

—Sí, a ti. Para decirte que te largues.

—¡Uuuh!

Ve que está acompañado de un grupo de más hombres jóvenes, también «alegres», dándose codazos y aullando.

—No te cortas. Me encantan las mujeres que no se cortan —dice el hombre y arquea las cejas en un gesto sugerente, como si pensara que Nisha lo considerará un cumplido—. Americana, ¿verdad?

Nisha hace como si no lo hubiera oído y se gira un poco para dar la espalda a todo el grupo.

—Pero bueno, no seas borde, ¡anda! Déjame que te invite a una copa, preciosa. ¿Qué bebes? ¿Vodka con tónica?

—Déjalo que te invite a una copa, chica yanqui.

Nisha sigue sin mirarlos. Puede oler su loción para después del afeitado, barata y punzante.

—No me apetece. Por favor, dejadme en paz y pasadlo bien.

—Sin ti no voy a poder… Venga, preciosa. Déjame invitarte a una copa. Estás aquí soli…

El hombre le pone una mano en el brazo y Nisha se da media vuelta y sisea furiosa:

—Vete a tomar por culo y déjame en paz.

Esta vez el «uuuh» de los amigos tiene un tono más áspero. Se están empezando a irritar. Nisha necesita concentrarse para asegurarse de que localiza a su hombre.

El joven se ha ruborizado y su expresión parece ahora endurecida, con una mirada vacía.

—Tampoco hace falta ser maleducada —dice.

—Pues al parecer sí —contesta Nisha.

Entonces, mientras el grupo vuelve dentro, no sin antes dirigirle un par de miradas mustias, Nisha se acerca a un tipo rollizo con una chaqueta arrugada que está hablando con un amigo y reclinado contra una ventana.

—Perdona, ¿me darías un cigarrillo? —Sonríe con dulzura al hombre y lo desarma de inmediato. Ni siquiera dice nada mientras busca deprisa su cajetilla. Le da fuego como un caballero, sin tocarle las manos, y Nisha lo recompensa con otra sonrisa—. De hecho, ¿te importaría darme un par más para después? Me he dejado los míos en casa. —El hombre le da su cajetilla y le insiste para que la acepte diciendo que él puede comprar más—. Eres un encanto —dice Nisha y el hombre se sonroja hasta las orejas.

Nisha se fuma el cigarrillo a caladas cortas y furiosas, disfrutando del sabor acre del humo, de la ocasión de tener una ocupación durante al menos unos minutos. ¿Dónde coño está este tío? Apaga la colilla con el tacón de su zapato. «Date prisa», le ordena mentalmente. No se acuerda de la última vez que estuvo sola en un bar de noche. Por lo general vive aislada de personas como las que hay allí. Aquel mocoso no la habría abordado de ir vestida con su ropa acostumbrada. Ambientes como este representan aquello de lo que lleva toda su vida intentando escapar.

Consulta otra vez su reloj, se mete las manos en los bolsillos y enseguida las saca con un sonoro puaj cuando se acuerda de lo que lleva puesto.

A las nueve y cuarto recorre el pub por tercera vez abriéndose paso entre los grupos de clientes cada vez más ruidosos y alargando el cuello en un intento por ver quién hay. Una mujer joven que se ha quitado los zapatos le ofrece un cigarrillo fuera y le dice que tiene un pelo precioso. Nisha le da las gracias con amabilidad porque quiere el cigarrillo. Sospecha que mañana tendrá resaca de nicotina.

Espera mientras pasan las horas y el ambiente en el bar empieza a parecerse cada vez más a una bacanal. Las voces suben de volumen, la gente pasa a su lado derramando el alcohol de sus vasos. Un grupo de oficinistas empieza a bailar en la diminuta y pegajosa pista de baile y Nisha los mira, maravillada por la disposición de la gente a hacer el ridículo. La puerta lateral se cierra a las once menos cuarto y la gente empieza a salir por la principal riendo, dando tumbos y deteniéndose a fumar, a besarse desordenadamente o a esperar a que pase un taxi. El hombre no aparece.

—¿Ya cierran? —pregunta Nisha a un joven asiático que forma parte de la celebración de oficinistas.

—Sí, cariño —contesta el joven con un saludo militar—. Son casi las once, ¿no?

Le pasa un brazo por los hombros a un hombre pelirrojo vestido con una camiseta que no es de su talla y los dos se alejan cantando.

Nisha no da crédito. Se gira y mira dentro. ¿Puede ser que no lo haya visto? Es imposible que haya estado allí sin que ella se enterara. Imposible. Maldice entre dientes y se prepara para volver andando al hotel.

Está a solo unos minutos del pub cuando los oye a su espalda, acosándola, con sus pisadas resonando en el pavimento húmedo. «¡Eh! ¡Chica yanqui!». Da media vuelta y lo reconoce de inmediato, brotando igual que un grano purulento de la superficie de la pequeña manada. «Lo que me faltaba».

Aprieta el paso, pero los hombres hacen lo mismo y Nisha sabe que buscan acorralarla. El corazón le atruena en los oídos con la repentina subida de adrenalina. Saca las conclusiones que sacaría cualquier mujer en su situación: esta calle es demasiado oscura; no hay gente cerca; la calle principal, con sus neones y su tráfico, está aún a cien o doscientos pasos de distancia. No tiene a Ari, no tiene alarma personal, ni siquiera unas llaves que empuñar. Viene a por ella. Se lo dicen las tripas.

Tres pasos, dos. Lo oye acercarse, nota su aliento caliente en la nuca. Justo cuando sus brazos la envuelven en un torpe estrujón de oso, Nisha se agacha de pronto, apoya el peso del cuerpo en el pie de atrás, se gira y le da un codazo en la entrepierna. Tal y como le ha enseñado su profesor particular de krav magá. Oye el chillido agudo mientras el hombre se desploma en la acera a su espalda, las exclamaciones de conmoción de sus amigos cuando acuden en su ayuda. Los insultos. Los «¿pero qué co…?».

Pero están borrachos y, antes de que les dé tiempo a entender lo ocurrido, Nisha ha echado a correr por la calle sin iluminar con toda la potencia de mil tediosas sesiones diarias en la cinta de correr en los pies, repentinamente agradecida, al menos hoy, de no calzar unos bonitos tacones altos de marca y hechos a mano en lugar de unos zapatos baratos, feos y perfectamente planos.

Casi ha llegado al hotel con el ánimo acalorado cuando descubre que en la escaramuza se le ha caído el teléfono del poco profundo bolsillo de la americana de segunda mano.

Maldice, se gira y vuelve sobre sus pasos sin hacer caso de los borrachos que dan tumbos por la calle. Inspecciona la acera pero no encuentra nada. Normal, ¿cuánto puede durar un móvil en el suelo de una calle del centro de una ciudad? Nisha se detiene bajo la luz parpadeante de las farolas, cierra los ojos y se pregunta qué más desgracias le pueden pasar hoy.

—¡Magda! ¡Hay seis pubs White Horse distintos en Londres! ¿Cómo no me lo dijiste? ¡Lo acabo de mirar! ¡Ha debido de ir a otro!

Le ha cogido prestado el teléfono al hombre nigeriano de voz suave que atiende la recepción y hace caso omiso de sus miradas nerviosas mientras escucha la respuesta de Magda de pie en el rincón, junto a la máquina expendedora.

—¿Cómo? ¡Pero si me ha llamado!

—¿Cómo que te ha llamado?

—Dijo que se lo entregó hace dos horas. Lo entretuvieron y llegó tarde, así que me llamó.

—No me lo ha dado a mí. ¡Se ha equivocado de bar!

—No, no, señora Cantor. El White Horse. Le dije cómo iría vestida. Sabía qué se iba a poner este viernes, porque lo tengo todo apuntado en la tabla. Me dijo que la reconoció por los zapatos.

—¿Qué?

—Los Louboutin. Dijo que hay demasiadas mujeres de su edad con pelo oscuro y que miden uno setenta. Así que le dije que la reconocería por los zapatos. Porque son el único par que existe en el mundo, ¿no? Unos zapatos inconfundibles. Incluso le mandé una fotografía para asegurarme. Sabía que los llevaría porque dijo que el viernes tenía peluquería después del gimnasio y luego iría derecha a Hakkasan a comer y que el señor Cantor quería que los llevara puestos.

—Pero… los zapatos me los robaron. Me los robaron esta mañana.

Hay silencio al otro lado de la línea telefónica.

—¿No llevaba los zapatos?

Nisha se pone de pie y aferra con fuerza el teléfono mientras asimila lo que acaba de decir Magda.

—Ay, Dios mío. ¿A quién coño se lo ha dado?

7

Las resacas a los cuarenta años tienen un matiz especialmente vengativo, como si el cuerpo, no satisfecho con actuar como si hubiera sido envenenado, también decidiera enviar señales furiosas a todas las extremidades nerviosas. «¿Qué edad te crees que tienes? ¿De verdad te ha parecido sensato? ¿Eh? ¿Te consideras lo bastante joven aún para salir de juerga? PUES TE VAS A ENTERAR». Sam, con los ojos muy cerrados para protegerse de la luz, comprueba que ahora tiene discusiones imaginarias con su sistema nervioso. Sabe que necesita enfrentarse al día que la espera. O al menos acercarse a él de puntillas y llorar un poco.

—Lo pasaste bien, ¿no?

Cat aparece delante de ella con una cazadora de aviador de satén y botazas negras y deja una taza de café en la mesa con lo que a Sam le parece un grado de entusiasmo malévolo.

—Pues... creo que sí.

—Siéntate recta o te va a chorrear el café por la barbilla.

Sam se endereza un poco y el dolor de cabeza la hace gemir levemente.

—¿Qué hace papá?

—Sigue dormido.

—¿Qué hora es?

—Las nueve y media.

—Ay, Dios mío. El perro…

—Ya lo he sacado. Y he comprado leche. Y lavado los platos de papá de anoche. ¿Me prestas tus dormilonas de oro? Después del trabajo voy a ir a una manifestación contra las granjas peleteras y me preocupa que si hay jaleo me puedan arrancar los de aro.

La mirada de Sam se desplaza hacia su hija.

—¿Los que te dije que no te prestaría bajo ninguna circunstancia? Espera. ¿Qué es eso de que te los pueden arrancar?

—Con los pendientes de oro falso me pican las orejas. Anda. Tómate el café.

Sam da un sorbo. Sabe a salvavidas.

—Bonita forma de negociar. Atácala mientras esté vulnerable.

—Tuve una buena maestra. —Cat sonríe de oreja a oreja—. Gracias, mamá. Te prometo que los voy a cuidar.

De pronto Sam se acuerda de Joel, de la sensación de sus manos en la cintura, de esa sonrisa tan suya. La voz de Marina que le decía al oído: «Le gustas». Se ruboriza y no está segura de si el calor de la cara se debe al alcohol, la vergüenza o algo hormonal. Sea como sea, se obliga a levantarse del sofá.

—Pásalo bien en… Espera, ¿has dicho manifestación? ¿Qué… qué vas a hacer?

—¡Manifestarme! ¡Poner un poco nerviosa a la policía! ¡Que tengas un buen día, mamá!

—Espera… ¿Eso es un tatuaje?

Oye cerrarse la puerta. Su hija se ha ido.

Phil está enrollado en el edredón igual que un hojaldre de salchicha y no se mueve cuando entra Sam en la habitación. El aire del dormitorio está especialmente quieto y cargado, como si se saturara más allí. Sam observa a Phil un momento, se fija en su ceño fruncido, en las manos cerca del mentón, como en un gesto inconsciente de autodefensa. A veces tiene ganas de gritarle: «¿Crees que a mí no me apetece pasarme el día tumbada y dejar que se ocupe otro de todo? ¿Que no me gustaría que otro se preocupe de las facturas, de mi horrendo jefe y de sacar al perro, que haga la compra, pase la aspiradora por ese trozo de escalera en la que siempre hay pelos? ¿Crees que a mí no me gustaría renunciar a toda responsabilidad?». Otras veces siente una gran tristeza por su en otro tiempo alegre y motivado marido que solía desafinar en la ducha y besarla cuando menos se lo esperaba y que ahora se pasa los días encorvado y agobiado, zarandeado por el doble revés que le ha supuesto perder, en solo seis meses, un trabajo que le encantaba y, lo que es aún peor, a su querido padre. «No pude ayudarlo, Sam», decía, pálido como una pared cuando volvía a casa noche tras noche. Unas semanas atrás le había dicho que tener su edad era como caminar entre francotiradores, que sus seres queridos estaban cayendo uno a uno y que no podía hacer nada ni prever cuál sería el siguiente.

«Es una manera un tanto lúgubre de verlo», había dicho Sam. El comentario le sonó pobre en cuanto lo hubo hecho y Phil no volvió a sacar el tema.

A diferencia de la casa de Sam, a la puerta de la cual la apolillada caravana aloja ahora una fortaleza de maleza y cardos y es refugio de una colección de envases de comida para llevar arrojados desde los coches que pasan, la fachada de la modesta casita de Andrea está siempre inmaculada. Del adoquinado de la entrada no brota maleza y la hilera de macetas de barro está diligentemente cuidada; las alegres flores cambian de lugar con las estaciones, alimentadas y regadas a diario con cariño casi maternal.

Sam llama a la puerta —con un golpe especial que le dice a Andrea que no es ni un acosador pervertido ni un comercial que quiere venderle doble acristalamiento— y al cabo de un instante se abre.

—Pero bueno, si estás hecha unos zorros —dice Andrea alegremente y Sam levanta las cejas al ver que Andrea no tiene las suyas y que su cara conserva aún una palidez fantasmal—. Pasa,

pasa, te vas a tener que hacer tú el café. Por alguna razón la leche sigue dándome arcadas.

Se sientan con las piernas dobladas en extremos opuestos del sofá de Andrea, siempre cubierto de una selección de mantas de crochet y chales suaves porque a menudo le entra frío. Son de colores llamativos, porque le gustan las cosas optimistas y alegres, y, cuando se sientan, Mugs, el querido y viejo gato atigrado de Andrea, trepa entre las dos y se instala en un cojín entre ásperos ronroneos de placer.

—¿Qué te ha pasado? —pregunta Andrea. Lleva la cabeza envuelta en un pañuelo que hace juego con el azul de sus ojos—. Cuéntamelo todo.

—Cerré tres encargos gordos, mi nuevo jefe me acusó de estar borracha y luego me emborraché muchísimo —dice Sam.

—Excelente. ¿Fuiste mala?

Sam piensa en Joel y ahuyenta el recuerdo.

—No. Aparte de bailar tanto con tacones que esta mañana mis pies parecían masa cruda.

—¡Uf! Yo sueño con portarme mal. A veces sueño que salgo por ahí a cogerme una buena y cuando me despierto sin resaca casi es una decepción.

—Pues esta te la regalo, de verdad.

Se habían conocido el primer día de instituto y Andrea le había hecho a Sam su imitación de una naranja (que incluía fruncir la cara entera de una forma extrañamente convincente), y a continuación le había enseñado el chupetón que le había hecho el hijo de la profesora de educación física. De sus muchos años de amistad, Sam recuerda una única discusión, a cuenta de unas vacaciones que Andrea se había cogido sin ella cuando tenían dieciocho años, después de la cual acordaron no volver a discutir jamás. Andrea lo sabe todo de ella. Cada enamoramiento, cada tristeza, cada pensamiento pasajero; es una constante en la vida de Sam y cada vez que pasa tiempo con ella Sam se siente reconfortada de una manera subliminal que no llega a comprender del todo.

—¿Se ha levantado Phil?

—Todavía no.

—¿Has vuelto a hablar con él de lo de la medicación?

Sam gime.

—Se niega. Es como si pensara que tomar antidepresivos equivale a tener una enfermedad mental.

—Tiene una depresión, Sam. Es absurdo. Todos necesitamos ayuda de vez en cuando. Es… como lo mío. Solo que en el cerebro y no en las tetas.

Andrea es la única persona con la que Sam siente que puede hablar con sinceridad de la enfermedad de Phil. De cómo a veces lo odia. De que teme que no se recupere nunca. O que sí se recupere y entonces lo odie tanto por esto que no vuelva a sentir lo mismo por él. De que con lo que ha pasado con Phil —y con Andrea— ahora vive con la sensación de que, de un día para otro, el suelo puede abrirse bajo tus pies y nada, desde luego no la felicidad, está garantizado.

—¿Cómo te encuentras? —dice para cambiar de tema.

—Pues cansada sobre todo. Esta semana me he visto entera *Urgencias* en una plataforma solo para sentirme bien cada vez que se muere alguien que no soy yo.

—Pero el último escáner fue bien, ¿no? Te estás curando.

—Sip. Solo me queda uno más y podré volver a respirar. Oye, me está empezando a crecer el pelo.

Se quita el pañuelo de la cabeza dejando ver un asomo de pelusa.

Sam se acerca y se la acaricia.

—Muy bien. Te pareces a Furiosa, de *Mad Max*.

—Bueno, es verdad que me confunden mucho con Charlize Theron.

Por un momento guardan silencio. Mugs se ha dormido con las patas traseras levantadas igual que un conejo y las dos lo acarician con suavidad.

—Ah, y me han despedido del trabajo.

Andrea no levanta la vista del gato. Sam tarda un momento en asimilar lo que ha dicho.

—¿Cómo?

—Por supuesto no tiene nada que ver con esto, lo que pasa es que están reestructurando el departamento y mi puesto ha desaparecido.

—¡No te pueden despedir! ¡No después de todo lo que has pasado!

—Pues lo han hecho. Me dan una pequeña indemnización y adiós muy buenas.

—Pero... ¿de qué vas a vivir?

Andrea se encoge de hombros.

—Ni idea. Había pensado en vender mi cuerpo. —Sonríe débilmente a Sam—. La semana que viene iré a la oficina de la seguridad social, a ver a qué tengo derecho. Digo yo que estar medio muerta te dará derecho a algo.

—Calla —contesta Sam—. No lo digas ni en broma. —Le coge la mano a Andrea y la aprieta con suavidad.

—Estaré bien —dice Andrea—. Ya saldrá algo.

—Yo te ayudaré.

—Tengo ahorros.

—Me dijiste que los habías gastado casi todos.

—Tienes demasiada buena memoria —dice Andrea—. Y, en cualquier caso, estás tan tiesa como yo.

—Hablo en serio, ¿puedo hacer algo? ¿No se puede demandar? ¿Contratar a un abogado?

—Es una multinacional con departamentos legales exclusivamente dedicados a machacar gente y, si te soy sincera, ahora mismo no tengo energías para luchar contra nada más.

Andrea mantiene la vista fija en el gato y parece que quiere dar por terminada la conversación. Durante un rato guardan silencio, las dos absortas en sus pensamientos y sin dejar de acariciar al gato, hasta que este decide que está harto de tanto contacto humano y se baja del sofá.

—Ah. Tengo una cosa divertida para contarte.

Andrea levanta la cabeza.

—Ya era hora, Sam, por Dios. ¿Llevas aquí media hora más triste que un fin de semana lluvioso en Villa Lúgubre y hasta ahora no me dices que tienes algo bueno para contarme?

Sam le cuenta la historia de los Louboutin de tacón alto, desde lo ocurrido con Frampton hasta Miriam Price, y a continuación lo del hombre atractivo con el sobre acolchado.

—¿Y dónde está? Lo que te dio el hombre.

—Pues… creo que lo tengo en el bolso. —Sam rebusca en su interior y saca el sobre acolchado. Dentro hay un pequeño pendrive.

—¡Pero vamos a ver! Puede ser algo emocionante. Datos de cuentas bancarias en Suiza. Códigos del Pentágono que igual puedo usar para bombardear el departamento de Recursos Humanos de mi empresa. La fortuna de una familia real nigeriana de tiempos ancestrales. Déjame echarle un vistazo, anda.

Andrea se levanta del sofá y coge el portátil de la mesa que hay detrás de Sam.

—¿Y si lo que hay es malware o algo así? No quiero meterte virus en el ordenador.

Andrea pone los ojos en blanco.

—¿Tengo pinta de que tener virus en el ordenador esté ahora mismo en mi lista de preocupaciones?

Le coge el pendrive a Sam y lo inserta en su portátil. Se sientan juntas para poder ver la pantalla.

—Si son códigos del Pentágono, pienso atacar primero a mi exsuegra —dice Andrea alegre—. Un pequeño misil teledirigido. Puede que radiactivo. Nada muy exagerado.

La pantalla se enciende y de pronto las dos callan. Andrea es la primera en hablar después de unos segundos de ver dos cuerpos borrosos retorcerse fogosos.

—Oye, Sam. No estoy segura de qué es esto, pero lo que sí sé es que no es… legal.

—O no debería serlo.

Miran en silencio la pantalla unos instante más, fascinadas y horrorizadas, incapaces de apartar la vista. Están boquiabiertas.

—Él no debería… Huy, no. Huy, no, no, no.

—¿Es el… el hombre que te dio el sobre?

—Qué va. Era mucho más joven. Y no tan… puaj.

—¿Se puede saber qué le está haciendo ella? Apágalo. ¡Apágalo! Se me ha puesto mal cuerpo.

Cierran de golpe el portátil y por unos momentos ninguna habla. Andrea mira a Sam y menea la cabeza.

—¿Es una moda o qué? ¿Qué pasa? ¿Que si te gusta alguien ahora, en vez de una fotopolla le envías porno de nicho en un sobre acolchado? —Andrea se estremece—. Casi me alegro de estar demasiado enferma para tener citas.

Hay pocas personas vestidas con elegante traje oscuro en este barrio residencial destartalado, pero es una zona de Londres descrita por las agencias inmobiliarias como «animada» y «emergente», un lugar donde no sería inusual encontrarse a un hombre disfrazado de cabra, o a un grupo de Hare Krishna con túnicas naranjas y agitando panderetas, así que las pocas personas que se cruzan con Ari Peretz apenas le prestan atención. De haber ocurrido lo contrario, él no se habría dado cuenta tampoco; está totalmente concentrado en su teléfono, en cuya pantalla un punto azul está cada vez más cerca del rojo, que se mueve. Se detiene junto a un buzón, da un paso y a continuación se mira los pies, como si buscara algo. Se agacha, mira debajo de un seto cercano, luego por encima de un murete de ladrillo mientras sigue pendiente del teléfono. Se pone en el suelo a cuatro patas y mira debajo de un coche aparcado usando el móvil a modo de linterna. Se acerca un poco más, luego mete la mano debajo del coche y saca otro teléfono, al que quita el polvo. Se pone de pie, se sacude los pantalones y mira a su alrededor. Suspira audiblemente, como alguien que sabe que va a hacer una llamada que es improbable que termine bien. Entonces marca.

—Lo he encontrado. Ella no está por ninguna parte. Igual tenemos un problema.

8

Se le había ocurrido de madrugada: la casa de Chelsea. Carl ha estado comprando y vendiendo propiedades compulsivamente desde que se casaron y como esta siempre estaba en obras nunca se han quedado en ella. En el caos del día anterior casi se le olvidó su existencia. Pero necesita una base de operaciones mientras todo esto se soluciona y esa casa, esté como esté, siempre será mejor que el Tower Primavera. El alivio que le produjo acordarse de repente de la casa a las 2.14 la dejó casi mareada.

No tiene llave, pero si los albañiles siguen trabajando allí le abrirán la puerta. Y, si no están, entrará por la fuerza. Ningún agente de policía va a objetar a que alguien entre en su propia casa. Nisha se queda despierta y planea su siguiente paso. Instalarse en la casa, contratar a un abogado, recuperar su bolsa y dar a Carl una patada en el culo. Este último pensamiento es lo que la consuela y la sume en un sueño inquieto hasta las siete, hora en que se da una ducha, se pone la ropa del día anterior y baja a la cafetería a tomar el desayuno incluido en el precio de la habitación.

—¿Qué quiere decir con que no hay carta?

Nisha mira al camarero, que parpadea y se va. Hay miles de razones por las que Nisha lleva veinte años sin desayunar de bufet:

la comida es siempre pésima; huevos grasientos bajo lámparas calientaplatos, salchichas pálidas resbalando por bandejas metálicas. Desconocidos soltando células de piel muerta cada vez que se inclinan sobre recipientes de acero inoxidable. Siempre ha sido su peor pesadilla.

Hasta que tuvo hambre.

No es la clase de hambre que suele tener Nisha, de baja intensidad, siempre presente, sino una variedad nueva que la deja temblorosa y ligeramente débil, incapaz de pensar en nada que no sea comida. Está en el bullicioso comedor, una sala de congresos amarillo chillón donde las sillas están forradas de plástico y en las paredes hay traducciones de «¡Buenos días!» en una docena de idiomas. A pesar del asco, el estómago le ruge y da zarpazos igual que un animal a punto de liberarse.

Coge dos tomates, algo que está descrito como huevos revueltos y dos tortitas de patata. Añade un plátano —al menos eso no lo toca nadie por dentro— y se guarda unas cuantas barritas rectangulares y envueltas de queso en el bolsillo. Un hombre a su derecha la mira incisivo y Nisha le clava los ojos furiosa hasta que el hombre se ruboriza un poco y se va. Se lleva el plato al rincón más alejado y se pone a leer un periódico gratuito, aunque apenas asimila nada.

Mientras come, repasa una y otra vez mentalmente el plan. En cuanto se haya asegurado una base de operaciones, necesitará dinero. Tendrá que pedirlo prestado, al menos hasta que el abogado haga su trabajo. Se pregunta a quién puede pedírselo. Cae horrorizada en la cuenta de que últimamente casi todas sus amistades son en realidad de Carl. Piensa por un momento en Juliana, pero hace más de quince años que no hablan y, en cualquier caso, nunca tuvo dinero. El hombre con el que ha hablado Magda, el que se suponía que iba a proporcionarle su seguro, ha desaparecido.

Mientras sorbe el café se apodera de ella una sensación de pánico. «¿Cómo he llegado a esta situación?». Se obliga a cerrar los ojos y respirar hondo. Piensa en la cara hinchada y autocomplaciente de Carl. Probablemente ahora mismo está comiendo huevos Benedict en su suite. Piensa en cómo se sentirá cuando le devuelva la jugada. Ha sobrevivido a cosas peores, se dice a sí misma en voz baja. Sobrevivirá a esto.

Cuando abre los ojos ve una pinche de cocina con aspecto de estar aburrida junto a su mesa.

—Cuando termine tiene que vaciar la bandeja en los cubos de basura.

Nisha la mira durante tres segundos exactos mientras una extraña lucha interior se refleja en sus facciones. Toma aire despacio, a continuación coge su bandeja y camina muy recta hacia los cubos.

Con sus últimas monedas, Nisha coge un autobús y se sienta en la parte de delante sin mirar siquiera a los pasajeros diseminados a su alrededor. Se baja en Chelsea Bridge y camina diez minutos hasta la placita. No tiene mala pinta: edificios de estuco blanco, atractivas boutiques y cafeterías decentes. Una florista vende exquisitos centros de hortensias azules. Nisha imagina cómo quedarán varios de ellos en una mesa de comedor cuando esté instalada y decide qué servicios reservará en el salón de belleza vecino. Ahora mismo mataría por un masaje. Pero no pasa nada. Aquí sobrevivirá de momento. Por fin entra en la plazoleta, internamente complacida por la evidente tranquilidad que se respira en ella, por la visión de una niñera acompañando a unos niños bien vestidos, de una mujer mayor paseando un dachshund. Al menos parece un lugar que entiende cómo se hacen las cosas, a millones de kilómetros de la grasa, el ruido y el bullicio del hotel.

Y ahí está, el número 57. Se detiene delante de la verja y lo mira, recuerda vagamente la fachada de la información que les mandó la agencia inmobiliaria. Es una casa bastante modesta para lo que acostumbra Carl, pero la eligió por su emplazamiento, y Nisha recuerda asentir con la cabeza, sonreír y decir que era encantadora, como hacía con cada inversión inmobiliaria de Carl. Este duerme mal e insiste siempre en vivir en calles por las que no pasen coches o, a ser posible, rodeado por hectáreas de terreno. Comprueba satisfecha que las obras del edificio están terminadas y repara en las persianas de color neutro, en las bien cuidadas rosas en el jardín delantero.

Está intentando recordar el nombre de la constructora —¿Barrington? ¿Ballingham?— cuando se abre la puerta principal de la casa y sale una mujer. Debe de ser la interiorista, piensa Nisha, y da un paso hacia ella, pero, casi de inmediato, la mujer hace salir a dos niños pequeños. Cuando levanta la cabeza y ve a Nisha en la verja, parece vacilar. Las dos mujeres se miran un instante con sonrisas desconcertadas.

La mujer es la primera en hablar.

—¿Quería algo? —pregunta, cuando Nisha no se mueve. Es delgada como un galgo; su pelo es una cortina lisa de castaño y rubio natural y viste la clásica ropa informal y cara de una madre no trabajadora y rica.

A Nisha su audacia la descoloca.

—Pues… querría saber qué hace usted en mi casa.

La mujer parpadea. Se medio ríe.

—Eh… Esta casa es mía.

—De eso nada. La compramos hace tres años. Tengo la documentación que lo demuestra.

La mujer se pone rígida.

—La compramos hace cuatro meses. También tengo los correos electrónicos del notario que lo confirman.

Se miran. Los niños tienen los ojos muy abiertos y están pendientes de su madre.

—Esto es absurdo —dice la mujer colocándolos detrás de ella como si estuviera tratando con una persona trastornada—. Me temo que se ha equivocado de dirección. Por favor, déjenos en paz.

—Número cincuenta y siete —dice Nisha—. Es mi casa.

—No es suya.

—Sí lo es.

Las dos mujeres ríen a medias sin ningún humor, como conscientes de lo absurdo de la conversación. Nisha ve cómo la mujer se fija en su ropa barata, los zapatos de mala calidad y aprecia cómo se le ensombrece momentáneamente la expresión, como si la tomara por una mujer peligrosa, quizá recién salida de una institución psiquiátrica.

—¿Quién es usted? —pregunta la mujer con voz tensa.

—Me llamo Nisha Cantor.

—¡Ah! —dice la mujer, repentinamente aliviada—. ¡Cantor! ¡Sí! Son las personas a las que compramos la casa.

—Pero… si no la hemos vendido —dice Nisha—. Necesitaba mi firma. Me habría…

Con un sobresalto, cae en la cuenta de lo que ha hecho Carl.

—Ay, Dios mío.

La calle empieza a combarse y a dar vueltas a su alrededor.

—¿Está…? Se encuentra bien?

La actitud de la mujer se ha suavizado un poco. Da un paso adelante y hace ademán de tocar a Nisha en el brazo. Nisha la rechaza de inmediato. Normalmente no le gusta que la toquen, y mucho menos alguien que salta a la vista que siente compasión por ella.

—Hace cuatro meses. —Niega con la cabeza—. Pues claro.

—Mire, creo que lo mejor es que hable con su abogado. Pero la casa es nuestra. Tengo los papeles notariales y del registro de la propiedad para demostrarlo. Puedo entrar a buscarlos si…

—Huy, no. Me… La creo —dice Nisha.

Le falta el aire. Carl debe de llevar meses planeando esto. Emite un ruidito que puede haber sido un gemido, e intenta recobrar la calma antes de ponerse recta.

—¿Está usted bien? ¿Quiere que le…?

Da media vuelta antes de que la mujer pueda añadir nada y camina a paso ligero hacia la parada de autobús mientras nota tres pares de ojos clavados en ella hasta que desaparece de la vista.

—¿Mamá? ¿Cómo es que me llamas tan temprano? ¿Y por qué me llamas a cobro revertido?

—Sabía que estarías despierto, cariño. Sé que eres un noctámbulo. ¿Qué tal estás?

—Bien.

Nisha hace una mueca. «Bien» en jerga adolescente puede querer decir cualquier cosa, desde eufórico hasta «acabo de ver doce vídeos de YouTube sobre la mejor manera de suicidarse».

—¿Qué tal día has tenido?

—Normal.

Nisha vacila. Pero esto no puede esperar.

—Cariño, tengo que pedirte un pequeño favor.

Oye una pantalla borbotear de fondo. Debe de estar jugando a uno de esos juegos en línea en los que hay que llevar cascos y gritar a compañeros de equipo remotos.

—Necesito que me envíes por giro postal algo de dinero.

—¿Qué? —Lo dice dos veces, claramente perplejo.

—Quiero… comprarle a papá un regalo de cumpleaños y no me apetece que vea el gasto en nuestra cuenta conjunta —dice Nisha con naturalidad—. Ya sabes cómo controla todos los movimientos de dinero.

—¿Y no puedes pagar con tu tarjeta de crédito?

Suena distraído. Nisha oye explosiones lejanas seguidas de tiroteos.

—Me… me robaron el bolso ayer. Me he quedado sin teléfono y sin tarjetas.

—¡Qué horror! ¿Qué bolso era? —pregunta Ray de pronto nada interesado en el videojuego—. ¿No sería el de Bottega Veneta?

—No, no. Uno viejo. Ni siquiera estoy segura de que lo conozcas.

—Ah, genial. Bueno… Entonces ¿cómo lo hago? No sé hacer un giro postal. ¡Sasha! ¡Un tirador! ¡A tu izquierda!

Nisha le explica el procedimiento y Ray lo hace mientras hablan. La idea de enviarle dinero a su madre le parece algo que raya casi en la aventura y Nisha se da cuenta, con ligera sensación de culpa, de que casi nunca le encargan hacer cosas prácticas. Ray le hace un giro de quinientos dólares, el máximo que Nisha puede pedirle sin despertar sospechas.

—¿Qué vas a comprar?

Nisha tarda un segundo en reaccionar.

—¿A papá? Pues… no lo sé. Todavía estoy… barajando opciones.

—No, digo qué bolso. Para sustituir al otro. —Ray baja la voz—. El modelo de otoño/invierno nuevo de YSL es muy mono. Tamaño mediano, bandolera con un acolchado como diagonal. Sale en el último número de *Vogue*, en la página cuarenta y seis. Arrasarías con él puesto, mamá.

Nisha sonríe, feliz por la repentina animación de Ray.

—Lo miraré, tesoro. Suena fabuloso. Gracias. Y te devolveré el dinero en cuanto lo solucione todo.

Hay un breve silencio.

—Entonces… ¿cuándo vuelves a casa?

—Pronto, cariño. Pronto.

—Sasha se marcha el 8. No puedo quedarme aquí cuando se vaya. Es el único bueno que queda. El resto…

—Lo sé. Lo arreglaré. Te lo prometo. Te quiero.

Ray vuelve a su juego y Nisha cuelga y respira aliviada. Con ese dinero tiene cubiertas tres noches más de hotel y las comidas. Por lo menos le dará tiempo a recobrar el aliento. Se sienta en la cama y nota cómo la dulzura que la envuelve siempre que habla con Ray se endurece al pensar en el día que ha tenido. En fin. Se lavará los dientes en este espantoso cuarto de baño. Próxima parada: el gimnasio, para ver si han devuelto su bolsa. Y después a buscar un abogado que sea bueno.

—Nadie ha devuelto una bolsa.

Nisha ha tardado cincuenta y dos minutos en ir andando hasta allí. Está enfadada y sudorosa, la chaqueta le irrita la nuca y desde luego hay algo que no le gusta en la forma en que le está hablando esta chica.

—¿Y qué vais a hacer al respecto? Dentro de esa bolsa hay una chaqueta de Chanel y unos zapatos de Christian Louboutin. Vamos a ver, que la bolsa es de Marc Jacobs.

La chica le dirige una de esas miradas amables que dicen: «Guapa, te voy a poner a caldo en cuanto salgas de aquí». Esboza una sonrisa que no es sonrisa.

—Lo siento mucho, señora, pero tenemos avisos en las paredes diciendo que no nos hacemos responsables de los objetos que desaparecen en los vestuarios. Aconsejamos a todos los clientes que cierren con llave las taquillas y vigilen sus pertenencias.

Su entonación condescendiente da a Nisha ganas de abalanzarse sobre el mostrador con los puños por delante.

—Si quiere puedo apuntarlo en el libro de incidencias —añade la chica.

—¿El libro de incidencias?

—Bueno, suele ser para pequeñas lesiones. Pero no tengo problema en apuntarlo para que cuando —o si— le devuelvan su bolsa, quien esté en recepción en ese momento sepa que es suya. Si me da sus datos, me aseguraré de que alguien se ponga en contacto con usted en el caso de que reaparezca.

Por su forma de pronunciar «reaparezca», Nisha tiene claro que no espera que algo así ocurra en el futuro próximo.

—Bueno, pues has sido de muchísima ayuda —dice—. Ya os llamaré. Igual para que me recomendéis a la persona encargada del programa de formación en servicio al cliente.

Sale de allí dando gracias por no haberse molestado en llevar la otra bolsa.

Recoge el dinero de Ray en la oficina de giro postal, compra un móvil prepago barato de una tienda de empeños, unas tarjetas de recarga en el supermercado y, a las tres de la tarde, usa el wifi del hotel para llamar a Leonie Whitman. Después de intercambiar unas mínimas cortesías y de fingir admiración por sus últimas publicaciones en Instagram (Leonie siempre está sedienta de atención, como corresponde a una mujer con su culo cada vez que posa en biquini, aunque sea en el yate de su marido), Nisha le pregunta si puede recomendarle un buen abogado matrimonialista.

—Es para mi asistente —dice bajando la voz—. Está en una situación espantosa y me gustaría ayudarla si es posible. Es una mujer tan adorable que quiero protegerla.

—Ay, qué bien te portas con tu personal —dice Leonie—. Yo a Maria cuando la dejó el marido no la podía soportar. Se pasaba el día deprimida y me la encontraba llorando metida en un armario. Estuve a puntito de despedirla, te lo digo en serio. Influía en el estado de ánimo de toda la casa.

—Bueno, pero a una buena asistente siempre merece la pena cuidarla. —Nisha sonríe y piensa en Magda con sentimiento de culpa. Anota el número de teléfono y cuelga lo antes que puede. No le parece notar nada en el tono de Leonie que sugiera que Angeline Mercer le haya contado lo que pasa, pero Leonie es como una cadena de informativos, así que tiene que darse prisa.

Saul Lowenstein, ínclito abogado matrimonialista de Nueva York, se pone al teléfono. Nisha había sospechado que lo haría, a pesar de ser fin de semana, en cuanto oyera su nombre. Se muestra empalagoso y encantador al teléfono, empleando el tono melifluo y cómplice propio de alguien acostumbrado a oír a futuras divorciadas furiosas.

—¿Y cómo puedo ayudarla, señora Cantor?

Nisha le expone la situación de la manera más franca y neutral de que es capaz. Pero solo de oír sus palabras en voz alta nota un escozor detrás de los ojos, la ira y la sensación de injusticia forman un nudo en su garganta del tamaño de un hueso de ciruela.

—Tómese su tiempo, tómese su tiempo —dice el abogado con amabilidad.

Incluso esto la enfurece: el hecho de que Carl la haya convertido en una de esas mujeres; mujeres que gimotean sobre cómo su marido las ha abandonado y sobre cómo ha podido hacer una cosa así, bla, bla, bla.

—Pero no puede hacerme esto —concluye—. Quiero decir, estoy bastante segura de que no puede. Estábamos casados. ¡Durante casi veinte años! No puede dejarme sin un dólar. Vamos a ver, ¡soy su mujer!

El abogado le pregunta por el patrimonio común y Nisha enumera lo que recuerda: el dúplex en Nueva York, la casa en Los Ángeles, la propiedad en los Hamptons, el yate, los coches, el avión privado, los edificios de oficinas. No está segura del volumen de los negocios de Carl ni a qué se dedica exactamente, pero lo explica lo mejor que puede.

Saul Lowenstein se toma un momento antes de hablar. Cuando lo hace su tono es reconfortante, como si lo que ocurre no fuera más que un pequeño contratiempo que se puede solucionar. Nisha imagina que los honorarios prospectivos para un caso así bastarán por sí solos para superar cualquier reticencia.

—Bien. Lo primero que vamos a hacer para mejorar su situación actual es enviar un requerimiento de acceso a la cuenta conjunta. Por suerte para usted, señora Cantor, las leyes de divorcio en Londres están entre las más equitativas del mundo. Obtendrá, si no la mitad, al menos una proporción considerable de las ganancias de su marido en los últimos dieciocho años.

Nisha apoya la cabeza en la mano.

—No sabe lo que me tranquiliza hablar con usted, señor Lowenstein. No se hace idea de lo estresante que está siendo esta situación.

—No lo dudo. A continuación tenemos que encontrarle un alojamiento mientras soluciona este desagradable asunto. ¿Tienen ustedes alguna propiedad en Inglaterra?

—La teníamos —dice Nisha—. Parece que la ha vendido.

—Vaya. Qué lástima. La mayoría de los jueces son reacios a echar a una mujer del domicilio conyugal.

Nisha lo oye tomar notas mientras habla y el brusco estrépito de una sirena de Nueva York al fondo la hacer sentir extrañamente nostálgica.

—Bien. De los papeles de divorcio que me dice le entregó el hombre de seguridad de su marido, ¿puede leerme la primera página?

Nisha hace lo que le pide y espera, casi como en un sueño, a que el abogado los interprete. Mientras este toma notas, piensa en lo que hará una vez haya solucionado esto. Irá a buscar a Ray. Incluso es posible que se lo traiga a Londres una temporadita. No tiene ganas de volver a Estados Unidos y a todos esos cotillas que, en cuanto se sepa lo ocurrido, encontrarán de pronto una excusa para llamarla solo para poder después chismorrear entre ellos. No, Ray y ella buscarán una casa aquí mientras deciden qué hacer.

—Señora Cantor.

Nisha sale de su ensoñación.

—¿Sí?

—¿Estos son los papeles que le dieron?

—Sí —dice—. Es la única demanda de divorcio que tengo.

El abogado suspira.

—Parece que son papeles de divorcio americanos. Su marido debe de haber puesto la demanda en Estados Unidos. Por desgracia, la ley del divorcio es muy distinta en Estados Unidos.

—¿Y eso qué quiere decir?

—Que va a ser difícil reclamar su acceso legal a las cuentas bancarias. No parece tener usted vínculos con el Reino Unido suficientes para acogernos a la Parte Tercera de la Ley de Cláusulas Matrimoniales de 1984, como habría sugerido de ser otras las circunstancias. La ejecución transatlántica de sentencias de divorcio es conocidamente compleja. En teoría podríamos pedir una orden judicial, sobre todo si él decide volver a Estados Unidos. Podemos enviarle un requerimiento legal, pero…

—Carl no ha hecho caso de un requerimiento judicial en toda su vida. No lo entiende, señor Lowenstein. Carl cree que la ley no va con él. Lo he visto actuar de cerca durante veinte años y hace lo que quiere. Siempre. Es como… algo que tiene a gala. Nunca puede parecer que pierde.

Saul Lowenstein deja escapar un largo suspiro.

—Entonces me temo que la cosa no pinta bien. Tengo muchos clientes de altos ingresos, señora Cantor, y por lo general ocurre lo siguiente: el marido, porque me temo que suele ser el marido, desvía todos sus activos a paraísos fiscales como las islas Caimán o Liechtenstein y la mujer se queda intentando reclamar la mitad de algo que oficialmente ya no existe mientras lo persigue por medio mundo. Y luego hay otro problema…

—¿Cuál? —dice Nisha y la cabeza le da vueltas—. ¿Qué otro problema?

—Pues que, si no tiene dinero, señora Cantor, no puede pagarme.

Nisha se queda paralizada.

—Soy una mujer muy rica. Tendrá su dinero.

—En casos a este nivel solo opero con una provisión de fondos considerable.

—Pero es que ahora mismo no tengo nada. Me ha cerrado el acceso a todo. Ya se lo he dicho.

—Lo siento muchísimo, señora Cantor. De verdad que no puedo hacer nada sin una provisión de fondos. Si consigue solucionar ese tema, aceptaré su caso encantado. Pero, más allá de eso, me temo que poco puedo hacer. No creo que ningún abogado que se precie pueda.

Nisha está sin palabras. Piensa, por espacio de un terrorífico instante, que se va a echar a llorar. El abogado espera unos segundos antes de romper el silencio.

—No es un *modus operandi* inusual en personas del tramo

de renta de su marido, señora Cantor. Lo que piensa es: voy a apretarle las tuercas, a presionarla hasta que esté dispuesta a aceptar cualquier cosa. Me da la impresión de que es lo que está sucediendo aquí. Si está muy desesperada, quizá pueda acudir a la policía. O a la embajada de Estados Unidos.

—¡No quiero meter a la policía en esto! —Apoya la cabeza en la mano—. No lo entiendo —susurra—. No entiendo por qué ha hecho esto.

El abogado suspira y a continuación, con voz baja y cómplice, dice:

—Según mi experiencia, nunca está de más investigar a la asistente.

—¿La asistente? —dice Nisha mientras le empieza a picar la piel—. Pero…

—¿Es joven y guapa?

Piensa en Charlotte, con su piel radiante e inmaculada, su pulcra cola de caballo. Su sonrisa insulsa cada vez que Nisha aparecía en la oficina.

—La asistente conoce cada necesidad, cada antojo y cada movimiento del marido. También sabe a dónde va a parar el dinero. Siento mucho decirle, señora Cantor, que en la gran mayoría de los casos la explicación está ahí. De verdad que espero que pueda solucionar su situación y, por supuesto, me tiene a su disposición.

—Si consigo la provisión de fondos.

—Si consigue la provisión de fondos.

El abogado cuelga sin despedirse, como cabe esperar de un hombre que cobra ochocientos euros la hora pero no está cobrando por esta conversación en concreto. Nisha sigue sentada en la colcha de tejido inflamable, hiperventilando en el silencio.

9

Sam llega a casa a las tres y media de la tarde y su dolor de cabeza sigue negándose en redondo a desaparecer. El perro, Kevin, la saluda con la expresión dolorida y los ojos desorbitados de una criatura que necesita desesperadamente vaciar la vejiga. Mientras le engancha la correa al collar sin ni siquiera quitarse el abrigo, Sam oye la televisión en el cuarto de estar y siente una punzada de irritación. ¿Tanto le costaría levantarse y sacar al perro a pasear quince minutos? ¿Tanto? Porque ocupado en otras cosas de la casa no está, eso desde luego.

—¿Ha salido ya Kevin? —pregunta con prudencia, aunque conoce la respuesta.

—Ah —dice Phil y la mira como si las necesidades del perro fueran algo sorprendente—. Pues no.

Sam guarda silencio.

—¿Qué tal está Andrea? —pregunta Phil.

—Curándose. Dios lo quiera.

Phil suspira con fuerza, como si las calamidades de Andrea no fueran más que una carga añadida para él, y dirige a Sam una sonrisa leve y poco convincente antes de volver a la televisión. En ocasiones esta sonrisa entristece a Sam. Hoy le da ganas de gritar.

—Saco yo a Kevin, entonces —dice cuando Phil se pone a mirar de nuevo el televisor.

—Muy bien —contesta este, como si fuera la única opción sensata—. Total, estás con el abrigo puesto...

Sam sale de casa con un ligero zumbido de furia en los oídos. «No deberías dejarlo solo tanto tiempo —le había dicho su madre la semana anterior—. Para un hombre es difícil no ser el principal sostén económico de la familia. Es normal que se compadezca de sí mismo».

«Los hombres de esa edad son sorprendentemente frágiles —había dicho el médico de familia—. Estoy convencido de que las mujeres son una especie mucho más fuerte». Lo había dicho como si esperara que Sam se lo tomara como un cumplido.

«Últimamente estás muy irascible, mamá —había dicho su hija—. ¿No deberías hacer terapia hormonal sustitutoria o algo así?».

«No, no soy más fuerte. Tampoco estoy más irascible —quería gritarles Sam a todos—. Solo estoy cansada, joder. Pero si me rindo y me paso el día tirada en el sofá, todo se irá al garete».

Regaña a Kevin, que se entretiene a la puerta de la casa de los vecinos empeñado en husmear la base de su aligustre. Luego se siente mal porque nada de lo que ocurre es culpa del pobre Kevin, así que se agacha y le rodea el grueso cuello con las manos mientras susurra: «Perdóname, bonito, lo siento mucho» hasta que levanta la vista y se encuentra a Jed, el vecino del número 72, mirándola como si pensara que ha perdido definitivamente la cabeza.

Da un paseo hasta el canal porque no se le ocurre qué hacer en casa, ignora a las parejas que caminan del brazo y pone mala cara a los ciclistas que la obligan a ir por un carril. Cat trabaja esta tarde. Parece tener una colección de empleos a tiempo parcial —barista, mensajera, camarera («Se llama sacar provecho a la economía colaborativa, mamá. No se puede depender de un solo trabajo»)— y Sam sabe que si se queda en casa tendrá que o sen-

tarse con Phil en ese cuarto de estar de aire viciado y desquician-
te o ponerse con una de las ciento cuarenta y ocho tareas que hay
que hacer en casa y que todos parecen considerar responsabilidad
suya. Si hace eso, a los pocos minutos estará echando chispas, sin
apenas poder contener la rabia. Y entonces se odiará a sí misma,
porque la depresión no es culpa de nadie. Y ella nunca la ha sufrido, se dice, así que no puede entender esa compulsión por no
hacer nada. O quizá es falta de compulsión por hacer algo. Sea
como sea, por lo menos sacar a Kevin le dará la sensación de haber
hecho algo y, de paso, subirá su recuento de pasos diarios.

Recuerda cuando su profesor de filosofía preguntó en clase:
«¿Cuántas de las decisiones que tomáis cada día responden a que
de verdad queréis hacer algo y cuántas son para esquivar las consecuencias de no haberlo hecho?». Casi todo lo que hace Sam
últimamente es para evitar que ocurra alguna otra cosa. Si no
cumple los pasos diarios, engordará. Si no saca al perro, este se
hará pis en el recibidor. A veces tiene la sensación de que está tan
condicionada a ser útil cada minuto del día que casi no hace nada
sin llevar la cuenta de forma inconsciente.

¿Oirán también los hombres esa continua voz interior que
les dice que tienen que intentar ser mejores, más productivos, más
provechosos? Incluso cuando Phil era más feliz, casi nunca repa-
raba en, por ejemplo, el toallero casi arrancado de la pared del
baño, la pila de calcetines desparejados en la lavadora, las migas
en el suelo, los baldes de la nevera que había que limpiar urgentemente antes de que murieran todos por envenenamiento de
penicilina.

Se pregunta distraída si Joel será de los que colaboran en
casa. Lo imagina cambiando el rollo de papel higiénico sin que
nadie se lo pida, con expresión alegre, ni rastro de «Te he cambiado el rollo de papel higiénico, cariño» en los labios. Como una
especie de hombre soñado. Y entonces recuerda haber bailado
con él la noche anterior, el calor de sus manos en su cintura, y se
ruboriza de placer culpable. «Le gustas», había dicho Marina, y,

cuando quiere darse cuenta, Sam se ha puesto a hacer una lista mental de cosas agradables que le ha dicho Joel antes de decidir que está siendo ridícula y ahuyentar el pensamiento.

Saca a Kevin del camino de otro ciclista despendolado que toca el timbre y los insulta al pasar como una exhalación (Sam tiene ganas de gritarle, pero una vez leyó en el periódico una noticia sobre una mujer a la que empujaron al canal después de protestar a un ciclista, así que se calla). Recuerda, sobresaltada, que no ha devuelto la bolsa de deporte a aquel gimnasio tan fino. ¿Habrá denunciado su dueña a la policía la desaparición de sus prendas de marca? Piensa en todas las cosas que tiene que hacer hoy: recoger las medicinas de su padre en la farmacia y llevárselas, quedarse a tomar una taza de té en casa de sus padres para que no se quejen de que no la ven nunca, organizar la pila de ropa sucia que hay en el rellano del piso de arriba, descongelar el congelador porque la puerta ya no cierra, repasar las facturas que lleva amontonando toda la semana. Mira la hora. Devolverá la bolsa de camino al trabajo el lunes. Otra tarea más que encajar en su ya ocupadísimo día.

Entonces piensa en Andrea, que no tiene nada que hacer en todo el día excepto asomarse al mismo abismo al que lleva meses asomada. Y se siente culpable por quejarse.

Necesito unas vacaciones, piensa. Y esa idea la hace acordarse de la autocaravana. Agacha la cabeza y vuelve a casa arrastrando los pies.

La autocaravana. Sam no puede evitar suspirar cada vez que la ve, con ese enorme girasol amarillo pintado en uno de sus costados. Phil se la compró dos años atrás a un amigo del trabajo —cuando todavía trabajaba— y llegó a casa lleno de entusiasmo y proyectos de viajes futuros. «Solo necesita un poco de amor y cuidado. Voy a pintarla, cambiarle el parachoques y modernizarla por dentro. El motor está en muy buen estado. En estas cosas lo más delicado siempre es el techo. Por si se filtra el agua», había añadido con aire de entendido, como si su experiencia con autocaravanas no se limitara a una semana de vacaciones familiares en Tenby cuando tenía diez años.

Al principio Sam se había indignado interiormente —¿cómo podía Phil despilfarrar tres mil libras de sus ahorros conjuntos sin ni siquiera consultarla?—, pero poco a poco se había dejado seducir por las vacaciones que le describía Phil por la costa sur del país. «Incluso podemos ir a Europa. ¿No sería genial, Sammy? ¿Tumbarnos a la bartola en el sur de Francia? ¿Dormir al raso?». Se lo había dicho mientras la estrechaba contra sí y le murmuraba al oído. Sam había recordado unas vacaciones en el sur de Francia donde las picaduras de mosquitos y el espanto de las letrinas del camping, de esas en las que hay que acuclillarse, les habían provocado risas histéricas. Se les habían dado bien las aventuras. Incluso si incluían tener que lavarse los cordones de las zapatillas después de ir al baño.

Phil había puesto el motor a punto, pasado la inspección técnica de vehículos, desmontado el parachoques trasero con la intención de comprar uno de repuesto en un sitio de subastas online. Pero entonces habían diagnosticado a su padre y no hubo tiempo de nada, aparte de trabajar, que no fuera cuidar de Rich y Nancy. Tres meses después de la mezcla tóxica de quimioterapia y represión de emociones, a Phil lo habían despedido del trabajo y la autocaravana parecía haber caído en el olvido.

«¿Qué tal si esta tarde trabajas un rato en la caravana?», sugería cada pocos días Sam con la esperanza de que la combinación de trabajo práctico y aire libre le hiciera volver a ser un poco el de antes. Y al principio Phil asentía con la cabeza y decía que sí, que por supuesto, si tenía tiempo. Pero a medida que pasaban las semanas, empezó a poner cara de agobio si Sam sacaba el tema y llegó un momento en que esta decidió que era más fácil no mencionarlo siquiera. Ahora la autocaravana, con tres cuartas partes del interior arrancado y sin parachoques, coge polvo en el camino de entrada hasta que llegue el momento de pagar otra vez el impuesto, y su mole es un recordatorio inmóvil de los sueños de Sam de tener vacaciones y una vida mejor, así como de poder por fin aparcar el coche en un sitio que no esté a tres calles de su casa.

Kevin olisquea la rueda trasera, tan desinflada como se siente Sam, y, de pronto, sube la pata y deja salir un fino chorro de orina. Sam siente el impulso repentino de hacer lo mismo, de bajarse las bragas, levantar la pierna junto a la rueda y dejar claro el rechazo que le despierta este maldito trasto. Imagina a los vecinos conmocionados viéndola acuclillarse por la ventana y haciendo comentarios y sonríe. Y mientras le dice a Kevin lo buenísimo perro que es y entra en la casa, cae en la cuenta de que es la primera vez en el día que algo la hace reír.

—¿Qué tal en el pub?

Phil se ha incorporado y está sentado en el sofá. Kevin lo saluda dando saltos, emocionado y feliz de ver al hombre del que ha estado separado durante cuarenta y cinco minutos, sin un ápice de resentimiento por su maltrecha vejiga. Phil le acaricia las orejas.

—¿En el pub? Ah. Pues bien. Estuvo bien.

Phil la mira y, por un fugaz instante, una expresión triste y tímida le atraviesa el semblante.

—Siento no haber ido. Estaba… muy cansado y…

No termina la frase.

—Ya lo sé.

—Lo siento —repite Phil en un susurro y con la vista fija en el suelo.

Entonces Sam aparta su lista mental de tareas, se sienta a su lado, le coge la mano y apoya un rato la cabeza en su hombro.

10

Nisha ha localizado dos pubs White Horse más y ha caminado kilómetros por insalubres calles londinenses con esos zapatos espantosos para, en ambos casos, comprobar que no, no tenían noticia de unos zapatos robados y ninguno de los empleados del único pub con cámaras de seguridad sabía cómo revisar las grabaciones. «Si quiere, vuelva cuando esté el encargado». Por la manera en que se había encogido de hombros la chica, Nisha supo que el encargado demostraría menos interés aún que ella. Nisha apenas ha dormido las dos últimas noches, sus pensamientos se retuercen y superponen mientras no deja de dar vueltas a lo que Carl le ha hecho. Su furia crece, también su determinación a recuperar lo que es suyo.

A las seis y media de la mañana en punto, cuando abre el bufet, ya había bajado con el pelo todavía húmedo y recogido en una coleta y se había bebido dos cafés del tirón sin hacer caso a los rugidos de su estómago.

Por fin afloja el paso cuando ve el hotel Bentley. Mira al portero de sombrero de copa recibir a un viajero cansado cuyas maletas están bajando de un taxi y por un instante se pregunta si Frederik le habrá dado instrucciones de no dejarla pasar. No importa, se dice. Entrará directamente, se sentará en el vestíbulo y esta vez se negará a moverse de allí.

Se estira la fea chaqueta y comprueba su reloj. Las 7.37. Carl estará ya vestido, arriba en la suite, sentado a su mesa y leyendo las páginas de economía mientras le sirven el café: solo con dos azucarillos. ¿Quién le servirá ese café? ¿Será Charlotte? ¿Envuelta en la bata de seda negra preferida de Nisha? ¿Y con una sonrisa de satisfacción poscoital en su tersa, joven e hipócrita cara? Se detiene con la mandíbula adelantada y repasa todo lo que planea decirle a Carl: «Tendrás tu divorcio, Carl. Solo quiero lo que es mío. Simplemente lo que me debes». Lo dirá con dignidad, con orgullo. Aunque también es posible que le pegue una patada en los huevos.

Respira hondo, da dos pasos hacia la puerta y entonces es cuando ve a Ari a poca distancia del portero, con el pinganillo puesto y moviendo un poco los labios mientras habla discretamente con alguno de sus hombres. Ari, a quien en una ocasión Nisha vio derribar a un hombre con solo pellizcarle el cuello. Su presencia allí solo puede significar una cosa: que cuentan con que intente volver. Antes de que a Ari le dé tiempo de verla, Nisha se esconde en el callejón del lateral del hotel con el corazón desbocado. Junto a una puerta, un poco más abajo, dos ayudantes de cocina están sentados en un escalón fumando y bebiendo café. Nisha se coloca cerca de ellos de espaldas a la calle y enciende un pitillo mientras intenta no respirar los olores a orina y comida rancia.

Puede que consiga esquivar al portero, pero no a Ari. Y en cierto modo resulta más humillante ser interceptada y retirada de allí por el hombre que lleva veinte años cobrando para protegerla. Da caladas cortas y temblorosas al cigarrillo mientras estudia sus opciones, ajena a los dos hombres que la miran un instante sin curiosidad antes de volver a su conversación. Llega una mujer con anorak y la cabeza gacha y entra por la puerta en la que están sentados. La sigue otra charlando animadamente por el móvil en un idioma extranjero. Una tercera con pelo trenzado y un anorak largo se detiene delante de Nisha.

—¿Estás esperando para entrar, cariño?

Nisha la mira.

—No te conviene entrar oliendo a tabaco. Frederik no lo soporta. Ten. —La mujer saca un espray de su bolso y, antes de que a Nisha le dé tiempo a protestar, la ha rociado con una nube de almizcle barato. Nisha arruga los ojos por el olor a sustancias químicas y tose. La mujer se guarda el espray en el bolso y dice:

—Venga. ¿Eres nueva? Sígueme.

Aparece Ari al fondo del callejón todavía con la cabeza vuelta. Nisha toma una decisión en un segundo y sigue a la mujer hasta la entrada trasera del hotel, por un estrecho pasillo en el que se cruzan con camareros y con alguien que empuja un gran carro de lavandería. Nisha se pega a la pared para dejarlo pasar, no quiere tocar una de esas sábanas llenas de gérmenes.

—¿Acabas de llegar?

Nisha asiente con la cabeza detrás de la mujer.

—¿Tienes papeles?

—¿Papeles?

—¿Número de seguridad social?

Nisha niega con la cabeza.

—No te preocupes. Di que estás esperando un pasaporte nuevo. Nunca hacen demasiadas preguntas… ¿Cómo si no van a encontrar a alguien con lo poco que pagan? ¿Cómo te llamas?

—Nisha.

—Yo soy Jasmine. ¡Quita esa cara de preocupación! ¡Aquí no muerden! Vamos. Tienes que cambiarte y luego te llevaré a ver a Sandra. Es la encargada de los turnos.

Nisha se encuentra en un cuarto lleno de taquillas; el aire está viciado con los aromas a sobras de comida y cuerpos con sobrecarga de trabajo.

—¡Oye, Gilberto! ¡Haz el favor de llevarte tu basura! ¡No me pagan por limpiar lo que ensucias tú además de lo de los huéspedes.

Un hombre bajo y enjuto con piel con manchas de nicotina

entra y coge una caja isotérmica que rezuma un fuerte olor a pescado.

—Me ha puesto turno doble hasta el jueves. Te lo juro, Jas, si sigo así me va a dar algo.

Jasmine emite lo que parece un gruñido y Gilberto se va.

—Ahora mismo andan cortos de personal —dice mientras abre una taquilla y mete en ella su bolso—. Ha sido una pesadilla. Desde el Brexit el hotel ha perdido el cuarenta por ciento de la plantilla. ¡El cuarenta por ciento! ¿Tú de dónde eres?

—De Nueva York.

—¡Anda! Aquí no tenemos muchos americanos. Solo de los que pagan. A ver, ¿qué talla tienes? ¿La ocho? ¿La diez? Estás hecha un palillo. —Rebusca en un montón de uniformes hasta sacar una casaca y unos pantalones negros. —Podemos ir de calle, pero es mejor usar el uniforme. Algunos días no sabes cómo agradezco dejar atrás la porquería de este sitio y ponerme mi ropa. No te conviene llevarte toda esa mierda a casa.

De pie con la ropa doblada en las manos, Jasmine se quita sin complejos su vestido elástico y se pone unos pantalones y una casaca negros. Se mira en un pequeño espejo que hay detrás de la puerta y a continuación se vuelve hacia Nisha.

—¡Venga, no te entretengas! Si estamos arriba a menos cuarto todavía quedará algo para desayunar.

Nisha no tiene ni idea de lo que está haciendo. Pero ahora mismo quedarse cerca de Jasmine le parece un buen plan. Nisha se pone el uniforme (gracias a Dios, huele a servicio de lavandería), mete sus cosas en una taquilla vacía y sigue a Jasmine por el pasillo.

Nisha no tiene hambre, pero en los últimos días ha aprendido a comer cuando hay comida, así que sigue a Jasmine en silencio por las cocinas y la mira saludar a compañeros de trabajo. «¿Qué pasa, Nigel? ¿Le han dado el alta a tu madre? Me alegro, guapo…

¡Katya! ¡Vi el programa que me recomendaste! ¡Casi me cago de miedo, tía! ¡Ya sabes que yo no tengo a un hombre que me proteja!». Jasmine es de risa fácil y entra en las habitaciones como si esperara que el mundo se haga a un lado y le abra paso. Nisha piensa a toda velocidad. Inspecciona cada habitación que atraviesan, esperando ver aparecer a Ari. Pero no, solo se cruzan con personas aceleradas y enérgicas, algunas arrastrando los pies, que llevan el agotamiento grabado en la cara y están claramente concentradas en su trabajo.

—A ver, ¿qué te gusta? Es la única ventaja de entrar pronto: la bollería de Minette. Ay, Dios mío. Te juro que cuando entré a trabajar aquí pesaba cuarenta y cinco kilos.

Jasmine le pasa un plato y señala una gran bandeja en la que hay dispuesta una selección de *pains aux raisins, pains au chocolat* y cruasanes. Nisha coge un bollo de pasas y le da un mordisco. Tarda menos de un nanosegundo en darse cuenta de que es lo mejor que ha comido en tres días: esponjoso, jugoso y con un delicado sabor a mantequilla, auténtica bollería francesa recién salida del horno. Por primera vez en días, su cerebro deja de bullir y se abandona al placer.

—¿A que está rico? —Jasmine coge dos bollos y se los come con los ojos cerrados de felicidad—. Mi día a partir de las cinco y media es de locos. Tengo que despertar y vestir a mi hija, prepararle el almuerzo si es día de colegio, llevarla a casa de mi madre en Peckham y coger otros dos autobuses hasta aquí. Te prometo que lo único que me da fuerzas es pensar que me están esperando estas maravillas.

—Uf, está buenísimo —dice Nisha con la boca llena.

—Minette es una crack, tía. ¡Casi tanto como tú, Aleks!

Delante de los fogones hay un hombre delgado con chaquetilla blanca de cocinero que se gira y saluda a Jasmine con la cabeza.

—¿Has terminado?

Nisha asiente en silencio.

—Vale. Pues vámonos. —Jasmine se limpia la boca con una servilleta de papel y se dirige hacia una puerta al fondo de la cocina, deteniéndose solo para decirle a Nisha—: Arréglate un poco el pelo. —Y le arregla la coleta antes de que Nisha se lo pueda impedir. Jasmine empuja las puertas dobles, camina a buen paso por un pasillo y entra en un pequeño despacho que hay a la izquierda.

—Nisha empieza hoy. Sus papeles están en el correo.

—Ay, gracias a Dios —dice una mujer pelirroja que está borrando nombres de una plantilla de turnos y no levanta la vista—. Hoy hay cuatro personas enfermas. ¿Hay que enseñarle?

—¿Necesitas que te enseñen? —le pregunta Jasmine.

—Pues... supongo —dice Nisha.

—Qué le vamos a hacer —dice Pelirroja—. Vale, Jas, vas a tener que enseñarle tú. Como sois dos, os voy a asignar más habitaciones. Hoy necesitamos tener dieciséis preparadas para las dos y han adelantado dos *check in*. Aquí está la lista. ¿Cómo era tu nombre?

Nisha abre la boca, la cierra y dice:

—Anita.

—Vale, Anita. A las doce ven a recoger tu identificación. ¿Alguna enfermedad, lesión o alergia? Cuando vuelvas rellena esto. Ahora no tenemos tiempo.

—¿No habías dicho que te llamabas Nisha?

Las dos mujeres la miran.

De pronto Nisha se acuerda de Juliana. Y traga saliva.

—Es que... creo que Anita es más fácil de pronunciar para los huéspedes.

La mujer pelirroja se encoge de hombros.

—Pues Anita. Venga, id a coger vuestras cosas. Jas, queda poquísima lejía. Lo siento. Así que siempre que sea posible a frotar. La necesitamos para las cosas gordas.

—Frotar y frotar. Es lo único que no se acaba nunca —gruñe Jasmine y se dirigen hacia el armario de los productos de limpieza.

Diez minutos después Nisha camina detrás de Jasmine, que empuja el carrito de la limpieza por el pasillo enmoquetado del tercer piso. Se siente cargada de electricidad, conspicua, con la sensación de que cada huésped que la mire sabrá lo que está haciendo, sabrá que es una impostora. No puede evitar agachar la cabeza cada vez que ve uno, no quiere que nadie se fije en ella.

—¿Qué haces? —pregunta Jasmine la tercera vez que se cruzan con alguien.

—No te entiendo.

—Tenemos que dar los buenos días a todos los huéspedes. Es la política de la empresa. Hay que hacerles sentir que forman parte de la familia Bentley. Y en los pisos sexto y séptimo también hay que llamarlos por sus nombres.

Carl y ella se alojaban en la suite del séptimo piso. Nisha estaba tan acostumbrada a que el personal del hotel la conociera que nunca se le pasó por la cabeza que los saludos fueran política de la empresa. Murmura «Buenos días» cuando se cruzan con otros huéspedes, una pareja de alemanes que les devuelven cortésmente el saludo camino de los ascensores.

Jasmine detiene el carrito a la puerta de la habitación 339, llama dos veces y revisa su portapapeles mientras espera respuesta.

—¡Limpieza de habitaciones!

Cuando no contesta nadie, usa su tarjeta, empuja la puerta y espera a que Nisha se sitúe detrás de ella. La habitación es una décima parte de la suite. En el centro hay una cama sin hacer, las sábanas están sucias con migas y restos de comida de una bandeja de desayuno que hay encima de la colcha. En el televisor atruenan las noticias. A un lado hay una botella de vino vacía y dos copas.

Jasmine entra con decisión y apaga el televisor.

—Vale. Ponte con el baño mientras yo quito las sábanas.

Normalmente tenemos veinte minutos para hacer estas habitaciones sin que nos llamen la atención, y esta mañana hay más trabajo, así que tienes que ponerte las pilas.

Hasta este momento, comprendería más tarde Nisha, no se le había ocurrido que tendría que hacer alguna cosa. Quizá había pensado que se pondría el uniforme y desaparecería en las entrañas del edificio hasta encontrar la manera de entrar en su suite.

Pero ahora Jasmine la mira fijamente; tiene un trapo azul en la mano y una expresión algo perpleja en la cara.

—No es neurocirugía. Límpialo igual que limpiarías tu cuarto de baño, cariño. ¡Pero mejor!

Jasmine ríe con ganas y se pone unos guantes de látex antes de retirar enérgicamente la colcha de la cama, como si supiera los gérmenes que puede contener.

Nisha está en el cuarto de baño, paralizada. En el lavabo hay unos pelos cortos sin identificar, la taza del váter está húmeda y hay dos toallas mojadas en el suelo, una con una mancha marrón pálida que espera de todo corazón sea de maquillaje. Considera irse de allí directamente, pero es su única oportunidad de seguir en el hotel, al menos de momento. Respira hondo dos veces, se pone los guantes y empieza a limpiar el lavabo tratando de no mirar mientras frota.

Casi va por la mitad cuando aparece Jasmine en la puerta.

—¡Cariño, vas a tener que darte brío! ¿Has cambiado el rollo de papel higiénico? Cuando lo hagas, dobla las esquinas. Los que están a medio usar devuélvelos al carrito. Anda, ven. De los frascos me ocupo yo.

Jasmine mete todos los frasquitos de champú y crema de cuerpo a medio usar en una bolsa de basura y sale al pasillo. Es entonces cuando Nisha se enfrenta al váter. Hay salpicaduras amarillas secas en el asiento y una marca marrón inconfundible en la taza. Nota como los restos del desayuno le suben amenazadoramente por la garganta. «Ay, Dios mío. Esto no puede estar pasándome a mí».

—¡Venga, chica! —oye a Jasmine desde la otra habitación—. Nos quedan siete minutos. —Nisha coge la escobilla del váter y, apartando la vista, empieza a frotar sin ganas el interior de la taza. Tiene dos arcadas y necesita hacer un alto para que dejen de llorarle los ojos. Se aventura a mirar de reojo la taza. La mancha marrón sigue ahí. Acerca la escobilla y empuja, con un gritito involuntario cuando el agua de la taza la salpica. «Te voy a matar, Carl —dice para sí—. Lo del dinero y la tonta de la secretaria podría perdonártelo. Pero esto, nunca en la vida».

Nisha tiene otra arcada cuando levanta el asiento del inodoro y lo limpia; a continuación, para y se seca la cara. Le lloran los ojos. Nunca ha odiado tanto a la humanidad como en este momento. Y eso para Nisha es mucho decir.

Vuelve a ser Anita, de diecinueve años de edad, recién bajada de un autobús Greyhound en la terminal de autobuses de las Autoridades Portuarias que pestañeaba con ojos arenosos mirando los altísimos edificios que la rodeaban y pidió trabajo en el primer sitio en el que entró, un estrecho y destartalado hotel de tres estrellas cerca de la calle Cuarenta y dos. Había necesitado diez semanas de limpiar habitaciones de hotel para conseguir un empleo doméstico mejor, en casa de una familia adinerada. Diez semanas interminables de cuartos de baño asquerosos, miradas lascivas de huéspedes del sexo masculino que elegían quedarse en la habitación mientras estaba ella, diez semanas de ácaros, sábanas sucias, manchas malolientes y productos químicos tan fuertes que le habían dejado las manos despellejadas. Después de dieciocho meses de trabajar de empleada doméstica, consiguió un trabajo de recepcionista en la galería de una amiga de la familia en el Soho, y en cuanto se puso su anodino uniforme de jersey y pantalones negros y saludó al primer y distraído cliente, Anita se convirtió en Nisha y juró que nunca jamás volvería a coger una bayeta.

En las dos horas siguientes hacen once habitaciones más. Es un trabajo matador, levantar colchones para hacer las camas, devolver muebles a su sitio (¿por qué mueven los huéspedes mesas y butacas?) y pasar la aspiradora. En una habitación hay un preservativo usado y en otra, sábanas manchadas de sangre. Ambas cosas le dan arcadas y los ojos se le llenan de lágrimas cada dos por tres. «Son como animales —murmura Jasmine mientras retira la funda del colchón—. Llegan aquí y en cuanto hacen el *check in* se convierten en salvajes». Carraspea indignada mientras va a buscar una funda limpia.

Mientras Jasmine charla y tatarea ocasionalmente a su lado, Nisha no deja de repetirse que tiene que aguantar. Que esto pasará pronto. Piensa en las muchas maneras en que hará pagar a Carl por ello, de las cuales solo unas pocas incluyen una muerte rápida y clemente. A las once tienen pausa para el té y van al diminuto cuarto de taquillas, donde una recepcionista muy maquillada llamada Tiffany y un botones están sentados vapeando en los estrechos bancos de madera. Casi todas las personas con las que se cruzan o bien fuman cigarrillos en la calle o vapean ansiosos. Nisha acepta un pitillo del botones y agradece que el olor acre a humo la haga olvidar brevemente los olores humanos mucho peores que acaba de dejar atrás.

—¿Estás bien, Nisha? Te encuentro muy callada. —Jasmine sirve más té y le ofrece una taza.

—Es que... llevaba tiempo sin hacer este trabajo.

—¿Me lo dices o me lo cuentas? —La risa de Jasmine resuena en el cuartito—. Vas muy bien, cariño. Tienes que darte un poco más de prisa, pero por lo demás vas de maravilla. —Mira a Nisha a la cara—. Esas uñas no te van a durar mucho. Yo dejé de hacerme la manicura normal en algún momento de 2005. Para aguantar este trabajo tienen que ser blindadas.

Nisha se mira las uñas, con el bonito rojo oscuro y los bordes ahora descascarillado de tanto frotar y restregar a pesar de los guantes de látex. Nota el sudor que se le seca en la piel. Solo es un día, piensa, y luego encontrará la manera de entrar en la suite y no volverá a tener que hacer esto jamás.

Mientras tanto se dedica a escuchar cómo charlan los empleados. Se da cuenta de que Jasmine es una fuerza de la naturaleza, alegre y vehemente. Ríe a menudo, como si todo le resultara divertido, y, aunque en circunstancias normales a Nisha esto le habría resultado irritante, hoy lo agradece. Ha tenido tan poco contacto humano en las últimas cuarenta y ocho horas que escuchar una conversación corriente es casi un placer. Los empleados charlan sobre líneas de autobús, prestaciones que les han quitado y familias disfuncionales. Nisha habla poco porque ¿qué va a decir? Para estas personas no es más que Anita, otra temporera que al día siguiente puede o no puede estar allí.

A la hora del almuerzo —que es a las dos— Aleks, el hombre que estaba en la cocina durante el desayuno, les da unos sándwiches. Nisha sospechaba que serían como los de pan y relleno baratos que ha visto en el Tower Primavera, pero se encuentra con un exquisito pan de masa madre relleno de queso, embutido y lechuga francesa. Aleks se los ofrece con cortesía exagerada, como si fueran dos huéspedes exclusivas. En circunstancias normales Nisha habría pedido una ensalada, pero tiene tanta hambre después del trabajo físico de la mañana que baja la cabeza y come a grandes y poco delicados mordiscos.

—Dice Aleks que la comida alimenta el alma, así que pasa de la dirección y nos prepara lo mismo que a los huéspedes —dice Jasmine mientras mastica—. Adoro a ese hombre.

Mientras da otro gran bocado, Nisha decide que probablemente ella también.

—Jasmine…, ¿cuándo vamos a limpiar el ático?

—¿El ático? Huy, no, cielo. Ahí arriba son muy tiquismiquis, así que solo pueden ir limpiadoras veteranas como yo, empleados de confianza. Aunque ya te digo que esos cabrones jamás dan una propina. No te pierdes nada.

Nisha pestañea y se concentra muchísimo en su sándwich.

Más tarde, a las seis, cuando le tiran las lumbares y el dolor de hombros ha pasado de intermitente a continuo, termina la jornada. Jasmine llama a su hija para decirle que va para casa y le pide que le diga a la abuela que le guarde un poco de estofado y que espera que los autobuses funcionen bien esta tarde. Su paso es algo más cansado a estas alturas, su risa algo menos fácil. Nisha no puede ni moverse. Le duelen músculos que ni siquiera sabía que tenía. Se pone la horrible chaqueta y se derrumba en el banco de madera preguntándose de dónde va a sacar las energías para volver andando al hotel. Cogerá un taxi, decide, hasta que recuerda que no tiene dinero.

—¿Hacia dónde vas, cielo? —pregunta Jasmine, que está mirándose en el espejito moteado detrás de la puerta mientras se reaplica lápiz de labios con el gesto pausado y seguro de una experta.

—Eh…, a Tower Hill —dice Nisha.

—No es muy lejos, entonces. Aunque la autopista es una locura a estas horas, incluso en domingo. Aleks vive por allí y a veces tarda una hora en autobús.

—Yo voy andando.

—¿Todo el camino? ¡Bien por ti! ¡No me extraña que estés hecha un palillo! ¿Te veo mañana?

Mañana. ¿Qué va a hacer Nisha mañana? Tiene el cerebro tan cansado que apenas puede pensar.

—Claro —contesta, porque es lo más sencillo—. Espera un momento —dice cuando Jasmine hace ademán de irse—. ¿Qué pasa con mi dinero?

—¿Qué dinero?

—Por trabajar hoy.

Jasmine hace una mueca.

—Aquí no pagan por días, cielo. ¿De dónde has salido tú?

Los trabajadores de agencia y temporales cobran al final de la semana. Habla con Sandra y te lo arreglará. Imagino que prefieres efectivo, ¿no?

Debe de haber visto la expresión horrorizada de Nisha, porque su gesto se suaviza.

—Estás pelada, ¿no?

Nisha asiente con la cabeza sin decir nada. Jasmine se detiene y mete la mano en su bolso.

Nisha la mira. No quiere aceptar dinero de esta mujer, con su chaqueta comprada por catálogo y sus deportivas baratas. No quiere verse «más pobre que alguien así».

Jasmine la mira con atención, como si la evaluara, a continuación saca veinte libras y se las ofrece.

—No suelo hacer estas cosas, pero… Me caes bien. Hoy has trabajado duro. Asegúrate de comer algo que te alimente. Si llevabas un tiempo sin hacer este trabajo, mañana lo vas a notar.

Nisha coge los billetes y los mira fijamente.

Jasmine emite un pequeño «hum».

—Entonces te veo mañana —dice por fin. Y sonríe—. Confío en ti. Y no vuelvas a presentarte oliendo a tabaco, ¿vale?

Se cuelga el bolso del hombro y se va, con el teléfono pegado a la oreja y usando la mano libre para rociarse perfume a la altura de los hombros.

Antes de volver al hotel, Nisha entra en el White Horse de la calle Bailey. Está casi vacío, a excepción de un puñado de hombres mayores de cara roja repartidos por los rincones, y la moqueta se le pega un poco a las suelas de los zapatos. Cuando le explica que busca unos zapatos de tacón alto que ha perdido, el barman se echa a reír.

11

Empresa en liquidación. Cerrado hasta nuevo aviso». Sam mira el letrero con la bolsa de deporte al hombro, a continuación escudriña a través de la puerta acristalada que ya está tapada con periódico, como para evitar que el mundo exterior vea el asesinato económico cometido dentro.

Un hombre joven con un chaleco que deja al descubierto los músculos bronceados y abultados de sus brazos a pesar de que hace frío se coloca a su lado y suelta un sonoro exabrupto.

—¡Me acababa de apuntar! —se queja a Sam, como si fuera su culpa—. ¡He pagado un año por adelantado!

Sam lo mira caminar de vuelta al aparcamiento sin dejar de soltar palabrotas y se pregunta cómo va a devolver ahora la bolsa a su dueña. Pensar que tendrá que cargar con ella hasta la oficina y de vuelta a casa una vez más y decidir qué hacer la pone un poco de mal humor. Eso la lleva a pensar en Simon, quien sin duda ya estará mirando la hora, esperando a ver si llega aunque sea un minuto tarde para añadirlo a la lista de cosas que ya ha hecho mal Sam. Se recoloca la bolsa en el hombro y echa a andar hacia la estación de metro.

Hubo un tiempo no muy lejano en que a Sam le gustaba su trabajo. No saltaba de la cama silbando por las mañanas ni volvía a casa con la sensación de haber contribuido a hacer feliz a la humanidad, pero estar a diario con personas cuya compañía disfrutaba y saber que era capaz de hacer muy bien el trabajo que llevaba haciendo doce años le reportaba una tranquila satisfacción. En todas las oficinas había Sams, personas que, calladamente y sin aspavientos, eran responsables de que todo marchara bien, dispuestas a hacer horas extras cuando era necesario, lo bastante satisfechas con lo que hacían para no precisar masajes de ego ni excesivas alabanzas. En ese tiempo le habían subido el sueldo tres veces, nunca una exageración, pero sí lo suficiente para hacerla sentir valorada.

Todo eso cambió el día que llegó Simon. Se había paseado sigiloso y frío por las oficinas de Grayside Print con mal disimulada desilusión, como si ni siquiera las mesas estuvieran a la altura de sus expectativas. Durante su primera reunión con Sam, la había interrumpido en repetidas ocasiones e incluso negado con la cabeza un par de veces mientras esta hablaba, como si todo lo que estuviera diciendo le pareciera mal.

«Vas a tener que explicarme mejor lo que quieres decir».

«Pero ¿por qué tardáis diez días en trabajos que pueden hacerse en siete?».

«¿Te das cuenta de que Uberprint busca la excelencia en cada encargo que aceptamos?».

«¿Y tu jefe estaba contento con cómo lleváis las cosas aquí, entonces?».

Cada comentario parecía pensado para dar a entender alguna carencia de Sam, en sus niveles de atención, sus horarios. Incluso en su puntualidad (Sam nunca llegaba tarde).

Al principio trató de no ofenderse. Joel le aconsejó que no se lo tomara como algo personal, que en todas las empresas había un Simon —«No es más que un machito marcando territorio»—, pero las incesantes críticas empezaron a minar su seguridad y cada vez que estaba con él se volvía una manazas si quería por ejemplo consultar su agenda de mesa, o tartamudeaba directamente en las reuniones, esperando a ser interrumpida. Desde entonces salía de casa por las mañanas con una intensa sensación de malestar. Se había habituado a escuchar pódcast o música ambiente de camino al trabajo para no tener que pensar en lo que era probable que ocurriera a su llegada. Todos los días, en cuanto entraba en la oficina, Simon, desde su despacho acristalado, miraba con gesto exagerado el reloj de la pared y arqueaba una ceja, incluso si Sam llegaba cinco minutos antes de la hora. Le mandaba mensajes a última hora de la tarde preguntando qué se estaba haciendo para mejorar los márgenes de beneficios en el encargo Carling, o si había vuelto a asegurarse de que las páginas de los catálogos de muebles de jardín no estaban pegadas (algo que había ocurrido una vez, cuando Sam estaba en su semana de vacaciones y se suponía que Hardeep estaba a cargo, aunque este dato parecía ser irrelevante para Simon).

Tardó dos meses en darse cuenta de que Simon nunca hacía esas cosas a los hombres. Con ellos charlaba todo sonrisas, y la más mínima insinuación de que había algún problema se hacía siempre disfrazada de advertencias amistosas y de una propuesta de ir a tomar algo más tarde y arreglar las cosas. Se arrimaba demasiado a las mujeres jóvenes, siempre con las manos metidas en los bolsillos de manera que los dedos siempre parecían estarle apuntando a los genitales, y sonreía y les miraba el pecho. Algunas —como Dee— le devolvían la sonrisa y coqueteaban con él, para luego ponerlo a caldo en el baño de señoras. «Qué tío tan baboso. Me muero de grima». Pero, con la excepción de Betty, de Contabilidad, quien jamás hablaba con nadie pero tenía un cerebro matemático capaz de trabajar más rápido que una calculadora de mesa, y Marina, a la que le importaba un comino lo que pensaran de ella los demás, Sam era la mujer de más edad de la oficina y al parecer Simon había decidido que no era digna de una atención que no fuera en tono negativo. Resultaba agotador.

En otro tiempo le habría confesado todo esto a Phil y él la habría tranquilizado, la habría compadecido, le habría sugerido estrategias que la ayudaran a enfrentarse a ello. Una noche después de un día especialmente malo, Sam había sacado el tema, pero Phil, en lugar de hacerla sentarse y servirle una copa de vino, se había llevado las manos a la cabeza y había dicho que lo sentía mucho pero no se sentía capaz de enfrentarse a más problemas. A Sam la había alarmado tanto su aparente fragilidad que casi de inmediato le aseguró que no tenía importancia, en absoluto. Un mal día y ya está. Y nunca más había vuelto a decir nada.

Ted, Joel y Marina le daban ánimos cada día, pero nadie intervenía nunca, ni plantaba cara a Simon cuando la criticaba. Por supuesto, Simon reservaba sus comentarios más hirientes para cuando estaban los dos solos, o se los murmuraba al pasar delante de su cubículo. «Madre mía, no entiendo cómo consigues trabajar con una mesa así». La mayoría de las veces, cuando había público, se limitaba a hacer como si Sam no estuviera. Pero ¿qué podía hacer? Con Phil en el paro y los ahorros mermados, la familia dependía de su sueldo. Así que Sam agachaba la cabeza, ignoraba el constante nudo en su estómago y confiaba en que llegara un momento en que Simon se aburriera y decidiera meterse con otra persona.

—Simon va para allá. —Marina le pone una taza de café en la mesa con aire furtivo, como si estuviera revelando información clasificada, y la expresión de su cara cuando se gira para irse asusta a Sam.

—¿Qué pasa ahora? —pregunta, pero Marina ya se ha ido.

Mete la bolsa de gimnasio debajo de la mesa y cuelga el bolso en el respaldo de su silla, se sienta e inicia sesión en el ordenador.

A los pocos segundos ya está allí Simon vestido con unos pantalones un poco demasiado estrechos y un cinturón de hebilla reluciente. Tiene aire de director de colegio al que han sacado de una reunión importante para que se ocupe de un niño recalcitrante.

—¿Cómo es que no advertiste a los Fisher de cómo quedarían los colores en el papel sin barnizar?

—¿Perdón?

Sam se gira demasiado deprisa y casi vuelca con el codo su taza de café.

—Cuatro mil ejemplares del folleto con sus propiedades nuevas y están gritándonos por teléfono por la calidad del color en el papel sin barniz.

—Dijeron que querían papel sin barnizar. Para reducir costes. Ted y yo les avisamos de que quedaría distinto a como están acostumbrados.

Simon pone cara de que eso es imposible.

—Mark Fisher dice que no les avisaste. Ahora quieren que repitamos el trabajo a precio de coste. Dicen que nadie va a comprar casas tan planas y descoloridas como las que salen en el folleto.

—Me senté con el señor Fisher y en nuestra última reunión le dije específicamente que el folleto saldría muy distinto. Le enseñé ejemplos del catálogo de Clearsills. Le quitó importancia y dijo que no pasaba nada.

—O sea, que el señor Fisher miente. —El tono de Simon es de desprecio.

—Bueno…, igual lo recuerda mal. Pero yo no. Incluso tomé notas. Dijo que reducir costes era su principal objetivo. Si ha cambiado de opinión no es nuestra culpa, Simon. Además, comunicar estas cosas al cliente es trabajo del diseñador. Yo… solo intervine porque no tenía claro que entendieran lo que estaban pidiendo.

—Pues, Samantha, tu intervención ha sido de lo menos útil, porque ahora están convencidos de que todo es responsabilidad de Uberprint. Y necesitas arreglar este desastre antes de que haya consecuencias aún más graves.

Da media vuelta y se va antes de que a Sam le dé tiempo a protestar. Suelta un largo suspiro y se hunde un poco en la silla.

Llega un correo electrónico justo cuando retira el brazo del reposabrazos y se inclina para abrirlo.

Ánimo, cariño. No dejes que te hunda.

Levanta la vista y mira hacia Joel, cuya cara acaba de aparecer encima del cubículo de Logística, a tres metros de ella. Cuando él le sonríe, Sam no consigue decidir si tiene ganas de ruborizarse o de echarse a llorar.

A la hora de la comida, el contratista que lleva casi cuatro meses sin contestar a los mensajes cada vez más agitados de Sam llama sin avisar y anuncia que la semana siguiente van a empezar a arreglar la tapia delantera de la casa, que en junio había sido irrevocablemente dañada por un conductor jubilado que no sabía usar los espejos retrovisores. La obra la cubre el seguro, con lo que Sam suspira de alivio. ¿Quién iba a saber que una tapia de nada podía ser tan cara?

Llama a casa sentada en el comedor de personal, uno de los pocos lugares en los que Simon nunca entra (da la impresión de que lo considera poco para él, con sus tazas de café cuidadosamente asignadas y su horno microondas). Sam está comiéndose un sándwich de atún con maíz hecho con pan de dos días antes. Está chicloso, o quizá le sabe así por el reciente altercado con Simon.

—Hola, amor —dice obligándose a adoptar un tono alegre—. ¿Qué tal estás?

—Bien —dice Phil sin entonación.

Sam oye el runrún de la televisión e imagina a Phil sentado delante sin mirar a las mujeres demasiado maquilladas que debaten la actualidad en la pantalla.

—A ver… Por fin me han llamado de Des Parry. Empiezan a arreglar la tapia el lunes… ¡Por fin! Así que vas a tener que llevarte la caravana.

—¿La caravana? ¿A dónde?

—Pues no sé. ¿A la calle?

—Pero no tiene permiso de circulación.

—Pues habrás de sacarlo. No se puede trabajar en el muro de la casa si está ahí aparcada. O igual un amigo tuyo que tenga garaje se puede hacer cargo de ella.

—Huy, no creo que pueda pedírselo a los chicos.

Sam cierra los ojos un momento.

—Llevamos bastante sin hablar. Sería... —Phil no termina la frase.

—Phil, amor. Hay que mover la caravana, sea como sea. A ver si puedes ocuparte tú. Yo tengo bastante lío aquí.

Hay una larga pausa.

—¿No podemos retrasarlo un poco? Ahora mismo no tengo ánimo.

Entonces es cuando Sam siente la ira bullir dentro de ella.

—¿No tienes ánimo para qué? ¿Para mover una autocaravana dos metros?

—Para lo del permiso de circulación, la ITV. Y... no sé dónde podemos aparcarla. No me siento capaz de ocuparme de eso ahora.

—Bueno, pues tendrás que pensar en algo. Porque viene el albañil.

—Retrásalo una semana y pensaré en algo.

—No, Phil. —Sam es consciente de que su voz se ha vuelto aguda y afilada—. No lo voy a retrasar. Me ha costado meses conseguir que viniera y no quiero arriesgarme a que le salga otro trabajo. Y la tapia tal y como está es peligrosa, lo sabes. Si alguien se sube y se derrumba puede hacerse daño de verdad. Y la responsabilidad será nuestra. Así que ocúpate de la puta autocaravana y sácala de ahí. Luego ya podemos seguir cada uno con lo nuestro, ¿vale?

Al otro lado de la línea hay un largo silencio.

—Tampoco hace falta que te pongas agresiva —dice Phil sombrío—. Hago lo que puedo.

—Ah, ¿sí? ¿Me lo dices en serio? —Algo se ha liberado dentro de Sam y no puede evitarlo: las palabras salen de sus labios como guijarros—. Yo me mato a trabajar, llevo la casa, intento cuidar de Andrea y de Cat y de un perro incontinente mientras tengo que soportar al puto Simon y tú te pasas dieciséis horas al día con el culo pegado al sofá y las seis restantes en la cama. ¿Cuándo fue la última vez que fuiste al supermercado? ¿O sacaste a Kevin? ¿O..., yo qué sé..., barriste el suelo de la cocina? ¡No haces otra cosa que no sea autocompadecerte!

Silencio. Y entonces Phil dice:

—Ocho. En la cama son ocho horas.

—¿Qué?

—Pues que el día tiene veinticuatro horas. Si son dieciséis en el sofá, en la cama son ocho.

—¡Por el amor de Dios, Phil! Me has entendido perfectamente. Haz algo, ¿vale? Sé que estás triste y sé que la vida te parece dura, y lo es. Si lo sabré yo, por Dios. Pero a veces hay que levantarse y seguir adelante, joder. Es lo que llevo meses haciendo yo y ya no puedo seguir sola. ¿Vale? ¡No puedo más!

Esta vez no espera a ver cómo reacciona Phil. Cuelga y se pone a mirar la pared de enfrente con el corazón desbocado.

Es entonces cuando se gira y da un respingo al ver a Simon de pie en la puerta.

—«Tengo que soportar al puto Simon» —murmura este despacio asintiendo con la cabeza y con una extraña media sonrisa en los labios—. Interesante. Venía a comunicarte que debes renegociar el presupuesto del encargo de Billson. Los de la oficina central dicen que los márgenes no son lo bastante buenos.

Sam lo mira fijamente y Simon da media vuelta y se va. Sam mira el sándwich envuelto en papel film que tiene en el regazo, la sangre le ruge en los oídos y, sin saber muy bien lo que está haciendo, lo lanza y lo mira explotar blandamente contra la pared.

Siete minutos después Sam se alisa la chaqueta, se levanta y, usando papel de cocina, recoge hasta el último trozo de maíz de la moqueta, limpia la mayonesa y la mantequilla de la pared con un trapo húmedo y lo tira todo con cuidado a la basura.

12

Entonces... ¿qué hago?

—¿Qué quiere hacer?

Phil mira al hombre y trata de decidir si es una pregunta con trampa. Si se sienta en la silla más próxima a él, ¿parecerá desesperado? ¿O raro? Pero no está seguro de querer tumbarse en esa especie de diván. Además, le preocupa un poco quedarse dormido si se tumba. Últimamente se queda dormido cada dos por tres. Y, si lo hace, ¿parecerá un trastornado?

Es como si el hombre le hubiera leído el pensamiento.

—Algunas personas se sienten más cómodas sentadas. Otras se tumban. Haga lo que le resulte más cómodo.

Phil vacila y a continuación se sienta en el borde del sofá de ratán dejando un espacio entre él y el hombre. Este lo mira y espera. Phil se pregunta si no podría levantarse e irse. Después de todo, nada lo retiene allí. Pero Cat se ha mostrado inflexible y, cosa sorprendente, es muy difícil contradecir a su hija.

—¿Hablo yo? ¿O habla usted?

—Puede empezar usted. Y luego hablaremos los dos.

—Es que no sé qué decir.

Largo silencio.

—¿Qué le trae por aquí, Philip?

—Phil. Soy Phil.

—De acuerdo, Phil.

Phil mira el suelo.

—Mi médico. Bueno, no es que me haya traído personalmente. Pero me dijo que si no quería tomar antidepresivos tenía que probar con terapia conversacional. —Se rasca la cabeza—. Y mi hija. Está… preocupada por mí. Una tontería, la verdad.

—¿Y usted era reacio a venir?

—Soy británico. —Phil intenta sonreír—. No somos muy de sentimientos.

—La verdad es que disiento —dice el doctor Kovitz—. Yo creo que los británicos tienen gran capacidad de sentir. Expresarlo ya es otra cosa, quizá.

Sonríe. Phil se esfuerza por devolverle la sonrisa. Le parece que es lo que se espera de él.

—¿Quiere contarme qué es lo que le llevó a ir al médico?

Phil nota opresión en el pecho, como siempre que alguien le pide que hable de lo sucedido el año anterior.

—Empecemos por lo más fácil. Me dijo usted que su padre murió. ¿Fue inesperado?

Hay cosas que son casi demasiado abrumadoras para poner en palabras. Y los meses anteriores a la muerte de su padre son tan enormes y oscuros en su cabeza que Phil teme que si vuelve a ellos se convertirá en un pequeño planeta succionado por un agujero negro. Un vacío inmenso y aterrador del que no podrá salir por mucho que lo intente.

Tose un poco.

—Bueno. Sí y no —dice y cambia de postura—. Sí en el sentido de que estaba en forma y sano para alguien de setenta y cinco años. No porque desde que lo supimos hasta que llegó pasaron meses.

—¿Cáncer?

—Sí.

—¿Estaban unidos?

—Eh… Sí.

—Lo siento. Debió de ser muy duro para usted.

—Bueno, me encuentro bien. Tuvo una buena vida. El problema es… mi madre. Llevaban casados cincuenta años. Es la que más me preocupaba.

—¿Y qué tal está?

Ese era el problema. Nancy estaba perfectamente. Después de morir su padre, Phil estuvo seis meses sacando fuerzas para la conversación telefónica que mantenía cada noche con su madre. Esta la empezaba con voz trémula y valerosa. Hablando de los pequeños logros del día: vaciar un cajón, sacar algunas cosas del cobertizo y, al rato, sin excepción, se derrumbaba. «Es que le echo mucho de menos, cariño». Phil había llegado a temer esos momentos, el sentimiento de impotencia y tristeza que le producían, su incapacidad de aligerar el dolor de su madre. Sam y él la visitaban cada domingo y la llevaban a cenar al pub o la ayudaban a hacer un asado, y después charlaban con ella mientras recogían la cocina entre todos. Su madre parecía tan mermada, como si no fuera a sobrevivir físicamente sin su padre. Jamás había pagado una factura, ni llevado el coche al taller, nunca había comido en un restaurante sin él. Perdió el interés por la comida, por salir. Desgranaba sus recuerdos como si fueran las cuentas de un rosario, repasaba los últimos meses una y otra vez y se preguntaba en voz alta si podrían haber hecho las cosas de manera diferente, si no se le habría pasado algo por alto. En alguna ocasión Phil se había preguntado si deberían invitarla a vivir con ellos. No la veía en absoluto preparada para vivir sola. Lo único que se lo había impedido era que no tenían una habitación para ella en la casa.

Y entonces, de pronto, todo cambió. Su madre lloró y lloró a su padre hasta que un buen día Phil llegó a su casa y se la encontró con el pelo arreglado y los labios pintados. «He estado pensando y he decidido que a Rich no le gustaría verme todo el día en casa llorando y lamentándome. De hecho, creo que se enfadaría bastante conmigo. ¿Puedes enseñarme a echar gasolina al coche?».

Dicho y hecho. Dos meses antes se había apuntado de voluntaria en un centro comunitario enseñando repostería a refugiados cada martes. Phil no estaba muy seguro de cuántos refugiados necesitaban aprender a preparar una tarta Victoria, pero su madre decía que la comida era lo de menos. «Se trata de que hagan algo juntos, de que sean un grupo. Y con una tarta las penas son menos, ¿no te parece?».

Decía que sentirse útil la animaba. Cuando escuchaba las historias de los alumnos la inundaba el agradecimiento por haber tenido una vida tan apacible y llena de amor. Ella —la mujer que durante años había rechazado el ajo por ser algo «demasiado extranjero»— incluso había empezado a disfrutar de la comida que le llevaban los alumnos. «Era picantísima, Phil, te lo digo de verdad. Se me puso la cara roja como la remolacha. Pero estaba bastante rica».

Phil se alegraba por ella, pero la capacidad de su madre de seguir adelante también lo preocupaba extrañamente. Porque él no la tenía. Por las noches soñaba que estaba sentado en la cama de su padre y que la mano huesuda y traslúcida de este aferraba la suya con dedos inesperadamente fuertes mientras luchaba por respirar y lo miraba furioso por encima de la máscara de oxígeno. Miraba a su hijo como si de hecho lo odiara. Cada vez que Phil cerraba los ojos, veía los de su padre taladrándolo.

—Está bien —dice—. Ya sabe. Dadas las circunstancias.

—Bueno —dice el doctor Kovitz—. Entonces tenemos esa experiencia vital tan dura. Nada fácil de sobrellevar. ¿Hay algo más por lo que esté pasando?

Pues me quedé sin trabajo, con lo cual mi mujer me perdió el respeto y mi hija piensa que soy un fracasado y la mayoría de los días no le encuentro sentido a vestirme, ni siquiera a lavarme. He dejado de ver a mis amigos, porque ¿quién quiere pasar tiempo con una persona infeliz?

Estoy demasiado cansado para salir. Y quedarme en casa me recuerda todas las cosas que no hago. Ni siquiera soy capaz de sacar la basura para reciclar porque me siento ridículo lavando una bandeja de plástico. ¿Qué sentido tiene lavar las bandejas en las que vienen los muslos de pollo cuando China emite miles de millones de toneladas de dióxido de carbono cada minuto? No puedo ver las noticias porque me dan ganas de meter la cabeza debajo de la manta, y ver inundaciones e incendios me produce ansiedad por los nietos que aún no he tenido, así que me quedo en el sofá, donde me siento seguro, y me dedico a ver programas de gente que compra y vende descalzadores de botas antiguos para sacar dos libras de beneficio o a mujeres con vestidos de colores chillones hablar de dietas y culebrones y la única razón por la que veo esos programas es porque no soporto el silencio. No soporto el silencio.

Y sé que mi mujer está agotada y harta de mí, pero cada vez que intento ayudarla en algo, suspira y chasquea la lengua porque lo hago mal. Y antes me quería, pero ahora me mira como si fuera un inútil. Así que lo que hago principalmente es fingir que estoy dormido o quitarme de en medio, y entonces mi hija, que es más lista que nadie, llega y me dice: «Papá, tienes que salir de la cama ya». Como hablaría la madre de un adolescente o la cuidadora de una residencia de mayores. Pero no puedo explicarle que solo quiero dormir. Una vez al día por lo menos me doy cuenta de que solo pienso en mi cama, esperando a que me meta en ella, y que me paso el rato esperando a que me dejen solo y pueda subir a sumergirme en el olvido unas cuantas horas más.

Y me ha dicho el médico que coma más sano, pero lo cierto es que no tengo energías para prepararme comidas nutritivas. Así que me alimento a base de galletas y de tostadas con mantequilla. Y veo que cada vez tengo menos cintura y me odio a mí mismo por ello.

—¿Algo? Pues nada en especial. Bobadas sin importancia. Lo normal.

El doctor Kovitz lo mira por encima de su libreta. Es entonces cuando Phil se fija en las dos cajas de pañuelos de papel que hay encima de la mesa. Se pregunta distraído cuántas personas llorarán cada día en ese despacho. Si el doctor Kovitz vaciará la papelera entre sesiones para que su consulta no parezca la habitación más triste del mundo. Se pregunta qué haría si se tumbara en el sofá y se pusiera a llorar y llorar. El problema es que, si empieza, es probable que no pueda parar.

—Lo normal —repite pensativo el doctor Kovitz—. Qué concepto tan interesante. ¿Cree que lo normal existe?

—Bueno. En realidad no tengo motivos para quejarme.

Sonríe al doctor Kovitz. ¿Qué motivos de queja tiene? Es ridículo. Comparado con la mayoría de las personas, Phil tiene mucho. Tiene un cuerpo que funciona bastante bien. Tiene una casa, muy hipotecada, eso es verdad. Tiene una mujer. Tiene una hija. Es probable que en algún momento encuentre trabajo. No tiene que huir de terroristas armados ni caminar más de sesenta kilómetros para ir a buscar agua. No se le ven las costillas ni tiene que consolar a un hijo hambriento. Y, en cualquier caso, ¿de qué le sirve hablar con este hombre, con sus muebles de ratán y sus cajas de pañuelos? No le va a devolver a su padre. No le va a aligerar la carga de Sam. No le va a conseguir un trabajo ni hacer que su hija deje de mirarlo como si se hubiera convertido en la criatura extraña y deforme de un zoológico.

Es absurdo. Todo esto es absurdo.

—Tengo que irme —dice y se pone de pie.

—¿Cómo irse?

—Tiene… Seguro que tiene pacientes que necesitan mucha más ayuda que yo. Me… parece que esto no es para mí, lo siento.

El doctor Kovitz no intenta detenerlo. Solo lo mira.

—De acuerdo, Phil —dice—. Voy a mantener nuestra cita de la semana que viene y a confiar en que vuelva.

—No hace falta, de verdad.

—Yo creo que sí.

El doctor se pone de pie antes de que Phil pueda responderle que no lo haga y le abre la puerta. La sostiene y dice en voz calmada:

—Espero verlo la semana que viene.

Phil tarda veintitrés minutos en volver caminando a casa. Cuando entra, cierra la puerta, acaricia al perro y sube despacio las escaleras camino de la cama.

13

El gimnasio está cerrado hasta nuevo aviso. Nisha había pasado por allí de vuelta a casa la noche anterior y mirado fijamente el cartel mientras se hacía a la idea de que todo había terminado. Su ropa, las cosas que la hacían sentir ella, nunca le serían devueltas. No sabe muy bien por qué le molesta tanto lo de los zapatos, quizá porque fueron el último regalo de él, el emblema de su matrimonio. Carl se los había regalado con grandes aspavientos, había alabado lo bien que le quedaban, había querido que los llevara puestos en los viajes más importantes. «Me gusta vértelos puestos. Me gusta que te vea todo el mundo con ellos puestos». ¿Qué sentido tenía si para entonces ya planeaba expulsarla e instalar a Charlotte en su lugar? Es una cosa más que se suma a la creciente sensación de que la han estafado y eso a su vez la pone tan furiosa que es como si le hirviera la sangre.

—¡Bueno, chica, ya vas cogiendo ritmo! —Jasmine asoma la cabeza por la puerta del baño y pone cara de admiración.

La furia es lo que mueve a Nisha ahora mismo. Se despierta antes de que suene la alarma, ataca las manchas y los cercos como si tuviera que eliminarlos de la cara de Carl. Borra la suciedad como si quisiera borrar la última semana de su vida.

—¿Quieres hacer un descanso? ¿O prefieres terminar sola las doce habitaciones que quedan mientras yo me tomo un café?

Nisha se endereza mientras Jasmine ríe. Se seca la frente con el dorso del brazo.

—Venga.

Es su quinto día trabajando en el hotel. Cinco días en los que ha llegado al estrecho callejón a las ocho de la mañana, vestido uniforme negro, comido excelente bollería y limpiado habitaciones asquerosas sin dejar de bullir de rencor ni un momento. Hoy le pagarán y no está segura de lo que hará después. En el cuarto de taquillas abundan historias de redadas de inmigrantes o de visados de trabajo cancelados. Hay personas que trabajan un turno y nunca se las vuelve a ver. Algunas se quedan durante semanas, pero no hablan con nadie, sus miradas rehúyen cualquier contacto, como si prefirieran ser invisibles. Nisha ve a un auténtico ejército de personas que prefieren pasar desapercibidas, que viven a salto de mata mientras, como ella, intentan decidir qué harán a continuación.

Y Nisha todavía no lo sabe. No quiere este trabajo, pero le garantiza proximidad diaria a su suite y sigue siendo la única manera de recuperar sus cosas. Con cada planta que la acerca a ellas el corazón se le acelera e intenta pensar cómo podría entrar. Pero las limpiadoras sin papeles no trabajan en las plantas sexta y séptima. Su trabajo se limita a las habitaciones más baratas, las reservadas para una noche por viajeros de negocios o huéspedes a través de páginas web y con descuentos. Jasmine dice que hay que llevar trabajando en el hotel al menos unos meses para que te consideren lo bastante experimentada o de fiar para acceder a las plantas más exclusivas.

Conseguirá entrar, lo sabe. Pero, hasta que sepa cómo, necesita dejar pasar tiempo.

—Hola, cariño. —A las dos entra en el wifi del hotel (todos lo hacen) y llama a Ray; Jasmine y ella han hecho un descanso para comer y sabe que el teléfono despertará a Ray más temprano de lo acostumbrado, pero esta noche es la última que tiene alojamiento pagado y aún no sabe qué hacer después.

—¿Mamá? ¿Cómo me llamas tan pronto? —Ray tiene la voz pastosa de sueño.

Nisha trata de esbozar una sonrisa tranquilizadora mientras habla.

—Tesoro…, necesito un favor. Necesito que me dejes más dinero. Es todo un poco complicado, pero te lo explicaré cuando vuelva a casa.

—¿Más dinero?

Nisha oye a Ray cambiar de postura en la cama.

—Sí. Otros quinientos. ¿Cres que me los puedes mandar hoy? Al mismo sitio que la última vez si es posible.

—No puedo.

—No tiene que ser ahora mismo. Solo quería avisarte temprano para que te dé tiempo a organizarte.

—Es que no puedo, mamá. Papá me ha congelado la cuenta. Al parecer ha habido actividad fraudulenta. ¿No te lo ha dicho?

—¿Qué?

—No puedo comprar nada. Ni ropa, ni juegos, ni siquiera desodorante. Dice que, si necesito algo, tengo que pedírselo a Charlotte por correo electrónico. Que lo paga él con su tarjeta y me lo mandan.

«Ay, Dios mío. Carl nos ha pillado».

—¿No puedes sacarlo de otro sitio? —pregunta Nisha desesperada—. ¿De tu cartilla de ahorros? ¿Qué ha pasado con tu cuenta de ahorro?

—Uf. También está congelada. Ahora mismo no tengo acceso a mi dinero. Tal cual. ¿Puedes hablar con él, mamá? Conmigo solo se comunica a través de Charlotte.

—Lo haré, cariño. Claro que sí. Lo siento muchísimo. Eh… Luego te llamo.

Cuelga, gime para sí y se desploma en el banco. Al otro lado de la habitación, Jasmine habla en murmullos con Viktor. Cuando Nisha levanta la vista se da cuenta de que la está mirando con atención.

—¿Estás bien, Nish?

—Mi…, mi ex me ha congelado las cuentas bancarias. Es…, es un desastre.

Jasmine levanta las cejas.

—¿Tu ex? ¿Qué es? ¿Un padre negligente? No me lo digas, te ha desplumado.

—Algo parecido.

—¡Qué asco! —exclama Jasmine—. Algo así me imaginaba. ¿Sabes lo que me dijo una vez mi madre? Nunca te cases con un hombre del que no querrías divorciarte. Mi ex es una joya. El 15 de cada mes paga lo que le toca, sin falta. Pasa tiempo con Gracie. Siempre me habla con respeto. Claro que a veces me pregunto si eso es porque sigue colado por mí. —Se encoge de hombros y se señala la cara—. No es fácil desenamorarse de esto. —De pronto se ríe y Nisha no sabe si está de broma—. Ese ex tuyo, ¿trabaja?

—¿Carl? Más o menos.

—¿A qué se dedica?

—Eh… Importación-exportación. Esas cosas.

—Ah, pues entonces como mi amigo Sanjay. Tiene un almacén a las afueras de Southall. Compra cosas que se caen de los contenedores en los muelles y las vende a comerciantes. Pasa de vivir a todo tren a no tener donde mear. ¿Y qué hay de tus padres?

—Pues… no me hablo con mi familia.

—Vaya por Dios. ¿Tienes hijos?

—Un chico. Pero está en Nueva York. Es… Está bien.

—Pues algo es algo, supongo. Aunque tienes que echarlo de menos. ¿Y de qué vives?

—Hoy cobramos, ¿no?

Jasmine hace una mueca.

—Sí, cariño, pero con lo que te paguen no vas a poder cogerte un taxi hasta Louis Vuitton. No sé si me entiendes.

No se equivoca. Al final de la jornada Nisha recibe un sobre con una apenas legible nómina escrita a mano y cuatrocientas veinticinco libras por una semana de turnos de diez horas. Las limpiadoras sin papeles cobran ocho libras y media la hora. Le han descontado cincuenta libras por el uniforme. Mira el dinero; no le cabe en la cabeza que algo tan irrisorio sea el resultado de tantas horas de trabajo. Tarda un momento en calcular que, a este paso, no podrá permitirse seguir alojada en el Tower Primavera mientras espera la ocasión de recuperar su vida, por barato que sea. En cuestión de días no tendrá a dónde ir.

Jasmine le dice que debe estar contenta de que no la hayan dado de alta. Porque, si empiezan a aplicarle códigos de cuenta de cotización de emergencia y mierdas similares, la verdad es que le va a salir más barato volver al paro.

—Ah. —Nisha se acuerda de pronto y se mete la mano en el bolsillo—. Toma. Perdona, se me había olvidado.

Alarga un billete de veinte libras. Jasmine lo mira. A continuación mira a Nisha. Le da unas palmaditas en la mano.

—No te preocupes, cari. Ya me lo darás cuando hayas arreglado tu situación.

Lo que, sin saber por qué, hace sentir peor todavía a Nisha.

Acaba de subir frascos extras de acondicionador y crema de cuerpo a la quinta planta cuando lo ve. Va de camino al ascensor, sintiéndose una tonta por cómo la chica maquilladísima que le ha abierto la puerta de la habitación le ha cogido los frasquitos sin siquiera dar las gracias, cuando ve una figura familiar acercándose a ella por el pasillo.

Ari.

Se le para el corazón. Reprime la tentación de esconderse en una habitación, sus llaves no sirven en esta planta y no tiene dónde ir. Ari va distraído, hablando por teléfono, con su traje negro impoluto y los ojos fijos en algún punto delante de él mientras camina sin hacer ruido por la mullida alfombra.

—No. No quiere. Trae el coche a la puerta y espera. Si hace falta das una vuelta a la manzana. Tiene que estar en… ¿Dónde coño era? En Piccadilly, a las dos y cuarto. Charlotte tiene la dirección.

Nisha nota cómo se le pone todo el cuerpo rígido a medida que Ari se acerca. Tiene la respiración atrapada en el pecho. Maldice su decisión de no subir el carrito de la limpieza. Podría haberse escondido detrás de él, fingir que buscaba algo, embestirlo con él si se le acerca. Pero están solos en el pasillo y no hay escapatoria. Cuando Ari está ya muy cerca, Nisha gira la cara hacia la puerta y se prepara para notar su mano rolliza agarrándole el brazo, su gruñido amenazador: «¿Qué coño te crees que haces aquí?».

Por un instante se queda sin respiración. Y entonces... Nada. Las pisadas de Ari pasan de largo. Un breve exabrupto dicho al teléfono y a continuación una carcajada. Nisha espera un instante, abre los ojos, vuelve la cabeza despacio. Ari se aleja por el pasillo hablando y gesticulando con la mano.

Ni siquiera la ha visto. Es la única persona que hay en el pasillo y no la ha visto. Entonces lo entiende: vestida con ese uniforme es invisible.

Nisha Cantor, una mujer acostumbrada a hacer girar cabezas durante veinticinco años, se ha puesto una camisa negra barata y unos pantalones de nailon y, con el delantal de trabajo, ha desaparecido por completo.

14

Cuando vuelve al cuarto de taquillas, el encuentro aún le bulle en la cabeza y tiene el corazón desbocado. Entonces ocurre algo igualmente inesperado: Jasmine anuncia que le duele el estómago y le pide a Nisha que le eche una mano y termine la habitación 420 mientras ella se echa un rato. «No te lo pediría, cari, pero estoy fatal. Necesito tumbarme». Nisha le dice que por supuesto, que también hará la 422, pero no oye la respuesta agradecida de Jasmine porque algo le chisporrotea dentro de la cabeza. Jasmine se quita el delantal entre gruñidos y suspiros de dolor, lo cuelga en su gancho y va a tumbarse en el sofá cama que usan los recepcionistas en un cuarto tranquilo junto a la lavandería.

Nisha espera hasta asegurarse de que está sola y a continuación hurga en el bolsillo de Jasmine hasta encontrar la llave maestra. Se la guarda deprisa en el bolsillo delantero del delantal y sale.

Limpia la habitación 420 al doble de la velocidad acostumbrada, con los pensamientos a mil por hora mientras cambia las sábanas, vacía las papeleras y desinfecta el mando a distancia. Hace la 422 dando gracias a Dios por esas mujeres solas que apenas tocan las habitaciones durante sus estancias en hoteles. Cuando termina le sobran quince minutos: mete el carrito en el ascensor, vacila un instante, acerca la tarjeta al lector de seguridad y pulsa el botón del séptimo piso con el estómago cada vez más tenso a medida que va subiendo.

«¡Limpieza de habitaciones!». Cuando se abren las puertas duda, medio preparándose para oír una voz áspera, un sonido que la devuelva a toda prisa al ascensor. Pero en la suite reina el sonoro silencio de los lugares vacíos. Nisha se detiene un momento a mirar las habitaciones que fueron suyas, las pertenencias desperdigadas que de pronto le resultan extrañamente ajenas: las carpetas de Carl, sus zapatillas sobre un pulcro cuadrado de algodón junto a la puerta, el frutero con solo uvas y melocotones, sus frutas preferidas. Va hasta la mesa para coger su pasaporte, pero no está en el cajón. Abre el armario donde está la caja fuerte y marca la fecha de nacimiento de Carl, pero la máquina pita obstinada y se niega a abrirse. Prueba con dos variaciones, su fecha de nacimiento y la de Ray, pero ninguna funciona. Maldice y se endereza. A continuación entra en el dormitorio.

La cama ya está hecha y por un instante agradece no tener que presenciar más pruebas de la traición de Carl en forma de sábanas enredadas, botellas con restos de Ruinart, quizá algún que otro juguete sexual. Aparta la vista, camina derecha al vestidor y abre las puertas dobles. Y ahí está, su ropa. Las prendas colgadas con primor en perchas perfectamente ordenadas, tal y como las dejó. Las mira durante un instante, gime suavemente de nostalgia y hunde la cara en una cazadora de borreguillo de Chloé igual que una madre que se reencuentra con sus hijos y aspira su olor. ¡Su perfume! Sin él se ha sentido desnuda. Se gira, inspecciona la cómoda y ve el frasco que tan bien conoce y se lo guarda rápidamente en el bolsillo. Es entonces cuando lo ve: un neceser de maquillaje. Que no es suyo. Estudia la bolsa de gran tamaño y con la cremallera a medio cerrar, la caja de sombras de ojos, la base demasiado clara para su tez. El rizador de pestañas junto a las brochas. Siente cómo algo en su interior se petrifica y es entonces cuando le viene un pensamiento a la cabeza y se vuelve hacia el armario. Y ahí está: un vestido que no es suyo, colgado entre sus trajes de chaqueta y sus vestidos. Lo saca: es de Stella McCartney; negro, abiertamente sensual, llamativo, con la estola negra de Nisha colgada encima. Siente una bola de furia. ¿Carl está dejando que esa mujer use su ropa? ¿Que una intrusa cuelgue sus prendas chillonas con las suyas? Ve un traje pantalón, unos Jimmy Choo del número 41. Hasta este momento Nisha no ha estado del todo segura de lo que haría cuando volviera al ático, pero ahora, con un apenas reprimido rugido de rabia, empieza a quitar su ropa de la barra del armario: sus trajes de Chanel, sus vestidos de Roland Mouret de vivos colores, su falda de Valentino. Coge una brazada de sus cosas favoritas después de arrancarlas de sus perchas convencida de que no va a tolerar que Charlotte (¡porque tiene que ser Charlotte! Esa bruja tiene unos pies que parecen canoas) se ponga sus vestidos. Que se revuelque con Carl todo el día, si es lo que quiere, pero de ninguna manera va a enfundar ese cuerpo traidor en la ropa de Nisha. Deja las prendas en el carro formando un montón y a continuación corre a coger su abrigo largo de borreguillo y el traje de chaqueta de terciopelo negro y hombreras de Yves Saint Laurent. A continuación, con la misma mueca de rabia en la cara, empuja el carrito por la suite hasta el ascensor y pulsa el botón del sótano sin acordarse por una vez de taparse el dedo con la manga.

Ha recorrido la mitad del pasillo de la zona de lavandería con su botín cuando aparece Jasmine. Mira dos veces la pila de ropa como si no diera crédito y se cruza de brazos.

—¿Qué co...?

—Déjame pasar.

—¡Nisha!

—Está usando mi ropa. —A estas alturas Nisha está fuera de sí, es como si le hubieran quitado un tapón, dejando salir la ira y la frustración acumuladas la semana anterior—. No se va a quedar mi puta ropa.

—¿Se puede saber de qué hablas? ¿De dónde has sacado esto?

Nisha hace ademán de seguir adelante, pero Jasmine le cierra el paso.

—Del ático —sisea Nisha.

—¿Has entrado en el ático? —Jasmine pestañea, luego añade—: ¿Has robado ropa del ático?

—Si es mío no es robar.

—¿De qué estás hablando, niña? ¿Te has vuelto loca?

Nisha suelta el asa del carrito. Camina hasta Jasmine.

—Soy Nisha Cantor. Mujer de Carl Cantor. La semana pasada me bloqueó el acceso al ático y también a mi dinero. Solo estoy recuperando lo que es mío.

Jasmine la mira como si intentara asimilar lo que acaba de oír.

—¿Me estás diciendo que estás casada con el tipo del ático?

—Lo he estado. Durante más de dieciocho putos años. Hasta la semana pasada, cuando me la jugó.

Jasmine está meneando la cabeza con movimientos pequeños y tiene las palmas levantadas, como si fuera incapaz de digerir la información.

—¿Has entrado para coger tu ropa? Pero ¿cómo...?

—Me dejó sin nada. Sin na-da. ¡He tenido que vestirme con ropa que ni siquiera era mía! —Nisha busca en su bolsillo la llave maestra y se la devuelve a Jasmine—. Ten. Coge esto. Yo ya tengo lo que había venido a buscar.

—No puedes hacer esto.

—No es robar. La ropa es mía.

—Nisha. Es una mala idea. No lo hagas.

—Lo siento, Jas. Me ha encantado conocerte. Eres una persona buena de verdad. Me caes bien. Y eso no me suele pasar. Pero me llevo mis cosas.

Jasmine mira la tarjetita.

—No, no, no, no, no. Has entrado usando mi tarjeta. Está

asociada a mi nombre. Si robas esa ropa me van a echar la culpa a mí.

—Les diré que no has sido tú. Los llamaré por teléfono. Yo qué sé.

—Nisha, soy una madre soltera negra de Peckham. Acabas de usar mi tarjeta maestra para entrar en una habitación y sacar ropa por valor de ¿cuánto? ¿Diez mil libras?

—Más bien treinta mil —dice Nisha, ofendida.

—Tenemos que devolver esto a la habitación. Podemos arreglarlo, cariño, pero así no.

—¡No! —protesta Nisha, pero Jasmine la agarra del brazo.

—No me hagas esto. Sabes que si lo haces nos meterás a todos en problemas. Necesito este trabajo. Nish, lo necesito. Y he currado muy duro para llegar donde estoy, joder. El doble de duro que la mayoría de las personas. No tienes ni idea, ¿vale? No me lo estropees.

En la voz de Jasmine hay filo, pero también preocupación. Nisha siente una punzada de duda. Recuerda que Jasmine le dio veinte libras cuando casi ni la conocía.

Gime con suavidad.

—Por favor, Jas. No tienes ni idea de por lo que he pasado. Me lo ha quitado todo. Necesito mis cosas. Las necesito.

—Si el asunto es como dices, lo arreglaremos —dice Jasmine con voz tranquila—. Pero no así.

Las dos mujeres se miran. Y de pronto está decidido. Nisha sabe que no puede hacerle esto a la única persona que se ha portado bien con ella.

—Aaarg. ¡Mierda! —grita.

—Lo sé, tesoro. Lo sé. Vamos —dice Jasmine repentinamente animada—. Tú ven conmigo. Tenemos que devolver todo esto antes de que se den cuanta. Dios bendito, mi estómago. ¿Es que quieres acabar conmigo?

En el ascensor no hablan, pero Jasmine no deja de mirarla a hurtadillas como si estuviera reconsiderando todas sus ideas sobre ella hasta el momento. Al llegar al piso séptimo se miran. Pero, cuando el ascensor se detiene, oyen voces. Voces altas, de hombre. Hay alguien en la habitación. Sin dudar un momento, Jasmine pulsa el botón de bajar con la palma de la mano. El ascensor titubea cuando las puertas empiezan a abrirse, como si no entendiera bien este cambio de instrucciones. A continuación las puertas se cierran y empiezan a bajar.

Salen en la planta seis. A Nisha le da vueltas la cabeza.

—¿Y ahora qué hacemos?

Jas levanta un dedo dando a entender que lo tiene claro. Pulsa un botón de su walkie-talkie.

—¿Viktor? ¿Me haces un favor, cariño? Necesito… quince…, veinte perchas. Con fundas de plástico. Sí. Sí. Lo antes que puedas. Gracias, cariño. Estoy a la puerta de la seis dos dos. Te debo una.

Antes de dos minutos Viktor, un lituano de gran estatura y ojos tristes, llega medio corriendo y con las perchas.

—Vamos a colgar la ropa. Deprisa. Échanos una mano, Vik, ¿quieres?

Nisha obedece, mete cada prenda dentro del plástico y la cuelga de una percha. Los tres trabajan en silencio, a Nisha le cuesta estirar los cuellos en las perchas, meter el alambre por los diminutos agujeros en los plásticos. Cuando terminan hay un gran montón de ropa encima del carro. Jas lo mete en el ascensor y hace un gesto a Nisha.

—Ponte la mascarilla. Y mantén la cabeza baja.

Se abren las puertas del ascensor en el séptimo piso. Jasmine hace un gesto a Nisha para que no salga.

—¡Limpieza de habitaciones! —dice.

Un hombre —¿es Steve? Nisha no lo sabe con la cabeza baja— aparece en la puerta.

—¿Qué pasa?

—Tintorería, señor.

Jasmine coge una brazada de prendas envueltas en plástico del carrito.

Steve se gira y grita:

—Tintorería.

Nisha oye la voz de Carl desde la zona del despacho:

—¿Qué tintorería? No he pedido nada.

A Nisha se le para el corazón.

Pero Jasmine sale del ascensor.

—Su mujer pidió que se llevara esta ropa a la tintorería, señor. La estamos entregando. *Quédate donde estás* —murmura a Nisha.

—¿Mi mujer? Le dije a Frederik que no puede cargar nada a mi habitación.

—Me parece que esto se solicitó hace tiempo, señor. La ropa no ha estado lista hasta ahora.

Carl suena enfadado.

—Le dije que no dejara que cargara nada. Nada. Debería haber cancelado cualquier encargo pendiente.

Jasmine ha desaparecido. Nisha oye el tintineo de perchas en la barra. Las voces llegan amortiguadas.

—Lo siento mucho, señor —dice Jasmine con calma—. Ha debido de haber un fallo de comunicación con el servicio de lavandería. Me aseguraré de que no se hace ningún cargo a la habitación.

Entra en el ascensor, coge una segunda brazada de ropa y vuelve a salir.

—¿Ha dicho ningún cargo?

—Claramente ha sido un error del hotel, señor. Me aseguraré de que la limpieza de estas prendas es gratuita.

Nisha detecta el cambio de tono. A Carl le encanta conseguir cosas gratis. Es como si creyera que tiene derecho, como si de pronto el universo reconociera todo lo que se merece. Tiene millones y, sin embargo, si alguien le da algo a cambio de nada lo recibe igual que un niño un pirulí gratis en una tienda de caramelos.

—Muy bien. Pero apunte en mi cuenta que hay que cancelar cualquier cosa que encargara antes de irse. ¿De acuerdo? No quiero que vuelva a pasar algo así.

—Por supuesto. Cuente con ello. Gracias por su comprensión, señor. De nuevo le pido disculpas.

Jasmine vuelve al ascensor y Nisha se da la vuelta, por miedo a que aparezca Carl. Pero Jasmine pulsa el botón y el ascensor ya baja.

Después de eso Jasmine no dice una palabra. Terminan las habitaciones que tienen asignadas en silencio. Nisha está aturdida por la conmoción de lo ocurrido. Tantos días intentando imaginar lo que pasaría cuando consiguiera entrar en la habitación ¿y cuál ha sido el resultado? Que han devuelto hasta la última prenda. Ahora en poder de esa bruja. Y, por si fuera poco, la rabia que le ha producido ver la ropa la ha cegado de tal manera que ha olvidado coger cosas más útiles: sus joyas, dinero de encima de la mesa.

Le toca un descanso, pero no quiere ir al cuarto de taquillas. No quiere tener que soportar las preguntas de Jasmine o de otra persona, no quiere tener que pensar en lo sucedido. Así que va a las cocinas. Es por la tarde y están medio vacías, los chefs y sus ayudantes están disfrutando de un preciado descanso entre los turnos de comida y de cena; algunos duermen la siesta, otros han salido a fumar un cigarrillo. Nisha no ha comido nada en todo el día y va hasta la mesa donde sirven los sándwiches. Está vacía, solo hay una fuente con migas.

Migajas. Es lo que queda de su antigua vida. Coge la fuente de acero inoxidable y, antes de ser consciente de lo que hace, la tira al suelo, donde se estrella con estrépito. Busca a su alrededor, coge una pila de delantales recién lavados y los tira también al suelo. A continuación hace lo mismo con los cuencos de plástico. Estos rebotan en las superficies de acero inoxidable.

—¡Mierda, mierda, mierda! ¿Qué puta mierda ha pasado con mi vida?

Cierra los ojos, aprieta los puños y ruge. Es un grito primitivo, salido de muy dentro. Se dobla en dos y cae de rodillas abrazándose como si le doliera algo.

Cuando por fin abre los ojos, todavía jadeando por el esfuerzo, se da cuenta de que alguien la mira. Se gira y ve a un hombre alto junto a los fogones. Aleks. Está apoyado en una de las cocinas, tiene los brazos cruzados y los pantalones de cuadros de cocinero moteados de manchitas del turno de mañana.

—¿Qué? —dice Nisha desafiante—. ¿Qué pasa?

Mira el lío que ha montado en el suelo. Se pone de pie y, al cabo de un momento, empieza a recoger los delantales, los dobla y los deja a un lado, los alisa a golpes con desagrado. Todavía con cara de furia, recoge los cuencos y los encaja unos en otros; recoge también la bandeja metálica. Se le ha soltado el pelo y ahora se lo retira de la cara para hacerse un moño.

Cuando vuelve la cabeza, Aleks sigue mirándola.

—¿Qué pasa? —dice con una mueca—. ¿Nunca has visto a nadie enfadado? Estoy recogiendo tus putas cosas, ¿vale? Lo estoy haciendo.

La expresión de Aleks no cambia. Espera un instante y entonces dice, con calma y en un inglés con fuerte acento extranjero:

—Eres mujer muy guapa. —Y añade—: Muy enfadada. Pero muy guapa.

Nisha abre la boca de par en par. Aleks se gira hacia los fogones y coge una sartén pequeña. Humedece el fondo con aceite y a continuación casca dos huevos con mano experta. Va hasta el frigorífico de gran tamaño que hay en un rincón y vuelve con un montón de ingredientes.

Nisha vacila, no está muy segura de lo que está pasando. Aleks vuelve la cabeza y señala con ella la silla del rincón.

—Siéntate —dice.

Nisha camina algo insegura y se sienta, con la bandeja de acero aún pegada al pecho. Aleks no dice una palabra más. Mezcla algo en un cuenco, batiendo con la velocidad y la eficacia de alguien para quien esto es una tarea diaria y los músculos se marcan perfectamente en su brazo tatuado. Trocea hierbas a gran velocidad con un cuchillo afilado y las echa en la sartén, luego alarga la mano y de la tostadora saca dos rebanadas de pan perfectamente doradas, que cubre de mantequilla. De espaldas a Nisha, saca un plato de la parte de abajo del horno y dispone algo en él. A continuación va hasta ella y le tiende el plato. En él hay unos huevos Benedict coronados con salsa holandesa color amarillo brillante y montados en dos trozos de brioche ligeramente dorados.

—Come —dice Aleks y se vuelve para coger una servilleta. No espera a que Nisha le dé las gracias, sino que regresa en silencio a su puesto de trabajo y lo limpia con enérgicas pasadas, retira las sartenes y las lleva al fregadero. Se queda allí unos minutos, fuera de la vista, entre el tintineo de sartenes y el ruido de agua corriendo. Reaparece cuando Nisha va por el segundo huevo.

Son los mejores huevos Benedict que ha comido en su vida. El placer le ha dado flojera. Ni siquiera puede hablar. Se limita a mirar a Aleks sin dejar de masticar y este hace una leve inclinación de cabeza, como si la entendiera.

—Es más difícil estar enfadada después de comer bien.

Espera a que Nisha termine y, sin decir palabra, le retira el plato. Antes de que a esta le dé tiempo a hablar, ya se ha marchado.

15

Sam se encuentra a sus padres a cuatro patas y rodeados de periódicos. Su padre aprieta con todas sus fuerzas alguna clase de aparato compresor con el que intenta escurrir el agua de un pegote de papel maché con forma de rectángulo. El cuarto de estar de sus padres siempre ha estado atestado de libros y montones de papeles, con cada superficie cubierta de cosas que, insisten, no se pueden cambiar de sitio porque saben dónde está cada una. Pero ahora su madre está metiendo periódicos en una trituradora de papel en un rincón mientras su padre suelta chorros de agua en la vieja bañera infantil a base de esfuerzo y gruñidos. El zumbido de la trituradora les impide oír a Sam cuando llega, así que se abre camino por entre los montones de periódicos, se agacha y agita una mano delante de la cara de su padre. Este está acalorado y tiene trocitos de papel en el pelo.

—¡Hola, cariño! —le dice solo moviendo los labios.

Merryn apaga la trituradora con un papel a medio triturar.

—¡Estamos haciendo briquetas de papel! —anuncia con voz demasiado alta ahora que ya no hay ruido en la habitación, excepto los resoplidos del padre de Sam—. Tu padre vio un vídeo en YouTube. ¡Estamos salvando el planeta!

—Has puesto los *National Geographic* en el montón que no es —exclama el padre interrumpiéndose para señalar con el dedo.

—De eso nada, Tom. Están ahí porque contienen sustancias químicas perjudiciales. Si los usáramos moriríamos mientras dormimos, por el barnizado. Solo periódicos, Tom, esa briqueta tiene demasiada humedad. Tardará siglos en secarse.

—Ya lo sé.

—Pues prénsala más.

—Prensa tú, ya que se te da tan bien.

—Voy a hacer té —dice Sam y cruza el cuarto de estar en dirección a la cocina.

Durante años el caos ordenado de la cocina de sus padres, con las pizarras de corchos con adhesivos de Greenpeace y las fotografías combadas de sus años mozos, le ha resultado reconfortante. Tarros y especias luchaban por hacerse un sitio en las encimeras, sacados y abandonados allí. Últimamente se fija en el descenso de los niveles de higiene, en las manzanas mohosas y los envases de yogures a medio comer. Cada uno es como una campanada que la avisa de futuras responsabilidades. Sus padres se niegan a que vaya alguien a limpiar: va en contra de sus ideas socialistas. Pero les parece estupendo que Sam vaya dos días a la semana para recoger lo que ensucian. Sam se pone los guantes de goma de su madre y empieza a apilar cubiertos sucios en el fregadero mientras escucha distraída a sus padres discutir sobre briquetas.

«Esta la he escurrido mil veces. No sé de dónde sale tanta agua».

—¿No habrás llenado el calentador de agua hasta arriba? No es ecológico.

Entra la madre de Sam secándose las manos en los vaqueros. Lleva un jersey color frambuesa con uno gris por encima. Ambos tienen tomates en los codos por los que Sam ve dos pequeños discos de piel pálida.

—No, mamá. He echado tres tazas.

—Solo hemos conseguido hacer dos briquetas desde la hora de comer. No tengo ni idea de cómo nos vamos a calentar así, de verdad te lo digo. El cobertizo está tan lleno de periódicos viejos que no hago más que decirle a tu padre que hay peligro de incendio.

Está claro que no es consciente de lo irónico del comentario que acaba de hacer. Sam friega mientras su madre prepara el té, quita la tapa a diversas latas y emite exclamaciones varias de decepción cada vez que las madalenas o las galletas que esperaba encontrar brillan por su ausencia. De la otra habitación llegan gruñidos y maldiciones ocasionales mientras el padre de Sam intenta comprimir ladrillos de papel maché.

—¿Qué tal Phil?

Nunca «¿Qué tal estás?», piensa Sam, dolida, y reprime el pensamiento. Está bien que sus padres se preocupen por Phil. A muchas personas les desagradan las parejas de sus hijos. Debería estar agradecida.

—Pues… igual. Un poco cansado.

—¿Ha encontrado ya trabajo?

—No, mamá. Te lo habría dicho.

—La otra noche llamé. ¿Te lo dijo Cat?

—No. Casi no la he visto.

—Esa niña se pasa el día trabajando. Llegará lejos. En fin, quería hablarte de un programa de televisión que estábamos viendo. Ahora no me acuerdo cuál era. ¿Cómo se llamaba…? Lo ponían por televisión. Ah, sí, me dijo que te habías ido de copas.

Sam da un sorbo largo y cuidadoso al té.

—Fui a tomar algo con mis colegas para celebrar que había conseguido varios encargos. Nada del otro mundo.

—Bueno, pues no sé si es buena idea dejar a Phil solo si está tan bajo de ánimo. Yo jamás dejaría a tu padre para irme a beber al pub. No creo que le hiciera demasiada gracia.

Tú nunca trabajaste fuera de casa, quiere decirle Sam. Nunca necesitaste ganar dinero para que tu familia tuviera un techo sobre la cabeza. Nunca te viste obligada a aguantar a un jefe que con cada suspiro exagerado te da a entender que sobras. Nunca te metiste en la cama al lado de un hombre dormido dándote la espalda y con la sensación de haberte vuelto invisible.

—Bueno —dice midiendo sus palabras—, tampoco es que lo haga muy a menudo.

Su madre se sienta a la mesa y suspira.

—Para un hombre es muy duro quedarse sin trabajo. Deja de sentirse un hombre.

—No te pega decir algo tan poco igualitario, mamá. Pensaba que creías en la igualdad de sexos.

—Es puro sentido común. Se sienten... ¿cómo era esa palabra? Emasculados. Si tú eres la que gana dinero y luego te vas al pub por la noche, ¿cómo quieres que se sienta el pobre Phil?

—¿Me estás diciendo que tú nunca vas a ninguna parte sin papá?

—Solo a mi club de lectura. Y solo porque Lina Gupta se empeña siempre en hablar de sus hemorroides y esa clase de conversaciones ponen un poco nervioso a tu padre. De verdad que no entiendo cómo se las arregla esa mujer para sacar Hemoal a colación cuando estamos hablando de *Anna Karenina*.

Sam y su madre charlan un rato... o más bien Merryn charla y Sam adopta su tradicional papel de sumisa oyente de las preocupaciones de su madre por el planeta, su irritación con los políticos, que se dividen en egoístas, idiotas y simplemente exasperantes, las dolencias de sus vecinos (cuál se está muriendo, cuál padece una terrible enfermedad, cuál ha muerto ya). Hace años que Sam se ha dado cuenta de que a su madre no le interesa su vida más allá de cómo los afecte a ella o a Phil, a quien considera el mejor yerno del mundo («De verdad que eres afortunada de tenerlo»). Además, aunque en público sus padres se profesan un amor sin fin, cuando están a solas con Sam aprovechan la más mínima oportunidad para echar pestes de las irritantes costumbres, dificultades o flaquezas del otro («Ya no es capaz de seguir un plano de carreteras. Dice que sí, pero luego me lleva en dirección contraria»; «Se olvida las gafas en todas partes. ¡Y luego me acusa de habérselas cogido! Está tan ciega que ni siquiera ve dónde las ha dejado»).

—Entonces ¿qué vas a hacer con lo de Phil? —dice su madre mientras Sam se pone el abrigo para marcharse. Ha fregado la cocina y el baño del piso de arriba, y la ha entristecido un poco ver la cantidad de pastillas de nombres impronunciables y otros medicamentos que sus padres parecen necesitar solo para funcionar.

—No te entiendo.

—Pues... Creo que deberías animarlo un poco. Hacer que se sienta bien consigo mismo.

—¿Por qué se merece él sentirse bien consigo mismo? A mí no me pasa.

—No te hagas la ingeniosa, Samantha. Necesita tu apoyo, aunque la situación te irrite.

—Hago todo lo que puedo.

No logra reprimir el tono de hartazgo.

—Bueno, a veces hay que hacer más que eso. Cuando tu padre tuvo aquel problema con su..., ya sabes.

—Mamá, ya te he dicho que no quiero saber nada de los problemas de pene de papá.

—Bueno, pues fuimos a que nos recetaran esas píldoras azules. Y aparte de aquel desafortunado incidente en Sainsbury's, cuando se tomó demasiadas, han funcionado de maravilla. Ha vuelto a ser él mismo y eso significa que los dos somos felices. —Se interrumpe, pensativa—. Dicho eso, ahora tenemos que ir al Tesco de la circunvalación. Y las plazas de ese aparcamiento son demasiado estrechas para un coche grande.

La madre de Sam le pone una mano en el brazo.

—Escucha, yo lo único que digo es que es posible que ahora mismo estés cargando con más responsabilidades que de costumbre, pero, si consigues animar un poco a Phil, seguro que los dos os sentiréis mejor. —La mirada azul de la madre de Sam es penetrante. Sonríe con convicción—. Tú piénsatelo... —Entonces la mirada cambia de dirección—. Tom, ¿se puede saber qué estás haciendo con ese dichoso chisme? Estoy oyendo agua caer al suelo del cuarto de estar. ¿De verdad tengo que hacerlo yo todo?

Durante el corto paseo hasta casa, Sam piensa en las palabras de su madre. Phil y ella llevan meses «desconectados», por emplear el lenguaje de las revistas femeninas. Como no hacen vida social juntos, tienen pocos temas de conversación a excepción del perro (no, Phil no lo ha sacado), su hija (no, Phil no sabe dónde está) o el trabajo de Sam (Phil no quiere hablar de eso). Quizá sea uno de esos momentos en los que realmente debería esforzarse un poco más. Quizá si se centra menos en lo cansada que está y en lo furiosa que le pone la falta de apoyo que recibe, Phil y ella encuentren una salida a esta situación.

Se detiene un momento en la acera y piensa en ello. Es toda una novedad, darse cuenta de que se está tomando en serio un consejo que le ha dado su madre. Entonces piensa en su padre y en las pastillas azules y necesita hacer canturreando todo el camino hasta la oficina de correos para sacarse la imagen de la cabeza.

Phil está en el sofá viendo un programa en el que parejas discuten sobre techos demasiado bajos y muebles para almacenaje. Sam se detiene después de colgar su abrigo en el perchero y le mira la coronilla, donde el pelo comienza a clarear. Dos semanas antes, cuando empezaba a parecerse trágicamente al profesor chiflado, Sam lo convenció de ir a cortarse el pelo y al menos ahora su aspecto le resulta reconocible. De repente la asalta un recuerdo de los dos, con las piernas enredadas en ese mismo sofá y Phil besándole la coronilla y piensa: «Igual puedo hacer que te sientas mejor».

Cocina pastel de pollo, puré de patata y verduras, uno de los platos favoritos de Phil, y pone la mesa en la cocina para que no pueda coger su plato de la encimera y sentarse a comer delante del televisor. Abre una botella de vino y sirve dos copas. Phil no dice gran cosa, pero no se queja por tener que cenar en la mesa e incluso hace un pequeño esfuerzo y habla a Sam del coche nuevo de los vecinos. Se cierra en banda cuando, después de dos copas de vino, Sam intenta preguntarle cómo se encuentra, así que esta sigue hablando valerosamente, llenando el silencio con historias sobre sus padres y el invento para hacer briquetas y Phil hace lo posible por parecer interesado. Se oye el tictac del reloj de la cocina.

—Qué rico el vino —dice Phil.

—¿A que sí? Estaba de oferta.

—Pues sí. Está… rico.

En un momento determinado Cat le envía un mensaje a Sam preguntando si alguno de los dos ha visto su carné de conducir y hay un breve interludio en que los dos casi se animan hablando del carné desaparecido, de lo fácil que es perder los pequeñitos de plástico que hacen ahora, de todas las cosas que Cat pierde cuando no debería. Entonces la conversación decae y el sonido del reloj de la cocina se impone y Phil vuelve a instalarse en el sofá para ver las noticias de las diez. Sam se dice que, hablando de Phil, y estos días, la cena ha sido algo parecido a un éxito.

Friega los platos rezando por que lo que esté viendo Phil por televisión no lo deprima otra vez. Mira la botella de vino, en la que queda poco más que un culín, y entonces, de forma abrupta, la coge y se lo bebe de un trago, disfrutando de cómo el ácido oscuro le calienta la garganta. Cuando termina se limpia la boca con el dorso de la mano.

Una vez la cocina está recogida sube al piso de arriba, se ducha y, tras pensarlo un momento, se echa un poco de perfume. Mira su reflejo en el espejo empañado del cuarto de baño. No está mal para la edad que tiene. Cuello bonito. Buenas tetas. Nada demasiado colgante aún. No está prieta y delgada como esas MILF, pero tampoco tiene un mal cuerpo, dentro de lo que cabe.

«Piensa en cómo te sentiste con aquellos zapatos —se dice con firmeza—. Piensa en cómo te sentiste en las reuniones de después, en la pista de baile: poderosa, magnética, imparable».

Se mete en la cama y permanece atenta al sonido de las pisadas de Phil en las escaleras mientras recuerda cómo solía perseguirla por ellas cuando se mudaron, cómo le tocaba el culo en su avidez por alcanzarla.

Por la puerta del dormitorio lo mira entrar en el cuarto de baño, oye cómo se lava, se cepilla los dientes, las breves gárgaras con enjuague bucal, sonidos que le resultan tan familiares como el clic del hervidor de agua por las mañanas o el chirrido de la cancela de entrada.

Entonces Phil se mete en la cama a su lado y los muelles del somier rechinan un poco bajo su peso. Llevan un tiempo durmiendo de espaldas el uno al otro: Phil ronca, de modo que ha aprendido a dormir de lado.

Hace once meses que tuvieron relaciones sexuales por última vez.

Sam lo calculó una noche a partir de la última vez que Phil fue al pub. En la imprenta, el cuarto del café está lleno de mujeres quejándose de que sus maridos no las dejan en paz, asegurando en broma que preferirían leer un libro. Sam está muy cansada de leer libros. El sexo solía ser el lubricante de su matrimonio, aquello que restaba importancia a las irritantes pequeñas cosas: pantalones por el suelo, no sacar el lavaplatos, multas de aparcamiento. El sexo los unía. Era lo que les hacía sentir que seguían siendo ellos y no la sombra marchita de lo que hubo una vez.

Piensa un minuto y a continuación se da la vuelta en silencio y le pasa un brazo a Phil por encima. Tiene la piel caliente y huele vaga y agradablemente a jabón. Cuando no se mueve, Sam se acerca hasta pegar todo el cuerpo al suyo. Le besa la nuca y apoya la mejilla en la suya. Lo ha echado de menos, ha echado de menos tocarlo. Se pregunta por qué no ha hecho esto meses antes. Phil se mueve un poco y Sam nota un diminuto atisbo de deseo.

Adelanta la pierna y la encaja entre las dos de Phil. Le acaricia el estómago, primero la suave pelusa del vientre y después el vello más poblado debajo. Lo van a hacer. Sam lo va a conseguir. Va a ser como volver a empezar. Lo besa de nuevo y recorre despacio su espalda con los labios mientras tira un poco de él para que se gire hacia a ella. «Soy imparable. Soy una mujer arrolladora. Soy sexy». Se colocará a horcajadas encima de él y...

La voz de Phil irrumpe en la oscuridad.

—Perdona, amor. La verdad es que no tengo muchas ganas.

Para Sam es como una bofetada. Las palabras de Phil flotan en la penumbra. Primero se queda muy quieta, acto seguido retira con cuidado la mano de la entrepierna de su marido. Serpentea de regreso a su trozo de edredón y se tumba de espaldas. Se arrepiente de no haberse puesto el camisón. Durante un minuto ninguno habla.

Entonces Phil dice:

—Pero el pastel de pollo estaba muy rico.

Si Phil se comporta como si Sam no existiera, el otro hombre de su vida, Simon, está, en palabras del resto de los empleados, subido a su chepa.

Algunos de sus colegas han empezado a evitar a Sam en el trabajo, como si su mal fario fuera contagioso. Nadie quiere reconocer lo que pasa porque, como todo el mundo sabe, un empleo es un empleo y ahora mismo no abundan.

Excepto Joel.

Sam ha empezado a comer dentro de su coche porque en el cuarto del café se siente vulnerable, y tampoco puede quedarse en su cubículo porque Simon entra siempre en el momento exacto en que tiene la boca llena. Así que se sienta en el coche, pone una de sus listas de reproducción de Música Clásica Relajante y se come su sándwich sola tratando de no pensar.

—¿Se puede saber qué haces ahí metida?

Sam da un respingo cuando se abre la puerta y entra Joel, acompañado del aire frío de la calle y de un cálido aroma a cítricos. Cierra la puerta y Sam ve sus sándwiches de queso envasados. Lleva un plumas y las rastas pequeñas y pulcras recogidas en una coleta baja.

—Por lo menos enciende el motor y pon la calefacción, Sam. ¡Por Dios, qué frío hace!

—Es que...

—No sabía dónde te metías en la hora de la comida. Simon ha mandado al idiota ese de Franklin con nosotros a presentar los presupuestos a Cameron. De verdad que no sé cómo ha conseguido el encargo. Y he ido a preguntarte si querías tomar un café, pero me dijeron que no estabas. Luego vi que las ventanillas de tu coche estaban empañadas, así que...

Franklin. Joven y chulo, con su traje de brillos y su sonrisa tatuada. De modo que así están las cosas. Sam suspira despacio.

—Ahora mismo... estoy mejor aquí.

Joel deja de sonreír.

—¿Quieres hablar de ello?

—La verdad es que no.

Si dice una sola palabra se echará a llorar. Y ni siquiera serán lágrimas normales: se siente siempre al borde de unos sollozos inmensos y aterradores que la engullirán y la dejarán con la nariz roja, llena de mocos y con hipo. Y lo peor de todo será que Joel la verá.

—Ay, cariño... —Joel niega con la cabeza, asqueado—. Me ha dicho Ted que ayer Simon te lo hizo pasar fatal en la reunión de presupuestos.

Sam es muy consciente de la proximidad de Joel dentro del estrecho vehículo. De la suave piel del dorso de sus manos, tan cerca de su muslo, de su aroma masculino. Sus pestañas humedecidas se curvan hacia arriba como puntas de estrella. Sam nunca ha visto un adulto con pestañas así. Tiene la impresión de que podría tocar una y notar su mella puntiaguda en la yema del dedo.

Joel y ella se conocen desde hace ocho años y no está segura de haberse fijado en sus pestañas hasta ahora.

De pronto recuerda cómo Phil la rechazó la noche anterior, piensa en su reflejo en el espejo esta mañana: mayor, flácida, no deseada. Tener a Joel al lado siendo tan encantador es duro. Porque, por supuesto, no está interesado en ella. Eso es algo que pensó en un momento de euforia, con aquellos zapatos puestos. Lo más probable es que la vea como una especie de tía abuela. «Voy a ver si la pobre Sam está bien».

De repente la invade la certeza de que Joel tiene que salir ahora mismo de su coche.

—La verdad —dice— es que estoy perfectamente. Sola, quiero decir.

Es incapaz de mirarlo mientras pronuncia estas palabras, no quiere ver la mirada compasiva, la cabeza ladeada. Mantiene los ojos fijos en su rodillas y una peculiar sonrisa en la cara.

—En serio. Voy a escuchar un poco de música y a relajarme un rato.

Al cabo de un instante, Joel dice:

—Puedo comerme mis sándwiches y hacerte compañía.

—No —dice Sam mirándolo—. Son de queso, no me gusta el queso.

Sigue un silencio incómodo. «¿Cómo que no me gusta el queso? —piensa Sam—. ¿Desde cuándo?».

—Vale —dice Joel al poco rato—. Solo quería… verte. Asegurarme de que estás bien.

—Estoy perfectamente. No pasa nada. No hace falta que te preocupes por mí. ¡Soy mayorcita! —Sam levanta la vista con una sonrisa absolutamente forzada en la cara y ve algo en la expresión de Joel que le hace un nudo en el estómago—. De verdad. Eres muy amable. Pero deberías irte. Deberías irte.

La voz le sale más áspera de lo que era su intención.

Joel duda un instante y a continuación, sin mediar palabra, coge sus sándwiches aún sin abrir y sale del coche.

16

Jasmine no trabaja hoy. Nisha consulta la planilla y ve que le deben varios días, quizá porque trabaja el fin de semana. Por mucho que eche de menos su alegre conversación, se alegra de que no esté. La ira —y el sentimiento de culpa por cómo ha estado a punto de perjudicarla— han calado tanto en Nisha que se siente a punto de explotar.

Termina su turno en furioso silencio, fregando con determinación los baños sucísimos, frunciendo el ceño a cualquiera que le pida otro rollo de papel higiénico o acondicionador de pelo. Sabe que puede haber quejas de huéspedes sobre su actitud, así que finge no hablar inglés, esboza media sonrisa levemente amenazadora y su lenguaje corporal da a entender, como mínimo, que es capaz de volver por la noche para asesinar a los huéspedes molestos mientras duermen.

Nisha ha probado a llamar a seis de los mejores abogados matrimonialistas de Nueva York. Solo tres se han puesto al teléfono y dos le han dicho que ya estaban contratados por Carl. Llama a su banco y Jeff, el director de atención al cliente, le promete llamarla pero no lo hace. Cuatro veces. Carl. Intenta contratar una tarjeta de crédito para poder sobrevivir al menos, pero su solicitud es denegada porque no tiene una dirección fija en el Reino Unido y la compañía americana solo puede enviársela a su dirección en Nueva York. Desde donde, por supuesto, no se la reenviarán. Carl.

Todos los días llama a Ray y charla con él de cosas sin importancia: de lo que ha almorzado, del convencimiento de que uno de sus compañeros de cuarto es un mormón encubierto, de su desesperación por no ser capaz de dejar de morderse las uñas, y Nisha sabe que carece del léxico necesario para explicarle lo que le ha ocurrido a la familia. A su hijo. Su maravilloso y frágil hijo por el que el corazón le duele y le sangra a ocho mil kilómetros de distancia. Tendrá que contárselo pronto, pero le da miedo causarle ese dolor sin estar allí para consolarlo. Ha pasado demasiado poco tiempo desde Aquello.

Quizá esto es por lo que más odia a Carl.

Cuando se esconde en la cocina para sus descansos de media tarde, coincide con Aleks, a veces preparando cenas, otras sentado en un rincón leyendo un libro de bolsillo gastado, por lo común sobre cocina. No habla con ella, pero cuando la ve deja el libro, va a su estación y prepara tortillas de setas a las finas hierbas, sándwiches calientes de pollo y mayonesa de trufa. Posa el plato delante de Nisha y la deja comer, siempre de lo más discreto, como si comprendiera que está ante una mujer sumida en un completo infierno y solo quiere prestarle una pequeña manguera. Tiene siempre el pelo como si se acabara de levantar, ojos cansados y en su cuerpo no parece haber un gramo de grasa. No es que Nisha se haya fijado especialmente en esto, pero siempre repara de forma inconsciente en las personas en forma y con un buen índice de grasa corporal, y Aleks parece... en forma. Cansado, como todos los chefs (las jornadas interminables y las condiciones infernales de una cocina les hacen envejecer dos veces más deprisa), pero en forma.

—No me voy a acostar contigo, que lo sepas —le dice cuando Aleks le sirve un sándwich de carne especialmente apetitoso.

Aleks la mira fijamente y esboza una media sonrisa, como si Nisha hubiera dicho algo divertido.

—Vale —contesta como si la idea ni siquiera se le hubiera pasado por la cabeza, y su respuesta hace sentir a Nisha a la vez avergonzada y furiosa.

Da vueltas en la cama de su horrenda habitación de hotel. Los pensamientos giran dentro de su cabeza igual que una nube negra tóxica y cuando se levanta está tan exhausta que la pura furia es lo único que le da fuerzas para volver al hotel Bentley. En dos ocasiones de esta pasada madrugada, a las dos y a las cuatro, cuando solo se oyen las sirenas y a una pareja que discute en el cuarto contiguo, ha cogido el teléfono y escrito a uno de los pocos números que aún se sabe de memoria: el de Juliana. Pero las dos veces se ha detenido, ha leído lo escrito, borrado el mensaje y dejado el teléfono.

Suma su sueldo y el dinero de Ray y sabe que sus días de vivir en el hotel están contados. Y entonces ocurre: en el Tower Primavera le comunican que no puede quedarse una noche más. Son las seis y media de la mañana y Nisha va de camino a desayunar cuando la recepcionista la aborda en el vestíbulo.

—Ah, señora Cantor. Las dos semanas próximas tenemos todo reservado para un congreso. Me temo que mañana tendrá que irse.

—Pero ¿dónde voy a ir? —dice Nisha y la recepcionista la mira sin comprender, como si nunca le hubieran hecho esa pregunta.

De camino al trabajo a pie, Nisha se pregunta si terminará en la calle igual que esos hombres amorfos de cara grisácea durmiendo entre cartones con los que se cruza cada mañana. Ni una sola persona le devuelve las llamadas. Ni una sola de las mujeres a cuyo lado se ha sentado en actos sociales durante los últimos dieciocho años. Ni una de sus supuestas amigas. Carl —o Charlotte— ha debido de contárselo todo y se ha convertido en una apestada. Siente humillación al imaginar las conversaciones sobre ella al otro lado del Atlántico.

«Bueno, en circunstancias normales diría pobrecita, pero

era una persona tan horriblemente fría que me resulta difícil compadecerla».

«Hay que ver, Melissa, ¡cómo eres!».

Camina junto al río intentando hacer un plan, y odia la ciudad. Odia los coches parados con las siluetas borrosas de los pasajeros detrás de los limpiaparabrisas empañados. Odia las miradas inexpresivas de quienes, como ella, van y vuelven de trabajar cada vez que la oyen insultar a ciclistas despendolados; odia los todoterrenos con madres de labios apretados que no hacen ni caso a sus hijos, odia los silbidos de los albañiles y los grupos de hombres más jóvenes maliciosos y cotillas que se reúnen a la puerta de los bares. Odia no estar aislada ya de todas esas cosas, no ser más que un minúsculo e invisible átomo en un universo de monotonía y caos. Camina con el cuello subido para protegerse de la humedad, una bufanda de lana decente que ha conseguido no llevar todavía a la oficina de objetos perdidos del hotel alrededor del cuello, y, aunque no es una mujer propensa a la introspección, de haberlo sido, Nisha Cantor habría caído en la cuenta de que nunca en su vida ha sido tan infeliz.

—Tenemos que hablar.

Jasmine aparece cuando Nisha está terminando su turno. Lleva el uniforme de los días libres, un anorak forrado de satén color rubí y pantalón de chándal, con un bolso de cadena en bandolera y uñas recién pintadas de azul irisado con purpurina.

—Te juro que desde lo del martes no pienso en otra cosa.

Nisha saca su chaqueta de la taquilla y la cierra de un portazo.

—¿Te refieres a cuando me obligaste a devolver mis pertenencias?

Pero Jasmine hace una mueca.

—No me vengas con esas. No soy tu enemiga.

Nisha la mira interrogante. Pero Jasmine ya ha salido al pasillo.

—Date prisa y ponte la chaqueta —dice—. Te vienes a mi casa.

Cogen el primero de dos autobuses y, con sus gruñidos y traqueteos de fondo, Jasmine le hace preguntas sobre su vida y qué ha sido de ella.

«¿De verdad vivías en el ático hasta hace poco? ¿En la suite?».

«Espera un momento, ¿y eso a pesar de tener casa aquí? ¿Tenías una casa? ¿Más de una? ¿Se puede saber cuántas putas casas tenías?».

«¿En serio pasabas meses viajando por el mundo? ¿Y cuál de las casas era tu hogar? ¿Cómo que todas?».

«¿Cómo podía ser tuya toda esa ropa? ¿Qué hacía tu marido? ¿Te daba dinero para tus gastos cada semana? ¿Cuánto? ¿Cuánto has dicho? ¿Nunca has trabajado? Eso no es un trabajo… ¡Tch!».

«¿Me estás diciendo que ninguna de tus amigas te ha llamado? ¿Ni para echarte una mano? ¿Qué clase de mujeres son?». (Esa le escoció).

«¿Qué dice tu hijo de todo esto?». (Esa le escoció aún más).

«Y, entonces, ¿cuándo se lo vas a contar? Cariño, esto no te lo puedes callar. ¿A quién quieres proteger? ¿Al sinvergüenza traidor de tu marido?».

«¿Y se puede saber quién coño es esa bruja que se lo está follando? ¿La conoces? Ya. Claro. Cómo no. ¿Qué vas a hacer al respecto?».

Jasmine pregunta abiertamente y sin embarazo. No se guarda sus opiniones. Nisha está tan atónita por esta forma de comunicación —tan distinta de las conversaciones en código que se ha acostumbrado a mantener con las mujeres de los amigos de Carl, de las sonrisas inexpresivas y las miradas de reojo— que la furia que lleva dentro empieza a disiparse y se sorprende a sí misma respondiendo sinceramente, sin preocuparse de qué conclusiones no deseadas podrán extraerse de sus respuestas, o usarse en su contra, como suele hacer cuando habla con otra mujer.

Han caminado diez minutos desde la parada del autobús sin dejar de hablar; al parecer ninguna se ha dado cuenta de que ha empezado a llover. El bloque de viviendas de protección oficial que están atravesando —Jasmine lo llama «finca»— es una mole desparramada dividida por senderos peatonales y puntuada por el resplandor anaranjado de farolas, y Nisha se pega a Jasmine, temerosa de no ser capaz de encontrar la salida si la pierde de vista.

—Es surrealista —dice Jasmine—. A ver, he oído cosas muy chungas, pero esto va más allá.

Está abriendo la puerta de su apartamento cuando Nisha cae en la cuenta de que esta mujer ha cogido dos autobuses y atravesado Londres solo para ir a buscarla.

El apartamento es el más pequeño en el que Nisha recuerda haber estado nunca; todas las paredes y superficies están tapadas por pulcras cajas de plástico llenas de ropa o tendederos con prendas puestas a secar. Hay ropa por todas partes, colgada de la parte trasera de puertas o doblada con cuidado en sillas o cómodas.

—¿Grace? —Jasmine hace entrar a Nisha en la pequeña cocina y sale inmediatamente—. ¿Has hecho los deberes?

De la otra habitación sale una voz con la televisión de fondo.

—Sí.

—¿Pero solo los has hecho o les has dedicado esfuerzo y atención?

—¿Con quién estás?

—Con Nisha.

Nisha se sienta en una de las banquetas junto a la mesa plegable y se quita la chaqueta. El apartamento huele a cocina casera y a un perfume dulzón y almizclado. En los fogones, carne de alguna clase se guisa a fuego lento y empaña el cristal de la ventana con un vapor fino y aromático. Nisha cae en la cuenta de lo acostumbrada que está al olor a nada, químicamente aséptico de su habitación de hotel. Entonces recuerda que esta noche ya no puede dormir ahí. Tiene un plan que incluye la cama que hay junto a las habitaciones de la lavandería en el Bentley, pero no sabe durante cuánto tiempo podrá recurrir a él.

—¡No seas maleducada, Grace! ¡Ven a saludar!

Una niña de trece o catorce años asoma la cabeza por la puerta. Mira a Nisha, quien la saluda tímidamente con la mano.

—Ah, eres muy guapa.

Nisha oye la carcajada de Jasmine antes de que entre en la cocina.

—Se está preparando para ingresar en el cuerpo diplomático.

—¡Lo he dicho en serio! La señora esa griega que trajiste tenía pinta de que la habían atropellado.

—¿Te he educado para que seas grosera con mis invitados?

—Lo siento.

Está claro que Grace no lo siente en absoluto.

—¿Trabajas con mi madre?

—Sí.

—¿Tú eres la que no sabía limpiar un váter?

Nisha piensa un momento.

—Seguramente.

—¿Has hecho el arroz, como te dije? —pregunta Jasmine mientras quita la tapa a una de las cazuelas.

—Está en la parte de abajo del horno, tapado.

—Gracias a Dios. Qué hambre tengo. Grace, quita tus cosas de la mesa, por favor.

Jasmine se pone a trajinar, saca platos de armarios y va al cuarto de estar, donde pone una mesita que hay junto al televisor. Grace saca cubiertos y mira tímida a Nisha, que sigue sentada, sin saber muy bien qué hacer.

—Eres americana, ¿verdad? —Grace pasa a su lado—. ¿Has ido a Disneylandia?

—Llevé a mi hijo cuando tenía tu edad, pero no le gustó demasiado.

—¿Por qué?

—No le gustan las atracciones. Prefiere ver películas y los juegos de ordenador.

—A todos los chicos les gustan los videojuegos. Mi madre no me deja tenerlos.

—Pues es muy inteligente por su parte. El terapeuta de mi hijo dice que vienen a ser como el crack.

—¿Qué es un terapeuta?

—Pues… un psiquiatra. Alguien que te ayuda con los problemas mentales.

—¿Está loco tu hijo?

Nisha vacila.

—Eh… Igual un poco. ¿No lo estamos todos?

Sonríe.

—No —dice Grace y coge un trapo de cocina.

En el cuarto de estar hay un canapé y una butaca en la que guarda precario equilibrio una altísima pila de sábanas con las esquinas planchadas con afilada precisión. Al lado hay una tabla de planchar cerrada. Mientras Grace trae vasos y una jarra con agua, Jasmine mete las sábanas en bolsas de lavandería transparentes que Nisha reconoce del hotel y sella cada una con un trozo de cinta adhesiva. Jasmine se da cuenta de que Nisha está mirando el monograma del Bentley.

—Las tiran después de un solo uso, así que lo considero reciclaje.

—Y yo que creía que tenía mucha ropa —dice Nisha.

—Ah, esto no es mío. —Jasmine le hace un gesto para que se siente a la mesa—. Son encargos de plancha y arreglos de costura.

—¿Cómo?

—Es lo que hago cuando no estoy en el hotel. Plancho y hago arreglos de costura.

Nisha se la queda mirando. Cuando ella termina en el Bentley está tan exhausta que lo único que puede hacer es volver al hotel y meterse en la ducha. La idea de ponerse a trabajar otra vez le resulta impensable.

Jasmine pone el estofado de cordero en la mesa y lo sirve. El guiso, espeso y aromático, humea suavemente en los platos acompañado de esponjoso arroz blanco y judías verdes. Es la primera comida casera de Nisha en dos semanas. En otro tiempo la habría picoteado, calculando mentalmente el contenido en proteína y fibra, y habría dejado el arroz blanco a un lado. Pero ahora mezcla todo glotonamente con el tenedor, empapa el arroz en la deliciosa salsa y come a grandes bocados. Lo hace despacio, sin interrumpirse apenas para hablar. Cuando se termina su plato, las otras dos mujeres van por la mitad del suyo.

—Así que Aleks no tenía turno hoy, ¿no? —dice Jasmine y, cuando Nisha levanta la vista y deja de masticar, añade—: Sírvete más.

Nisha no era consciente de hasta qué punto ha llegado a depender de las comidas que le prepara Aleks a diario, tampoco de que Jasmine se había dado cuenta. Espera un instante y a continuación se sirve más comida. Jasmine habla con su hija sobre deberes escolares y sobre lo que tiene que hacer al día siguiente en el colegio y después, cuando está segura de que Nisha ha comido lo bastante (así es; de hecho le duele el estómago), espera mientras sus hija recoge los platos y se los lleva a la cocina y a continuación mira a Nisha.

—Entonces ¿dónde estás viviendo?

—En un hotel. Pero...

No quiere reconocerlo.

—¿Pero qué?

Nisha suspira. Extiende los brazos por encima de la cabeza.

—Necesitan la habitación. Y, en cualquier caso, no me puedo permitir seguir allí. Iba a preguntarte... por esa habitacioncita del Bentley. ¿Esa en la que te acostaste aquella vez que te dolía el estómago?

—Huy, no. —Jasmine menea la cabeza—. Olvídate. La usan para los trabajadores del turno de noche. Hay gente entrando y saliendo de ella toda el rato. Como mucho puedes estar dos horas.

—Pues entonces… ¿crees que podría quedarme en una habitación para huéspedes? Ya sabes, colarme. Cuando sepamos que no se aloja nadie. Podría dormir encima de la colcha. Y después arreglarla en cinco minutos.

La mirada de Jasmine le dice lo que piensa de la idea.

—Hablo en serio —insiste—. ¿Qué piensas hacer?

—No tengo ni idea.

Jasmine apoya los brazos en la mesa y se pone de pie.

—Bueno —dice al cabo de unos instantes—, pues supongo que tendrás que quedarte aquí.

Lo dice como si ya estuviera decidido.

—¿Cómo?

—¿Dónde vas a ir si no?

—Pero si…. no parece que te sobre sitio.

—Y no me sobra. Pero tú no tienes donde ir. Así que no hay más que hablar. No te estoy ofreciendo servicio de habitaciones ni un masaje de cinco estrellas, Nisha. Solo una cama. Hasta que te organices. Puedes cuidar de Grace cuando no tengas turno. Ocuparte de algunas comidas. Así me lo pagas. ¡Ja! A no ser que vayas a decirme que tenías cocinero y no sabes cocinar.

Hay un breve silencio. Se miran.

—No. No puede ser.

Nisha menea la cabeza despacio.

Jasmine mira al cielo. Y de pronto el estado de ánimo cambia y Jasmine se echa a reír. Nisha siente algo bastante extraño. No sabe qué decir. No sabe qué sentir. Está en un apartamento enano con una mujer que apenas conoce y dando gracias al cielo por una cama en la que solo un par de semanas antes no se habría acostado ni muerta. Y ahora esta mujer se está riendo de ella.

—Ay, Dios mío. No pareces de este mundo, Nisha. —Jasmine se enjuga los ojos—. Te lo digo de verdad. Eres irreal.

—Lo voy a solucionar —dice Nisha seria—. En serio. Voy a pensar en un plan y voy a hacer pagar a ese hombre por lo que ha hecho. Por todo.

—Huy, de eso no tengo duda. —Jasmine se reclina en su silla. Sigue riéndose, como si esto fuera lo mejor que le ha pasado—. Y yo estaré esperando, preparada con las palomitas. En primera fila. Envase tamaño familiar. Ya te digo.

La cama de invitados está más o menos un metro por encima de la de Grace. Nisha va a dormir en una litera superior azul con la pintura descascarillada y cubierta de adhesivos colocados por el anterior ocupante y bajo un edredón de Mi pequeño poni. Nisha mira el estrecho dormitorio, dominado por las camas, junto a las cuales un armario y una mesita se reparten el espacio junto a una pared cubierta de carteles de cantantes que ni siquiera conoce. Grace se gira desde su mesa y la mira.

—Tienes que quitar tus cosas de la litera de arriba, cariño —dice Jasmine con un gesto.

Grace mira a su madre y su expresión es de muda protesta.

—No voy a quedarme mucho tiempo —dice Nisha tratando de sonar conciliadora. Imagina la reacción de Ray si le dijera que tiene que compartir su habitación con un desconocido. La expresión de su cara sería muy parecida a la de Grace—. Prometo no roncar.

Grace hace un sonido de indignación.

Jasmine le da una toalla a Nisha.

—No le gusta estar sola en casa. Así que va a estar encantada.

Lo de Grace es lo de menos. Nisha se pregunta por un instante si va a aguantar vivir aquí. Carl y ella tenían cada uno su cuarto de baño y su vestidor. No ha convivido tan cerca de nadie desde la universidad.

—Ah —dice Jasmine—. Y tengo una cosa para ti.

Desaparece y Nisha se queda esperando con la toallita amarilla de playa que le han adjudicado. Jasmine vuelve con una bolsa de plástico de supermercado y se la ofrece.

—¿Qué es? ¿Una camiseta? —pregunta Nisha. Han convenido en que esta noche dormirá allí y por la mañana irá a por sus cosas.

—Ábrela —dice Jasmine.

Nisha vacila y a continuación mira el interior de la bolsa y saca despacio tres bragas de seda negra de La Perla y su sujetador de encaje azul oscuro de Carine Gilson. Los mira fijamente mientras sus dedos reconocen las prendas, le dicen que son suyas. Es su ropa interior. Acaricia la seda con la mano y mira a Jasmine.

—A ver. Una mujer no puede ser ella misma con las bragas de otra, ¿no?

Y, por primera vez desde que empezó todo este estúpido lío, Nisha se echa a llorar.

17

Está rara.

—¿Rara en qué sentido?

—Pues que no para en casa. Y cuando está parece que intenta evitarme todo lo posible. Siempre está sacando al perro o preparando coladas en el piso de arriba.

—¿Está seguro de que no son cosas que se siente obligada a hacer... ya que no las hace usted?

—Bueno, quizá. Pero normalmente cuando está en casa la noto más... —Phil se rasca la cabeza— presente. Y luego está lo del maquillaje.

El doctor Kovitz espera a que siga hablando.

—Sam no se maquilla. A ver, alguna vez se pone un poco de rímel. Pero la mayoría de las veces ni se molesta. Esas cosas no le van. Y a mí nunca me ha importado, la verdad. Siempre la veo bien, maquillada o no. Es una mujer... atractiva.

—¿Y ahora sí se maquilla?

Phil piensa.

—Pues casi todos los días. Yo estoy en el dormitorio mientras se arregla por las mañanas y se pone base, sombra de ojos, colorete y esas cosas.

—Pero usted no... ¿no le dice nada al respecto?

—No. —Phil se revuelve incómodo en su asiento—. La verdad es que… he comprobado… que todo suele ser más fácil si piensa que estoy dormido.

—Así que no sabe que usted sabe que ha empezado a maquillarse.

—No.

Dicho así suena tonto.

—Phil, ¿tiene usted alguna preocupación concreta? Lo que quiero decir es ¿por qué le preocupa tanto algo así?

—Es que… no es nada propio de Sam.

Hay un largo silencio.

—¿Puedo preguntar cómo va la parte física de su matrimonio?

—Va bien.

—«Bien».

—A ver, siempre ha ido bien. Pero, evidentemente, desde que estoy…, bueno…, lo que quiero decir es que es normal que las cosas…

Un largo silencio.

—¿Me está diciendo que ha decaído un poco?

A Phil han empezado a escocerle las orejas. Asiente con la cabeza, se suena la nariz.

—¿Recuerda cuándo fue la última vez que tuvo… relaciones con su mujer?

Phil se quiere morir. En el sentido literal de la expresión. Se arrepiente de haber vuelto a esta consulta.

—Fue hace algún tiempo. Como… meses. Puede que…, sí, puede que haga casi un año.

—¿Y se sienten cómodos los dos con este estado de las cosas?

No se lo puede contar al doctor. La insoportable vergüenza que sintió cuando Sam se pegó a su espalda la otra noche, su evidente deseo. Y él… no podía. No podía decirle que no era que no quisiera intentarlo, pero le daba miedo no poder y que eso fuera el final de todo. Que era más fácil si ni siquiera lo intentaban. Por lo menos hasta que superara esto…, fuera lo que fuera. No pudo decir ninguna de estas cosas. No en voz alta.

En otro tiempo Sam habría logrado hacerle hablar de ello, reírse incluso. Pero la otra noche se limitó a tumbarse de espaldas y a suspirar exageradamente, como dando a entender que Phil era decepcionante e irritante, y este tuvo ganas de hacerse una bolita y desaparecer.

—Lo que quiero decir es que probablemente está un poco decepcionada conmigo ahora mismo. Pero… no puedo… Tengo la sensación…

—Se siente superado.

—Sí —dice Phil aliviado—. Estoy superado. No… No me siento capaz de…

Hay un largo silencio. Al doctor Kovitz le gustan los largos silencios. Al cabo dice:

—¿Qué cree que pasaría si le hablara a Sam de cómo se siente ahora mismo, Phil?

Phil no sabe si se ha movido físicamente, pero por dentro ha tenido la sensación de desplomarse solo de pensarlo.

—No puedo hablar con ella. Está demasiado enfadada. A ver, no es de esas personas que gritan. No va por ahí gritándome. Pero lo noto. La he decepcionado. Cree que le dejo todo el trabajo a ella. Y supongo que, en cierto modo, tiene razón. Pero es que no puedo hacer nada. Me siento demasiado… cansado. Solo tengo ganas de tumbarme y dejar que las cosas sucedan a mi alrededor. Y, si le hablo de cómo me siento, va a tomárselo como otro problema del que tiene que hacerse cargo.

—Entonces… ¿su estrategia es esperar a que todo se pase?

—Supongo que sí.

El doctor Kovitz vuelve a esperar.

—La verdad es que no tengo energías para nada más.

—¿Qué sintió cuando murió su padre, Phil?

Las palabras suenan mal dichas en voz alta incluso ahora.

—¿Qué quiere decir?

—Me dijo que cuando se estaba muriendo tuvo la sensación de estar decepcionándolo.

—No quiero hablar de eso —dice con boca pastosa.

—De acuerdo. Pero supongo que de nuestras conversaciones lo que queda claro es que tiene la sensación de estar decepcionando a las personas. ¿Diría que es una descripción correcta?

—No es que lo sienta. Es que lo sé.

—¿Ha usado Sam esas palabras?

—No. Ella no haría algo así.

—De manera que es su interpretación.

—Es mi mujer. La conozco.

—De acuerdo. —Largo silencio—. ¿Qué cree que tendría que hacer usted para que ella no tuviera esa sensación?

—Pues salta a la vista, ¿no? Encontrar trabajo. Volver a ser un hombre.

—¿No se considera un hombre ahora?

—Me refiero a un hombre de verdad.

—¿Qué es un hombre de verdad, Phil?

—Me está usted preguntando tonterías.

Nada de lo que Phil dice ofende al doctor Kovitz. Se limita a seguir mirándolo con expresión inofensiva y una media sonrisa en los labios.

—¿Le importa extenderse un poco? ¿Sobre lo que es para usted un hombre de verdad?

—Pues la definición es obvia. Un hombre que tiene trabajo. Que cuida de su familia. Que hace cosas.

—¿Y cree que no es un hombre de verdad si no hace todo eso?

—No me gustan los juegos de palabras. —Phil se pone de pie—. Tengo que irme.

El doctor Kovitz no se opone. No dice nada. Se limita a esperar mientras Phil se pone la chaqueta y, a continuación, cuando va camino de la puerta, le dice:

—Hasta la semana que viene, Phil.

Nisha ha pasado tres noches en el apartamento de Jasmine. Dos de los días cogió los autobuses al trabajo con ella y se aprendió las rutas. Hacen el trayecto matutino en silencio, adormiladas después del madrugón de las cinco de la mañana y pertrechadas con termos de café en preparación para lo que depare el día. Por las tardes se sientan juntas en el autobús atestado y charlan amigablemente sobre quién ha recibido mejores propinas ese día, la última extravagancia de un huésped, lo que van a cenar. A Nisha no suele gustarle hablar por hablar, pero sabe que es el precio de la hospitalidad de Jasmine y se esfuerza al máximo por que no se le note lo agotador que le resulta.

Recogen a Grace de casa de la madre de Jasmine y se la llevan con ellas a casa. No le gusta quedarse sola en el apartamento desde que entraron a robar dieciocho meses atrás («Se llevaron mi pulsera de bautismo y el portátil de Grace. Había tardado seis meses en pagarlo»), de forma que, cuando el padre de Grace no puede recogerla, las tardes incluyen un gran rodeo para ir en su busca. Jasmine trabaja por las noches después de cenar, el apartamento se llena de los silbidos y siseos de su plancha de vapor y el ocasional zumbido de su máquina de coser eléctrica. Nisha friega los platos y recoge la cocina para que Jasmine tenga una cosa menos que hacer.

Grace es una anfitriona de lo más reacia; le dirige la palabra a Nisha cuando es necesario, pero salta a la vista que su presencia en su habitación le sienta igual que una patada en el culo. Evita mirarla a los ojos, suspira exageradamente cada vez que Nisha se baja de la litera y se pone los auriculares con gran aspaviento cuando están juntas en el estrecho dormitorio. Nisha no la culpa. Vivir en un apartamento tan diminuto con Jasmine y Grace pronto le resulta agotador. No hay espacio para moverse. No tiene dónde guardar sus cosas, si tuviera alguna. No hay dónde escapar. Ni siquiera puede sentarse en el cuarto de baño sin que alguna de las dos se ponga a llamar a la puerta y a exigir acceso inmediato a sus productos capilares, cepillos de dientes o el váter. El ruido es constante: la televisión, la música de Grace, la radio en la cocina, la lavadora centrifugando (no parece terminar nunca), el timbre que suena día y noche con gente que viene a dejar o recoger ropa. Salta a la vista que esta forma de vida —el trajín constante, la ausencia de paz— es algo normal para ellas.

Y sin embargo sabe que tiene que estar agradecida. Es, en cierto modo, mucho mejor que esa horrible habitación de hotel. Es mejor, la verdad sea dicha, que cualquier otra opción mientras organiza su plan. Y no puede evitar admirar a Jasmine, quien parece ser capaz de esbozar una sonrisa en casi cualquier situación, que maldice los contratiempos con insultos propios de marinero y acto seguido se dice que las cosas podrían ser peores y encuentra un motivo del que reírse. A Jasmine le gustaría abrir un negocio de costura, pero disfruta de su trabajo en el Bentley y le preocupa sentirse sola si trabaja únicamente por cuenta propia. «En realidad me conformaría con un poco más de espacio. Un localito, quizá, en el que meter todo esto —señala con un gesto el apartamento—, para que Grace y yo estuviéramos algo más cómodas». Sí, le gustaría echarse novio, pero tiene cero tiempo libre, es «la hostia de exigente», y «Grace y yo somos un pack, ¿entiendes? Para que me guste alguien, Grace tiene que darle el visto bueno» (Grace había levantado las cejas como si fuera muy improbable que algo así ocurriera en un futuro próximo). En un par de ocasiones Jasmine empezó a bromear sobre algo —hombres, por lo general, o sexo— y Nisha no pudo evitar reírse con ella; incluso le llegaron a rodar lágrimas por las mejillas. Por primera vez en su vida atisba la solidaridad entre mujeres, y le gusta.

Hasta que ve a esa Charlotte Willis con su abrigo. Su abrigo de borreguillo de Chloé color tostado claro del que solo hay uno por talla y cuesta seis mil setecientas libras. Nisha ve el abrigo acercarse a ella por el pasillo principal mientras empuja el carrito de la limpieza y da un respingo al reconocer la prenda antes de reparar en quién la lleva puesta. Cuando ve a Charlotte con la cara fruncida en esa sonrisa de suficiencia vagamente maliciosa mientras dice alguna cosa a la mujer joven que la acompaña, teme desmayarse de furia. Nisha se detiene en seco, tanto que Jasmine se choca con ella y, cuando se da cuenta de lo que pasa, coge a Nisha del codo y se la lleva por el pasillo hasta la tienda del vestíbulo dejando el carrito tirado.

—¿Es ella? —dice.

—Mi abrigo —dice Nisha, que es posible que esté hiperventilando—. Lleva mi abrigo. Me cago en su puta madre. ¿De qué va esa tía, joder? ¿De qué coño va? —Se detienen delante del ascensor de servicio y Nisha mira a su alrededor, se vuelve hacia Jasmine, endereza la espalda y se encoge de hombros como si no tuviera alternativa—. Bueno, pues voy a tener que matarla.

Jasmine suelta una gran carcajada, a continuación se pone seria y la mira con una cara que seguramente usa con Grace.

—No, Nish. No vas a matar a nadie.

—Pero es que es mi abrigo.

Nisha se ha hartado. Hay determinadas cosas que no se pueden tolerar. Es de Chloé, por el amor de Dios.

—Pasa de ella —dice Jasmine con firmeza. Y, cuando Nisha protesta, insiste—: ¡Que pases de ella! Escúchame, Nish. Céntrate en la estrategia a largo plazo.

—¿Cómo? ¿Y eso qué coño es? —Nisha levanta la voz y Jasmine la empuja hacia una puerta mientras sonríe a los huéspedes que pasan como si todo esto no fuera más que un chiste muy gracioso entre empleados felices—. ¿Cómo que estrategia a largo plazo? Yo no tengo de eso.

—Al contrario, cariño; precisamente es lo único que tienes.

Nisha mira a Charlotte entrar en el ascensor dorado con su amiga. Recuerda el día que compró ese abrigo en la tienda de Nueva York, lo que sintió al ponérselo sobre los hombros en el vestuario privado, el maravilloso corte, el reconfortante leve aroma a piel del borrego. Las sonrisas de las empleadas mientras estudiaba su reflejo en el espejo. La suavidad. Esa suavidad maravillosa, suntuosa.

—Te odio —le dice a Jasmine mientras Charlotte desaparece detrás de las puertas correderas.

—Ya lo sé —dice Jasmine—. Venga. Vamos a buscar un sándwich.

—Me siento como la puta Cenicienta. Solo que la Hermana Fea se ha quedado con mi puto vestido, mis calabazas, los putos ratones ciegos y todo lo demás.

Nisha da un mordisco al sándwich que le ha preparado Aleks y acto seguido empuja el plato.

—No sé si los ratones eran ciegos. Pero, bueno, da igual. —Jasmine sorbe su té—. Te entiendo, cariño, te entiendo perfectamente. Ah, espera un momento. —Mira su teléfono—. Sandra quiere que vaya a su despacho. Será por la mancha de la alfombra en la doscientos tres. Espérame aquí, enseguida vuelvo.

Nisha está tan concentrada despotricando sobre la injusticia que tarda varios minutos en darse cuenta de que Jasmine se ha ido. Mira el sándwich —es de gambas y mango, una delicia—, pero le ha entrado dolor de estómago y no se siente capaz de seguir comiendo.

Aleks se levanta despacio de su silla. Deja su libro —algo sobre *slow food* en las tierras altas escandinavas— y se saca una cajetilla de tabaco del bolsillo. La agita y se la ofrece a Nisha mientras se pone uno en la boca en un gesto ágil.

—No fumo —dice Nisha con tono irritado.

—Ya lo sé —dice Aleks.

Sale por la puerta de atrás a los cubos de basura y, al cabo de un instante, Nisha lo sigue. No es que tenga ganas de estar con Aleks, pero no se siente capaz de estar sola, sin un testigo de lo que está viviendo. Aleks se ha encendido el cigarrillo y está de pie junto al murete. De los grandes cubos de plástico sale un leve olor a repollo pero, al igual que el resto del personal del hotel, Nisha casi ni lo nota.

—Mi marido —dice—. Me ha dejado sin nada. Me ha quitado todo lo que tengo. Y no sé qué coño voy a hacer para recuperar mi vida.

—Suena fatal… —Aleks suelta una larga bocanada de humo con cara pensativa—. Creo que la expresión inglesa es «te ha dejado más seca que un arenque».

Nisha se sorprende tanto con este comentario que se le escapa una carcajada.

—¿Estás de broma? ¿Cómo que un arenque? Qué pinta aquí un arenque?

Aleks ríe.

—No tengo ni idea. Las expresiones inglesas son muy raras. La semana pasada un huésped me dijo que dejara de «tomarle el pelo». Te aseguro que no se lo había tocado.

Su sonrisa es demasiado pícara para estar hablando por completo en serio.

Vuelve a ofrecer a Nisha la cajetilla y esta vez esta acepta un cigarrillo. Cuando Aleks se lo enciende se asegura de que sus manos llenas de cicatrices no toquen las de ella mientras protege la llama. Nisha inhala el humo con el placer culpable y nihilista que siente cada vez que fuma.

—Entonces ¿qué vas a hacer?

Nisha se desinfla. Da otra calada. A continuación se encoge de hombros y de pronto empieza a hablar, sin saber muy bien por qué siente la necesidad de explicarse.

—No tengo ni idea. Estoy viviendo en el apartamento enano de Jasmine. Su hija me odia porque duermo en su habitación, que bastante pequeña es para ella sola. Trabajo fregando váteres. Tal cual. Básicamente estoy viviendo como en mis peores pesadillas y no tengo ni idea de cómo salir.

—Pero ¿no has hablado con él?

—No desde el día que pasó todo. No me coge el teléfono.

Aleks asiente con la cabeza como si comprendiera. Se sientan y siguen fumando en silencio durante un rato.

—Si no puedes arreglarlo —dice Aleks—, igual tendrías que enfocarlo de otra manera.

Nisha lo mira con el ceño fruncido. Aleks tiene la vista fija en el callejón. Hay dos palomas disputándose un hueso de pollo, quitándoselo y empujándolo antes de cojear detrás de él con sus garras deformes.

—Igual debes pensar en todas las cosas de tu antigua vida que no te gustaban y decir: «Vale, tengo la oportunidad de empezar otra vez. Con libertad total. Sin ataduras. Un sueño y no una pesadilla». Igual un día descubres que eres incluso más feliz de lo que eras.

—¿Sin dinero, sin casa y sin ninguna de mis cosas? Esa es la gilipollez cursi y buenista de autoayuda más grande que he oído en mi vida.

Nisha da una calada furiosa.

—Es posible. Pero, si no puedes cambiar tu situación, entonces no te queda otra. Solo puedes cambiar cómo te lo tomas.

—Claro, porque a ti te gusta trabajar turnos de dieciocho horas aquí, ¿verdad? Hasta que no te tienes de pie. Aguantando los gritos de Michel porque un huésped dice que no le has hecho el beicon exactamente como le gusta. Volviendo a casa en autobús de madrugada para levantarte al día siguiente y hacer exactamente lo mismo pero con turno doble porque tienes que sustituir al último tipo que no cobraba lo suficiente y se piró a otro sitio.

Entonces Aleks la mira y entrecierra los ojos, divertido.

—Pues sí. Además, a mí el beicon me sale siempre perfecto.

Nisha resopla despectiva.

—No me vengas con gilipolleces.

—Tengo la posibilidad de hacer felices a las personas con mis platos.

—Esos clientes no reconocerían la felicidad ni aunque les pegaran en la cara con ella. La gente que come en este hotel lo hace para alimentarse, o porque les da estatus. Las mujeres comen mientras la mitad de sus neuronas se dedican a calcular el aporte calórico de cada bocado. Para ellas la comida tiene tanto de tortura como de placer. Es algo de lo que nunca se les permite disfrutar plenamente. Por eso siempre se dejan la mitad en el plato.

—No estaba hablando de los clientes.

Aleks sonríe a Nisha y apaga su cigarrillo. Esta se lo queda mirando.

—Debería seguir llamándolo, ¿no?

—Creo que es la única manera de solucionar esto.

—A tomar por culo. Lo voy a hacer.

Empieza a marcar el número de Carl.

—No —dice Aleks—. Usa mi teléfono. Mejor que no sepa dónde estás.

A Nisha le parece buena idea, así que coge el teléfono de Aleks y empieza a teclear de nuevo.

—¿Quieres que me vaya? —dice Aleks.

Sin ser consciente de lo que hace, Nisha lo coge de la manga.

—No, no, por favor, quédate.

Hay tono de llamada. Se da cuenta de que está temblando. Entonces Carl descuelga.

—Por fin —dice Nisha tratando de que no le tiemble la voz.

—¡Nisha! ¿Cómo estás, amor mío?

La voz de Carl solo delata una ligerísima sorpresa. Está sereno, dueño de la situación. Como si acabara de llegar de un viaje corto de negocios.

—Ah, pues fenomenal. De maravilla… ¿Cómo coño te crees que estoy, Carl? Me has echado de mi propia vida.

—Eso es un poco melodramático, querida.

—Es que no es para menos, Carl. ¿Qué estás haciendo? ¿Se puede saber qué pasa aquí?

—Pero, querida…, hablemos como personas civilizadas.

—Ni querida ni querido. Me has expulsado, a mí, tu mujer, de mi casa, mis armarios, mi vida. Me has dejado sin dinero. Por lo que a ti respecta podría estar durmiendo en la puta calle.

—¿Dónde estás? Voy a mandar a Ari a buscarte. He estado intentando localizarte.

Nisha se queda paralizada. Aleks la mira.

—Te estoy llamando… desde el teléfono de un amigo. Tú mándame algo de dinero, ¿vale? Así contrato un abogado y solucionamos esto.

—No, no, no. Mejor nos vemos.

—Vale. —Nisha coge aire—. ¿Dónde?

—Había pensado que podíamos quedar en el almacén. Tengo un edificio nuevo. En Dover, Kent.

—¿Quieres que vaya a un almacén en Kent?

Aleks está meneando la cabeza.

—No —dice Nisha—. En el hotel. Nos vemos en el hotel. Abajo, en el vestíbulo.

El tono de Carl cambia de forma casi imperceptible.

—Como quieras.

—Hoy —añade Nisha.

—Voy a cambiar mis reuniones y estaré ahí dentro de una hora.

—Muy bien.

Carl suena algo irritado. No está acostumbrado a que sea Nisha quien ponga las condiciones.

—Y no quiero ver a Ari. Ni a Charlotte. Ni a ningún abogado. No quiero que haya nadie más. Solo tú y yo.

Carl cuelga. Cuando baja el teléfono y mira a Aleks, Nisha está casi mareada.

—¿Te encuentras bien? —Aleks la mira con atención.

—Creo que necesito otro cigarrillo —dice Nisha mientras se mira el uniforme—. Huy, no, lo que necesito es algo que ponerme.

Las paredes de la lavandería están tapadas del suelo al techo por rieles con prendas en fundas de plástico. Viktor y Jasmine están hombro con hombro en el angosto y oscuro espacio cargado de olores químicos revolviendo, mirando tallas y fechas de entrega de cada prenda. Jasmine niega con la cabeza o enseña perchas a Nisha en busca de su aprobación. Se deciden por un traje de chaqueta negro de Sandro y una blusa de seda en un color pálido que Viktor dice le dará tiempo a limpiar otra vez antes de devolvérselos a los huéspedes el viernes. No tienen zapatos —al parecer nadie deja ya sus zapatos para que se los limpien—, lo que significa que tendrá que ponerse esos horribles salones que no se ha quitado desde que empezó esta pesadilla. Menuda mierda. Claro que, comparado con todas las otras cosas que le están pasando, esta no es la peor. Mientras Viktor se los da a uno de los botones para que los limpie, Nisha se peina en el baño de señoras y Jasmine le riza las puntas con unas tenacillas birladas de una de las suites y le presta un poco de rímel y carmín. La persona que ve Nisha en el espejo se parece un poco a alguien que podría reconocer.

—Pareces la puta ama —dice Jasmine, que se ha ofrecido a limpiar una de sus habitaciones para darle un poco de tiempo—. ¿Preparada?

—Preparada —dice Nisha.

Pero no está segura.

Carl se pone de pie cuando Nisha cruza el vestíbulo del hotel. Es raro mirarlo desde esta distancia: de pronto se fija en que tiene papada, en que la barriga se le derrama sobre el cinturón igual que masa creciendo en un molde. Todo en él, desde su impecable traje hecho a medida hasta su bronceado artificial, su enorme reloj, sus zapatos italianos, apesta a dinero. Con un respingo, Nisha cae en la cuenta de que lo ve como a un desconocido. ¿Cómo pueden borrarse dieciocho años de un plumazo? Carl sonríe amable, como si de verdad se alegrara de verla, y Nisha se desconcierta tanto cuando se acerca para besarla en la mejilla que no opone resistencia. Lleva una colonia que no reconoce y experimenta una breve y residual punzada de celos. «¿Quién te ha cambiado la colonia?».

—Dos cafés —dice Carl al camarero que aparece como por ensalmo cuando se sientan—. Para mí un expreso doble, para la señora uno americano. ¿Quieres leche?

Nisha dice que no con la cabeza.

Está intentando no temblar. Ha fantaseado con este momento tantas veces en los últimos días, imaginando de todo, desde una despreciable disculpa por parte de Carl hasta que le abre la cabeza con una piqueta salpicada de sangre. Y ahora lo tiene aquí, el único e inimitable, comportándose, cosa insólita, como si no hubiera pasado nada y aquel no fuera más que otro café de sobremesa.

—Bueno…, ¿y vienes desde muy lejos?

—No —dice Nisha.

Está sentada muy quieta, con las piernas perfectamente dobladas debajo del cuerpo y los ojos fijos en Carl. Este es el hombre con el que he compartido cama durante casi veinte años, piensa, todos cuyos deseos y caprichos he atendido. Es el hombre cuya cabeza he acariciado cuando le dolía, cuyos hombros he masajeado cuando se quejaba de estrés, cuyas medidas me aprendí de memoria para poder encargarle ropa a cualquier modisto del mundo. Es el hombre cuyo hijo di a luz, cuyas rabietas calmé, cuyos enemigos observé y denuncié y desautoricé por él, cuya vida diseñé, facilité y llené de todas las comodidades de que se puede rodear a un ser humano.

Es el hombre que me dio la espalda como si ni siquiera hubiera existido. Que se dedicó a mentirme mientras se follaba a su secretaria. Y todo le parece tan irreal que, por un momento, se pregunta si no estará soñando.

—Bueno, ¿y qué tal estás? —dice Carl cuando llegan los cafés.

—¿Es una broma?

—Te veo bien.

Nisha da vueltas a su café con la cucharilla.

—¿De qué coño va esto, Carl? —dice.

Entonces Carl se echa a reír. Se echa a reír de verdad, con ojos afables, como si Nisha hubiera dicho algo divertido.

—Perdona, querida —dice por fin—. La verdad es que no he estado muy diplomático estas dos últimas semanas.

—Que no has sido diplomático dices. ¿Es en serio?

—Mis abogados me aconsejaron mal. Me he dado cuenta de que no se hacen así las cosas. Nuestras cosas.

Alarga una mano para ponerla encima de la de Nisha y esta se lo permite por un breve instante, conmocionada por lo familiar que le resulta su tacto, y a continuación la retira. Carl la mira y se recuesta en el respaldo de su silla.

—Estás dolida. Y enfadada. Lo entiendo. Y he venido para… mejorar las cosas.

—No pienso volver contigo.

Lanza las palabras como si fueran un guante.

—Lo sé. Creo que probablemente tú y yo hemos llegado al final de nuestro camino juntos. Pero menudo camino, ¿eh?

Sonríe con cariño.

Nisha lo mira con el ceño fruncido. ¿Este señor es Carl? ¿O ha contratado Ari a un actor para que haga de él?

—Unos años estupendos. Muy buenos ratos. Viajes divertidos. Nuestro precioso hijo. Deberíamos poder ser amigos, ¿no?

—Tienes cero relación con tu hijo. Llevas dieciocho meses sin hablar con él, salvo a través de tus empleados.

Carl se rasca la cabeza.

—¿Qué quieres que te diga, Nisha? Soy un ser humano con sus defectos. Estoy en ello. Hemos… hemos estado en contacto durante estas dos últimas semanas y…

—¿Le has contado lo que hiciste?

—No, no. Pensé que se lo tomaría mejor viniendo de su madre. Siempre se te dio mejor que a mí tratar con él.

Nisha menea la cabeza. Por supuesto el trabajo duro emocional de esta situación le va a tocar a ella.

Carl se inclina sobre la mesa con expresión solemne.

—Escucha, Nisha, he venido a decirte que lo siento. Lo he gestionado todo fatal. No te he tratado con el respeto que mereces. Pero me gustaría arreglarlo. Quiero pensar que podemos cerrar este capítulo de nuestras vidas en paz y armonía.

Nisha no dice una palabra. Su intuición le sugiere que ahora mismo el silencio es su mejor arma.

—Me gustaría ofrecerte un acuerdo amistoso.

Nisha tarda en contestar.

—Vale.

—Le diré a mi abogado que se ponga en contacto con el tuyo y que redacten algo que sea justo y equitativo.

—No tengo abogado, Carl. Te has asegurado tú de que no lo tuviera.

—Pues lo voy a solucionar. Así nuestros abogados podrán hablar y encontraremos la manera más cómoda para los dos de pasar página.

Nisha lo mira con curiosidad. ¿Está Charlotte detrás de esto? ¿Han aconsejado a Carl que diga estas cosas? Parece sincero. Inspecciona con disimulo la habitación, pero no ve ni a Ari ni a Charlotte ni a nadie sentado en otra mesa. Sí ve a Jasmine barriendo el vestíbulo y mirándola de reojo. Arquea una ceja como preguntando «¿Estás bien?» y Nisha asiente casi imperceptiblemente. Se arrellana en la silla y cruza las piernas.

—A ver, había pensado… —sigue diciendo Carl. Y, a continuación—: ¿Qué… qué zapatos son esos?

Carl le está mirando los pies.

—Ah, estos. Es una larga historia.

—¿Dónde están los Louboutin?

—¿A qué viene ese interés por mis Louboutin?

«¿No entiendes que con esas pezuñas que se gasta no le van a servir?», tiene ganas de decir. Pero no quiere que Carl sepa lo que sabe.

Carl da un sorbo a su café y evita mirarla a los ojos.

—Bueno, es que iban a ser parte del acuerdo.

Nisha lo mira fijamente.

—¿Quieres quitarme los zapatos?

—Los compré yo, Nisha. Legalmente son… míos. Igual que todo lo demás.

—Me los regalaste. Lo que los convierte en legalmente míos. ¿Para qué quieres mis zapatos?

«Vamos —piensa—. Dilo de una vez. Los quieres para dárselos a la zapatones esa que tienes por novia».

—Los encargué a medida. Son… Valen dinero.

—Estás muy raro, Carl. Tienes tropecientas cosas que valen más que esos zapatos.

—Pues entonces por razones sentimentales.

—Tú tienes de sentimental lo mismo que el muro de Berlín. No me vengas con esas.

—Y tú no seas obcecada, Nisha. —Su voz tiene tono de advertencia—. Estoy siendo muy generoso.

—No soy obcecada, Carl. Y tú no estás siendo generoso. Aún. No tengo garantías de que no vayas a ofrecerme una maleta llena de putas lentejas. Además, no tengo los zapatos.

—¿Qué quieres decir con que no los tienes?

—Los tenía en la bolsa. Y se los llevó alguien.

—¿Se los llevó? ¿Quieres decir que te los robó?

—No creo. Se confundió de bolsa. El día que me mandaste los papeles de divorcio.

—¿Cómo? ¿Quién? ¿Por qué no has ido a buscarlos?

—¿Sabes qué, Carl? Que con el panorama que tenía, dado que me dejaste sin dinero, sin ropa y sin un sitio donde pasar la noche, perder un par de zapatos de tacón no me pareció que fuera mi principal problema.

Carl siempre ha sido muy posesivo con las cosas que le compraba, como si en cierto sentido fueran suyas. Recuerda un bolso de Gucci que se olvidó en un restaurante al poco de casarse. Estuvo cuatro días sin hablarle.

—Bueno, ¿y vas a ir a buscarlos?

—Lo creas o no, he estado ocupada intentando sobrevivir sin dinero y sin un techo sobre mi cabeza. Querías demostrarme lo poderoso que eres, pues felicidades. Lo has conseguido. Me lo quitaste todo en un momento. El mensaje me llegó alto y claro: que tú tienes todas las cartas. Siento si por el camino he perdido una de tus «posesiones».

Carl parece consternado. ¿Quizá por su propio comportamiento?

Nisha espera un momento antes de hablar.

—¿Qué pensabas que iba a ser de mí, Carl?

Este se encoge de hombros.

—Pues no sé. Supuse que te quedarías en casa de alguna amiga.

—No tengo amigas en este país.

—Pensé que alguien te compraría un billete para volver a casa. ¿Por qué ibas a querer seguir aquí?

—No tengo pasaporte, ¿recuerdas? Estaba en el ático, con el resto de mis pertenencias.

—Ah —dice Carl distraído—. Es verdad.

Resulta todo un poco tonto. Como si los dos hubieran estado atrapados en un juego que, ahora que ha terminado, se antoja raro e inútil, una broma que ha ido demasiado lejos.

—Mira —dice Nisha—. Mándame el dinero para un abogado, llegamos a un acuerdo y después te puedes quedar con todos mis pares de zapatos. Solo déjame recuperar mis cosas y pasar página, ¿vale? Sin dramas. Sin publicidad. Solo quiero lo que me corresponde.

Pero la expresión de Carl de pronto se ha vuelto impenetrable.

—Sin los zapatos no vas a conseguir nada —dice—. Ni un dólar.

—¿Cómo?

—¡No puedes perder algo mío así como así! ¿Vale? ¡Algo que he pagado yo! ¡Como si no fuera nada!

—¿Qué estás diciendo? ¡Me los robaron! ¿Cómo coño iba yo a...?

Cuando Carl vuelve a hablar su mirada es gélida y tiene la mandíbula adelantada.

—Devuélveme esos zapatos y entonces hablaremos.

—Pero, Carl, ¿qué...? —grita Nisha—. ¿Y qué pasa con mi dinero? ¡El abogado, Carl! ¡Necesito mi ropa, mis cosas! ¡Carl!

Pero Carl ha dado media vuelta y ya está cruzando el vestíbulo. Aparece Ari como por arte de magia y caminan muy juntos dándole la espalda a Nisha, enfrascados en una conversación.

18

Sam está sentada en la sala de espera mirando desde detrás de un número de hace tres años de *Woman's Weekly* cómo la enfermera intenta explicar por decimoquinta vez a un hombre en silla de ruedas que su familia, incluyendo cuatro mujeres que no paran de discutir y una caterva de niños revoltosos, no puede pasar a la consulta con él. Odia este sitio. Odia las asépticas salas de espera impregnadas de una mezcla de miedo y derrota. Odia las conversaciones susurradas, la forma en que el tiempo vuela o se eterniza. En un intento por pensar en otra cosa, ha jugado tres partidas de Palabras entre amigos en su teléfono con una desconocida de Ohio, probado dos veces a llamar al gimnasio para devolver los zapatos (no cogen el teléfono) y contestado catorce correos electrónicos del trabajo, ocho de ellos de Simon.

—Lo siento mucho, pero son las reglas. Muchos de nuestros pacientes están inmunodeprimidos y no podemos arriesgarnos a que cojan una infección.

Sam mira las narices mocosas de los niños y piensa que son, básicamente, pequeñas fábricas de gérmenes con zapatillas deportivas.

Pero la mayor de las mujeres, que lleva el pelo recogido en una coleta, sigue en sus trece.

—Mi padre no quiere pasar solo. Quiere pasar con su familia.

—Quiero pasar con mi familia.

—Lo entiendo, señor. Pero no va a ser mucho tiempo.

—Quiere a su familia al lado. Deberían respetar sus deseos.

Un niño empieza a zarandear con fuerza el dispensador de agua que está junto a Sam. Cuando parece que peligra, y a continuación está a punto de volcar, lo sujeta con una mano. El niño se detiene y la mira, impasible. Una de las mujeres también la mira con expresión hostil, como si Sam hubiera tenido un gesto de autoritarismo al no dejar que el niño tire el dispensador.

La enfermera sigue hablando y su voz revela agotamiento.

—Señora, no puedo hacer otra cosa. El hospital tiene que proteger a sus pacientes y las reglas son que nadie, ni amigos ni familiares, puede estar durante la intervención. Si quieren, pueden esperar en la cafetería y les avisaremos cuando haya terminado.

—No va a pasar solo.

—No voy a pasar solo.

El anciano cruza los brazos a la altura del pecho.

—Entonces me temo que no vamos a poder administrarle su medicación, señor.

—¡Necesita su medicación! ¡Es lo que dijo el médico!

—Le he explicado las reglas, señora.

—No. Esto es trato discriminatorio. Se supone que tiene que respetar los deseos del paciente y usted está desatendiendo sus deseos. No es un vegetal, por si no se ha dado cuenta.

—No soy un vegetal —confirma el hombre.

Sam mira su reloj. Lleva allí una hora y cuarenta minutos y durante ese tiempo las enfermeras han tenido que aguantar a tres pacientes que no se han presentado, a una adolescente histérica y muchos, muchísimos pacientes que parecen tomarse la incapacidad de este servicio de ajustarse a sus exigencias concretas como una afrenta personal. Mira un instante a la enfermera e intenta sacarle una sonrisa, pero desiste cuando la mujer de la coleta dirige furiosa la atención a ella.

—¿Se puede saber qué mira? —escupe a Sam.

—Nada —dice Sam ruborizándose.

—Métase en sus asuntos, señora.

—Eso —dice la otra mujer, que puede ser la hermana de la primera.

Camina hasta estar a medio metro de Sam con los hombros rectos y el mentón adelantado.

—No se meta.

Sam intenta pensar en algo que decir, pero no se le ocurre nada, así que sube un poco su revista y procura esconder el incómodo rubor que mancha sus mejillas. Mientras hace esto el niño consigue por fin volcar el dispensador de agua, que se derrama de golpe y le empapa los pies. Viene seguridad, hay gritos y un intento por recoger el agua con una fregona, alguien empieza a llorar y al cabo se llevan al hombre, con su extensa familia sin dejar de rezongar, por el pasillo. Es entonces cuando sale Andrea. Está pálida como un fantasma y con los labios apretados. Sam se levanta de un salto y se pone la mascarilla para saludarla.

—¿Qué tal el TAC?

—Una puta maravilla. Estoy deseando que me toque el siguiente.

—Y yo te agradezco que me traigas al sitio de moda —dice Sam.

—No lo cuentes por ahí o querrá venir todo el mundo.

Andrea se coge del brazo de Sam y caminan despacio hacia el aparcamiento.

En el coche, Andrea no habla. Sam ha hecho este viaje las veces suficientes ya para saber cuándo tiene que dejarla tranquila y cuándo tiene que intentar animarla. Hacia la mitad del trayecto, sin embargo, mira la blancura de los nudillos de Andrea y coge una mantita que hay en el asiento trasero. Espera a que estén paradas en un semáforo y se la coloca con cuidado en el regazo. Ninguna dice nada, pero unos minutos después Andrea le aprieta la mano y no la suelta hasta que Sam tiene que poner el intermitente y descubre que su amiga está llorando, pero no sabe si son lágrimas de gratitud o de alguien que necesita un salvavidas.

—Todo va a ir bien, ya verás —dice—. Tengo un buen presentimiento.

Antes de irse, le da setecientas cuarenta libras a Andrea para que pague la hipoteca. Andrea no dice nada, pero mira fijamente el cheque y a continuación se tapa la boca con una mano pálida y menea la cabeza. Luego deja con cuidado el cheque en el salpicadero y abraza fuerte a su amiga.

Las dos saben que Andrea no tiene ese dinero, que el banco lleva semanas sin confirmarle si le concede un periodo de carencia, que la prestación por desempleo que recibe no alcanza para cubrir sus modestos gastos. Pero solo una de ellas sabe que el dinero es casi lo último que tiene Sam ahorrado.

No tenía elección, se dice para intentar suprimir el miedo que forma una burbuja en su pecho mientras se aleja de allí. Ella habría hecho lo mismo por mí.

A la mañana siguiente, Simon la encuentra hablando por teléfono con el constructor porque Phil no ha movido todavía la autocaravana. Sam se gira, consciente de pronto de que alguien la vigila, y ahí está, a unos pocos pasos, dando golpecitos con el dedo en la esfera de su reloj tamaño extragrande y gesto solemne.

—¿Puede moverla usted? —susurra al teléfono—. Si no abre la puerta quizá es que ha salido. Mire, la llave de contacto está debajo del paso de rueda. Está abierta. Sí... Sí, ya sé que tiene una rueda pinchada. Pero solo tiene que sacarla marcha atrás...

Simon describe una circunferencia a paso lento y deliberado hasta situarse justo delante de Sam. Esta levanta la mirada y tapa el teléfono con una mano.

—Perdone, pero es que estoy en el trabajo. Desde aquí no puedo hacer nada... No, por favor, no haga eso... Escuche, voy a intentar localizarlo y que la mueva. Por favor, no se vaya. Estoy segura de que mi marido… ¿Hola? ¿Hola?

Simon le pide que lo acompañe a su despacho y cierra la puerta. Es un espacio acristalado para que todos vean cuando está echando la bronca a alguien. Sam ve a un par de compañeros que la miran incómodos desde sus cubículos. Lo saben. Todos lo saben.

Simon se sienta y suspira, como si la conversación que se dispone a tener le causara dolor.

—Sam, me temo que hemos llegado a un punto en el que no puedo seguir pasando por alto que hagas mal tu trabajo.

—¿Cómo?

Simon no la invita a sentarse.

—Lo cierto es que no sabes trabajar en equipo.

—¿Qué? ¿Cómo…?

—Te he dado muchas oportunidades. Pero no eres capaz de seguir el ritmo. No se puede confiar en ti.

—Espera un momento. Soy tan buena como el que más aquí.

—Bueno, pues yo solo recibo quejas de ti. —Simon se sienta sin mirar a Sam a los ojos y empieza a sacar y meter la punta de su bolígrafo de acero inoxidable. Sam se fija en que lleva sus iniciales grabadas. ¿A quién se le ocurre grabar sus iniciales en un bolígrafo?—. Además, esta empresa necesita personas activas. Dinámicas. Tú pareces siempre deprimida. Necesitas ser más proactiva.

—Vamos a ver, Simon… Acabo de conseguir contratos por valor de doscientas diez mil libras.

—Lo consiguió tu equipo. Y por el camino nos hiciste perder un cliente importante.

—Que en cuanto llegamos nos dijo que ya había decidido contratar a otro proveedor. No podríamos haber hecho nada para que cambiara de opinión.

—No me interesan las excusas, Sam. Me interesan los resultados.

Para humillación de Sam, se le llenan los ojos de lágrimas. Qué injusticia. Se siente como cuando tenía diez años y su profesor la culpó injustamente de pintarrajear las puertas del cuarto de baño. Por entonces ni siquiera sabía deletrear «gilipollas».

—Simon, llevo doce años en esta empresa y nunca he tenido quejas sobre mi trabajo hasta que llegaste tú. Nunca.

Simon parece entristecerse por un momento y menea la cabeza.

—Bueno, a lo mejor es que en Uberprint somos más exigentes. Estoy intentando ayudarte, Sam. Estoy intentando decirte que necesitas mejorar tu rendimiento.

Sam lo mira fijamente.

—¿O de lo contrario?

—Bueno, eso depende de ti. Pero tengo que decirte que estamos pensando en hacer una reestructuración. En hacer recortes. Y, si eso es así, por supuesto solo querremos retener a los empleados más eficientes.

Hay un silencio corto y cargado de significado.

Sam mira a Simon.

—¿Me estás diciendo que estoy a punto de quedarme sin trabajo?

Simon sonríe. En realidad su gesto no tiene nada de sonrisa.

—Yo diría más bien que te estoy dando un incentivo para que te pongas las pilas. Un empujón para mejorar. Y si resulta que no eres capaz... Bueno, Sam... —Se pasa la mano por el pelo engominado—, entonces quizá lo mejor para ambos sea que busques nuevos horizontes.

El silencio que te encuentras cuando sales del despacho de tu jefe y todos saben que prácticamente te ha dicho que están a punto de despedirte tiene una cualidad peculiar. Un breve sigilo primero y, a continuación, el suave zumbido del ajetreo cuando todos recuerdan por arte de magia que tendrían que estar trabajando. Sam camina entre cabezas vueltas, se mete en su cubículo y se sienta en su silla con la espalda recta, consciente de ser el centro de atención de las treinta y tantas personas que simulan no verla.

Mira la pantalla sin ver en realidad nada, usando el ratón en gestos mecánicos, con los pensamientos a mil por hora. ¿Qué harán si la despiden? Salta a la vista que Simon quiere hacerla parecer negligente para ahorrarse la indemnización. Perderán la casa. Lo perderán todo. Levanta la vista y ve que Simon ha llamado a Franklin a su despacho. Están sentados uno enfrente del otro, Simon con los pies encima de la mesa, y ríen sobre algo que Sam no puede oír. No hace falta ser John le Carré para darte cuenta de lo que se está tramando.

Su correo electrónico emite un aviso de mensaje y mira la pantalla.

Joel: Estás bien?

Sam: La verdad es que no.

Joel: Quieres que vayamos a tomar un sándwich a la hora de comer?

Sam: Es que no me atrevo. Seguro que lo convierte en motivo de despido.

Joel: Una copa rápida después del trabajo?

Sam piensa en la autocaravana, que probablemente tendrá que mover ella misma.

Sam: No creo que pueda.

Sam: Pero gracias.

Sam: Lo siento.

Joel: Cuando te venga bien, guapa. Mentón arriba y tetas bien altas, como diría Ted.

Joel: Aunque probablemente no debería.

Sam (con los ojos otra vez llenos de lágrimas): Gracias. Bss

Joel: Ya sabes dónde me tienes. Bss

No sabe muy bien cómo sobrevive al resto del día. Casi no reconoce su propia voz mientras confirma plazos de impresión y de plastificados. Llama por teléfono a clientes consciente de que su voz suena extrañamente ahogada. Tiene un nudo en la garganta que no se le quita. Evita mirar hacia el despacho de Simon. Cuando se da cuenta de que alguien la está mirando se asegura de adoptar una expresión impenetrable.

Se marcha a las seis y media. Sale por Transporte para no tener que pasar delante del despacho de Simon y se encuentra a Joel repasando los tacógrafos semanales con uno de los conductores. Levanta la vista cuando pasa Sam y esta intenta sonreír, pero sospecha que solo ha movido los labios. Está lloviendo. Cómo no. Se mete en el coche y suelta por fin un suspiro tembloroso. Mientras arranca, las lágrimas le ruedan por las mejillas sin que haga nada por evitarlo y confía en que nadie pueda verla a través de los cristales mojados por la lluvia. Veinte minutos después llega a su casa, aparca en la calle y se queda mirando la autocaravana, que Phil no ha movido del sitio, de manera que los albañiles han empezado a trabajar rodeándola. En el cuarto de estar, la luz está dada y la televisión parpadea. Sabe que tiene que contarle a Phil lo que ha pasado, pero no sabe si será capaz de gestionar su ansiedad además de la suya propia. Se queda dentro del coche sin escuchar la radio, que gorjea suavemente. Despacio, apoya la cabeza en el volante y permanece así un rato, concentrada en recordar cómo se respira.

Su teléfono hace ping.

Joel: Espero que estés bien. Todavía voy a estar un rato aquí, echando anticongelante. Por si cambias de opinión. Bss

Sam mira los tres puntos suspensivos intermitentes y, a continuación:

Todos necesitamos que nos escuchen.

Sam mira su teléfono. Acerca el dedo al teclado y, al cabo de un instante, empieza a escribir:

Te lo agradezco, pero estoy bien. Gracias. Bss

Sigue allí un rato más. Luego coge el bolso del asiento contiguo y, con un suspiro de desánimo, se baja del coche y entra.

En la casa hace calor. Demasiado, teniendo en cuenta la factura de la luz. Phil solía ocuparse de bajar los termostatos, pero ya no parece fijarse en la temperatura. Sam se asoma al cuarto de estar. Phil está tumbado en el sofá mirando la pantalla. Espera un poco en el umbral, pero Phil no parece reparar en su presencia.

Entra en la cocina, se quita el abrigo y lo deja en el respaldo de una silla. El plato del almuerzo de Phil está en el fregadero, lo mismo que una cazuela con trozos de espagueti pegados. Sam mira los pegotes de salsa de tomate seca en el mantel encerado, la taza de té vacía. Una nota garabateada por Phil dice: «Ha llamado tu madre, dice que vayas el jueves a limpiar».

Se para en el centro de la cocina con la nota en la mano.

«No —piensa de pronto—. No, no. No puedo. Me niego».

Da media vuelta y sale al estrecho pasillo medio esperando que Phil la llame. Pero está absorto en el televisor. Sam sube corriendo al piso de arriba y, casi sin pensar, se pone los pantalones azules que llevó a la segunda boda de su prima Sandra y un jersey limpio y saca los zapatos de Louboutin de debajo de la cama. Se ata las tiras, se pone de pie y de inmediato se siente más alta, más poderosa. Se maquilla un poco en el espejo, carmín en tono oscuro y algo de rímel, frunce los labios y levanta el mentón. Se pulveriza un poco de champú seco en la raíces para dar algo de volumen a su melena y, tras un momento de vacilación, añade una rociada de perfume. A continuación baja, vuelve a ponerse el abrigo, coge el bolso y escribe en su teléfono:

Si sigues ahí, te veo dentro de 20 minutos en el Coach & Horses.

Espera un momento y añade: Bss

Cuando llega al pub, Joel ya está allí. Tiene la espalda vuelta hacia ella y está charlando con el barman. Joel siempre parece conocer a todo el mundo. Es rara la empresa que visiten en la que no haya alguien que lo salude con afecto. Cuando entra Sam, se gira ciento ochenta grados, como si una brújula interna le hubiera avisado de su llegada.

—¿Vino blanco? —dice con una sonrisa.

—Por favor.

Sam se sienta en una mesa de un rincón, repentinamente insegura por ir tan elegante a un pub de medio pelo. ¿Por qué se ha puesto los Louboutin? Están fuera de lugar entre tanta bota y deportiva gastadas. Cruza las piernas debajo de la mesa, se siente extrañamente vulnerable. Joel llega con una bebida en cada mano y las deja con cuidado en la mesa.

—Qué guapa te has puesto. ¿Tienes algún plan luego?

—Eh… No. Es que… necesitaba animarme —dice Sam y da un largo sorbo de vino—. Te parecerá una tontería.

—En absoluto. Bien hecho —dice Joel y sonríe—. Y veo que has sacado la artillería pesada.

Sam se mira los zapatos y ríe con remordimiento.

—Es que… me hacen sentir distinta, me parece. Si pudiera, me los pondría todos los días.

Sigue mirándose los pies.

—¿Lo dices por Simon? —pregunta Joel—. Ese tío…

—No solo por Simon. Por todo —contesta Sam. Ahora está avergonzada—. Por Dios, ya me he puesto a lloriquear. Seguro que te estás arrepintiendo de haber venido, ¿a que sí?

—Tú lloriquéame todo lo que quieras, cariño —dice Joel—. Para eso estoy.

«¿Para qué estás en realidad?», le pregunta Sam en silencio. Y a continuación se sobrepone.

—La verdad es que creo que prefiero beber —dice y, al cabo de un momento, Joel levanta su vaso, brindan y se ponen manos a la obra.

Es la primera vez en años que se siente vista, escuchada. Hablan y hablan y hablan, interrumpiéndose solo para ir a la barra a por bebidas. Joel le cuenta su última ruptura amorosa. Las exigencias desproporcionadas de su exnovia. «Sentía que cada situación emocional era como una trampa, no sé si me entiendes». Sam asiente con la cabeza, pero lo cierto es que no lo entiende. Odia a esa exnovia a pesar de que no la conoce de nada, y también se compadece de ella. Imagina lo que debe de ser tener de pareja a un hombre tan encantador como Joel y perderlo.

—A ver, era un mujer agradable. Pero te juro que, cada vez que estábamos juntos, acababa con la autoestima por los suelos. Cada vez. Era como si buscara siempre la peor interpretación posible de cada cosa que hacía yo. Me hacía tantas preguntas sobre por qué habíamos roto mi exmujer y yo que terminé pensando que era para poder sacarme defectos.

—Conozco esa sensación —dice Sam.

«Yo no te haría algo así», piensa, y enseguida ahuyenta el pensamiento.

—La cosa es que fui muy legal con ella. No me gusta marear a nadie. Pero es que es agotador sentir que no te ven como quien de verdad eres, no sé si me entiendes. —Menea la cabeza y sonríe—. Pues claro que sí. A ti te pasa todos los días. No me explico cómo Simon no se da cuenta de lo mucho que vales.

«¿Solo Simon?», piensa Sam. Y algo se encoge dentro de ella.

Joel es tan amable, tan íntimo, tan cómplice. Está fascinada por su boca, tanto que en ocasiones apenas oye lo que dice. Después de la tercera ronda, Joel se cambia de sitio para sentarse a su lado en el banco y Sam nota el calor de su hombro contra el suyo, le mira las manos fuertes y morenas. Hablan de sus padres y Joel llora de risa cuando Sam le explica la historia de su padre y sus pastillas azules.

—Mi padre no las necesita —dice—. Todas las tardes a las dos y media se pone a dar golpecitos a su reloj y le recuerda a mi madre que es la hora de la «siesta». Le da igual que estemos nosotros allí viendo la televisión.

Deja escapar una risa casi infantil.

—Estás de broma.

Sam está boquiabierta.

—Para nada. Cuando mis hermanas y yo éramos pequeños nos moríamos de vergüenza. Ahora pienso: «Tío, si es lo que te hace feliz, adelante con ello». Es bonito, ¿no? Que todavía te guste tanto alguien con setenta años.

Mira a Sam de reojo y esta es consciente de estar ruborizándose.

Hablan de trabajo y Joel echa chispas cuando Sam pronuncia el nombre de Simon y cierra los puños como si tuviera que contenerse para no ir directo a la oficina y pegarle un puñetazo, y este pensamiento reconforta a Sam. Hablan de lo odioso que es Simon, de cómo el trabajo ya no es igual desde que llegó. Sam le cuenta lo del bolígrafo con las iniciales grabadas y se siente secretamente triunfal cuando Joel se echa a reír.

—¿Me estás diciendo que tiene sus iniciales en un boli?

Joel la anima a defenderse, a no aceptar el trato que le da Simon, y, con tres copas de vino en el cuerpo, Sam se sorprende a sí misma diciendo: «¡Sí señor!» como si de verdad fuera a hacer algo así en lugar de escabullirse con la cabeza gacha deseando estar en cualquier otra parte.

—¿Qué dice Phil de todo esto? —pregunta al cabo Joel.

Pronuncia el nombre mirando a Sam a los ojos y dando un sorbo de su bebida.

—No hablamos mucho del tema. Ahora mismo las cosas en casa son… complicadas. —Sam se siente un poco desleal diciendo esto, pero no puede evitarlo—. Estamos totalmente arruinados. Mi hija es casi la única persona que me dirige la palabra. Phil no habla. Está con depresión, pero no quiere hacer nada al respecto. Se niega a ir al médico. A solicitar una ayuda. A tomar medicación. Es como vivir con un fantasma. Ya no sé si ni se da cuenta de que estoy en casa. En circunstancias normales, me desahogaría con Andrea, mi mejor amiga, pero ha tenido cáncer y no quiero añadirle preocupaciones. La mayoría de los días lo voy sobrellevando, pero hoy, con la amenaza de despido y todo lo demás…, me sentía incapaz.

De pronto tiene la voz pastosa por el llanto y arruga la cara en un intento por reprimir las lágrimas.

Tiene los ojos cerrados cuando Joel le pasa un brazo por los hombros y la acerca hacia él. Huele a una loción para después del afeitado deliciosamente anisada que Sam no conoce y a piel cálida y limpia. Ningún hombre que no sea Phil la ha abrazado así, no desde que se hicieron novios. Al principio se pone rígida, pero luego le resulta tan agradable, tan reconfortante, que poco a poco se abandona y apoya la cabeza en el hombro de Joel. «¿Puedo quedarme aquí para siempre?», piensa.

—Estoy contigo, cariño —le susurra Joel al oído.

—Perdón —dice Sam mientras se seca las lágrimas—. Qué tonta soy, ¿no? Debería ser capaz de gestionar estas cosas.

—Para nada. Es difícil. Somos amigos. No me gusta verte tan desanimada.

Sam se vuelve a mirarlo. Los labios de Joel están a centímetros de los suyos. Su mirada es amable, impenetrable. «¿Somos amigos?», piensa. Los ojos de Joel buscan los suyos. Algo cede dentro de Sam. Es un instante que parece durar varios años. Se pone de pie bruscamente.

—Entonces ¿qué? ¿Tomamos otra?

Cuando vuelve de pedir, Joel está recostado en su silla. Sam se siente incómoda mientras camina hacia él, como si se hubiera mostrado demasiado vulnerable. Pero Joel sonríe.

—Se me ha ocurrido una cosa.

—¿Cuál? —dice Sam.

—Ya sé lo que necesitas.

Sam da un sorbo a su bebida. Se da cuenta de que está totalmente borracha.

—Boxear.

—¿Cómo?

—Boxear. Todo es cuestión de energía, Sam. De fortaleza mental además de física. Tienes que mostrarte más asertiva cuando estés con ese capullo. Transmitir el mensaje de que contigo no se juega. Ahora mismo vas por la vida con la cabeza gacha. Como si te hubieran robado las fuerzas. Necesitas recuperar la seguridad en ti misma. ¿Sabes dar puñetazos?

Sam no puede evitar reír.

—Ni idea. Es probable que no.

—Pues entonces ven mañana por la noche. Al gimnasio. No me mires así, hay un montón de mujeres. Les encanta. Puedes fingir que el saco es la cara de Simon. Te lo prometo, cuando he tenido un mal día en el trabajo me voy allí, me pongo unos guantes y ¡pum!, ¡pum!, ¡pum! —Simula dar puñetazos rápidos—. Una hora después me encuentro genial.

Pero eso implicaría ponerme mallas de gimnasia delante de ti, piensa Sam. Implicaría estar sudada y sin maquillaje. Que veas lo inútil que soy. De pronto recuerda el mal rato que pasó en aquel horrible gimnasio, aquellas madres MILF que la hacían sentirse sebosa e invisible.

—No me...

Joel le pone una mano encima de la suya y las entrelaza. Su tacto es cálido y firme.

—Venga. Te va a gustar. Te lo prometo.

Hay algo en su sonrisa que elimina la palabra «no» del vocabulario de Sam. Lo mira.

—¿Confías en mí?

Las palabras se resisten a salir por la boca de Sam.

—Vale —dice cuando recupera el habla.

Joel se reclina en el respaldo de su silla y da un sorbo a su bebida.

—Pues tenemos una cita. A las siete. Luego te mando la dirección.

19

Nisha se pasa los dos días siguientes pensando en los zapatos. Se pregunta si alguien los llegó a devolver al ahora cerrado gimnasio. Se pregunta si la mujer que se los llevó lo hizo a propósito. Se pregunta si es posible pedir a la policía que investigue un robo cuando llevas puestos los feos zapatos negros propiedad de la persona que se llevó los tuyos. Cuando no está pensando en los zapatos, piensa en lo extraño de la reacción de Carl y si no será una de esas cosas que solo se ven desde cierta distancia. Siempre fue algo maniático con la manera de vestir de Nisha (era corriente que opinara que una determinada prenda le daba aspecto de «señora mayor», de «putilla» o, en ocasiones, le «ponía kilos»). No le gustaba que calzara zapatos planos porque la «hacían achaparrada». Nisha siempre había supuesto que era porque quería que fuera lo más guapa posible. Pero ¿habría algo en las prendas mismas que lo llevara a darles tanta importancia? ¿Algún extraño fetiche? Ahora mismo cualquier cosa le parece posible. ¿O es que quiere los zapatos para Charlotte? ¿Se han convertido en algún tipo de símbolo? Ahora recuerda, con malestar, cómo insistió Carl en que estrenara los zapatos el día mismo que se los compró, cómo parecía inusualmente excitado cada vez que los veía. Y este pensamiento la hace sentir tan incómoda que lo ahuyenta.

Jasmine está de tarde, así que Nisha casi siempre trabaja sola y lo agradece: la situación en el apartamento se ha vuelto un poco complicada. Algunos días el espacio parece encogerse y las tres están siempre chocando, discutiendo por el uso del cuarto de baño o esquivándose en la cocina mientras intentan llegar a la nevera o al hervidor. Jasmine ha cogido trabajo de plancha añadido y el pasillo es aún más estrecho, con los montones de ropa dentro de enormes fundas de plástico. Su acostumbrado buen humor empieza a resquebrajarse por la presión de las circunstancias y el agotamiento. Grace, por su parte, está permanentemente furiosa con Nisha por quitarle sitio en su habitación. Nisha lo entiende, pero empieza a costarle trabajo tomarse con humor los ojos en blanco y los suspiros teatrales. Al menos cuando Jasmine y ella están en turnos distintos, hay una buena porción del día en que puede ser ella misma, en que no necesita esbozar una sonrisa alegre y solícita cuando no es sincera. Y casi nunca lo es.

¿Qué habrá sido de los dichosos zapatos? La idea es como una película que avanza y retrocede en su cabeza a todas horas. Necesita localizarlos: cuanto antes los recupere, antes conseguirá el dinero de Carl y podrá dejar el minúsculo apartamento y empezar a recuperar su vida. Está segura de que Ray sabe que algo pasa. Cuando habló con él ayer estuvo calladísimo y al final dijo que había pensado que su padre y ella ya estarían de vuelta a aquellas alturas. Nisha tuvo que inventarse una excusa tonta sobre que a Carl le había surgido una cosa de trabajo inesperada y, aunque le quedó convincente, Ray es demasiado sensible para tenerlo engañado tanto tiempo. «Necesito verte, mamá», dijo antes de colgar y a Nisha se le puso un nudo tan grande en la garganta que tardó varios minutos en tragárselo.

«Lo sé, cariño. Yo también a ti. Ya no falta mucho, te lo prometo».

A la hora de la comida sale a la zona de los cubos de basura y, después de situarse junto a la ventana, donde llega bien el wifi del hotel, se fuma un cigarrillo y llama a Magda.

—¡Señora Cantor! ¡No ha contestado a ninguno de mis mensajes! ¿Está usted bien? Me tenía preocupadísima.

De fondo Nisha oye el zumbido de llaves inglesas separando neumáticos de carrocerías de coche.

—He estado ocupada. Escucha, tengo una pregunta. ¿Se te ocurre por qué puede querer Carl mis zapatos?

—¿Sus zapatos?

—Los Louboutin. ¿Puedes investigar un poco? ¿Crees que puedes pedirle a tu hombre que describa a la mujer que los llevaba en aquel bar? Los necesito para negociar con Carl.

—Se lo pregunto, señora Cantor. Si es que sigue teniendo el mismo número de teléfono. Porque a veces lo cambia. Por favor, ¿se sabe algo de mi trabajo? Resulta que lo de arreglar neumáticos no es lo mío.

—Para poder ofrecerte un trabajo necesito recuperar esos zapatos, Magda. ¿Vale? Es muy importante. Para las dos.

—Lo entiendo. ¡No, Michelin para ese tamaño no tenemos! Solo Goodyear. Puede confiar en mí, señora Cantor.

Deseando que una afirmación así la tranquilizara más de lo que en realidad lo hace, Nisha apaga su cigarrillo y cruza la cocina. Es la hora punta del servicio de comidas y a su alrededor los quemadores de cocina escupen llamas mientras se oyen exabruptos y gritos por encima del ruido de ollas y varillas de metal. Se agacha detrás de cuerpos enfundados en ropa blanca con manchas de comida y espía a Aleks, encorvado sobre una sartén con vieiras. Este la ve y le hace un gesto para que se acerque. Luego se aproxima a ella para asegurarse de que lo oye con todo el estrépito.

—Vuelve luego. Tengo una cosa para ti.

Nisha entorna los ojos.

—Te va a gustar.

—¿Qué? —grita Nisha.

Le incomoda un poco que Aleks no deje de darle cosas. Tiene la sensación de estar endeudándose con él de una manera que no puede controlar. Y no quiere volver a estar en deuda con nadie nunca.

—Es de comer.

—¿Qué es? ¿Y qué quieres? ¿A cambio de la comida? —Cuando Aleks no contesta, añade—: Quiero decir…, ¿qué tengo que darte?

Aleks frunce el ceño como si Nisha hubiera dicho algo desconcertante. A continuación menea la cabeza casi con irritación y vuelve a sus vieiras.

Es un pato. Aleks le da un pato. Los proveedores han traído demasiados, dice, cuando Nisha se está preparando para irse. La dirección no se enterará. Le da el sorprendentemente pesado pájaro envuelto en muselina. Es orgánico. Con un sabor buenísimo. Puede preparar una rica cena a Jasmine y a su hija.

—¿Sabes cocinar pato?

Cuando Nisha pone cara de no saber de qué le está hablando, entra en la despensa y prepara un paquetito con anís estrellado, arrurruz, algunas hierbas y un frasquito de licor de naranja que guarda en una bolsa de yute. Mientras escribe las instrucciones no la mira. Tiene una letra preciosa. Nisha no entiende de qué se sorprende.

—No es difícil. Lo más importante es dejar reposar la carne diez minutos por lo menos cuando esté asada, ¿sí? Diez minutos por lo menos. Así estará muy tierna.

Algo en este intercambio pone nerviosa a Nisha. Aleks tiene que querer algo de ella. ¿Por qué si no haría todas estas cosas? Los deliciosos almuerzos diarios y los regalitos de cosas de comer. Pero presiente que no puede preguntárselo otra vez sin insultarlo. Es un tipo de desconcierto nuevo para Nisha, así que se muestra seca con él cuando coge el paquete y responde a sus palabras con frases rápidas y escuetas. Cuando lo deja solo para volver al cuarto de taquillas, la perplejidad en la expresión de Aleks la hace sentirse mal consigo misma.

Nisha hace lo que hace siempre que se enfrenta a emociones difíciles: caso omiso. Limpia las seis habitaciones como un autómata, enérgica y meticulosa. Estos días le resulta extrañamente grata la distracción que le supone limpiar. A falta de correr, o ir al gimnasio, comprueba que el esfuerzo físico que entraña la calma de una manera rara e imprecisa. El nada exigente ejercicio mental que implica cambiar ropa de cama, buscar polvo o suciedad mitiga el runrún en su cabeza. El agotamiento físico resultante le viene bien. Está dando por finalizada la jornada con una taza de té en el cuarto de personal, cuando le llega un mensaje de Jasmine.

Dice mi ex que no puede llevar a Grace a casa. ¿Te importa pasarte a recogerla en casa de mi madre? No me gusta que haga el viaje sola.

Nisha piensa en el ave en su taquilla, en la ejecución mecánica de una receta, la perspectiva de una rica cena. Piensa en poder por fin dar algo a Jasmine y que esto la hará sentirse un poco menos objeto de caridad. Escribe:

Claro. Y esperadme esta noche para cenar. ¡Tengo una sorpresa!

Piensa en pasar por la cocina antes de irse y así dar las gracias como es debido a Aleks. Pero algo la detiene: le resulta demasiado incómodo, o quizá se sentirá más en deuda con él si le da importancia. No es más que un condenado pato, se dice. ¿Qué importa un pato comparado con todo lo demás?

El autobús va abarrotado. Jasmine le ha mandado un mensaje recordándole las líneas que debe coger; Nisha tiene la impresión de que jamás llegará a manejarse en la laberíntica red de transportes londinense, con esos gigantescos barrios que a ella le parecen todos iguales. Ha perfeccionado el arte de perderse en sus pensamientos mientras viaja en autobús. Suelen ser pensamientos más bien sombríos, pero los prefiere a tener que escuchar las toses y las irritantemente altas conversaciones telefónicas de los otros viajeros. Así que no se entera de que una mujer le está hablando hasta que la tiene prácticamente sentada en el regazo.

—¡Oiga! —dice cuando el abrigo de la mujer le cubre la pierna.

—Le he pedido que se eche un poco para allá. Necesito más sitio.

La mujer viste una gran chaqueta de retazos de terciopelo y habla sin mirar a Nisha, como si esta no fuera más que una molestia, un obstáculo en su camino.

—No me puedo mover más. Oiga. ¡Oiga! ¡Está usted encima de mí!

La mujer se limita a emitir un sonido de indignación y a empujar más a Nisha. Tiene el pelo mal teñido y huele a pachuli.

—¡Señora! —dice Nisha—. Se está usted pasando de la raya. Muévase.

—Se lo he pedido con educación y no se ha movido —responde la mujer.

—No quiero que su maldito abrigo me toque.

Nisha lo coge con dos dedos y se lo quita de la pierna.

—¡Si se moviera no la estaría tocando!

Nisha nota cómo se le sube la sangre a la cabeza.

—Perdone, pero no es culpa mía si es usted demasiado grande para este asiento. Y desde luego no tengo por qué aguantar que se me siente encima con su abrigo apestoso.

La mujer la tiene literalmente espachurrada en el asiento. Está tan cerca que Nisha puede oler su desodorante, lo que le da ganas de vomitar. «Ay, por favor, está tan cerca que debo de estar respirando pequeñas células de esta mujer».

—¡Muévase! —le ordena.

A estas alturas han llamado la atención de los otros pasajeros. Nisha es vagamente consciente del murmullo de curiosidad que circula por el autobús, de la mirada suspicaz del conductor en el espejo retrovisor.

—Si no está contenta —dice la mujer, impasible—, muévase usted.

—Yo estaba primero.

—Así que el autobús es suyo, ¿no? Vuélvase a su país si no le gusta este.

—¿Cómo que a mi país? Mueva usted el culo.

Nisha no da crédito a esta mujer. A su desfachatez. Es un peso muerto y se da cuenta de que no puede con ella. Le da un fuerte codazo y la mujer se lo devuelve. Cuando la mujer fija la vista al frente con obstinación, Nisha le coge el bolso y se lo tira a la parte delantera del autobús, donde su contenido se desperdiga. Barras de labios y trozos de papel ruedan debajo de los asientos. La mujer no da crédito.

—¡Recoja mi bolso ahora mismo!

Para entonces las dos se han puesto de pie. Nisha nota cómo la mujer la empuja, pero comprende que, a pesar de su envergadura, en realidad tiene poca fuerza, de manera que le devuelve con ímpetu el empujón usando las dos manos. Hay un «¡hala!» colectivo en el autobús cuando la mujer pierde el equilibrio y cae dando alaridos contra el asiento al otro lado del pasillo. Está intentando levantarse, cuando el autobús se detiene bruscamente. El conductor sube la barrera que separa su asiento del pasillo y las mira.

—¡A ver! ¡Vosotras dos! ¡Fuera!

—No pienso bajarme —dice la mujer mientras intenta recoger su bolso—. ¡Me ha empujado ella!

—¡Porque se me ha sentado encima! ¡Me estaba asfixiando!

—¡Fuera! —dice el conductor—. ¡O llamo a la policía!

—No pienso ir a ningún sitio —dice Nisha sentándose con determinación—. Me quedo hasta que llegue a mi parada.

—¿Se cree que me da miedo la policía? Pues está muy equivocado. Le voy a partir la cara a esta zorra antes de…

Diez minutos después Nisha está junto al bordillo viendo el autobús alejarse por fin y aún le escuece la piel por las miradas radiactivas de los pasajeros a bordo, a quienes ha hecho llegar tarde. Le pitan los oídos por el rapapolvo de unos agentes de policía a quienes no parecía importar quién tenía la culpa, aburridos —y es posible que algo divertidos— por dos mujeres enzarzadas por superficie en que apoyar el culo en un autobús. Está calculando cuánto tardará el próximo autobús en llegar y a qué hora podrá recoger a Grace. ¡Qué país!

Veintidós minutos después, cuando sube al siguiente autobús —por supuesto va lleno, y tiene que ir de pie—, cae en la cuenta de que el hermoso pato orgánico con todos sus acompañamientos y condimentos elegidos con mimo sigue cuidadosamente encajado bajo el asiento del autobús del que la han obligado a bajar.

Durante el viaje a casa, Grace no abre la boca. Nisha ni siquiera intenta darle conversación. Grace se pone los cascos y sube y baja de los dos autobuses en silencio, de manera que caminan juntas sin que ninguna se dé por enterada de la presencia de la otra. Cuando por fin llegan al apartamento, Grace murmura que no tiene hambre, que ha comido en casa de su abuela, y se encierra en su habitación con un portazo.

Nisha está harta. Hace un sándwich de queso con las rebanadas de pan que quedan en la panera y se lo traga en dos bocados chiclosos mientras intenta no pensar en el pato, que probablemente va camino de unas cocheras. No hay agua caliente, así que enciende el calentador eléctrico y, veinte minutos después, se prepara un baño de espuma, sustituyendo los aceites o jabones aromáticos por champú.

Pasa una hora y media metida en remojo hasta la barbilla mientras sus pensamientos saltan de patos errantes a zapatos de Louboutin y al irritante enigma que supone Aleks y tratando alternativamente de reprimir los deseos de matar a todo el mundo e imaginar maneras de hacerlo. Casi no puede recordar un momento de su vida en que no estuviera enfadada, pero ahora es como si hubiera abierto los ojos a las múltiples maneras en que ser mujer equivale a tener cartas infinitamente peores, una cartas que además nadie reconoce. Piensa en su adolescencia, en el interminable desfile diario de hombres que intentaban tocarla o la miraban lascivos, en las muchas maneras en que no podía hacer cosas cotidianas sin ser objeto de una atención no deseada. El hombre de la tienda de piensos que le ofreció un dólar cuando tenía doce años a cambio de meterle la mano por la camiseta. El tipo de la gasolinera que le hacía gestos obscenos cuando iba a repostar. Los pervertidos del metro que la seguían hasta su apartamento compartido; las manos, más sutiles y caras, en el culo cuando trabajaba en la galería de arte. Piensa en todas las maneras en que se ha esperado de ella que encaje en un ideal según el cual seguir casada exige un esfuerzo interminable, infinito: no engordar, crear un entorno doméstico perfecto, ser interesante, lucir un pelo perfecto (solo en la cabeza), usar zapatos estrechos, lencería de encaje que se te clava en tus partes, asegurarte de que tu comportamiento en el dormitorio está a la altura de una estrella del porno (incluso si tu marido parece pensar que tener una erección es todo el esfuerzo que se requiere de él). Intenta imaginar a Carl haciéndose la depilación láser en el pubis para asegurarse de que le resulta lo bastante atractivo, y lo encuentra tan impensable que se echa a reír. Y ahora, por ser mujer y hacer todo lo que se esperaba de ella, ha sido reemplazada por una modalidad más joven y, es de suponer, más cariñosa.

Y, por supuesto, si no se ríe y quita importancia a toda esta injusticia, la tomarán por una bruja sin sentido del humor.

Estos pensamientos, que lleva años reprimiendo (en cualquier caso, ¿qué habría sacado de reconocerlos?), afloran ahora igual que las burbujas en la superficie del agua, incontenibles, despiadados.

Permanece en la bañera oyendo la música machacona de Grace a través de la puerta cerrada hasta que se le arrugan los dedos de los pies, el espejo diminuto está empañado por el vapor y el agua desagradablemente fría. Está saliendo del cuarto de baño cuando llega Jasmine. Cierra la puerta y camina por el pasillo desenrollándose una bufanda cuando ve a Nisha. Pasa de largo y va derecha a la cocina.

—¡Cariño! ¿Dónde está la sorpresa? Tengo tanta hambre que he hecho todo el camino salivando.

Nisha se para en seco.

—¡Ah! —Hace una mueca—. A ver..., es que he tenido un problema en el autobús. Una estúpida prácticamente se me sentó encima y…

—Pero ¿qué es? Me dijiste que no cenara.

Jasmine abre la puerta del horno y levanta la tapa de las cazuelas vacías que hay en los fogones.

A Nisha se le cae el alma a los pies.

—Lo siento. No he… Lo de la comida se ha torcido.

Hay un breve silencio.

—Entonces… A ver. ¿No has preparado nada?

Jasmine mira a Nisha, a continuación cierra despacio los ojos, como si quisiera sofocar una erupción inminente.

—Y yo que he dicho que no a un curri de pollo con coco por esto. —Respira hondo—. Bueno. Pues me voy a preparar una tostada con alubias. Necesito comer ahora mismo, tengo un bajón de azúcar.

Nisha nota una repentina punzada de remordimiento.

—Me… me parece que me he comido lo que quedaba de pan.

—Me estás tomando el pelo.

—Lo siento.

—Pero… ¿no se te ha ocurrido ir a comprar?

—Necesitaba darme un baño. He tenido un día fatal. Espera, me visto y voy a por pan.

La mirada de Jasmine podría cortar cristal.

—Y Grace ¿ha cenado?

—Ha dicho que había comido en casa de tu madre.

—Me ha dicho mi madre que no ha comido nada.

Jasmine cierra los ojos y suspira. Los abre, pasa junto a Nisha y abre el armario de la ropa blanca para encajar una pila de sábanas limpias. Se detiene.

—Un momento. ¿Quién ha encendido el calentador?

—Yo.

—¿Y cuánto tiempo lleva encendido?

—No sé. Un par de horas quizá. No me acuerdo.

Jasmine apaga con brusquedad el interruptor.

—Pero, vamos a ver, ¿tú tienes idea de lo que cuesta esto? Niña, no se te pueden olvidar cosas como esta. Joder. —Cierra la puerta de golpe y se da media vuelta—. Ni comida, ni agua caliente y una megafactura de la luz. ¿Te crees que esto es un hotel, tía? ¿Te crees que sigues en el Bentley? Nish, ¡que tú nunca hayas tenido que pensar en el dinero no significa que a los demás les pase lo mismo! ¡Ya me estás tocando las narices! ¡Por el amor de Dios!

Se va hacia la cocina hecha una furia y deja a Nisha allí en toalla.

Se viste intentando no darse por aludida por las expresivas miradas de reojo de Grace mientras se pone los feos pantalones y la camiseta. Sale del apartamento sin atender a los armarios que se cierran de golpe y camina deprisa hasta la tienda abierta veinticuatro horas a diez minutos de la casa, demasiado furiosa consigo misma para preocuparse del frío, de las groserías de los jóvenes de la esquina o de los hombres que rondan la puerta de los billares. Cuando vuelve, veinte minutos después, Jasmine está en el cuarto de estar comiendo lo que parecen ser fideos precocinados en un cuenco.

—Toma —dice Nisha tendiéndole la bolsa de comestibles.

—¿Qué? —dice Jasmine apartando la vista del televisor.

—Pan, leche, huevos, un poco de chocolate. Escucha…, lo siento.

Jasmine mira la bolsa.

—Vale —dice y vuelve a fijar la vista en la pantalla.

—Y toma.

Jasmine vuelve a mirarla con un suspiro. Baja la vista al fajo de billetes que le ofrece Nisha.

—¿Qué es eso?

—Lo que te debo. Por vivir aquí. Te daría más, pero necesito guardarme algo para poder traer a mi hijo.

—¿Qué es lo que me debes?

—Lo que hayas gastado. Estas dos últimas semanas. En media hora recojo mis cosas y me quito de en medio.

Tiene un nudo extraño e inédito en la garganta.

Jasmine le mira de nuevo la mano y a continuación a la cara.

—¿Se te ha ido la pinza?

—A ver… —Nisha habla con tono solemne. Tiene el cuello rígido—. Es evidente que estás harta de tenerme aquí.

Jasmine la mira un instante más y hace una mueca.

—Nish, estoy cabreada. Tenía hambre. Sí. Pero eres mi amiga. No pienso echarte a la calle solo por un poco de agua caliente. —Menea la cabeza, irritada—. Mueve el culo y siéntate, mujer. Me estás haciendo sentir incómoda.

Nisha sigue de pie.

—Pero el pan…

—No es más que pan. ¿Nunca te has enfadado con alguien? Salta a la vista que nunca has tenido que compartir nada, ¿no? Debes pensar un poco antes de hacer esas cosas cuando vives con más gente, ¿entiendes? Pero no te pongas melodramática, por Dios.

Jasmine menea la cabeza. Espera a que Nisha se siente tímidamente en el otro extremo del sofá, rebaña los fideos que quedan en el cuenco y están unos minutos calladas viendo la televisión. Al cabo se inclina hacia delante y señala la bolsa de plástico.

—¿Qué chocolate me has traído?

—De Green & Black. El amargo.

—¡Sssí! ¡Conoces mis gustos! —La sonrisa de Jasmine es repentina y contagiosa—. Por el amor del cielo, mujer, relájate. Si tengo que andarme de puntillas cada vez que me pongo de mal humor no vamos a sobrevivir a tu estancia aquí, no sé si me entiendes. Anda, pon agua a hervir y así nos tomamos el chocolate con un té.

En su antigua vida Nisha rara vez se habría acostado antes de medianoche. Carl se quedaba levantado hasta tarde atendiendo llamadas de trabajo y no le gustaba encontrarla dormida cuando se iba a la cama. Pero, últimamente, a las diez de la noche Nisha está agotada. Y esta en concreto, con tantas emociones fuertes, la ha dejado exhausta. Trepa con esfuerzo a la litera superior, se tumba con los pies tocando el extremo metálico y nota cómo cada uno de los huesos de su cuerpo se abandona agradecido al abrazo del colchón individual barato.

Debajo de ella, Grace termina de leer, apaga la lámpara de su mesilla y de pronto Nisha da gracias por la presencia de otro ser humano cerca, por las risas del final de la velada, la expresión incrédula de Jasmine y sus carcajadas cuando le ha contado lo de Carl con los zapatos. «Madre mía, cariño, ¿cómo has podido sobrevivir a un hombre así?». «Supongo que es el síndrome de la rana en agua hirviendo —dice Nisha—. Ningún matrimonio empieza mal. Imagino que, para cuando te das cuenta de que hay algo raro, estás metida hasta el cuello». Jasmine se ríe. Jasmine se ríe de Carl. Nisha nunca ha visto a nadie reírse de Carl ni llamarlo ridículo. Es como si no pudiera hacer nada para cambiar la convicción de Jasmine de que ella, Nisha, es una buena persona. Ahora mismo Jasmine lleva una hora planchando. Nisha se ha ofrecido a ayudar, pero Jasmine la ha despedido con un gesto de la mano. «Estoy bien, cariño. Estoy viendo mis programas. Solo voy a trabajar un poco».

—¿Nish?

Nisha sale de sus pensamientos.

—¿Sí?

Oye a Grace cambiar de postura en la cama.

—Perdóname.

—¿Perdonarte por qué?

—Por ser tan antipática contigo. Mi madre me ha contado lo que te pasó. No lo sabía. No me importa compartir habitación contigo. Perdona por haberte hecho sentir mal recibida.

A Nisha se le forma un nudo en la garganta.

—Eres... muy amable, Grace. Gracias.

En el silencio oyen los golpes y silbidos de la plancha, el murmullo distante de la televisión. La voz de Grace atraviesa la oscuridad.

—Mi madre siempre se trae a gente a vivir aquí y me molesta un poco. Se porta demasiado bien con todo el mundo. A veces le..., bueno, se aprovechan de ella.

—Ya lo sé. Yo no soy esa clase de persona, Grace.

—Es lo que dice mi madre.

Nisha mira la oscuridad. Se pregunta, incómoda, si de verdad no es esa clase de persona.

—¿Qué tal es tu hijo?

—¿Ray? Es genial. Cariñoso. Inteligente. Divertido.

—¿Cuántos años tiene?

—Pues... dieciséis.

—¿Y dónde vive?

—Pues... está en un colegio interno. En Estados Unidos.

—¿En Estados Unidos? —La voz de Grace suena incrédula—. ¿Ni siquiera vivís en el mismo país?

—Ahora mismo no.

—¿Y no lo echas de menos?

Ahí está otra vez, el nudo. A Nisha le escuecen los ojos de llanto y da gracias por que en la oscuridad nadie pueda verlo.

—Mucho.

—Entonces ¿por qué lo dejas en otro país?

Nisha vacila.

—Pues… hace tiempo Ray tuvo algunos problemas. Y su padre…, bueno, pensamos que no era buena idea que estuviera siempre viajando con nosotros. El trabajo del padre de Ray nos obliga… Nos obligaba a viajar mucho. Pensamos que estaría más tranquilo, más feliz en un colegio interno. —Añade—: Es un colegio muy bueno. Lo que quiero decir es que está bien cuidado. Tiene un montón de instalaciones muy bonitas.

Hay un largo silencio.

—Tiene piscina. Y la comida es riquísima… Tiene un estudio de baile. Y su habitación está muy bien… Es grande…, con televisión y una cocinita…

Otro silencio.

—Pero ¿es más feliz?

Nisha mira el techo. En el cuarto de estar, Jasmine empieza a tararear. En la cocina, la lavadora inicia su implacable centrifugado.

—Eh… —Se seca los ojos y traga saliva—. Pues…, esto…, la verdad es que creo que nunca se lo hemos preguntado.

20

Cat está sentada en el cuarto de Colleen arrancándose esmalte color verde oscuro con purpurina de la uña del pulgar mientras Colleen se riza el pelo. En el piso de abajo, la madre de Colleen está en plena clase de gimnasia online y oyen golpes rítmicos intermitentes intercalados con exabruptos.

—Pero ¿estás segura de que era tu madre? No le pega nada.

Colleen enrosca otro largo mechón de pelo en la tenacilla mientras se mira en el espejo.

—Era su abrigo. El de la capucha con pelo. Lo vi y entonces me fijé y era ella fijo. Abrazando a un tío. ¿Y qué hacía a la puerta de un club de boxeo? Seguro que había quedado.

—Pero ¿estás segura de que es una aventura?

—Estaba abrazadísima al tipo y él tenía la cabeza enterrada en su hombro. Tú me dirás.

Todavía recuerda el mordisco en el estómago en el piso superior del autobús, cómo volvió la cabeza, se levantó bruscamente para intentar ver mejor y cómo la mujer que iba a su lado la miró como si estuviera loca.

—Mi madre lleva desde julio sin ir a la peluquería y le vi las raíces. Y luego el bolso. Pero lo peor fue... que llevaba puestos unos zapatos de tacón alto. Como... de putilla.

—Zapatos de putilla —repite Colleen. Se suelta un largo

mechón de pelo que rebota suavemente al liberarse de las tenacillas.

—Sí. De esos que te pones cuando quieres ir sexy. Rojos, de tiras. Con un tacón de por lo menos diez centímetros. Mi madre jamás se pondría unos zapatos así. Ni loca. Bueno, en circunstancias normales.

Su madre estaba un poco de puntillas mientras el hombre la abrazaba, como si quisiera acercarse a él todo lo posible, y los tacones de los zapatos se le habían despegado del suelo. Además el hombre sonreía de oreja a oreja, como sonríe alguien que comparte un secreto con otra persona. Los zapatos destacaban contra el fondo gris del aparcamiento del gimnasio. Cat no había visto lo ocurrido a continuación porque el autobús había acelerado, pero se había quedado conmocionada y con la cabeza a punto de explotarle del disgusto.

Su madre. Abrazada a un hombre que no era su padre. Mirando a los ojos de alguien que ella ni siquiera reconocía.

Colleen deja las tenacillas y se da media vuelta.

—¿Y qué vas a hacer? ¿Le vas a decir algo?

Y eso es lo peor de todo. Que no lo sabe. Su madre, cariñosa, constante, algo agotada quizá, se está transformando en una ninfómana y no sabe cómo explicárselo a sí misma y mucho menos a su padre. Cat siempre ha visto a su madre un poco como una pringada, como alguien que se deja hasta cierto punto pisotear. La irritaba que fuera de esas mujeres que aceptan todos los marrones que le caen encima. Claro que su padre no era mucho mejor. Pero ahora lleva dos noches atando cabos: que su madre vuelve tarde del trabajo, que ha empezado a maquillarse todos los días, el olor a perfume que notó la última vez que le dio un abrazo. Por la garganta le suben sentimientos de furia y odio igual que bilis. Ha empezado a vigilar a su madre. ¿Se ríe más cuando ve la televisión? ¿Es más cariñosa con su padre, fingiendo incluso que lo quiere? ¿Por qué toma leche desnatada en lugar de entera? ¿Quiere adelgazar? «¿Cómo puedes ser tan deshonesta? ¿Cómo puedes estar follando con otro y en casa comportarte como si nada?». Cat lleva sin hablar a su madre desde que la vio, prácticamente sale de la habitación cada vez que entra ella y contesta a sus preguntas con un seco monosílabo. Ha sentido la mirada desconcertada de su madre clavada en su espalda al salir, pero le ha dado igual. ¿Por qué va a tratarla con consideración después de lo que ha hecho? Todo va mal, todo está desequilibrado, como si el mundo se hubiera desviado de su eje, y Cat se siente desgraciada.

Se quita el último resto de esmalte. Debajo, la uña del pulgar está pálida, como una cáscara. Vulnerable.

—No sé. Supongo que tendría que contárselo a mi padre, pero está tan deprimido que igual es peor.

—Yo se lo contaría —dice Colleen—. A ver, si me pasara a mí, querría saberlo. —Se vuelve hacia el espejo y coge otra vez las tenacillas—. Madre mía, no sé por qué son tan complicados los adultos. Lo suyo sería que con cuarenta años cumplidos ya lo tuvieran todo claro, ¿no?

Phil se sienta en la silla y da un sorbo al vaso de agua que el doctor Kovitz deja siempre en la mesita. Durante las últimas tres sesiones no lo ha tocado, pero ahora le resulta útil para ordenar sus pensamientos después de una pregunta que no está seguro de cómo contestar.

—Pues… le pasa algo seguro. No está nunca en casa. Y esta semana ha llegado tarde un par de noches y como… radiante.

—¿Radiante?

—Como si fuera muy… feliz. Por dentro.

Solo decirlo en voz alta le resulta doloroso.

—¿Le preguntó de dónde venía?

Phil da un sorbo de agua.

—Eh… No.

—¿Por qué no? ¿No quiere saber la respuesta?

Phil menea la cabeza. No llega a ser un no, es más bien un «no estoy seguro». Hay un largo silencio, durante el cual Phil mira fijamente la alfombra y el doctor Kovitz dice:

—Me llama la atención la escasa capacidad de maniobra que se atribuye usted, Phil. Es como si pensara que no puede hacer gran cosa. No solo respecto a su mujer, sino a los acontecimientos en general. ¿Le ha pasado siempre?

Phil hace memoria. Recuerda sentirse de manera muy diferente a ahora, lleno de planes, de dinamismo. Se acuerda de cuando compró la autocaravana. De cómo había imaginado un futuro junto a Sam.

—No.

—¿Por qué cree que se siente así ahora?

Phil da otro sorbo de agua. No se le ocurre nada más que decir, así que no dice nada. Está un rato sin decir nada.

—Si le parece, me gustaría volver a la enfermedad de su padre, Phil. Tengo la impresión de que lo afectó mucho.

—La verdad es que no tengo ganas de hablar del tema.

—Bueno… Entonces, si le parece, le voy a hacer unas preguntas de tipo general. ¿Tenían una buena relación?

—¡Por supuesto!

Phil es consciente de que ha hablado demasiado alto y con demasiado énfasis. Sabe que el doctor Kovitz también lo habrá notado. No se le escapa una.

—Por supuesto. ¿Pasaba mucho tiempo con él de niño?

—Cuando no estaba trabajando, sí. Pero trabajaba mucho. Siempre estaba trabajando. Pero era un buen padre.

—Así que tenía una profunda ética del trabajo.

—Sí. Nos lo repetía siempre: que en el trabajo teníamos que darlo todo.

—¿Y usted lo hacía?

—Sí. A ver, yo era algo distinto de él en el sentido de que me centré más en la familia. Soy de otra generación. En la época de mi padre, los hombres eran distintos, ¿no? Y luego… A Sam y a mí nos costó mucho tener a Cat, así que para mí fue diferente. Tuvo… abortos. Se sentía…

El doctor Kovitz espera.

—A ver, decía que se sentía fracasada. Yo jamás la vi así. Pero para ella fue horrible. Te sientes muy impotente. Se quedaba embarazada y después, cuando ya pensábamos que el niño iba a salir adelante…, lo perdía.

—¿Cuántas veces ocurrió esto?

—Cuatro —dice Phil—. Cuatro veces. La última a los cinco meses.

—Lo siento —dice el doctor Kovitz—. Tiene que haber sido muy duro.

—Bueno, para Sam sobre todo. Era la que tenía los embarazos.

—Pero para usted también.

—Es que no sabes qué decir. Se encerraba en el cuarto de baño a llorar y estaba tristísima y llega un momento en que no sabes qué hacer.

—¿Y qué hacía?

—Decirle que todo saldría bien. Que lo conseguiríamos.

—Y así fue.

—Sí —dice Phil de pronto sonriente—. Le hicieron una intervención a Sam. La cosieron. Y entonces, unos meses después, se quedó embarazada de Cat. Y cuando nació era lo más bonito que he visto en mi vida…

Habían sido los mejores meses de la vida de Phil. Sus compañeros de trabajo se quejaban de las noches sin dormir, de que sus mujeres solo hacían caso al bebé o del estado de sus casas, pero a Phil no le suponía ningún esfuerzo levantarse de madrugada y dejar dormir a Sam. Le encantaba coger a Cat en brazos, acunarla, aspirar su olor a bebé, mirarla a los ojos. Tenía la sensación de que, por primera vez en su vida, había conseguido algo milagroso, algo tan superior a sus expectativas respecto a sí mismo que solo de pensar en su hija se le llenaban los ojos de lágrimas. «Su hija. El bebé de ambos». No intentaron tener más hijos. Decidieron dejarlo en manos de la naturaleza y, cuando no ocurrió nada, se dijeron que eran afortunados de contar con su preciosa niña y que, después de todo lo que habían pasado, sería de ingratos esperar más. O quizá no fue así, quizá lo pensaron cada uno por su lado pero sin decírselo.

—Qué… Qué bonito, Phil. Es comprensible que se centrara más en la familia de lo que lo había hecho su padre. Había sufrido mucho para tener una.

—Sí, sí —dice Phil mientras asiente con la cabeza.

—La familia es muy importante para usted. Y crucial para su idea de bienestar. De modo que ahora tiene la sensación de haber perdido a un miembro muy importante de ella, de que su madre ha cambiado de rol para convertirse en alguien inesperadamente independiente, y de que la felicidad para su mujer ya no consiste en estar con usted. Todo eso tiene que resultarle… ¿desestabilizador? ¿Le parece un resumen apropiado de la situación?

Es extraño oírlo expresado así.

—Bueno. Sí. Supongo.

—Pero sigo queriendo entender por qué hay algo sobre su padre de lo que le cuesta trabajo hablar.

—Está muerto, ¿no? Murió delante de mí. ¿No le parece lo bastante duro?

—Puede que sí. Pero para algunas personas es un privilegio estar junto al lecho de muerte, ayudar a un ser querido a pasar… al otro mundo.

Phil nota el viejo nudo en el estómago. No puede hablar. Quiere irse. Mira a su alrededor y se pregunta si no podría levantarse y salir.

—¿Phil?

—No me… Para mí no fue así.

—Quizá la aprobación de su padre era muy importante para usted y cuando murió tuvo la sensación de haberse quedado sin objetivos.

—No… No es eso.

—Pero su padre lo quería. Me ha contado en otras sesiones que él y su madre estaban muy unidos y que usted, como hijo único, recibía mucha atención. Esa cantidad de atención concentrada puede ser algo bueno y algo malo también.

Phil apoya la cabeza en las manos. Se queda así un buen rato, tanto que por un momento se olvida de la presencia del doctor Kovitz. Cuando por fin habla, lo hace con un hilo de voz que apenas reconoce.

—Quería que lo ayudara a acabar.

—¿Cómo?

—Quería que lo matara. Que terminara con su sufrimiento. Hacia el final se pasaba los días acostado luchando por respirar, pero en cuanto mi madre salía de la habitación me cogía la muñeca y me decía que le pusiera una almohada encima de la cabeza. Tenía demasiado dolor. No podía soportarlo. Odiaba mostrarse tan débil delante de mi madre, odiaba que lo viera así. No quería estar allí.

El doctor Kovitz lo mira. La atención con que lo hace de pronto le recuerda a Phil la mirada insistente de su padre, el peso de su mano huesuda en la muñeca.

«Hazlo».

«Hazlo, Phil».

—¿Y qué pasó, Phil?

—Era… espantoso. Me daba pánico tener que ir a verlo. Verdadero terror. Una vez hasta vomité antes de entrar.

El olor de la estrecha habitación, a desinfectante y a algo dulzón que se descompone, la inminencia de la putrefacción, el tiempo detenido, sin sonido alguno a excepción de la respiración estertórea de su padre o las pisadas amortiguadas del personal hospitalario al otro lado de la puerta.

—Le decía a mi madre que saliera un rato, que bajara a tomarse una taza de té. Se pasaba el día entero metida allí. Estaba agotada.

—¿Así que su madre lo dejaba solo en la habitación?

Phil asiente con la cabeza. Se seca la cara.

—A veces le caían lágrimas de los ojos y se ponía furioso. Muy furioso. Creo que no lo había visto llorar en toda mi vida. Era un hombre fuerte. Un cabeza de familia. Una roca. No quería ser… débil.

—¿Cuántas veces le pidió que… lo ayudara?

—Los últimos días, cada vez que aparecía por allí. O sea, todos los días durante tres semanas más o menos. Y me quedé sin trabajo. Dijeron que era una «reestructuración», pero sé que fue porque tuve que faltar mucho. No me parecía bien dejar a mi madre enfrentarse a todo sola.

Otro largo silencio. Fuera, un coche acelera ruidosa y repetidamente, como si alguien no se fiara del motor.

—Phil…, ¿murió su padre mientras estaba usted con él?

Phil asiente despacio sin mirar al doctor Kovitz.

Este tarda en hablar. Cuando lo hace, su voz es amable.

—Phil, si va a contarme que usted ayudó a su padre a tomar ese camino, que sepa que no tengo la obligación legal de informar de lo ocurrido como un delito, siempre que no se considere usted una amenaza para otros. Así que eso no debe preocuparlo.

Phil no dice nada.

—¿Es esto… lo que tanto le pesa? —El doctor Kovitz deja su libreta—. Estoy obligado a respetar la confidencialidad, Phil. Puede usted contármelo todo. Si eso es lo que me está diciendo, entonces ha estado usted sometido a una enorme presión y liberarse de ella puede ayudarlo.

—No.

Phil levanta la vista. Cuando habla, las palabras salen en tropel, irrefrenables.

—Mamá fue a tomarse un té. Eran las cinco y cuarto. Me dijo… Volvió a decirme que lo hiciera. Y otra vez. Y yo… no podía. Me eché a llorar. Para entonces estaba agotado. De ir allí cada día sabiendo lo que iba a pasar. De la forma en que me miraba. El sonido de su voz, la expresión de su cara… Me eché a llorar. Entonces me dijo que era un inútil. Me dijo que era un mierda que no se atrevía a ayudarlo. Yo sabía que estaría ayudándolo si hacía lo que me pedía, pero me sentía incapaz. No podía matar a una persona. Soy demasiado débil. Se estaba muriendo y se puso a explicarme todas las maneras en que lo había decepcionado. Que siempre había sabido que yo no valía nada. Hablaba con voz… rasposa y muy… enfadada. Y, a pesar de lo mal que estaba, me tenía agarrada tan fuerte la muñeca que no me podía mover. No podía. Y él me miraba con los ojos desorbitados y llenos de… odio mientras me decía que era un inútil, que me despreciaba y que era un niñato tonto y pusilánime y que nunca me había querido. Porque era demasiado débil. Demasiado débil.

—Phil está llorando—. Y entonces de pronto todas las máquinas se activaron y empezaron a pitar y entraron las enfermeras y se murió. Estaba muerto.

Phil no sabe durante cuánto tiempo llora. No está seguro de haber llorado alguna vez así, con grandes aullidos que salen de él y lo hacen estremecer de pies a cabeza y con las palmas de las manos húmedas de lágrimas. Al cabo de un par de minutos nota la mano del doctor Kovitz en la espalda, se da cuenta de que tiene delante la caja de pañuelos de papel y se seca la cara repetidamente mientras pide perdón porque empapa los pañuelos enseguida y necesita usar muchos.

Por fin, se tranquiliza, la tormenta amaina. Entonces Phil se sume en un silencio aturdido, exhausto y jadeante. El doctor Kovitz espera, a continuación se pone de pie y vuelve despacio a su silla, al otro lado de la habitación.

—Phil —dice por fin—. Quiero señalarle algo. No sé si su padre sentía todas las cosas que le dijo en sus últimos momentos, o no eran más que ataques de un hombre muy enfermo y muy frustrado. Pero me gustaría que pensara en esto: no conozco a muchas personas capaces de afrontar lo que usted pasó. La fortaleza —la verdadera fortaleza— no reside necesariamente en hacer lo que otro le pide. La fortaleza es afrontar cada día una situación que es intolerable, insoportable incluso, solo para apoyar a nuestros seres queridos. La fortaleza es estar en esa habitación horrible hora tras hora a pesar de que hasta la última célula de tu cuerpo te grita que es demasiado.

Phil ha empezado a sollozar otra vez, pero por encima de su respiración jadeante oye lo que acaba de decir el doctor Kovitz.

—Así que, en ese sentido, Phil, usted ha hecho algo muy valiente.

A Nisha le ocurre algo extraño. No deja de pensar en Aleks. Ha empezado a ser hiperconsciente de su presencia durante las comidas, a notar sus miradas quemándole la espalda. Por las noches se sorprende pensando en ese punto en el que su cuello se encuentra con sus hombros, en su costumbre de entrecerrar los ojos cada vez que le dice algo, como si todo mereciera su seria consideración. Es la persona más equilibrada que Nisha ha conocido: no tiene rabietas ni cambios de humor, como Carl, nada de ataques de risa o episodios de ira. La saluda siempre con la misma sonrisa, le sirve comida que Nisha ni siquiera era consciente de querer comer y a continuación se despide con un pequeño gesto de la mano o de la cabeza. Siempre es agradable y amable con ella, también totalmente impenetrable. La verdad es que resulta irritante.

Durante los descansos para comer, sentada en la superficie más cercana a él mientras trabaja o mientras fuman un cigarrillo a medias en el callejón, Nisha ha empezado a preguntarle cosas de su vida. Aleks es de Polonia, pero, después de dieciséis años en Inglaterra, la considera su hogar. Está separado, se lleva bien con su ex, siempre ha sido cocinero y no, nunca ha ambicionado otra cosa. No tiene gran opinión de la dirección del hotel, pero ha visto cosas peores y se encuentra cómodo aquí. Es bueno trabajar en un sitio donde lo valoran. Le gustaría tener su propio restaurante algún día, pero no está seguro de dónde podría sacar el dinero. Le gusta Londres, tiene un pequeño apartamento de su propiedad gracias a su padre, ya fallecido, y el 31 de diciembre va a dejar de fumar. Lo dice como si fuera algo que puede simplemente decidir y Nisha no tiene ninguna duda de que lo conseguirá. Tiene una hija de once años que vive con él cuando no está trabajando. Su gesto se suaviza cuando habla de ella y su mirada se vuelve distante, como si hubiera dentro de él un pozo de algo que Nisha aún no está autorizada a ver. En la cocina se lleva bien con todos, pero no hace bromas ni se entretiene en el cuarto de taquillas durante sus descansos para quejarse de los turnos dobles o comentar los últimos arrebatos de Michel, como hace el resto. Se muestra reservado, satisfecho al parecer con hacer su trabajo y retirarse después a donde sea que va. Siempre está leyendo libros de cocina. Rara vez mira su teléfono y no parece interesarle ningún deporte, tampoco salir de copas. No hace ningún esfuerzo por impresionar a Nisha, por calmarla o por coquetear con ella, tampoco le hace preguntas. Nisha no termina de saber qué clase de persona es.

—Me dejé tu pato en el autobús —le dice un día casi para provocarlo.

—Pues te conseguiré otro —responde Aleks.

—Nunca me preguntas cosas sobre mí —dice Nisha cuando Aleks se sienta enfrente de ella y la mira comerse un sándwich.

A medida que salen de su boca sus palabras parecen casi una queja, lo que resulta irritante. Aleks tarda en contestar.

—Pienso que probablemente me contarás lo que quieras que sepa.

—¿Y cómo es que nunca me tiras los tejos? —pregunta Nisha una tarde en que salen juntos después de su turno. Aleks se ha quedado hasta tarde limpiando a fondo su puesto de cocina y ha anochecido. El tráfico pasa rugiendo junto a ellos en el Embankment.

—¿Quieres que te tire los tejos? —dice Aleks ladeando la cabeza hacia Nisha.

—No.

—Pues ya tienes la respuesta.

—¿Qué quieres decir?

Nisha se detiene y lo mira con el ceño fruncido.

—Quiero decir que un hombre con un mínimo de sentido común sabe interpretar cuándo quiere una mujer que intentes ligar con ella.

—Pues conmigo la mayoría de los hombres lo intentan siempre.

—No me extraña. Eres preciosa.

Nisha lo mira con atención.

—¿Ahora estás intentando ligar?

—No. Estoy constatando un hecho.

La exaspera. Y no ser capaz de interpretarlo, ella, que puede interpretar prácticamente a todos los hombres del planeta, la hace sentirse insegura, y enfadada en su presencia, que es la razón de que adopte ese tono raro, desafiante cada vez que Aleks le habla, y también de que, en ocasiones, lo evite.

Porque resulta que Nisha echa de menos el sexo. Eso no quiere decir exactamente que eche de menos a Carl. Hubo momentos en que detectar su mirada de deseo le daba una pereza horrorosa. Pero está hambrienta de contacto humano. Echa de menos que la abracen, que la toquen, que la deseen. Echa de menos la sensación de poder que experimentaba cada vez que excitaba físicamente a un hombre. Y ni siquiera puede consolarse en soledad, dado que comparte litera con una niña de catorce años.

—Te gusta —dice Jasmine, cuando la sorprende mirando a Aleks mientras se están comiendo un sándwich.

—Para nada.

Jasmine arquea una ceja.

—Lo que tú digas.

—Es un ayudante de cocina sin dinero ni perspectivas de futuro. ¿Por qué me iba a gustar?

Jasmine termina de masticar y se limpia los labios con un pañuelo antes de contestar:

—Niña, si yo fuera tú le daría un buen revolcón.

Cat lleva casi cinco meses jugando a un juego justo antes de llegar a casa. Mientras cierra la verja y recorre el caminito hasta la puerta principal, hace apuestas consigo misma sobre dónde encontrará a su padre. Casi siempre es tumbado en el sofá con la cabeza lo más cerca posible de la mesita auxiliar. Algunas veces estará al revés, con los pies cerca de la mesa y la cabeza apoyada en dos de los cojines del sofá. En las pocas ocasiones en que ha acertado, se ha adjudicado el premio a la pereza en el «bingo-poltrona» que se ha inventado. Ahora deja atrás la autocaravana abandonada con su gigantesco girasol hippy que es, francamente, fuente de bochorno además de un desastre ecológico, mete la llave en la cerradura y decide que será un día normal. Su padre tendrá la cabeza junto a la mesa auxiliar. Eso que los corredores llaman apuesta segura. Abre la puerta, la cierra y se asoma al cuarto de estar. Pero el televisor está apagado y su padre no está.

Cat cuelga su abrigo y va hasta la cocina. Son las siete y cuarto, pero su madre no ha vuelto aún del trabajo. Siente una punzada de desaliento cuando piensa en cómo era la vida allí solo dieciocho meses antes: cómo llegaba a casa con la certeza de que encontraría a su madre cocinando y a su padre apoyado en una de las encimeras, charlando mientras la radio gorjeaba en un rincón. No había sido consciente de la profunda sensación de seguridad que le proporcionaba eso. Y ahora no hay nadie, solo un silencio ensordecedor.

Se come un par de tortitas de maíz de la despensa (prácticamente no hay nada más) y sube a su habitación. Es entonces cuando lo ve: a su padre, tumbado en la cama, mirando al techo.

Se detiene junto a la puerta abierta del dormitorio.

—¿Papá?

Este se vuelve. Parece exhausto. Estos días siempre parece exhausto.

—Ah, hola, cariño.

Esboza una pequeña sonrisa.

—¿Qué haces?

—He subido a echarme un rato. Hoy estoy… un poco cansado.

—¿Dónde está mamá?

Su padre parpadea como si no hubiera pensado en eso.

—Pues no sé. En el trabajo, supongo.

—¿La has llamado?

—Eh… Hoy no. Ahora no.

—Pero si son las siete y cuarto. —Cat lo observa. Observa su pasividad, su negativa a actuar incluso cuando todo a su alrededor se desmorona. Y de pronto no puede soportarlo más—. Por Dios, papá. ¡Espabila de una vez!

Parece sobresaltado, lo que resulta extrañamente satisfactorio.

—¿Dónde crees que está mamá?

El padre niega con la cabeza.

—No… No lo sé.

—Está con un hombre. Y tú… te pasas los días aquí tirado como una…, como una puta ameba. Mientras se aleja de ti. ¿Qué crees que va a pasar, papá? ¿Piensas que si te quedas aquí sin hacer nada todo volverá a su cauce? Tienes que hacer algo. ¡Tienes que levantarte y darte cuenta de lo que está pasando delante de tus narices!

—¿Cómo que con un hombre?

—La vi. —Cat nota cómo se le llenan los ojos de lágrimas, nota el rubor en las mejillas, pero le da igual—. La vi desde el autobús. Abrazándolo. Y todos los días se maquilla y llega a casa tarde y tú te comportas como si no pasara nada.

Parece conmocionado. A Cat le da igual. Quiere que se sorprenda. Quiere zarandearlo.

—No… No es…

Cat abre la puerta del armario y rebusca en el fondo hasta sacar una bolsa.

—¿Ves esto?

—¿Una bolsa?

El padre parece desconcertado. Cat abre la cremallera. Y ahí están, justo donde los vio dos días antes. Un recordatorio cruel de todo lo que va mal. Coge uno de los zapatos.

—Son de mamá. De tu mujer. Son los que se pone para reunirse con su amante. Y si te fijaras un poquito en otra cosa que no fuera seguir metido en tu…, en tu agujero, ¡entenderías que tienes que hacer algo!

—¿Son de tu madre?

Phil está mirando los zapatos con expresión incrédula.

—¡Pero vamos a ver! ¿Cómo tengo que decírtelo? De verdad, ¡se supone que los adultos sois vosotros! ¿Por qué tengo que estar explicándote lo que pasa con tu matrimonio? ¡Por Dios, papá! ¡Espabila! ¡Espabila de una vez, joder! ¡Odio esta casa! ¡La odio!

Cat no soporta seguir mirando a su padre. Se echa a llorar, lanza el zapato a la otra punta de la habitación y se marcha dando un portazo.

Sam entra por la puerta principal, todavía acalorada de la caminata a buen paso de vuelta a casa. Estos días camina más deprisa a todas partes y llega a su destino satisfecha del esfuerzo realizado, como llena de una nueva determinación.

Esta tarde el gimnasio ha estado genial. Simon se ha pasado el día de un humor de perros, metiéndose con ella y lanzándole miradas despectivas cada vez que estaba cerca, y Sam ha terminado tan nerviosa y desalentada que ha estado a punto de no ir. Pero entonces Joel, casi como si lo supiera, le ha mandado un mensaje que decía: «Esta es una de esas tardes en que tienes que ir». Así que a las seis habían ido juntos a pie y ahora, casi dos horas después, Sam se siente capaz de comerse el mundo. El entrenador, Sid, le ha enseñado distintas maneras de golpear, a fortalecer el abdomen, pegar con la muñeca rotada y lograr así un impacto mayor que con un mero e ineficaz puñetazo dado con la muñeca flácida. Para cuando ha terminado la clase le gritaba: «¡Eso es, amiga! ¡Así se hace!», y aunque cada vez que sus guantes entraban en contacto con las almohadillas protectoras de Sid —«uno, dos, uno, dos»— a Sam le dolían todos los músculos del cuerpo, se sentía al mando, con la impresión de que sus emociones salían a raudales por los guantes rojos y notaba un agradable escozor en los nudillos, de manera que cuando ha acabado se sentía una persona mucho más fuerte.

«¡Lo estás clavando!», había dicho Joel cuando se reunieron a la salida la primera vez que Cat fue al gimnasio. Esta no podía dejar de sonreír. Llevaba puestos los zapatos porque le parecía que reforzaban esa sensación, aunque sabía que volvería a calzarse las zapatillas en cuanto perdiera de vista a Joel. «Me siento… genial», dijo, y entonces él la abrazó con fuerza y le dijo que era imparable.

Ha ido ya cuatro veces a boxear y cada una de ellas, aunque los músculos gritan en protesta por el esfuerzo inesperado, tiene la sensación de que una parte de ella se recompone. Comprueba que no le importa que sea una experiencia poco glamurosa, ni terminar cada sesión con sudor que le entra en los ojos, el pelo sujeto en una coleta grasienta, colorada y sin maquillaje. Mira a las otras mujeres, de la menuda y curvilínea Fatima a Annette, con ese culo contenido a duras penas en su enorme pantalón de chándal, y se da cuenta de que no les importa su aspecto, dónde pasa las vacaciones o si su cuerpo encaja en unos índices preestablecidos de músculo y grasa corporal. Intercambian miradas irónicas durante el duro calentamiento, sonríen al ver los ganchos y directos de las demás, se gritan palabras de ánimo cada vez que una lo hace bien. Sid trata a todos como si fueran verdaderos atletas, los amenaza en broma si no se esfuerzan lo bastante.

Y mientras ocurre todo eso, si Sam mira hacia el rincón, verá a Joel, con sus fuertes brazos convertidos en un borrón mientras aporrea el saco de boxeo o sonriéndola mientras se seca el sudor de la frente con el antebrazo.

Y algo está cambiando. Al cabo de cuatro sesiones, Sam ya tiene la sensación de caminar más erguida en el trabajo, de que su abdomen se ha fortalecido. Cada vez que Simon la ataca por un supuesto error, Sam asiente con la cabeza y lo acepta, pero en su fuero interno se imagina atizándole una serie de ganchos oblicuos y al mentón —«¡tres, cuatro, cinco, seis!»—; y no está del todo segura, pero le gusta pensar que, cada vez que no se desmorona, irrita y desequilibra un poco a Simon.

—¿Hola?

Abre la puerta principal y se quita el abrigo. El televisor está apagado y por un momento se pregunta si Phil está en casa, antes de decirse que por supuesto que sí. ¿Dónde va a estar si no? Siente una punzada de desaliento, pero entonces se conmina a no ceder a ella, a aferrarse al subidón que le dura varias horas después de cada sesión de boxeo. «Uno, dos, tres, cuatro. Mantente fuerte. Ánclate al suelo con los pies».

Phil y Cat están en la cocina, sentados a la mesa, comiendo lasaña en silencio, y Sam se detiene en la puerta.

—¡Hola! —dice sorprendida. Casi nunca cocinan cuando no está ella—. ¡Habéis empezado sin mí!

—No sabíamos a qué hora llegarías —dice Cat sin mirarla.

—Ah. Perdón. Iba… a llamar, pero me lie. ¿Quién ha comprado la lasaña?

—Yo —dice Cat mientras corta un trocito y se lo mete en la boca.

Sam tarda un momento en detectar el aire enrarecido. Phil no ha levantado la vista del plato. Usa el tenedor sin ningún entusiasmo, como si se alimentara por obligación.

—Qué detalle, cariño. Gracias. —Sam deja su bolsa en la encimera—. ¿No me habéis puesto plato?

—Coge uno del armario —dice Cat con voz neutral y Sam la mira con atención, pero no detecta nada.

Coge un plato, se sienta a la mesa y se sirve un trozo de lasaña. Está muerta de hambre. Pensar en todas las calorías que debe de estar quemando la hace feliz. Se sirve unas pocas verduras de la fuente y empieza a comer. Phil no la mira. Se limita a seguir metiéndose comida en la boca. Sam pasea la vista por la mesa.

—Bueno, ¿y qué tal todo? ¿Habéis tenido un buen día?

—Sí —dice Cat.

—¿Qué has hecho?

—Poca cosa.

—¿Y tú, Phil? —dice Sam.

—Todo bien.

Sam da un bocado de lasaña. Está deliciosa. Se concentrará en esto, decide, en lugar de en la extraña atmósfera.

—Pues esto está muy rico. —Espera, pero nadie dice nada—. Buenísimo.

—Es de Tesco —dice Cat y se pone de pie con brusquedad. Lleva su plato vacío al friegaplatos y lo mete antes de dirigirse hacia la puerta—. Me voy a casa de Colleen. No volveré tarde.

Sam hace ademán de hablar, pero su hija se marcha antes de que le dé tiempo. Se vuelve hacia Phil.

—¿Qué le pasa a Cat?

Phil continúa masticando.

—Lleva unos días rara. ¿No te parece?

Phil niega con la cabeza y mastica como si no pudiera hablar.

Seguro que ni se ha fijado, piensa Sam. Y reprime un suspiro.

—Hoy me han dado buenas noticias —dice con tono animado—. Bueno, no sé si son buenas noticias, pero Miriam Price, la mujer con la que conseguí un encargo gordo, me ha pedido que comamos juntas otra vez esta semana. No tiene motivos para querer reunirse conmigo ahora que está entregado el encargo y además quedó contenta. Pero dice que quiere hablar conmigo de una cosa. A ver, puede que no sea nada, igual solo quiere que la aconseje sobre algo. Pero está bien, porque es… de esas personas que llaman la atención, no sé si me entiendes. Que alguien así quiera invitarte a comer te hace sentir bien.

Phil asiente con la cabeza y se mete más comida en la boca.

—Hay una parte de mí que se pregunta si… A ver, sé que en Harlon and Lewis están buscando directores de cuentas. Así que he pensado que igual debería hacer de tripas corazón y preguntarle si tienen algún puesto para mí. De esa manera me libraría de Simon, ¿no te parece?

—Sip —dice Phil.

—Igual el sueldo es mejor —dice Sam.

Todavía no le ha hablado a Phil de su amenaza de despido. Es una conversación más para la que intuye que Phil no tiene ánimos.

Este no dice nada.

—A ver, me encantan mis compañeros de trabajo. —Al decir esto Sam tiene la sensación de ruborizarse un poco y confía en que no se vea—. Pero, si Simon va a seguir en la empresa, igual yo no debería. En cualquier caso, tampoco pasa nada por intentarlo, ¿no?

Phil la mira durante un instante. Su expresión es neutra, impenetrable. A continuación vuelve a mirar su plato.

—Phil…, ¿estás bien? —dice por fin Sam.

—Perfectamente.

Phil termina de comer, se levanta con esfuerzo de la mesa, lleva su plato al lavavajillas y se va al cuarto de estar. Sam se queda cenando sola.

Desde hace algún tiempo ya, durante las horas en que Sam lo cree dormido, Phil está despierto con los ojos cerrados peleándose con su padre en la madrugada, notando su mano huesuda aferrada a la muñeca, incapaz de huir de la intensidad y la furia de su mirada. En ocasiones se siente paralizado, perdido en el bucle interminable y repetitivo de sus pensamientos: «Eres un hombre débil e inútil. Hazlo. ¡Hazlo de una vez!». Ahora, por primera vez en meses, su padre lo ha dejado en paz, pero no siente ningún alivio. Ahora no puede dejar de pensar en la mujer que duerme a su lado, en sus manos en el cuerpo de otro hombre, con la cara iluminada por su presencia. ¿Cuánto tiempo lleva pasando esto? ¿Qué mentiras le ha estado contando para poder escabullirse? Durante las últimas dos semanas Sam a menudo ha vuelto a casa arrebolada y algo jadeante y pensar en lo que ha estado haciendo con este amante desconocido le causa a Phil tal dolor en el estómago que tiene que pegar las rodillas al pecho. Su Sam. La mujer con la que ha reído, a cuyo lado ha dormido durante más de dos décadas y a la que ahora mismo importa tan poco como un mueble viejo. De pronto tiene la sensación de que no la conoce. ¿Y cómo ha podido no darse cuenta de lo que estaba pasando? Una parte de él sabía que algo había cambiado, que algo entre los dos no iba bien. Pero hacerle frente le había parecido demasiado esfuerzo, de manera que había mirado a otra parte hasta que la ira de su hija lo obligó a enfrentarse a ello.

La única pregunta que no se hace Phil es por qué. Y es que la respuesta es obvia. ¿Qué tiene él que ofrecer a Sam en este momento? Lleva meses convertido en un ser hueco, incapaz de funcionar. Sin nada que ofrecer. Inútil. Debería haber sabido que tarde o temprano buscaría a alguien.

Estos pensamientos revolotean y se persiguen unos a otros toda la noche, y cuando amanece está somnoliento y abrumado. Tiene náuseas, está inquieto y exhausto al mismo tiempo. Oye levantarse a Sam. La oye ducharse y vestirse cerca de él —¿está pensando en qué ponerse para ese hombre? ¿Lencería especial, o un conjunto que le guste a él en particular?— y a continuación bajar las escaleras sin hacer ruido. Ya no se inclina sobre la cama para besarlo antes de irse. Antes Phil pensaba que era porque no quería despertarlo, pero ahora decide que seguramente se debe a que no quiere tener nada que ver con él. Lo más probable es que lo odie. Oye cerrarse la puerta principal y el coche en marcha; se presiona los globos oculares y desea que todo esto termine. Desea separarse de su cuerpo, de esta vida, y estar en un lugar donde no tenga que enfrentarse a nada de lo que le ocurre.

No sabe cuánto tiempo lleva allí tumbado. ¿Media hora? ¿Dos horas? Nota las manos, los brazos raros, es como si el cuerpo se le hubiera desconectado del cerebro. Cuando ya no soporta más la sensación, se levanta de la cama y camina por la habitación. Mira por la ventana a la calle, que parece la misma, pero en realidad está irrevocablemente alterada. Luego se vuelve hacia el armario, lo abre y mira la bolsa de gimnasia negra que su hija blandió ante él ayer. La inspecciona con la respiración acelerada, como si fuera un objeto radiactivo. A continuación, despacio, se agacha y abre la cremallera. Ahí están, asomando por la cremallera abierta, los zapatos rojos y sexis de tacón alto. Es como si pertenecieran a una desconocida. Coge uno, se lo acerca a la nariz y mientras lo sostiene es consciente de hacer una mueca y a continuación de que un aullido, un aullido silencioso, sale de él. Sam se pone estos zapatos para ver a ese hombre. Estos zapatos son un secreto compartido entre su mujer y su amante. Probablemente la folla con ellos puestos. Es el verbo que le viene a la cabeza, a pesar de que casi nunca lo usa. Han empezado a temblarle las manos y guarda el zapato en la bolsa. Camina de atrás adelante entre gemidos de dolor. Luego se sienta con la cabeza entre las manos. Por fin se pone de pie, va hasta la bolsa, agarra los zapatos y los mete en una bolsa de plástico vacía que hay en el suelo del armario. No tiene ni idea de qué hace ahí. Está ahí sin ningún motivo desde que alcanza a recordar, al igual que casi todo lo de esta casa. La sostiene delante de él con la cara contraída mientras baja deprisa las escaleras, como alguien que se dispone a tirar un pañal sucio o una caca de perro. En el recibidor se detiene, sin saber muy bien qué hacer. Solo sabe que estos zapatos no pueden estar en la casa.

No pueden, su mera presencia contamina todo aquello que ha conocido y amado. Casi sin saber lo que hace, abre la puerta principal y sale, tira de la puerta de la autocaravana (dejaron de cerrarla con llave hace meses, cuando Sam empezó a abrigar secretas esperanzas de que alguien la robara) y entra y aspira el olor mohoso a abandono y a una lenta y continua descomposición. Abre uno de los armarios laminados que hay encima del banquito con cojines y respira hondo en un intento por despejar una bruma roja que se ha instalado delante de sus ojos.

Incluso si fuera de esa clase de hombres que se sienten cómodos hablando de sus emociones, Phil no tiene un amigo al que hacer confidencias o pedir consejo. Piensa en el doctor Kovitz: ¿qué diría él? Probablemente no se sorprendería, después de todo lo que Phil le ha contado. ¿Le aconsejaría hablar con su mujer? ¿Enfadarse con ella? ¿Sería eso más «viril»? ¿Decirle que lo sabe y que tiene que elegir? Pero Phil tiene miedo. No solo porque, si aborda a Sam, entonces tendrá que decidir lo que quiere, y eso no lo sabe todavía. También porque, y esto es aún peor, es posible que Sam coja la bolsa con los zapatos y todo lo demás y se marche a vivir con ese hombre, donde quiera que esté.

Phil sigue sentado, paralizado, mirando sus intermitentemente trémulas manos hasta que se da cuenta de que tiene frío porque lleva solo un pantalón de pijama y una camiseta. Se levanta frotándose los brazos y repara en un montón de revistas viejas que alguien ha debido de trasladar allí desde la casa mientras llega el día de reciclar. Igual los cubos estaban llenos. No se acuerda. Mira la pila de revistas y, al cabo, da un par de pasos hacia la puerta y coge la mitad superior del montón. Sujeta las revistas contra el pecho, empuja la puerta con el hombro, baja con cuidado las escaleras y recorre el corto trecho hasta el cubo de reciclaje, donde las tira. Vuelve, coge la otra mitad y observa la superficie polvorienta que ha liberado. Entonces mira dentro de la bolsa de basura que estaba detrás, llena de un montón de trastos del antiguo cobertizo de su padre, cosas que su madre no tenía ánimo para tirar pero que nadie ha querido: herramientas romas, viejos manuales de coche, bombillas y llaves para arreglar cosas que ya han pasado a mejor vida. Se llevó la bolsa para no herir los sentimientos de su madre. Pero ¿para qué? ¿Qué va a hacer con toda esa basura inservible? Saca la bolsa de basura y la deja junto al cubo negro. A continuación vuelve a la caravana y se pone a inspeccionar lo que hay dentro sin pensar, movido por un impulso desconocido, revisando metódicamente todo el espacio abandonado, sacando todo lo que se ha ido dejando allí de momento y depositándolo junto a los cubos. Para cuando, dos horas más tarde, ha despejado el interior, está sudando y tiene el pantalón del pijama sucio de polvo y mugre.

Con la mandíbula encajada y los labios apretados, Phil vuelve a la casa y sube al piso de arriba, donde pasea la vista hasta localizar su sudadera de capucha debajo de un montón de ropa. Se la mete por la cabeza, a continuación se pone calcetines y botas y vuelve a salir. Cuando Sam vuelva a casa lo encontrará allí, forcejeando con las entrañas del motor, y no entrará hasta después de que ella se haya dormido.

21

Nisha nunca ha sido víctima de violencia física grave, pero cada vez que ve a Charlotte por el hotel vestida con algo suyo experimenta una sensación que imagina debe parecerse a que te apuñalen. Charlotte ha llevado en público el abrigo de borreguillo de Chloé en dos ocasiones, la primera en aquel pasillo y de nuevo el sábado siguiente, contoneándose por el vestíbulo como si fuera suyo. Dos días después llevó su vestido de Alexander McQueen color plata con la abertura lateral a un evento nocturno: Jasmine y ella la habían visto justo cuando terminaban su turno y salían por la puerta lateral metiéndose en un coche que la esperaba y Nisha tuvo que hacer un esfuerzo por no aullar de dolor.

Pero está claro que aquello no había sido insulto suficiente. El martes a la hora de comer, cuando Nisha va cansada, camino de la fuente de los sándwiches, mira por las ventanas abiertas de la cocina y ve a Charlotte que se dispone a tomar asiento en el restaurante. Y lleva puesto su traje de chaqueta blanco prístino de Yves Saint Laurent.

—¡No! —dice y se frena en seco, con lo que un camarero está a punto de chocar con ella.

Aparece Aleks a su lado. El turno de comidas casi ha terminado y se está secando las manos con un trapo. Sigue la mirada de Nisha.

—¿Esa es la amante?

—Se lo va a manchar. —A Nisha le cuesta trabajo respirar—. Yo jamás me habría puesto ese traje para comer.

Aleks mira por un instante en dirección a la puerta y suspira. Nisha nota su mano en el hombro, tirando de ella con suavidad.

—No, no, no —dice quitando la mano—. No lo entiendes. No se come con un traje así puesto. Sería como…, como comer espaguetis cerca de la *Gioconda*. Es blanco. De Yves Saint Laurent. Hecho en 1971. Probablemente el único que queda en todo el mundo. Se lo compré a un coleccionista que lo consiguió en la subasta privada de una herencia en Florida. La mujer lo había guardado en un armario sellado y con control de temperatura y conservaba las etiquetas de la tienda. Las etiquetas originales. ¡Estaba sin estrenar! ¿Te das cuenta? Ese traje es vintage y está inmaculado. No debería tocarlo, por amor de Dios. Ni siquiera tocarlo. Pero ya lo de comer con él puesto…

Su voz es angustiada. Antes de que se cierren las puertas, atisba a Carl dejándose caer en la silla enfrente de Charlotte con el teléfono pegado a la oreja.

—No —dice—. No lo puedo permitir. No…

—El guardaespaldas debe de andar por aquí —le susurra Aleks al oído—. No te puedes acercar a ella. Lo sabes.

Nisha se vuelve y lo mira. La expresión de Aleks es comprensiva, pero también le dice claramente que es hora de irse de allí.

—¿A ti te parece justo, Aleks? —dice Nisha mientras Aleks la acompaña hacia el fondo de la cocina—. Tú dime. ¿Cómo pueden hacerme algo así sin que les pase nada?

Más tarde cae en la cuenta de que Aleks le ha pasado un brazo por los hombros mientras le ofrecía un cigarrillo y esperaba a que dejara de hiperventilar. Pero, antes de que le dé tiempo a decidir qué opina al respecto, Aleks le anuncia que va a ir a buscar a Jasmine, que no se mueva de allí, y se va.

Cuando llega Jasmine, la abraza y murmura: «Ay, cariño. Pobrecita mía». Y a Nisha ni siquiera le importa.

Esa noche llama a Carl desde casa de Jasmine. Lleva todo el día llena de una furia apenas reprimida.

—Carl, me…

—¿Los tienes?

—¿El qué?

—¡Los zapatos! —dice Carl, impaciente.

«Los zapatos —había dicho antes Jasmine con desprecio—. Supongo que sabes que no son más que una excusa para darte largas, ¿verdad? Seguramente sabe que son la única cosa con la que no puedes negociar, así que está intentando que parezca que no estás cumpliendo con tu parte del trato. ¿Por qué si no va a tener tanto interés un hombre en un par de zapatos?».

Nisha ha pensado sobre esto y le parece que tiene sentido. Probablemente hay alguna cláusula legal rara según la cual ambas partes deben cumplir con lo que les solicite la otra. Podría enterarse, el problema es que «sin dinero no puede contratar a un puto abogado».

—Déjate de jueguecitos, Carl —dice—. Dame mi ropa y la pensión que me debes, pedazo de mierda apestosa.

—Ah. El lenguaje de las cloacas. Me preguntaba cuánto tardarías en volver a tus orígenes.

Nisha se queda momentáneamente sin palabras. Ve que Jasmine la observa, atenta y preocupada, desde el otro extremo de la habitación, mientras plancha. Le ha aconsejado que no llame a Carl, que espere, pero Nisha lleva toda la tarde echando humo y no ha podido contenerse.

—Tú sí que estás en las cloacas, Carl —grita—. Sé que esta tontería de los zapatos es una estratagema para no pagarme lo que me debes. Pero no te va a funcionar. Ningún juez va a permitir que me trates así, joder.

—Que te diviertas mientras los buscas, cariño —dice Carl tranquilísimo y se ríe. Tiene la desfachatez de reírse.

—¡Dame lo que me corresponde! ¡Carl, no puedes hacerme esto! ¡Soy tu mujer!

—Devuélveme los zapatos y hablaremos.

—¡Sabes perfectamente que me los han robado! Pero, vamos a ver, ¡si es que lo más probable es que me los robaras tú para dejarme sin nada! ¿Se puede saber qué tontería de juego infantil es este?

—Me aburres —dice Carl con frialdad—. Sin zapatos no hay dinero.

Cuelga el teléfono y deja a Nisha con el suyo en la mano y la boca abierta.

Aparece Jasmine delante y le da un cojín sin decir palabra.

—¿Qué pasa? —pregunta Nisha—. ¿Para qué me das esto?

—Para que chilles en él, cari. Si haces demasiado ruido, vendrán otra vez los del Ayuntamiento a quejarse.

En ocasiones piensa en la persona que se llevó sus zapatos, igual que piensa en el pato que le dio Aleks y que es posible siga viajando en bucle de Battersea a Peckham envuelto en muselina debajo de un asiento. Sus zapatos andan probablemente por ahí, metidos en el armario de alguna fiestera con exceso de maquillaje, o quizá envueltos en papel tisú en el local de un negocio de reventa, preparados para ser enviados a una influencer en Dubái. Seguramente Carl estará encantado de que no consiga recuperarlos. Lo odia tanto que a veces hasta le duele.

—Pensaba en hacerte una broma sobre que echas más de menos tu ropa que a tu marido —dice Jasmine mirando la televisión, mientras retira la última extensión del pelo de Nisha. Han empezado a caérsele y a formar nudos por la parte en que las tenía sujetas al cuero cabelludo y sin ellas Nisha nota la cabeza extrañamente ligera e insustancial—. Pero es verdad, ¿a que sí? Hablo en serio. No estás gritando y llorando y odiando a muerte a esa mujer por robarte a tu marido. ¡Pero en cambio sí estás furiosa por lo de la ropa!

De entrada estas palabras sobresaltan a Nisha. Mira a Jasmine, piensa en lo que ha dicho, coge un nacho del cuenco y espera a haberlo masticado y tragado antes de hablar.

—Supongo que para mí representa algo. Es la versión de mí que tanto me costó conseguir.

—¿Cómo que la versión de ti?

—Tú no sabes de dónde vengo yo —dice Nisha.

—¿De dónde vienes?

Nisha mira unos instantes el televisor. Luego empieza a hablar:

—De un pueblo del Medio Oeste donde comprábamos la ropa en el DollarSave. Y teníamos suerte si era nueva.

—¿Dónde has dicho?

—Es como una tienda de baratillo. Como el Primark ese, o como se llame. Solo que no tan elegante.

Jasmine suelta una risotada.

—Me estás tomando el pelo.

Nisha niega con la cabeza. Nunca ha contado esto a nadie. No desde que con diecinueve años se subió a un Greyhound y dejó atrás a Anita.

—Mi madre se marchó cuando yo tenía dos años. Crecí con mi padre y mi abuela, que creían que comprar ropa era vanidoso y que la vanidad es obra del diablo. Por lo menos eso decían. Ahora creo que lo que pasaba es que se gastaban el poco dinero que conseguíamos en bourbon barato. Así que cuando yo quería algo tenía que suplicar y siempre era del DollarSave, donde todo olía a barato y me compraban dos tallas más, ropa crecedera. Los dos eran malos y tacaños. Cuando en el DollarSave no había nada que me sirviera, me compraban ropa de segunda y tercera mano en Goodwill.

Jasmine la escucha con atención.

—Los que teníamos cerca eran de ropa tan fea que ni siquiera nuestros vecinos más pobretones la querían. Y luego en el colegio todos se daban cuenta cuando ibas vestido de Goodwill. Distinguían la ropa de allí a un kilómetro de distancia y te zurraban por llevarla. Odiaba ir vestida así. Odiaba toda mi ropa. Cuando fui lo bastante alta empecé a usar las camisas de trabajar de mi padre porque me molestaban menos que esa mierda de ropa barata de niña. Por lo menos estaban hechas para durar. Para trabajos pesados. Y donde yo vivía era menos probable que te pasaran cosas malas si tenías aspecto de chico.

Nisha se enciende un cigarrillo y, aunque Jasmine no suele dejarla fumar dentro de casa, al ver cómo le tiembla la mano no dice nada.

Está mirando a Nisha con ojos como platos.

—Y, entonces, ¿cómo coño terminaste casada con un millonario?

Nisha da una calada, expulsa una larga nube de humo y se encoge de hombros.

—Hice lo que todo el mundo. Trabajé en bares del pueblo hasta tener algo de dinero ahorrado. Era bastante guapa. O al menos tenía algo que empujaba a los hombres a dar buenas propinas. Decidí que podría sacarle ventaja. Cogí un autobús a la gran ciudad, trabajé en lo que me salía, limpiando, haciendo tareas domésticas, en bares, me busqué la vida, me convertí en Nisha. Vi el nombre en una revista y me pareció que sonaba sofisticado. Trabajé para un tipo que conocía a alguien en una galería, de ahí pasé a otra mejor y en un par de años me convertí en otra persona. Aprendí a hablar sin acento nasal. Dejé de usar camisetas escotadas y empecé a salir con tipos con estanterías llenas de libros. Me transformé en alguien con quien no se juega. Conocí a Carl un día que vino a comprar un cuadro —un Kandinsky totalmente sobrevalorado, en mi opinión— y me gustó su aplomo. Me gustó cómo entraba en los sitios como si fueran de su propiedad. Era encantador. Olía a dinero. Y a seguridad. Y me gustaba cómo me miraba. Como si perteneciera a su mundo.

—¿No conocía tu pasado?

—Bueno, le conté un poco. Al principio no me creyó, luego le pareció divertido. A veces me daba la impresión de que incluso se enorgullecía de mí por ello, a Carl le encantan las personas luchadoras, pero de vez en cuando, si estaba cabreado, lo usaba en mi contra. Me llamaba basura blanca, o paleta, o me hacía de menos. Pero de verdad que nunca se me ocurrió que pudiera tratarme tan mal como trata a otras personas porque sabía que yo había pasado por cosas más duras que las que pudiera hacerme él. Sabía que nada me daba miedo.

Da la última calada a su cigarrillo y lo apaga con violencia en el borde de su plato.

—En eso me equivoqué, está claro.

—Un momento —dice Jasmine—. Entonces ¿ya habías limpiado baños antes?

Nisha la mira.

—¿Con eso es con lo que te quedas de todo lo que te he contado? —Ríe sarcástica—. No desde los veintidós años. Anita sí limpiaba cuartos de baño. Nisha no había tocado una bayeta hasta que llegó aquí.

—¡Ay, señor! No me extraña que odies a ese hombre.

—No te imaginas cuánto.

De pronto Nisha se acuerda de Juliana, de las dos sentadas en una escalera de incendios una calurosa noche en Nueva York, meses antes de que ella conociera a Carl, fumando un cigarrillo a medias y riendo, quejándose de su jefe, gritando cosas a los obreros de la construcción que terminaban su turno. La risa gutural de Juliana rasgaba el calor sofocante mientras los obreros les devolvían los comentarios, su pelo castaño rizado le acariciaba los hombros cada vez que echaba la cabeza hacia atrás. A Juliana le habría caído bien Jasmine, piensa.

Aparece otro recuerdo, del último día que la vio. El mentón levantado de Juliana, su voz entrecortada mientras Nisha, de pie en el apartamento gigantesco y recargado de Carl, le explicaba lo que este le había aconsejado hacer, los problemas que tendría si seguía siendo su amiga. «Entonces ¿eliges esto? ¿Esto es lo que de verdad te importa? ¡Soy tu mejor amiga! ¡La madrina de tu hijo, por el amor de Dios!». Juliana había retrocedido con una mueca de dolor. «¿Se puede saber quién eres, Nisha? Porque la verdad es que Anita me gustaba mucho más».

La voz de Jasmine la devuelve al presente.

—Nish, sabía que eras una luchadora, pero ahora lo veo clarísimo. Vas a recuperar tus cosas, y mucho más. No tengo ninguna duda. Solo tenemos que encontrar la forma.

—¿Tenemos?

Jasmine abre mucho los ojos.

—¡Ese Carl es un insulto a las mujeres! ¡No pensarías que iba a dejarte sola con algo así! Ahora somos hermanas, ya lo sabes. Pero, oye, tengo que contarte una cosa.

—¿El qué?

—Pues… —dice Jasmine y a continuación sonríe—. Estaba haciendo limpieza de los juguetes viejos de Grace. Ya sabes que aquí siempre falta sitio. Y encontré su estuche de bromas. Cuando era pequeña le encantaban esas cosas. Cojín de pedos, falso chicle que se pega a los dedos, ya sabes, ¿no? El caso es que… —junta las yemas de los dedos de ambas manos— los últimos dos días que he limpiado el ático he dejado a tu Carl un regalito en los calzoncillos.

Nisha la mira.

—Nish, esta mañana lo he visto de espaldas en el pasillo y casi me meo encima. Digamos que andaba algo escocido.

Se pone de pie y finge caminar incómoda, con las nalgas muy juntas. El recuerdo la hace reír con los ojos cerrados y las manos a ambos lados de la nariz. Cuando se le pasa el ataque, mira a Nisha.

—Cuenta conmigo, cariño. Estoy contigo en esto.

Nisha pestañea. De haber sido otra clase de mujer quizá este habría sido el momento en el que abrazaría a Jasmine, le daría las gracias y le diría que la quiere y que es su mejor amiga del mundo mundial. Pero no es su manera de ser. Ya no. Estudia la cara de Jasmine durante un momento y asiente con la cabeza.

—Te compensaré —dice—. Te compensaré por todo.

—Ya lo sé —dice Jasmine.

—Y otra cosa te digo. Creo que es muy posible que seas un genio.

—Me preguntaba cuánto ibas a tardar en darte cuenta —dice Jasmine y sale de la habitación canturreando.

22

Esa noche, cuando Grace está ya acostada en la litera de abajo y con los auriculares puestos, Nisha sube a la de arriba, se tumba (el techo es demasiado bajo para sentarse) y marca el número de Ray.

—¿Mamá?

—Hola, cariño.

Lo anima a que le cuente las novedades del día.

Está durmiendo mal y eso lo tiene loco. El celador de la residencia que le caía bien, Big Mike, ha discutido con el administrador y se ha ido. Sin él y sin Sasha tiene la sensación de que no puede hablar con nadie. Una chica del piso de abajo vomita en secreto después de cada comida y el personal no lo sabe, pero los baños del piso de abajo siempre huelen a vómito y no se puede creer que no haya uno solo con olfato.

—Mamá, ¿cuándo vuelves?

Nisha cierra los ojos y coge aire.

—Dentro de poco.

—Pero ¿cuándo? No entiendo por qué sigues en Inglaterra.

—Tengo que contarte una cosa, cariño. Y ojalá pudiera hacerlo en persona, pero ahora mismo eso está complicado.

Ray guarda silencio y Nisha sufre por lo que está a punto de infligir a su hijo.

—Eh…, a ver. Papá y yo estamos… A ver, lo cierto es que nos… Ya sabes que las cosas entre los dos han sido algo difíciles últimamente y…

—¿Le has dejado?

Nisha traga saliva.

—Más o menos. Bueno, no exactamente. Ha… Ha decidido que será más feliz con otra persona y me… Estoy de acuerdo con él en que probablemente es lo mejor para los dos, así que… estamos viendo la manera de hacerlo que sea más fácil para ti.

Ray vuelve a quedarse callado.

Nisha se lleva la mano a la mejilla, baja la voz.

—Lo siento muchísimo, Ray. De verdad que no quería que tuvieras que pasar por esto. Pero todo va a ir bien. Te lo prometo. Seguiremos siendo una familia, solo que de otra clase.

Ray sigue sin hablar. Nisha oye su respiración, por eso sabe que no ha colgado.

—¿Ray…? Cariño, ¿estás bien?

—Me da igual que se vaya.

—Ah, ¿sí?

Una pausa.

—Tampoco es que haya tenido interés por verme estos últimos años.

—Pues claro que sí. Claro que lo tiene, cariño. Lo que pasa es que está muy ocupado.

—Mamá, los dos sabemos que eso es mentira. En serio. Mi terapeuta me ha estado hablando de la sinceridad y de ver las cosas como son. Y, si papá quiere irse, a mí me parece bien. Él se lo pierde.

Hay una pausa.

—La verdad es que hablé con él hace dos días. Le comenté que quería volver a casa y me dijo que, si así era, entonces no tenía que haber sido tan tonto y que soy…, que soy una carga, dijo. Que no se puede confiar en mí.

—¿Una carga?

—No pasa nada. Lo mandé a tomar por culo.

Hay tal inexpresividad en su voz que a Nisha se le encoge el corazón. Ray lleva años siendo valiente, pero ella sabe que el rechazo de su padre es una herida abierta.

—¿De verdad estás bien, cariño?

Hay un largo silencio.

—¿Ray?

—Últimamente estoy regular.

—¿En qué sentido?

Ray no contesta.

—Vale. De uno a diez, dime cómo estás de triste.

Era un consejo que les había dado el último psiquiatra para cuando las conversaciones sobre sentimientos se volvieran demasiado difíciles.

Hay una breve pausa y a continuación Ray dice:

—Pues… como un ocho.

A Nisha se le cae el alma a los pies.

—No quería decírtelo porque suponía que tenías algún problema con papá y… No quería agobiarte.

—Ray, escúchame. Estoy perfectamente, te lo prometo. Y voy a sacarte de ese colegio en cuanto pueda, ¿de acuerdo? Encontraremos un apartamentito y estaremos solo los dos. Donde tú elijas.

—¿En serio?

—Si te apetece.

—¿Y no tendré que seguir viviendo aquí?

—No. Estoy ahorrando para que podamos estar juntos. El problema, tesoro, es que ahora mismo no tengo un sitio donde puedas dormir, literalmente. Estoy en casa de una amiga y casi no cabemos, así que necesito resolver lo del dinero con tu padre y después estaremos juntos.

—Por favor, mamá, date prisa. Odio estar aquí. Lo odio. Vivir en este sitio me hace sentir que tengo algún tipo de problema.

—Tú no tienes ningún problema. —A Nisha se le inundan los ojos de lágrimas—. Eres absolutamente perfecto tal y como eres. Siempre lo has sido.

Se seca la mejilla con la palma de la mano.

—Entonces ¿no estás disgustado por lo de papá?

—¿Por qué iba a estarlo? Es un gilipollas. Se porta fatal contigo y conmigo hace como si no existiera. Te pasas el día andando con pies de plomo en todo lo que tiene que ver con él, como si fuera Dios o algo así. Que se vaya a tratar mal a otra persona. Mejor para nosotros. Que nos deje en paz.

El dolor de oír su relación de pareja descrita en términos tan brutales pone a Nisha literalmente enferma.

—Ay, Dios mío, Ray. Siento muchísimo que no tengas un padre mejor.

—No me importa. —Ray se sorbe la nariz—. Como te he dicho, él se lo pierde… Entonces ¿cuándo vienes?

Esa es la cuestión. Nisha le explica que no puede salir de Inglaterra mientras no solucionen un problema económico. Decide que la mente de Ray no puede enfrentarse a demasiadas cosas a la vez.

—Estoy en ello, pero vas a tener que confiar en mí. Ya sabes que tu padre a veces es complicado.

—¿Cuál es el problema económico?

Salta a la vista que el terapeuta de Ray se ha empleado a fondo.

—Esto…, pues… Quiere que yo le dé una cosa antes de llegar a un acuerdo. Es como un juego. Estoy en ello.

—Pero ¿qué es? ¿Qué es lo que quiere?

—Una cosa que ahora mismo no tengo en mi poder.

—Mamá.

—Son unos zapatos.

—¿Cómo que unos zapatos?

—Ya lo sé.

—¿Para qué quiere tus zapatos?

—Pues mi amiga Jasmine cree que es una especie de juego. Porque tu padre sabe que me los robaron en el gimnasio. Así que está ganando tiempo mientras reorganiza sus finanzas o algo así.

—¿Qué zapatos son?

Típico de Ray.

—Los Christian Louboutin hechos a mano. Los rojos, de cocodrilo.

Espera una exclamación de protesta. Pero Ray no dice nada.

—Lo voy a solucionar, cariño. Te lo prometo. Si hace falta, encargaré una imitación. Lo que pasa es que tu padre está muy pesado con este asunto.

—Pero si son de imitación.

—¿Cómo?

—Los zapatos. Si son los que creo… Me parece que no son de Louboutin.

—Me los hicieron a medida, tesoro. Pues claro que son auténticos.

—Cuando volví a casa en marzo me acuerdo de que estaba en la salita al lado del despacho de papá y estaba hablando por teléfono. Le oí decir: «Christian ha dicho que no. Vas a tener que inventarte algo». Y un par de semanas después te dio los zapatos, me acuerdo porque hacía siglos que no te regalaba nada y estuve mirándolos después y me pareció que algo no encajaba. La firma en la suela no estaba bien hecha. Y el rojo de las suelas no era exactamente el de Louboutin. Era un poco… chillón.

—¿Qué? Pero eso es absurdo. ¿Para qué iba papá a comprarme unos zapatos de imitación?

—No sé. Recuerdo que me pareció raro. Pero a ti te encantaron y a papá le gustaba que te los pusieras todo el rato y no quería aguarte la fiesta, así que me olvidé del asunto.

De pronto Nisha recuerda algo extraño de cuando Carl le regaló los zapatos. No venían en una caja forrada de papel tisú. Tampoco en la suave bolsa de tela en que venían siempre los Louboutin, sino en una de seda negra y sin marcar. Había supuesto que se debía a que los habían hecho expresamente para ella.

—No entiendo nada, tesoro. ¿Por qué iba a comprarme tu padre unos Louboutin falsos? De haber querido podría haber comprado la tienda entera. ¿Y por qué quiere ahora recuperarlos?

—No lo sé, mamá. Pero ¿puedes averiguarlo y venir a buscarme? —Su voz baja de tono—. Por favor. Te echo mucho de menos.

—Yo también te echo de menos, cariño mío. Voy a solucionar esto. Te lo prometo. Por favor…, cuídate. Te quiero mucho.

—Mamá…

—¿Sí?

Un silencio.

—¿Tú estás bien?

Nisha deja escapar un sollozo ahogado, se tapa la boca con la mano. Espera unos segundos hasta asegurarse de que no le tiembla la voz.

—Cariño, estoy perfectamente.

El DollarSave. La mitad de la tienda estaba dedicada a piensos y herramientas agrícolas, con pasillos llenos de mangueras, tubos fluorescentes, esteras de caucho. La otra mitad vendía artículos de primera necesidad: paquetes tamaño industrial de sopa y arroz, cartones de leche pasteurizada, montones altos como una casa de rollos de papel de cocina. Olía a productos petroquímicos y a desesperación. Nisha tenía siete años. Era la primera vez que su padre la obligaba a hacerlo. Entró vestida con el anorak verde grisáceo para edades entre nueve y once años que le quedaba gigante y salió con una botella de Jim Beam escondida debajo. Nadie sospechó que una niña tan mona pudiera llevar encima artículos robados. Fue la única vez en que su padre le dijo que hacía bien algo.

Alternaban entre los tres DollarSave que había en el condado, iban una o dos veces por semana a cada uno, y la única vez que la habían pillado —porque se le cayó el botín en el pasillo de los cereales— se había echado a llorar y había dicho que quería darle un regalo sorpresa de cumpleaños a su padre y el guarda de seguridad se había reído al verla tan pequeña y había preguntado: «¿Así que le gusta el bourbon?», antes de mandarla a la calle con un paquete de Twinkies y decirle que en el futuro no se le ocurriera llevarse nada sin pasar antes por caja. Su padre, que la esperaba fuera, en la camioneta, se rio. Sobre todo cuando ella se sacó la otra botella de bourbon, más pequeña, que se había guardado en la manga. «¿Te das cuenta, Anita? —le había dicho mientras le quitaba el tapón y daba un trago—. La gente solo se fija en las apariencias. Tú sigue así de guapa y nadie pensará nunca que puedes hacer algo malo».

Nisha está en la estrecha litera oyendo el ritmo metálico que escapa de los auriculares de Grace en la cama de abajo y, aunque desde el domingo ha hecho cuatro turnos normales y uno doble, piensa en los zapatos y de pronto no tiene nada de sueño.

Por difícil que parezca, el White Horse tiene un aspecto más desangelado aún a la luz del día, con famélicas plantas marchitas y medio muertas asomando de tiestos colgados y carteles resquebrajados y descascarillados. Nisha le ha cambiado el turno a Jasmine para poder estar allí en cuanto abra, a las once (¿cómo puede nadie empezar a beber alcohol a las once de la mañana? ¿Qué les pasa a los ingleses?). Cuando entra, el barman está todavía quitándole el cerrojo a la puerta y pide directamente ver la grabación de las cámaras de seguridad.

—Espere un momento. Ni siquiera me ha dado tiempo a encender la máquina registradora.

—¿Tengo cara de querer una copa?

—Entonces ¿qué hace en un pub?

El camarero es de esos jóvenes hípsters con una coleta de

pelo oscuro y ya tiene cara de estar irritado. Nisha cambia de táctica.

—Perdona la molestia. —Sonríe—. Quería preguntarte si podías ayudarme con una cosa. Hace unas semanas me robaron y he pensado que igual podía ver vuestras grabaciones de circuito cerrado.

—¿Cómo dices?

Nisha levanta la vista y ve las cámaras tipo domo en el techo.

—Tenéis cámaras de seguridad, ¿no?

Señala al techo.

—Sí —dice el barman siguiendo la dirección de su dedo—. Pero no sé si puedo dejar que cualquiera las…

—Van a ser cinco minutos exactos. —Nisha le pone una mano en el brazo y da un suave apretón—. De verdad que me salvarías la vida.

El camarero la mira, momentáneamente descolocado, y Nisha esboza una sonrisa dulce y esperanzada.

—Te lo voy a explicar. Me encuentro en una situación complicada, la verdad es que lo estoy pasando fatal. Soy una mujer sola en este país y me he metido en un lío por razones que no te puedo explicar y necesito ayuda. Sé que es una imposición y créeme que, si mis circunstancias fueran otras, no te molestaría. Me doy cuenta de que estás muy ocupado. Pero de verdad que necesito ayuda.

Es un buen chico. Lo ve por cómo duda.

—No sé si…

—Puedo darte la fecha, la hora y todo. Tardarás cinco minutos.

—Sí, pero está lo de la protección de datos y eso…

—No te estoy pidiendo ni nombres ni direcciones. Solo quiero ver si en las grabaciones sale una cosa.

—Solo conservamos las cintas seis semanas.

—Perfecto.

El chico frunce el ceño, se mira los pies. Cuando levanta la vista su expresión es suspicaz.

—¿Cómo me has dicho que te llamas? ¿No serás policía?

Nisha ríe con coquetería.

—¡Qué va, por favor! ¿Tengo pinta de policía? Me llamo Anita. No soy más que… una madre.

—¿No te habrá puesto los cuernos tu marido y estás pensando en montar una guerra de pandilleros aquí?

—Cariño, si un hombre me fuera infiel no necesitaría grabaciones de cámaras de seguridad para darle lo que se merece.

El chico mira a su espalda, aunque al parecer están solos en el local.

—Tendría que enseñártelo aquí, en el bar. Los clientes no pueden entrar en la oficina.

—Lo entiendo. Debes andarte con cuidado.

Cuando vacila de nuevo, Nisha se fija en la etiqueta con su nombre.

—Milo. Te llamas Milo, ¿no? De verdad que me salvarías la vida. Solo necesito localizar un objeto personal. Parece ser que una persona puede salir en tus grabaciones con él puesto.

El barman vuelve a mirar a su espalda.

—Y dices que sabes el día y la hora exactos.

—Viernes 7. Solo necesito ver alrededor de una hora de grabación de esa noche. Hasta las nueve, por ejemplo.

—Espera aquí —dice el chico—. Voy a subirlo al iPad y te lo saco.

—¡Eres el mejor hombre del mundo! —exclama Nisha y vuelve a tocarle el brazo—. Gracias, muchísimas gracias.

Ve suavizarse la expresión del chico y piensa, satisfecha: «¡Toma ya!, no he perdido mis poderes».

Diez minutos más tarde está sentada en la barra con un capuchino mientras Milo repasa las imágenes del circuito cerrado de televisión con experto dedo de millennial, acercándose a la pantalla de tanto en tanto.

—¿Todas las imágenes son en blanco y negro? —dice Nisha.

—Sí. Pero podemos hacer zoom si ves algo. La imagen tiene bastante resolución. ¿Has dicho zapatos?

—Con tacón de unos diez centímetros y de tiras. Son unos Louboutin. Seguramente mejores que todos los zapatos que vas a ver ahí.

—¿Y dices que alguien te los quitó?

—Y se los puso para venir aquí. Al parecer.

El barman escruta la pantalla.

—Los zapatos son zapatos. Hay un montón de mujeres con tacones. ¿Cómo vas a saber cuáles son los tuyos?

—Huy, lo sabré, no te preocupes.

Nisha sorbe el capuchino que le ha preparado Milo. Abundan los zapatos hechos una porquería, baratos y deformados. De repente le entra ansiedad. Este es el último White Horse. Si no encuentra nada aquí, no tiene más pistas. Entonces los ve.

—¡Ahí! —dice de pronto y toca la pantalla—. ¡Para! ¿Puedes hacer zoom? A esa mujer de ahí.

Nueve y diecisiete del viernes por la noche. Una mujer con el pelo mal cortado sale dando tumbos de la pista de baile y por un instante se le ven las piernas y los pies mientras camina con andares de borracha y del brazo de otra mujer hasta una mesa llena de botellas. Milo rebobina un poco y mueve los dedos por la pantalla para acercar la imagen de modo que los pies de la mujer se vean con nitidez. Nisha le hace acercarse al máximo, hasta que la imagen empieza a desdibujarse, pero son sus zapatos. Está clarísimo. Los reconoce con un respingo.

—¡Son esos! ¡Son esos, seguro! ¿Puedes subir? ¿Enseñarme la cara de la mujer?

Ahí está la ladrona de zapatos, feúcha, de mediana edad, con los ojos entrecerrados y el pelo en mechones sudorosos pegados a la cara. Plano a plano cruza la pantalla con paso inseguro en dirección a la mesa y hay un momento en que se le tuerce un poco el tobillo.

—Esa es. Esa es la mujer que me robó los zapatos. —Nisha jadea observando la imagen pixelada.

—¡Qué cosa tan rara! —Milo niega con la cabeza.

Nisha lo mira.

—Supongo que no tienes ni idea de quién puede ser.

Milo estudia la imagen con el ceño fruncido, la mueve para ver a las personas que acompañan a la mujer. La acerca y la aleja.

—Esto… Me parece que son los de Uberprint.

—¿Los de qué?

—Una imprenta que hay aquí cerca. Sí. Mira…, ese que está detrás de ella es Joel. El de las rastas. Y Ted. Vienen todos los viernes.

—Uberprint —repite Nisha—. ¿Me lo puedes escribir?

Y cuando Milo le da el papel, sonríe. Es una sonrisa abrupta, sincera y de oreja a oreja, de felicidad y gratitud, la clase de sonrisa que en circunstancias normales Nisha rara vez regalaría. Y Milo, satisfecho, se la devuelve. Se miran un instante.

—Supongo que no…

—Ni se te ocurra —dice Nisha y se baja de un salto de la banqueta.

Cuando llega, Aleks está solo en la cocina, limpiando su puesto de trabajo para el turno de noche. Está encorvado frotando un cerco en los fogones.

—¡Oye, Aleks!

Este se gira al oír su nombre y Nisha corre hasta él.

—¡He descubierto quién me robó los zapatos! —dice sin resuello. No puede evitarlo. Sonríe de oreja a oreja y da un pequeño puñetazo al aire.

—¡No me digas! —dice Aleks—. Ahora podrás recuperar tu vida.

Sonríe abruptamente, con la cara entera expresando placer. Suelta el trapo y abraza a Nisha por la cintura hasta hacerla gritar y levantar los pies del suelo. De pronto y casi sin ser consciente, Nisha le coge la cara con las dos manos y lo besa en los labios. Aleks vacila, solo un instante, y a continuación la rodea con los brazos, tira de ella, acerca su boca a la suya y le devuelve el beso con labios cálidos y suaves y su piel contra la piel de ella. Nisha se abandona a este beso, se entrega a él, a la presión de la boca de Aleks contra la suya, a las fuertes manos que tiran de ella. Huele a pan recién hecho, a jabón y a champú. Sabe tan bien que Nisha considera, por un momento, comérselo. Le muerde el labio inferior y Aleks deja escapar un pequeño gemido de placer que tal vez sea el sonido más sensual que ha oído Nisha en su vida. Le coge de la nuca y pega su cuerpo al de él. El tiempo se detiene y gira. Entonces oyen las puertas batientes al fondo de la zona de repostería y se separan a toda prisa. Nisha se lleva la mano al pelo y lo alisa con torpeza mientras da un paso atrás.

Minette sostiene en alto dos bandejas de aluminio con masa y canturrea para sí mientras empuja la puerta con la espalda para pasar. Aleks la mira y a continuación se vuelve hacia Nisha. Suelta aire, como si hubiera estado conteniendo la respiración.

—Bueno —dice Nisha cuando Minette desaparece en la zona de repostería.

—Bueno —repite Aleks.

Se mira los pies, un poco desconcertado. Nisha siente una leve satisfacción. Cuando las miradas de los dos se encuentran, imagina que hay un leve rubor en sus mejillas.

—Salta a la vista que... cuando te enfadas puedes ser peligrosa.

La sonrisa de Nisha, cuando se encuentra con la de Aleks, contiene un atisbo de picardía.

—Eso no lo dudes —dice.

Y acto seguido se sacude la parte delantera de los pantalones, lo mira otra vez y, puesto que no se le ocurre otra cosa que hacer, sale de la cocina.

23

El coche se ha muerto. Cómo no. Justo ayer Simon le informó en cuatro ocasiones de que hoy de ninguna manera podía llegar tarde. Había una reunión de estrategia a las nueve, una de ventas a las diez, de planificación a las once y los de la oficina central iban a estar en todas. Lo había dicho con tono de advertencia, como si fueran malas noticias para Sam.

—¿Phil...? ¿Phil? —Cat está en la cocina absorta en su teléfono mientras se come una tostada—. ¿Dónde está papá? Arriba no.

Cat se encoge de hombros.

—Cat, ¿dónde está tu padre? Has tenido que verlo.

—Estará en la caravana.

Sam no tiene tiempo ahora mismo de pensar en la frialdad de su hija, en cómo le rehúye la mirada cuando habla, a pesar de que la noche anterior esto la hizo llorar. El capó de la caravana está abierto y Phil tiene medio cuerpo dentro.

—El coche no arranca.

—Será la batería. Hay que cambiarla.

Sam espera a que Phil saque la cabeza del motor, pero no lo hace.

—¿Phil?

—¿Qué?

—Pues que si me puedes ayudar. ¿Tienes pinzas? Si no estoy a las nueve en el trabajo, me voy a ver en un lío.

—Entonces será mejor que cojas un taxi.

Sam se queda mirando las piernas de su marido. Lleva días sin separarse de la caravana. Al principio Sam se alegró para sus adentros; era una maravilla que Phil hiciera algo que no fuera ver la televisión. Pero a estas alturas hay algo en este hecho que la hace sentirse decididamente excluida, como si prefiera hacer cualquier cosa a estar con ella.

—¿Ni siquiera me vas a ayudar?

Phil sale por fin de debajo del capó y se endereza. Su cara, cuando mira a Sam, es curiosamente inexpresiva.

—¿Qué quieres que haga? ¿Que te pinte una batería nueva?

Se miran por un instante y la ausencia de calor en la expresión de Phil le provoca a Sam un ligero escalofrío.

—Pues muchas gracias —dice por fin—. De verdad.

Sin pronunciar una palabra, Phil saca un trapo aceitoso de un costado del motor y desaparece otra vez bajo el capó.

Sam está en el taxi cuando llama su madre. Ha calculado que dispone de dieciocho minutos para llegar a la oficina y baraja rápidamente sus opciones. Si echa la culpa al coche, le dará a Simon motivo de criticar su falta de organización, como si uno pudiera adivinar cuándo se le va a morir la batería. ¿Y si dice que ha habido un accidente de tráfico? Simon es capaz de comprobarlo solo para demostrar que no es así. Mejor no mentir. Quizá pueda coger una carpeta al llegar y decir que había ido a buscar unos números que le faltaban.

—La semana pasada no viniste a limpiar. Y necesito que me busques unos himnos socialistas.

—¿Cómo?

—Himnos socialistas —repite su madre, impaciente—. Tu padre va a dar una charla sobre la historia del himno *Jerusalén* en

St. Mary's y le he dicho que el obispo de Durham explicó que los «oscuros molinos satánicos» hacen referencia a iglesias, no a molinos de grano, y que por tanto no conviene citarlo. Ya conoces la facilidad con la que se ofende la señora Palfrey. Es uña y carne con el vicario y llamó maoísta a la pobre Tess por poner flores impías en el altar la semana pasada.

—¿Flores impías?

—Anturios. Son de lo más fálico. Estábamos todos a cuadros. Pero, bueno, el caso es que no sé qué ha hecho tu padre con el aparato ese de wifi, pero estamos sin internet, así que necesitamos que nos busques algunos himnos socialistas apropiados para que los cite. A ser posible esta tarde. A las cinco tiene oculista.

Sam rebusca en el bolso algo con que maquillarse. Cat ha acaparado el cuarto de baño y no le ha dado tiempo a arreglarse.

—Ah, y hemos decidido que vamos a acoger a un refugiado. Pero hay que hacer muchos papeles y necesitamos que nos ayudes a rellenarlos. Tenemos que vaciar el dormitorio que no se usa para poner una cama. Aunque, ahora que lo pienso, igual ya hay una cama. Con tanta caja no estoy segura.

—¿Un refugiado? —Son demasiadas cosas seguidas.

—Hay que pensar más en los demás y menos en nosotros, Samantha. Ya sabes que a tu padre y a mí nos gusta colaborar con nuestra comunidad. Y al parecer los hay muy agradables. La señora Rogers tiene un afgano y dice que siempre se quita los zapatos.

—Mamá, no puedo atenderte ahora mismo. Estoy ocupada.

El tono de su madre consigue transmitir una combinación muy precisa de agravio y dolor.

—Pues muy bien. No estaría de más que pensaras en nosotros de vez en cuando.

Sam se encaja el teléfono entre la oreja y el hombro mientras se aplica como puede una crema hidratante con color.

—Claro que pienso en vosotros, mamá. Y no solo de vez en cuando. Mira, si queréis acoger a un refugiado me parece perfecto. Pero ahora mismo no tengo tiempo de vaciaros la habitación ni de buscar himnos socialistas. Tengo mucho lío. Os he hecho un pedido en el supermercado para el martes y en cuanto pueda iré a echaros una mano.

—Un pedido del supermercado. —El tono de su madre es dolido—. Bueno, supongo que tendremos que decirles a los pobres y sufrientes afganos que ahora mismo nuestra hija está demasiado ocupada para buscarles una cama.

—Mamá, no hemos visto la cama del cuarto de invitados desde 2002, cuando papá empezó a dejar encima su colección de trenes de eBay. Ni siquiera estoy segura de que haya una cama. Escucha, iré cuando pueda. Ahora mismo estoy con muchas cosas.

—Todos estamos con muchas cosas, Samantha. No eres la única persona ocupada de esta familia, por si no lo sabías. Madre mía, espero que no hables así a Phil. No me extraña que se sienta abandonado.

Llega cuatro minutos y medio tarde, pero, a juzgar por la mirada que le dirige Simon cuando entra corriendo en la sala de reuniones, podrían ser cuatro horas.

—Qué detalle por tu parte venir —le dice mirando el reloj con las cejas arqueadas y a continuación a sus colegas para asegurarse de que todos toman nota.

Se pasa toda la segunda reunión considerando cancelar la comida con Miriam Price. Simon no le da tregua, cuestiona sus números, se muestra distraído o aburrido y da golpecitos con su bolígrafo grabado en la libreta cada vez que Sam habla. En ocasiones hasta murmura para sí. Sam se da cuenta de que los directivos de Uberprint —todos los cuales visten y hablan igual que Simon— entienden los gestos que hace este y a ella la ven débil, la consideran hombre muerto. Cuando se termina la reunión de ventas, va al cuarto de baño de señoras y se tapa la cara con las manos para que nadie la oiga llorar en el cubículo.

Mientras está allí encerrada escribe un mensaje a Phil, quien no contesta. Últimamente solo contesta uno de cada tres mensajes de Sam, y esta no tiene claro que sea debido a la depresión. Escribe a Cat, quien se limita a contestar: «Está bien». Sin «Bss» al final. Sin preguntarle por su día. A veces le cuesta no tener la sensación de que a nadie le importa ya si sigue viva. Está a punto de escribir a Joel, pero le parece un poco excesivo, una llamada de auxilio que no se siente cómoda haciendo. Sus dedos vacilan sobre las teclas del teléfono, y entonces oye a alguien entrar en el cubículo contiguo y se lo guarda en el bolsillo.

Para cuando sale ya son las doce menos cuarto: demasiado tarde para cancelar. Así que se echa agua en la cara, se retoca el maquillaje y se va a la comida sin hacer caso de la mirada inquisitiva de Simon por la ventana de su despacho cuando la ve salir.

—¡Sam! ¿Qué tal todo?

Miriam ya está en el restaurante, sentada junto a la ventana. Cuando el camarero acompaña a Sam a la mesa se pone de pie un momento y sonríe con calor.

El encargo de impresión salió bien y Miriam ha quedado satisfecha en todos los aspectos. Al terminar incluso llamó a Sam para agradecerle su atención a los detalles. En otro momento de su vida esta se lo habría comunicado a su superior, pero con Simon no tiene sentido: habría buscado algo por lo que criticarla, o le habría preguntado por qué no habían cobrado más.

—Qué alegría verte otra vez —dice y le estrecha la mano con cierta torpeza. Miriam va vestida con un jersey de rayas de colores y falda de tubo con botines de tacón. Sam nunca se habría sentido capaz de llevar ese look al trabajo, pero a Miriam le da un aire de autoridad poco convencional. Ella lleva —y se siente un poco culpable— la chaqueta de Chanel dado que se trata de Miriam Price y necesita sentirse segura, en lugar de los pantalones negros y el jersey gris que son su uniforme de trabajo habitual.

—¡Me he puesto los Louboutin en tu honor! —dice Miriam sacando un botín para que Sam pueda verlo. Mira los pies de Sam y esta es consciente de un atisbo de decepción cuando ve sus discretos salones negros. Desearía haberse puesto también ella los Louboutin.

—Son preciosos —dice Sam.

Charlan un poco sobre el tiempo y sus hijas respectivas, a continuación comentan lo que más les apetece del menú. Miriam se decide por una ensalada y un pescado y Sam pide la misma ensalada y una tartaleta de verduras, que es lo más barato de la carta. Le preocupa un poco tener que pagar esta comida, porque últimamente Simon está recortando los reembolsos por comidas de trabajo. Se pone a calcular a cuánto ascenderá la cuenta.

—Háblame de ti, Sam —dice Miriam—, y de cómo terminaste en Grayside. Ah, no, que ahora se llama Uberprint, ¿verdad?

Cuando habla emana confianza, como si supiera de manera innata que todo lo que va a decir está bien.

—Pues no sé si hay mucho que contar —titubea Sam y, cuando ve que Miriam la escucha sonriente, añade—: A ver, no tenía intención de trabajar en una imprenta. Pero cuando mi hija era pequeña conseguí un trabajo temporal de secretaria y había un jefe encantador, Henry, ya está jubilado, que al parecer opinaba que se me daba bien. —Aquí añade una risita nerviosa por si está sonando presumida—. Después de un par de años me hizo jefa de proyecto. Y a partir de ahí fui desarrollando una carrera profesional. Era… un hombre muy agradable. Una buena persona.

—Huy, coincidí con él un par de veces —dice Miriam—. Me caía fenomenal. ¿Y qué me cuentas de tu familia?

—Tengo marido y una hija adolescente, como sabes. Y ya. Somos solo nosotros tres. Bueno, y unos padres que necesitan mucha atención.

—Es lo malo de esta edad, ¿verdad? —dice Miriam—. Yo tengo a los míos en una residencia en Solihull. Tengo la sensación de que me paso la vida en la carretera o tranquilizando a cuidadoras hartas.

—No me digas. Lo siento. A ver, quiero decir que siento que no estén a gusto. Ni ellos ni tú. —Sam recula enseguida—. Claro, que estoy hablando por hablar. Igual es un sitio muy agradable. Estoy segura de que no los meterías en un sitio que no fuera agradable.

—El sitio está bastante bien. Pero no creo que nadie se proponga terminar sus días en un centro de mayores, ¿no?

Sam calla mientras el camarero les sirve agua.

—Mis padres dicen que antes morir que terminar en uno. Lo que básicamente quiere decir que me toca ocuparme de todas sus tareas domésticas, de limpiar y hacer la compra.

Miriam asiente con la cabeza con gesto cómplice. Sam cae en la cuenta de que entre las mujeres de esta edad hay un lenguaje común. Se acabó andar a codazos como en la veintena y la treintena, no hay un gramo de competitividad. A los cuarenta y muchos y los cincuenta son todas supervivientes: de la muerte, el divorcio, la enfermedad, experiencias traumáticas, de algo.

—Tiene que ser duro para ti —empieza a decir Miriam.

A Sam le vibra el móvil.

—Lo siento mucho —dice y mete la mano en el bolso con las mejillas coloradas.

Miriam le hace un gesto con la mano como diciendo que no se preocupe.

A Sam se le cae el alma a los pies cuando ve el nombre.

—¿Simon? —dice tratando de sonreír.

—¿Dónde estás? —Su tono es cortante.

—Con Miriam Price. Figura en la agenda. Se lo he recordado dos veces a Genevieve.

—Hay que adelantar cuatro días la entrega de los holandeses. Dicen que te mandaron un correo pero no has contestado.

—¿Cómo? Espera un momento.

Se disculpa otra vez en silencio con Miriam y pone el alta-

269

voz del teléfono mientras abre el correo. Ahí está, de hace quince minutos. Un correo de la editorial holandesa de libros de texto pidiendo adelantar la entrega de un encargo.

—Simon…, lo han mandado hace un cuarto de hora.

—¿Y?

Sam quita enseguida el altavoz y se pega el teléfono a la oreja.

—Pues que no lo había visto. Evidentemente me voy a poner con ello. En cuanto llegue a la oficina.

—Tienes que estar más pendiente del correo, Sam. Ya te lo he dicho. En Uberprint tenemos fama de contestar enseguida. Esto no está a la altura.

—Estoy…, estoy segura de que entenderán que alguien puede estar comiendo a la una y cuarto…

—Esto no es un maldito campamento de verano, Sam. No sé qué más debo hacer para que te tomes tu trabajo en serio. Vas a tener que volver ya. Ah, no, claro, que no puedes. Porque entonces Miriam Price verá lo poco profesional que eres. Y necesitamos ese encargo. Voy a pasárselo a Franklin.

—Pero ese cliente es mío. Lo conseguí yo.

—Eso es irrelevante —la interrumpe Simon—. Conseguir clientes no basta. Necesito a alguien capaz de estar encima de todo el proceso. Pásate a verme cuando vuelvas. Cuando termines tu agradable comida. —Cuando dice estas palabras Sam sabe que hay más personas con Simon en su despacho, se lo imagina poniendo los ojos en blanco. Simon cuelga y Sam está aturdida.

—¿Todo bien? —dice Miriam, que se ha puesto a leer la carta.

—Sí, perfectamente. —Sam recobra la compostura—. Cosas de curro, nada más. Ya… sabes cómo es.

—Sé cómo es Simon. —Miriam mira a Sam por encima de la carta—. Porque era Simon Stockwell, ¿no?

Sam se la queda mirando.

—Un tipejo odioso. Trabajó con nosotros hace unos años, no sé si lo sabías. Cuando empezaba. Lo calé enseguida. ¿Te trata mal o qué?

Sam está petrificada. No sabe qué contestar.

—¡No! Para nada. Todo va bien, de verdad. Lo que pasa es que son muchas cosas. Bueno…, me… ha… —De pronto y sin saber cómo se ha puesto a llorar, unos lagrimones salados que le bajan por la cara. De su interior salen enormes hipidos, le tiemblan los hombros y se tapa los ojos con las manos—. Per…, perdona —dice humillada mientras se seca la cara con la servilleta—. No sé qué me pasa.

Ay, Dios mío. Ha echado a perder la comida. Y Miriam Price va a pensar —va a saber— que es la fracasada por la que Simon siempre intenta hacerla pasar. Mira a su alrededor desesperada buscando el baño para poder escapar. Pero no quiere tener que preguntar y le da miedo levantarse e ir por donde no es. Cuando se vuelve, Miriam está mirándola fijamente.

—Lo…, lo siento —repite Sam secándose los ojos.

Miriam está seria.

—Llevo una temporada complicada. Estoy… Me da mucho apuro. Normalmente no…

Miriam mete la mano en su bolso y saca un paquete de pañuelos de papel. Se los acerca a Sam por encima de la mesa.

—Un básico en el bolso de una madre —dice—. No quieras saber qué más cosas llevo. Dos juegos de llaves del coche, el espray nasal de mi mujer, una receta de mi hija que no quiere ir a buscar ella, terapia hormonal sustitutiva, galletas para perros… No tiene fin, ¿verdad?

Sonríe y charla sobre cosas sin importancia dando a Sam tiempo de recomponerse. Esta se pone a buscar un espejo en su bolso, pero Miriam la interrumpe.

—Estás perfectamente —dice—. No se te ha corrido el maquillaje.

—¿De verdad?

Los sollozos han dado paso a hipidos esporádicos. Sam está muerta de vergüenza.

—Oye —dice Miriam mientras le llena el vaso de agua—. Espero que no te lo tomes a mal, pero cuando te he visto llegar era como si te hubieran sacado el relleno. Me has parecido una mujer completamente distinta de la que conocí. —Le ofrece a Sam su vaso de agua, espera a que dé un sorbo—. Y apuesto a que en un cincuenta por ciento la culpa la tiene Simon Stockwell. —Se inclina sobre la mesa—. ¿Sabes qué es lo mejor de la menopausia? Lo digo por si todavía no has llegado. Es que todo te importa una mierda cuando tienes que tratar con hombres así. Y ellos lo saben. Y cuando saben que no les tienes miedo, no sé cómo, pero pierden todo su poder.

Sam sonríe débilmente.

—Excepto cuando tu empleo depende de ellos.

—Tú eres muy buena en tu trabajo. ¿Por qué va a depender de él?

—Me... Yo... —Sam quiere hablar, explicarle las múltiples maneras en que Simon la hace sentirse inútil, innecesaria, todas las veces al día en que se siente ignorada o desautorizada. Pero le parece poco profesional hablarle a un cliente de cómo están las cosas desde que Uberprint absorbió la empresa. ¿Y qué mujer negra gay puede tener ganas de oír a una mujer blanca de mediana edad lloriquear sobre lo mucho que sufre en el trabajo?

Consigue esbozar media sonrisa.

—Bueno, no es solo él. De verdad. He tenido una semana complicada...

Miriam la observa.

—Estás siendo de lo más discreta.

—Tengo muchos frentes abiertos.

—Siempre pasa a nuestra edad. Huy, qué bien, ya traen la comida. Te sentirás mejor después de comer.

Durante toda la comida Miriam sigue con su conversación, que tiene más de monólogo: sonsaca a Sam sobre la arbitrariedad de los adolescentes, lo agotadores que son los padres mayores, la necesidad de permitirse un lujo de vez en cuando (aquí Sam asiente con la cabeza aunque no se acuerda de la última vez que se concedió un capricho). Mientras tanto Sam mantiene una conversación paralela dentro de su cabeza en la que intenta calcular hasta qué punto le va a perjudicar esta comida: si Miriam Price contará que esta mujer ridícula se puso a llorar en una comida con un cliente, si Simon le echará la bronca delante de todo el mundo en su horrible despacho acristalado en cuanto vuelva. Lo que más la entristece es que el recuerdo de su primer encuentro con Miriam se ha echado a perder: la mujer que había sido con aquella chaqueta de Chanel y los tacones se ha evaporado y la ha sustituido la verdadera Sam: abatida, derrotada, lamentable. No se atreve a mirar su teléfono, segura de que habrá una retahíla de mensajes enfurecidos de Simon sobre lo mal que ha gestionado el encargo holandés. De manera que sonríe cortés, intenta no parecer tonta y picotea su comida mientras una parte de ella observa desde la distancia que ya no tiene nada de hambre.

—¿Postre?

Tiene que concentrarse otra vez en la mesa.

—Huy, no, me ha encantado esta comida, pero creo que debería volver a la oficina para ver qué pasa con ese encargo —dice rechazando la carta—. Te pido perdón otra vez por… —Agita una mano delante de la cara como para quitarle importancia.

Hay un largo silencio.

—Sam —dice Miriam—, así es imposible trabajar.

—Lo sé —dice Sam poniéndose colorada—. Tengo que tranquilizarme. Lo voy a hacer. Te aseguro que normalmente no soy tan…

—No me estás entendiendo —dice Miriam—. Me refiero a que no puedes trabajar con un jefe que claramente te está machacando. Eres buena en lo tuyo. El otro día le hablé de ti a Ivan, de Drakes, y me dijo que siempre eres superconcienzuda. Y que es un placer tratar contigo, además.

Sam levanta un poco la cabeza.

—Siempre estamos buscando gente y me gustó mucho cómo gestionaste nuestro proyecto. Creo que deberías venir a conocer a nuestro equipo.

—¿Conocer a vuestro equipo?

—Deberías trabajar en una empresa donde puedas recuperar tu chispa. Sea cual sea. —Miriam hace una seña al camarero y saca una tarjeta de crédito antes de que Sam pueda decir nada—. ¿Te podría interesar hablar con nosotros?

Sam está tan atónita que apenas puede contestar.

—Eh…, sí. Sí. Sería estupendo.

—Perfecto. Te mando un correo para concretar la fecha.

Miriam se ha puesto de pie. Acerca la tarjeta al lector que le ha traído la camarera mientras Sam sigue sentada, digiriendo lo ocurrido. A continuación se guarda la tarjeta en el bolso y se inclina hacia delante.

—Mientras tanto, cálzate unos buenos zapatos a juego con esa chaqueta, píntate los labios de rojo y demuéstrale a Simon Stockwell que contigo no se juega.

24

Desde la cafetería se ve muy bien la parte trasera de la imprenta, un pequeño jardín lleno de basura flanqueado por un supermercado Co-op, el pub White Horse y un edificio de oficinas que, a juzgar por las ventanas mugrientas y las paredes llenas de pintadas, debe de llevar muchos años vacío. Nisha, a la que han dado la tarde libre sin casi preaviso («contratos basura», había dicho Jasmine con un suspiro), da sorbos a un capuchino tibio y mira las desvencijadas furgonetas blancas entrar y salir de debajo del letrero de Uberprint, a los hombres que se reúnen en la puerta trasera a charlar o tomar tazas de té entre cargas y descargas, expulsando nubes de vapor al aire frío con sus risas. Está tensa, concentrada, medio esperando que salga una mujer con sus zapatos puestos, aunque sabe que es poco probable.

Lleva ya casi una hora allí sentada e imaginando posibles desenlaces: sigue a la ladrona a su casa, le planta cara, la descalza por la fuerza (aunque para eso la mujer tendría que llevar los zapatos puestos y además a Nisha le da repelús tocar pies ajenos). Llama a la policía, aunque, como la policía de aquí se parezca a la estadounidense, más le valdría silbar. Entra en la casa de la mujer cuando esta duerme, localiza los zapatos y huye con ellos. Quizá con una media en la cabeza. Lo cierto es que esta táctica es arriesgada, sobre todo porque no sabe quién más puede haber en la casa. Y una media en la cabeza le picará. Claro que siempre está el as bajo la manga. Podría darle la información a Carl y que este envíe a Ari a por los zapatos. Pero no está segura de poder confiar en que Ari diga la verdad: sería capaz de hacer desaparecer los zapatos y dejarla en una situación aún peor. Y luego hay algo sobre Ari y estos zapatos que no le encaja.

Nisha considera todos estos factores mientras los posos de café en su taza se enfrían más y más. Por fin, cuando el camarero viene a preguntarle por tercera vez si quiere otro, coge su abrigo y su bolso y sale.

Simon está charlando con unos colegas cuando vuelve Sam. Entra por la puerta lateral para poder ir al baño y comprobar qué cara trae antes de que nadie la vea. Repara en un grupo de hombres jóvenes reunidos alrededor de la mesa del despacho de Simon que miran con interés alguna cosa en su teléfono y a continuación ríen a la vez. Sam imagina algún meme repulsivo que es probable que incluya a una mujer joven con pechos imposiblemente grandes. Da gracias de que Simon no esté esperándola en su cubículo con una nalga apoyada en la esquina de su mesa y la cabeza ladeada simulando preocupación. Se entretiene un momento mirando a los hombres y a continuación deja su bolso y cuelga la chaqueta color crema de Chanel en el respaldo de su silla. Sale, pasa delante de Contabilidad, de Recepción y enfila el estrecho pasillo que lleva al muelle de descarga.

Todas las furgonetas han salido y está solo en el despachito junto a la entrada principal. Está sentado de espaldas a ella, con las manos entrelazadas detrás de la cabeza, aparentemente absorto, con la mirada perdida en el patio y unos hombros demasiado anchos para la sudadera azul marino de la empresa. Detrás del despacho, de las vigas del techo cuelga un gran saco de boxeo negro y amarillo. Sam se detiene un momento a mirarlo. De pronto la asalta el recuerdo de los dos bailando, la mano de él en su cintura, las cejas levantadas en divertida admiración al verla moverse con esos zapatos.

El despacho de los conductores está caldeado y mal ventilado debido a un calefactor eléctrico que hay en un rincón, y tiene las paredes cubiertas de tacógrafos y pizarras con los transportes del día, tarjetas de cumpleaños desvaídas y circulares de Uberprint. Sam no está segura de haber estado aquí más de una docena de veces en todos los años que lleva trabajando en la empresa, y de pronto el espacio le parece más pequeño de como lo recordaba. O quizá es que él es más grande. Se gira hacia ella.

—Sam. No sabía que esta...

—¿Tienes guantes?

Joel parpadea.

—¿Qué?

—Que si tienes guantes —dice Sam—. De boxeo. ¿Tienes unos aquí?

Joel sigue la mirada de Sam hasta el saco.

—Eh... Tengo los míos. Pero te van a quedar grandes.

—Enséñamelos.

Busca debajo de la mesa y saca una bolsa de deporte en la que hay dos guantes de boxear negros y gastados, que le muestra a Sam. Esta los examina unos instantes. Mete los puños y tira del velcro con los dientes hasta ajustárselos. A continuación sale del despacho y va hasta el saco. Se coloca frente a él, toma aire, mete el abdomen y permite que todo lo que le ha estado dando vueltas dentro de la cabeza se asiente. A continuación toma impulso con el brazo y golpea el saco con todas sus fuerzas. El saco sale despedido y vuelve girando a ella. Lo recibe con el puño izquierdo; después, con los pies bien plantados en el suelo y con la fuerza concentrada en el hombro izquierdo, vuelve a hacerlo girar. Lo golpea una y otra vez, aporrea el cuero mientras el pelo se le escapa en mechones de la cola de caballo y, con cada impacto, de su boca salen pequeños jadeos. Pega y pega sin importarle quién la vea, sin preocuparse de si parece tonta atacando un saco de boxear con sus mejores pantalones y una blusa de Next.

Joel, que al principio había retrocedido sorprendido, se coloca frente a Sam y sujeta el saco con las dos manos para que pueda golpearlo mejor. Sam nota satisfecha cómo da un pequeño respingo con cada uno de sus golpes, cómo acerca el cuerpo y adelanta el pie izquierdo para tener mejor equilibrio. Sam aporrea y aporrea hasta que por fin siente que algo en su interior cede. Entonces y de forma abrupta se detiene, deja caer las manos a ambos lados del cuerpo, consciente de pronto de que tiene el corazón a mil por hora, del sudor que le baja por la espalda. Hay un silencio, roto solo por el crujido del saco que se balancea despacio en su cuerda. Sam mira a Joel, que la observa con las dos manos todavía en el saco, como si no estuviera seguro de si Sam va a volver a golpearlo.

—¿Estás bien? —pregunta.

—Miriam Price quiere que vaya a verla —dice Sam jadeando.

Joel parece sobresaltado.

—Para hablar de un trabajo —añade Sam.

Se miran un largo instante. Sam nota sudor entrándole en el ojo e intenta secárselo con el dorso del brazo. Los dos guardan silencio.

—No quiero que te vayas —dice por fin Joel soltando el saco.

—No me quiero ir —dice Sam. Se miran y, a continuación, sin decir nada, Sam da un paso al frente, le coge la cara a Joel con los guantes de boxeo puestos y le besa.

En cuanto sus labios toman contacto con la boca de Joel, Sam entra en una especie de estado de shock. Lleva más de veinticinco años sin besar a nadie que no sea Phil, y ni siquiera está segura de haberlo besado así alguna vez. Todo en Joel es desconocido y delicioso. Huele distinto, sus labios son más suaves, su cuerpo más prieto, sus manos en su pelo sugieren una fuerza abrumadora. El brazo de Joel la envuelve, el cuerpo de Sam se derrite contra el suyo y los besos se hacen más apasionados, más urgentes, las manos enguantadas de Sam rodean el cuello de Joel y su respiración se acelera. El tiempo se detiene, todo alrededor de Sam desaparece y solo están los labios de Joel, su piel, el calor de su cuerpo contra el suyo. Es como si todo el cuerpo de Sam se hubiera derretido, fundido en el de Joel, como si sinapsis adormecidas durante largo tiempo volvieran a activarse. Quiere quitarse los guantes. Quiere notar la piel de Joel en la suya, su suavidad y su calor. Quiere abrazarse por completo a él. Quiere meterle la mano en los pantalones y…, y…

Se detiene jadeante y con los guantes a la altura de la cara.

Entonces ve a Ted. Está en la puerta del almacén con la boca un poco entreabierta y los mira con lo que más tarde Sam solo podrá describir como una expresión de horrorizada desilusión en su cara amable y carnosa.

—Joel, me… He… —tartamudea Sam.

Se da la vuelta y echa a correr hacia su despacho mientras se quita los guantes y se los lanza.

Sam camina deprisa entre cubículos hasta llegar al suyo, arrebolada, con la vista al frente, convencida de que todos saben lo que acaba de ocurrir. Siente el cuerpo encendido, como si irradiara calor, y su cabeza es un revoltijo de pensamientos caóticos.

Se sienta en su silla algo trémula y mira la pantalla sin ver. «Acabo de besar a Joel. Acabo de besar a Joel. Quería haber hecho mucho más que besarlo». Todavía nota su boca en la suya, su cuerpo musculoso contra el suyo. Piensa en la expresión consternada de Ted y de pronto suelta media carcajada, una especie de grito agudo, e, inmediatamente avergonzada, se tapa la cara con las manos. ¿Se puede saber qué ha hecho? ¿En quién se ha convertido? Vuelve la cabeza con sentimiento de culpa, pero nadie parece haberse dado cuenta de nada. Las cabezas permanecen inclinadas. Marina pasa por delante con una taza de café. La fotocopiadora junto a la salida de incendios parece haberse estropeado otra vez. Da un respingo cuando le vibra el teléfono. Es Joel.

Estás bien?

Sam mira fijamente la pantalla. A continuación escribe con dedos temblorosos:

Creo que sí. Ha dicho algo Ted?

Solo que no era asunto suyo. Salió en cuanto te fuiste.

Crees que debería ir a hablar con él?

No, qué va. No sé. Igual debería ir yo. No estoy muy seguro de qué ha pasado.

Sam levanta la vista para comprobar si alguien la mira, si alguien se ha dado cuenta de que ella, Sam Kemp, anda por ahí besándose a escondidas con un compañero de trabajo. ¿Equivale esto a casi tener una aventura? ¿Es ahí hacia donde se dirige su vida? ¿Habrá pensado Ted que es una persona horrible? «Socorro», piensa, sin saber muy bien a quién se lo dice. Entonces se lleva un susto de muerte porque en la puerta de su cubículo hay una mujer de pelo oscuro mirándola hecha un basilisco y gritando con acento americano: «¿Dónde están mis zapatos, cabrona?».

25

Nisha ha entrado sin problemas en las oficinas de Uberprint. Los hombres reunidos alrededor de las furgonetas de reparto la miraron, pero a ninguno pareció extrañarle que entrara por la puerta trasera. Después de una ojeada a sus piernas, volvieron a su conversación. Las oficinas son anodinas, de una empresa que lo mismo podría vender seguros para animales de compañía que alcantarillado, y el olor a moqueta rancia y a café de máquina le hizo arrugar la nariz cuando enfiló un pasillo que le pareció llevaba a la oficina principal. Una mujer joven que hablaba por teléfono en la recepción levantó la cabeza, pero no la detuvo, y Nisha empujó unas dobles puertas y se encontró en un gran espacio dividido en cubículos grises.

En un rincón de la habitación vio un despacho amplio y acristalado en el que había congregados hombres jóvenes con trajes baratos mientras que, alrededor de ella, el vago zumbido del trabajo a medio gas emanaba de mesas individuales en las que personas tecleaban, murmuraban al teléfono o sorbían té y charlaban junto a la fotocopiadora. Inspeccionó la habitación con el bolso pegado al costado. Entonces descubrió a una mujer encorvada que tomaba asiento en uno de los cubículos más alejados; su pelo mal teñido asomaba por encima de la partición. Nisha se detuvo y la miró con atención.

Nisha no tenía pensado qué haría cuando por fin se enfrentara a la mujer que tantos problemas le había causado, una ladrona que además resultaba estar en posesión de la llave de su futuro. Pero había algo en su desaliño, en la curva descendente de sus hombros que de inmediato la enfureció. «¿Esta es la mujer que ha sido más lista que yo?», pensó mientras cruzaba la oficina. El corazón ha empezado a latirle sonora e insistentemente en los oídos. Y al momento siguiente está en el cubículo y la mujer se gira en su silla para mirarla; tiene un teléfono en la mano flácida y facciones rígidas por la sorpresa.

—¿Qu..., qué? —tartamudea la mujer—. ¿De qué hablas?

Nisha se da cuenta, no sin cierta satisfacción, de que la mira con verdadero terror.

—¡Me has robado los zapatos! En el gimnasio. Me robaste los zapatos y te los has estado poniendo. Te tengo en una grabación de seguridad y... ¡No me lo puedo creer! ¿Esa es mi chaqueta de Chanel?

La mujer se ruboriza hasta las orejas, mira con expresión de culpabilidad la chaqueta de *bouclé* color crema que cuelga del respaldo de su silla.

—¿Se puede saber qué co...? —Nisha arranca la chaqueta de la silla y comprueba la etiqueta—. ¿Dónde están mis zapatos? ¿Dónde está mi bolsa? ¿Qué has hecho con mis cosas? Voy a llamar a la policía.

—¡No he robado nada! ¡Fue un accidente!

—¡Sí, claro, un accidente! ¿Y en vez de devolverme las cosas, decides ponerte mis zapatos para irte de bares? ¿Y venir a trabajar con mi chaqueta de Chanel? Un accidente, claro. Y voy yo y me lo creo.

Alrededor del cubículo se han congregado varias personas. La mujer mira a Nisha mientras agita las manos con las palmas hacia arriba delante del cuerpo.

—Escucha..., te lo puedo explicar... El gimnasio estaba...

—No tienes ni idea de los problemas que has causado. Supongo que pensabas que no te descubriría, ¿verdad? Bueno, pues no tienes ni idea de con quién estás tratando.

A la entrada del cubículo aparece un hombre de pelo engominado y traje barato: trae un aire de autoridad ligeramente afectado.

—¿Qué pasa aquí?

—¿Que qué pasa? Pregúntaselo a esta, la ladrona de zapatos.

—¡Ya te he dicho que no sabía de quién eran! Debí de equivocarme de bolsa en el gimnasio y cuando fui a devolverla estaba...

—Quiero mis zapatos.

El hombre mira a la señora.

—Sam, ¿qué es todo esto?

La mujer lo mira.

—Simon..., puedo explicarlo. Cuando fui al gimnasio, el día que me viste con las chanclas, hubo una confusión con las bolsas y...

—¡Y los robaste!

—Se acabó.

—¿El qué se acabó?

—Estás despedida.

Se hace un silencio general.

—¿Cómo?

—Estás despedida. —Simon levanta un poco el tono de voz como si quisiera asegurarse de que todos los presentes oyen su decisión—. Con efecto inmediato. No podemos tener una ladrona trabajando aquí. Estás continuamente desacreditando Uberprint. Se te han hecho varias advertencias, pero se acabó. Recoge tus cosas y vete.

Simon se hincha igual que un pavo y mira a su alrededor como buscando gestos de aprobación en los que presencian la escena. Nisha siente una vaga consternación —odia a los tipos así—, pero esa mujer se lo ha buscado.

—Simon, tío. —Un hombre con rastas ha dado un paso adelante—. No puedes despedir a Sam por una simple confusión. Nos lo contó en la furgoneta cuando la recogimos, que se había equivocado de bolsa, pero no le…

—No me interesa —dice Simon con los labios apretados hasta formar una delgada línea de desaprobación y mal disimulado placer—. No-me-in-te-re-sa. Aquí esta señora nos ha explicado muy claramente lo que ha pasado. Y es un comportamiento que no estoy dispuesto a tolerar. Ya he tenido más de un problema con Sam estas últimas semanas y esta es la gota que colma el vaso.

—Pero…

—Fin de la conversación. A trabajar todos. Se acabó el espectáculo. Sam, coge tus cosas y le diré a seguridad que manden a alguien a acompañarte a la salida. Ya te llamarán de Recursos Humanos para el finiquito.

Incluso Nisha está un poco atónita por lo ocurrido. Hay un leve murmullo de incomodidad entre los trabajadores. Vacilan e intercambian miradas, pero ninguno parece dispuesto a cuestionar la autoridad del hombre y poco a poco se van marchando, incómodos. El hombre de las rastas es el último en irse. Murmura alguna cosa al oído de la mujer que esta apenas oye. Está gris de la conmoción, empieza a recoger sus cosas torpemente. Nisha no está dispuesta a permitir que su malestar matice lo que acaba de pasar. ¡Ella no ha hecho nada malo! Ella no ha sido la que se ha quedado con las cosas de otra persona. Solo ha intentado recuperar lo que es suyo.

—Te espero fuera —dice Nisha cuando el hombre por fin se va, flanqueado por otros hombres con trajes baratos—. También tienes que devolverme los zapatos y la bolsa, «Sam».

Sam coge sus fotografías enmarcadas y las mete en la caja que le trae Marina, pero le resbalan los dedos y una cae el suelo con un estrépito que parece resonar en toda la planta. Marina murmura:

«Lo siento muchísimo», cuando deja la caja de cartón en la mesa, pero está claro que la acusación de ladrona ha alterado la atmósfera y, antes de irse, Marina mira a Sam con expresión ligeramente suspicaz y perpleja. Los cubículos alrededor del de Sam están en completo silencio. Sam no se atreve a levantar la cabeza; sabe que Simon y sus amigos la estarán vigilando desde su despacho, murmurando entre sí, e imagina las conversaciones susurradas entre sus compañeros. Se siente humillada, con las palabras de la mujer resonando en sus oídos. Termina de recoger sus cosas y aparece Lewis, el guarda de seguridad de la entrada. Se frota la nuca y cambia el peso del cuerpo de una pierna a otra, como si no supiera bien qué hacer. Sam lo mira y Lewis adopta una expresión forzada, de ligera incomodidad, y a continuación señala el pasillo.

Hasta que no se abren las puertas, nota el aire frío en la cara y ve a la mujer americana esperándola mientras apaga un cigarrillo con la suela de su zapato, Sam no entiende lo que acaba de pasar. «Me han despedido. Me he quedado sin trabajo». Entonces deja la caja en el suelo y saca el teléfono para llamar a la única persona que cree que podrá ayudarla a sobrevivir a esto.

—¿Andrea?

Sam no tiene coche y no quiere meterse en un taxi con esta mujer trastornada, que transmite unas vibraciones agresivas que dan bastante miedo. Así que echa a andar y la mujer la sigue a exactamente dos pasos de distancia. Lleva puesta la chaqueta de Chanel y revisa las mangas con gran aspaviento en busca de suciedad o daños.

—No pienso separarme de ti, bonita. Que lo sepas.

—Lo sé —dice Sam con la vista al frente—. Voy hacia mi casa.

Sam pone un pie delante del otro mientras sigue dando vueltas a las palabras de Simon, a la expresión de las caras de sus compañeros de trabajo, como si de pronto no la reconocieran.

Debería haberse esforzado más por devolver los zapatos. Esa debería haber sido su prioridad. Y ahora lo ha perdido todo.

—Y más vale que mis cosas estén en tu casa.

—Están en mi casa. Escucha, intenté devolverte la bolsa. El gimnasio había cerrado hasta nuevo aviso.

—Me da igual.

—Vale, pero que lo sepas. No soy ninguna ladrona.

—Dijo la mujer que tenía mi chaqueta de Chanel colgada de su silla.

Sam se gira con los ojos llenos de lágrimas.

—Hoy tenía una reunión importante, ¿vale? Quería dar buena impresión a alguien y decidí que no pasaría nada si me la ponía un rato. Lo siento.

—No, si ahora va a resultar que eres la madre Teresa. Y voy yo y me lo creo.

—¿Cómo?

—Tú devuélveme mis zapatos. Me da igual cómo seas. Yo me baso en las pruebas.

Las pruebas. Sam no se quita de la cabeza la cara de Simon, su labio curvado con algo parecido a la satisfacción cuando la ha llamado ladrona. Se ha quedado sin trabajo. Se ha quedado sin trabajo de verdad. Y por supuesto Simon no estará obligado a escribirle una recomendación, piensa, y empieza a dolerle el estómago. Nunca volverá a trabajar. Phil y Cat y ella se quedarán en la calle. Terminarán los tres en una diminuta habitación de apartahotel, de esas en las que aloja el gobierno a los refugiados, con un hornillo eléctrico para cocinar y baño compartido. O tendrán que mudarse con sus padres. Y todos la culparán a ella. Y con razón, además. ¿Cómo ha podido terminar metida en semejante lío?

Recorren en silencio dos calles más hasta que Sam se gira y se detiene.

—¿Te importa no caminar tan pegada a mí, como si fueras una escolta o algo así? Me pone nerviosa. ¿De verdad piensas que voy a salir corriendo? ¿Cargada con esta puta caja?

—No te conozco, bonita. Podrías hacer cualquier cosa. Yo qué sé si eres corredora de élite.

—¿Tengo pinta de corredora de élite?

—Tampoco tienes pinta de ladrona. Y, mira tú por dónde, lo eres.

—Por el amor de Dios.

Sam deja la caja en el suelo y se lleva las palmas de las manos a los ojos en un intento por contener el ataque de pánico que empieza a crecer en su pecho. Cuando los abre la mujer la está mirando fijamente.

Al cabo de un par de minutos, sin embargo, echa a andar a su lado.

Siguen así un rato. Sam da gracias por sus robustos zapatos, aunque la caja con todas las fotografías enmarcadas de su familia pesa una barbaridad y tiene que parar cada poco para cogerla mejor. Primero le duelen los codos y después las lumbares. La mujer americana camina sin esfuerzo a su lado calzada con, descubre Sam no sin sorpresa, sus zapatos negros planos. Es una caminata de media hora que se le hace eterna. Necesita a Andrea. Necesita ver la cara de Andrea, sentir su abrazo y saber que hay algo en este mundo bueno y con lo que se puede contar. Alguien que sabe que no es una mala persona. Cuando por fin entran en su calle, ve el pequeño Nissan Micra azul de su amiga aparcado en la entrada y el alivio le provoca un hipido de llanto tan fuerte que la mujer americana la mira con atención e incredulidad.

—Ya hemos llegado —murmura Sam y pasa junto a la autocaravana, donde Phil está lijando ruidosamente un parachoques protegido con unas gafas de plástico. No levanta la vista.

Sam forcejea hasta abrir la puerta. Deja la caja en la entrada y va derecha al piso de arriba, sin hacer caso del entusiasta recibimiento del perro. No quiere que esa mujer esté en su casa un segundo más de lo imprescindible. Empuja la puerta de su dormitorio, va hasta el armario y saca la bolsa negra de Marc Jacobs. Se cuelga las asas del hombro y baja las escaleras. La mujer está junto a la puerta, mirando a Phil cruzada de brazos. En cuanto aparece Sam, fija la mirada en la bolsa.

—Por fin —dice y se la quita a Sam del hombro—. ¿Está todo?

—Por supuesto —dice Sam.

La mujer la mira un instante.

—Voy a comprobarlo.

—Como quieras.

Sam echa a andar por el pasillo en dirección a la cocina. Y allí está Andrea, con la cabeza envuelta en un pañuelo nuevo de estampado de cachemira rosa. Se pone de pie con esfuerzo en cuanto ve a Sam.

—¿Qué pasa, preciosa?

Cuando quiere darse cuenta Sam está abrazada a ella, con la cabeza enterrada en su cuello y llorando. Pero incluso mientras llora es consciente de lo frágil que está Andrea, de lo huesudo de su hombro, y eso la hace sentirse aún más desconsolada.

—Me he quedado sin trabajo —dice.

Andrea retrocede para mirarla.

—Estarás de broma.

—Me ha despedido. Por fin lo ha hecho. Y todo por un estúpido malentendido. Y no sé qué voy a hacer ahora… Phil no me habla y no sé qué va a decir cuando se entere.

La cara de Andrea es todo compasión. Acaricia el pelo a Sam.

—Lo vamos a solucionar. No te preocupes, Sam. Lo vamos a solucionar. Vas a estar bien.

Andrea da un respingo cuando la mujer americana entra en la cocina. Está tan furiosa que parece echar chispas.

—¿Dónde están mis putos zapatos?

Sam se vuelve a mirarla.

—¿Qué?

—Que dónde están mis zapatos.

—En la bolsa. Ya te lo he dicho.

—¿Y tú quién eres? —pregunta Andrea, quien de repente ya no parece tan frágil.

—Soy la persona a la que esta cabrona robó los zapatos —dice la mujer americana.

—Haz el favor de no hablar así en la cocina de mi amiga. Modera tu lenguaje.

La voz de Andrea corta el aire fría como el hielo y Sam repara en la sombra de vacilación que atraviesa la cara de la americana.

—Tienen que estar ahí —dice Sam secándose los ojos.

La mujer le enseña la bolsa con la cremallera abierta.

—Ah, ¿sí? ¿Dónde?

Sam pestañea. Los zapatos no están. Da un paso adelante y retira un poco la camiseta que hay al fondo de la bolsa. La mujer tiene razón. Los zapatos no están.

Sam piensa a mil por hora.

—No lo entiendo. Estaban ahí.

Entra Phil quitándose las gafas de plástico. Mira a Sam sin sonreír. Entonces ve a la mujer americana y a Andrea y es posible que detecte una vibración extraña en el ambiente.

—Hola —dice mirando a la mujer americana en espera de una explicación.

—Phil, ¿has visto unos zapatos rojos? Estaban en esta bolsa.

La expresión de Phil se vuelve suspicaz.

—¿Tus zapatos de tacón nuevos? ¿Los de putilla?

—¿Cómo que de putilla? Son unos Christian Louboutin —dice la americana—. Y míos.

Phil mira a Sam.

—¿Los zapatos no eran tuyos?

—No. Espera, un momento. ¿Qué sabes tú de los zapatos?

—Cat te vio con ellos puestos. —Phil levanta el mentón y mira fijamente a Sam—. Un día que ibas por la calle con tu amante.

Sam le sostiene la mirada. En la cocina se hace el silencio. Entonces, de pronto, la frialdad de Phil, su determinación a no pasar tiempo con ella, cobran sentido. Nota que se está ruborizando.

—No… No tengo ningún amante.

—No tiene ningún amante. Lleva meses pasándolo fatal porque no le haceś ni caso. No digas tonterías, Phil. —Andrea mira a Sam, repara en el silencio, en el rubor en el cuello de su amiga. Mira a los dos alternativamente—. Ah, vale. Esto se pone interesante.

—No he tocado los zapatos —dice Phil—. Bueno, sí. Los llevé a la caravana porque no los quería en casa. Pero entonces Cat me preguntó por ellos. Me parece que quería ponérselos.

—Genial —dice Nisha—. Así que ahora mis zapatos van pasando de un asqueroso pie a otro. Maravilloso.

Sam sigue mirando a su marido.

—No estoy teniendo una aventura.

—Ah, ¿no?

—¡Pues no! ¿Por qué lo piensas?

—Bueno, para empezar, estás distinta. Ya no tienes tiempo para mí.

—Phil, llevas meses cosido al sofá. La mayor parte del tiempo ni te fijas en si estoy viva o muerta.

—Y tú has empezado a volver a casa toda radiante y sudada.

—¡Porque hago boxeo! Voy a boxear tres veces a la semana.

—¿A boxear? ¿En tacones? No cuela.

—¿Cómo?

—Vamos a ver. ¿Podemos no cambiar de tema? Me da igual con quién esté liada esta mujer. Quiero mis zapatos, joder.

Sam se vuelve a mirar a Nisha.

—Te pagaré los zapatos. Perdona.

—¡No quiero tu dinero! ¿Es que no lo entiendes? ¡Necesito esos zapatos!

Andrea saca su teléfono.

—¿Y si llamamos a Cat?

Sam se queda rígida mientras Andrea marca el número de

Cat. No puede apartar la vista de Phil. Este la mira un momento pero enseguida aparta la vista. Sam ve su incertidumbre mientras intenta decidir si le está contando la verdad y es como una bofetada.

—Hola, cielo, ¿cómo estás?... Me alegro... Qué bien. Escucha, tenemos un pequeño problema aquí en tu casa y te llamaba para preguntarte dónde están los zapatos rojos que había en el armario de tu madre.

Todos callan mientras Andrea, con voz calmada y tranquilizadora, escucha la voz inaudible que le habla por el auricular.

—Ya lo sé, cariño. Ha habido un pequeño malentendido. ¿Dónde los llevaste?... Ya lo sé... Ya lo sé... Ah, ¿sí? Espera, que lo apunto... Vale.

Andrea se despide con más frases tranquilizadoras y un «Sí, te quiero» y un «Nos vemos pronto». A continuación exhala y mira las caras expectantes.

—A ver... Cat pensaba que estabas teniendo una aventura y no le gustaba que te pusieras los zapatos. Además dice que son un símbolo repulsivo de la opresión patriarcal y que no los quiere en casa.

—¿Y? —El tono de la mujer americana es seco.

—Y los ha donado a una tienda solidaria.

—¿Que se ha llevado mis zapatos a una tienda solidaria? —La mujer americana levanta los brazos—. ¡Lo que me faltaba!

—¿Cuándo? —pregunta Sam con voz débil.

—Ayer por la tarde. A ver, que no cunda el pánico. Si vamos ahora igual los recuperamos.

26

Atraviesan Londres en silencio. Nisha está apretujada en el asiento trasero del diminuto coche y Sam y su amiga van delante. La amiga, que se llama Andrea, lleva la cabeza envuelta en un turbante y tiene una palidez grisácea que delata una enfermedad grave, pero está extrañamente animada, como si se hubiera liberado momentáneamente de su dolencia, sea cual sea.

—¿Y cuándo pensabas contarme lo de «tu amante»? —le dice a Sam.

Sam se vuelve a mirar a Nisha y dice:

—En otro momento.

—Pero ¿tienes un amante? ¿Qué...?

—No tengo ningún amante. —Sam se ruboriza—. Como mucho me he besado con alguien. Nada más.

—Pero qué coño, Sam. Si dijiste que ibas a ser buena.

—Eso fue antes de que pasara esto.

—Por mí no os cortéis —dice Nisha desde el asiento trasero—. A mí como si os lo montáis con todo Londres.

Pero cuando se paran en un semáforo ve la mano de Sam buscar la de Andrea y apretársela y algo en la ternura del gesto la conmueve. Es el mismo que solía hacerle ella a Ray cuando lo llevaba en coche de vuelta al colegio. Un minúsculo apretón más elocuente que las palabras.

Nisha está cabreada por lo de los zapatos. Le cabrea que esta tal Sam se creyera con derecho a ponérselos, que su hija los haya donado a una tienda de ropa usada. Pero a medida que el coche avanza por entre el ajetreado tráfico londinense empieza a costarle trabajo aferrarse a su furia ciega e indignada. Esta Sam no tiene pinta de ladrona; no hay en ella indicio alguno de ese instinto animal de supervivencia, de la capacidad de mentir compulsivamente y sin vacilar. Solo parece, piensa Nisha incómoda, triste.

Tal vez ha sido todo una simple equivocación. Hace memoria del día del vestuario y le parece recordar haber tirado una bolsa al suelo. Es posible que todo esto haya sido un accidente. Y entonces recuerda la imagen borrosa de las cámaras de seguridad de la mujer del pub con sus zapatos puestos. Y también su chaqueta de Chanel colgada del respaldo de esa silla de oficina y su corazón se endurece de nuevo. Hay gente capaz de todo y las apariencias engañan. Ella lo sabe mejor que nadie.

—Creo que es aquí. —Andrea se ha parado en una calle ancha y está mirando su teléfono y por la ventanilla del coche.

Sam lee en voz alta.

—Fundación Felina Global.

—Será una broma —dice Nisha, que acaba de caer en la cuenta de dónde están.

—No. Es lo que dijo Cat. Está justo al lado de su facultad.

Nisha suspira. De todas las tiendas solidarias que hay en esta maldita ciudad, tenía que ser esta.

—Voy yo —dice Sam y baja del coche con gesto cansado.

—De eso nada —dice Nisha mientras empuja el asiento delantero para poder salir—. No vas a ir a ninguna parte sin mí. Entro contigo.

El olor rancio y viciado de la excesivamente caldeada tienda la golpea cuando Sam abre la puerta y Nisha cierra los ojos un segundo e intenta resistir la urgencia de volver inmediatamente a la calle. Toma aire, saca fuerzas y sigue a Sam hasta el fondo del local, donde un triste surtido de botas arrugadas descansa en estantes polvorientos junto a zapatos que tienen la marca del fabricante casi borrada por a saber cuántas plantas del pie sudorosas de desconocidos. Sam mira todos los expositores y menea la cabeza.

—Igual no los han expuesto todavía —dice—. Tengo una amiga que trabaja en una tienda de apoyo a la investigación del cáncer en Woking y dice que pueden tener bolsas llenas de donaciones en la trastienda durante semanas antes de sacarlas. Podríamos revisar las que haya aquí.

—Planazo —murmura Nisha.

Pasean por la tienda, Nisha busca en los rincones y examina el escaparate. ¿Se puede llamar escaparatismo a eso? Conjuntos desparejos para madrina de boda y vajillas que no usaría ni para lanzar a su peor enemigo. Gatos de porcelana. Vinagreras sin lustre. Los zapatos no están por ninguna parte. Cuando se da la vuelta, Sam se ha acercado al mostrador. La dependienta de pelo azul mira fijamente a Nisha.

—Hola. ¿Igual me puedes ayudar? —dice Sam. Termina la frase con una ligera entonación ascendente como si no estuviera segura de que le corresponda hablar—. Me da un poco de vergüenza. Aunque seguro que os pasa mucho. El caso es que mi hija ha traído unos zapatos que no son suyos y necesitamos recuperarlos, así que te agradecería muchísimo si pudieras…

Nisha se coloca delante de Sam.

—Por el amor de Dios. Necesitamos ver los zapatos que os entraron ayer.

—¿Y no quieres llevarte de paso tu albornoz? —Los labios de la mujer de pelo azul se curvan un poco hacia arriba.

Nisha se yergue un poco.

—Solo quiero los zapatos. ¿Dónde están?

La mujer resopla.

—Todo lo que llegó ayer está expuesto.

Sam y Nisha se miran.

—Expuesto ¿dónde? Son unos Christian Louboutin. De tacón de quince centímetros. Modelo exclusivo.

—Tendréis que mirar en los estantes.

—Ya hemos mirado.

La mujer consulta su libro de contabilidad.

—Entonces se han vendido. —Retrocede una página, pasa el dedo por la lista escrita a mano—. Ah. Zapatos rojos de Christian Bolton. Los vendimos esta mañana.

Se reclina en su banqueta, implacable.

Nisha la mira con el alma en los pies.

—Es imposible que los hayáis vendido ya.

—¿Estás segura? —pregunta Sam.

—Esos zapatos no eran tuyos y no tenías derecho a venderlos. Los necesito.

—No nos hacemos responsables de lo que se venda. Damos por hecho que todo lo que entra aquí cuenta con los permisos correspondientes. —Mira impasible a Nisha—. Es por una buena causa. —Esboza una sonrisa falsa—. Si lo que necesitas son zapatos, tenemos una bonita selección en...

—¡Por Dios bendito! —exclama Nisha y sale de la tienda hecha una furia.

Sam se reúne con ella un momento después sin dejar de disculparse.

—Seguro que tiene solución —repite, pero tiene la energía de una bolsita de té usada y Nisha ha perdido la poca paciencia que tenía.

—Pues nada, oye —dice mientras se enciende un cigarrillo y fuma con furia—. Me has hecho perder varios millones de dólares.

—Igual todavía los podemos encontrar —dice Sam débilmente.

—¿Cómo? ¿Vas a pedir las grabaciones de seguridad de todos los putos comercios de por aquí y localizar a cada persona que ha entrado y salido de esta tienda? ¿O prefieres hacerle una llave de yudo a la señorita Peliazul y obligarla a que nos diga qué persona anónima ha comprado los zapatos?

—Mira. Te… compraré otros —dice Sam sentándose en el bordillo—. O te los pagaré. ¿Cuánto te costaron?

—No quiero otros zapatos —grita Nisha—. Ese es el problema. Necesito esos. ¿Cuántas veces tengo que explicártelo?

—¡Oye!

Impresiona bastante que te regañe una mujer con aspecto de ir a desplomarse en cualquier momento, pensará Nisha más tarde. Andrea, con su metro y medio de altura, ha bajado del coche y está empujando a Nisha con su mano huesuda para separarla de su amiga. La empuja con tal furia que el turbante se le desanuda y deja al descubierto la pelusa que le recubre la cabeza.

—Ni se te ocurra hablar así a Sam, bonita. Si te ha dicho que fue sin querer es que fue sin querer. Está intentando ayudarte y a la gente no se le habla así.

Nisha retrocede. Los ojos de Andrea brillan con una intensidad azul claro que intimida un poco. Mientras se enrolla el pañuelo de la cabeza no le quita la vista de encima a Nisha, quien decide aflojar un poco.

—Es que necesito los zapatos, ¿vale? Son muy importantes. Mi marido… Mi exmarido se ha puesto a jugar a un jueguecito estúpido y sin esos zapatos no hay acuerdo de divorcio.

—Pues eso no es culpa de Sam, ¿no te parece? No son más que un par de zapatos. ¿Cómo iba a saber ella su importancia?

—Formulario de deducción de impuestos —dice de pronto Sam. Las otras dos mujeres la miran ponerse de pie como alguien que despierta de un largo sueño—. La mujer que compró los zapatos ha tenido que rellenar el formulario de donación caritativa. La mayoría lo hace, ¿no?

—Eres un genio —dice Andrea con una repentina sonrisa—. ¡Vamos!

Nisha no está muy segura de lo que está pasando, pero sigue a las dos mujeres de vuelta a la tienda y se queda al fondo escuchando mientras Sam le explica a la a estas alturas suspicaz dependienta que los zapatos son muy importantes y, puesto que sin duda apuntan todo lo que venden a alguien, quizá pueda decirles quién se los llevó.

—Igual hasta rellenó un formulario de deducción de impuestos por donación —dice Sam esperanzada.

—¿Y?

—Pues que si lo hizo vendrá el nombre y la dirección del comprador. En circunstancias normales no te lo pediríamos, pero es que necesitamos esos zapatos. Tienen un valor sentimental. Es muy importante.

Hay un breve silencio. Nisha se acerca al mostrador. La dependienta mira alternativamente a Sam y a Nisha y vuelve a cruzarse de brazos.

—No puedo daros esa información —dice—. Por la ley de protección de datos. —Mira a Nisha—. Además, no sé quién eres. Hasta podrías ser una asesina.

—¿Tengo pinta de ir a asesinar a alguien?

—¿De verdad quieres que te responda a esa pregunta? —dice la mujer.

Han entrado algunos clientes y Nisha ve que las están mirando.

—Tú dame la información, ¿vale? Y pelillos a la mar. Nunca mejor dicho. Por cierto, que ese color de pelo… Precioso. Te va bien con tu tono de piel, tan británico.

Sam cierra los ojos.

—No —dice la mujer—. Y si no sois capaces de portaros con educación, sugiero que os…

Nisha está abriendo la boca para contestar cuando les llama la atención un ruido al fondo de la tienda, una serie de golpes e interjecciones. Nisha mira por entre las perchas de ropa y ve que Andrea se ha caído y arrastrado con ella un expositor de pantalones de hombre. Solo ve el rosa brillante de su pañuelo y un montón desparramado de puzles, así como las caras preocupadas de los clientes.

—Ay, Dios mío, Andrea.

Nisha mira horrorizada a Sam correr hacia su amiga y, mientras la ayuda con cuidado a incorporarse, Andrea guiña un ojo a Nisha.

—¡A ver, señores, por favor! —La mujer de pelo azul ha salido de detrás del mostrador—. Apártense, por favor. Apártense. Soy titulada en primeros auxilios. —Saca una caja de plástico roja de debajo del mostrador y se dirige al fondo de la tienda, donde están congregados los clientes—. ¡Póngala en posición de recuperación!

Al momento, Nisha apoya la mitad superior del cuerpo en el mostrador y gira el libro de contabilidad hacia ella. Encuentra los artículos del día anterior y los repasa deprisa hasta que lo encuentra: «Sandalias de piel de cocodrilo rojo de Christian Bolton». Y, al lado, en bolígrafo azul: «Deducción fiscal por donativo: Liz Frobisher, Alleyne Road 14, SE1».

Arranca la hoja y se la guarda en el bolsillo justo antes de que Andrea diga:

—De verdad que me encuentro perfectamente. No es más que debilidad por la quimioterapia. No, no, no hace falta que me tomes la temperatura. Si me das un sorbito de agua, estaré como una rosa. Muchísimas gracias...

Ninguna de las tres habla hasta que Andrea arranca el coche y se incorpora al tráfico. Recorren dos calles y un cruce con semáforos. Entonces Nisha se asoma al hueco que hay entre los dos asientos delanteros.

—Oye, Calvita. ¿De verdad estás bien?

—Pues claro que sí. —Andrea pone el intermitente izquierdo en la rotonda y sonríe un poco—. De hecho no me había divertido tanto desde hacía nueve meses. Espero haberos impresionado con mis dotes de actriz.

—Te mereces un Oscar —dice Nisha—. Casi me cago de miedo.

—Ahora en serio, esa mujer quería ponerme una cataplasma en la rodilla. Como si fuera el mayor de mis problemas.

—Tienes que quedarte en posición de recuperación por lo menos media hora —imita Sam a la vendedora—. Tengo una prima que estuvo casada con un técnico de emergencias sanitarias.

—Sí, claro, porque estar tumbada entre calzoncillos largos de nailon del tío Fred, una fotografía enmarcada del muelle de Brighton y una tetera con despertador es mi plan de día ideal.

Nisha no puede contener la risa.

—Entonces ¿a dónde vamos? —dice cuando recupera la compostura—. ¿Dónde está Alleyne Road?

—Ni idea —dice Andrea—, pero vamos de camino.

El número 14 de Alleyne Road es una vivienda de poca altura encajada en mitad de una hilera de casas idénticas construidas a principios de la década de 1970 y sin modernizar desde entonces. La breve euforia que ha supuesto conseguir la dirección se ha ido disipando durante el viaje en coche y Sam no ha podido evitar ponerse a pensar en lo que estará ocurriendo ahora mismo a unos kilómetros de allí, en su casa. ¿Equivale lo que ha hecho con Joel a una infidelidad? Una traición sí es, de eso no cabe duda. ¿E in… tercambiar mensajes de texto secretos? ¿Encerrarte a hablar en un coche? ¿Besarte con alguien que no es tu marido? Piensa en los labios de Joel y siente un calor que puede ser tanto de placer como de vergüenza. Prefiere no saberlo. Su hija la ha visto. Cat, que ahora la odia y la considera una adúltera. Sam no se quita de la cabeza el desafecto de Phil, su manera de mirarla. Ni en el peor momento de su depresión la había mirado con tanta frialdad. Piensa en las conversaciones que la esperan en casa y se le encoge el estómago. Ella no sabe disimular. Aunque no haya tenido una aventura verán la culpa escrita en su cara en cuanto salga el tema.

—¿Y ahora qué hacemos? —pregunta Andrea después de apagar el contacto.

—Entrar, por supuesto —dice Nisha.

—No se puede entrar en la casa de alguien así como así —dice Sam.

Nisha reflexiona. Probablemente Sam tiene razón. ¿Quién sabe quién habrá dentro de la casa? E incluso es posible que la mujer no esté.

—¿Y si llamamos a la puerta y hablamos con ella? ¿Le pedimos que nos venda los zapatos?

—¿Y si se niega? Entonces sabrá que hay gato encerrado. ¿Es que no entiendes de negociaciones?

—Entiendo bastante de negociaciones. De hecho es como me gano la vida.

—Bueno, pues si tan bien se te da, sabrás que nunca hay que hacer saber a tu oponente que tiene algo que es de valor para ti. Y, además, ninguna tenemos dinero. No os ofendáis —añade Nisha cuando las otras dos la miran—, pero no tenéis precisamente pinta de estar forradas. Yo creo que deberíamos entrar directamente. —Se inclina hacia delante y estudia la fachada del edificio en busca de una entrada—. Y luego torturarla hasta que confiese dónde están los zapatos.

Nisha vuelve a ser una niña recorriendo los pasillos de Do-llarSave tratando de decidir qué botella de bourbon enconderse en el abrigo. Sus zapatos están dentro de esa casa, llamándola. Intenta hacer memoria de cómo se sentía de niña al valorar los posibles peligros, preparando una explicación para escapar en caso de necesidad. Mientras inspecciona el terreno, un gato atigrado camina por la valla que rodea la casa y se sienta a mirarla con ojos amarillos y glotones.

—La ventana de la izquierda parece podrida. Igual podemos forzarla.

Sam se vuelve para mirar a Nisha.

—¿Pero tú de dónde sales?

—¿Qué quieres decir?

—Por lo que sabemos, esta mujer puede ser una señora encantadora amante de los gatos y feliz de haberse comprado unos bonitos zapatos. Legalmente, dicho sea de paso. ¿Y tú hablas de allanar su casa y traumatizarla para el resto de su vida? ¿En serio? ¿Se puede saber qué clase de persona eres?

Nisha baja la ventanilla y se encoge para no tener que ver la cara irritante y nerviosa de Sam.

—Una que necesita recuperar sus putos zapatos.

En ese momento se abre la puerta delantera de la casa y sale una mujer. Las tres mujeres callan inmediatamente y miran por el parabrisas la figura vestida con blusa turquesa y vaqueros. Tendrá unos treinta y cinco años, lleva la melena pelirroja peinada en ondas, como para un día especial. Sujeta una gran bolsa de basura negra.

Nisha ve los zapatos.

—¿Se los pone para sacar la basura? Le voy a arrancar la cabeza.

—¿Podrías ser un poco menos odiosa? —Sam apoya la cabeza en las manos.

Andrea saca su teléfono y se pone a grabar.

—¿Qué haces? —pregunta Sam.

—No sé. Igual necesitamos pruebas, yo qué sé.

La reacción instintiva a todo últimamente: si no estás seguro de algo, grábalo.

Al ver los Louboutin, a Nisha se le ha acelerado el corazón. A su lado, Sam murmura:

—A ver, vamos a hablar con ella y a explicarle amablemente la situación. Estoy segura de que…

Miran a la mujer abrir el contenedor negro y tirar dentro la bolsa de basura. Qué cerca está, piensa Nisha. En seis, siete pasos podría alcanzarla sin que se diera cuenta. Podría tirarla al suelo con una técnica de krav magá, arrancarle los zapatos y estar de vuelta en el coche en cuestión de segundos. Pone la mano en la manija de la puerta y contiene la respiración. En ese momento la mujer vacila y echa a andar hacia el gato. Hace ademán de acariciarlo y, tras una ojeada furtiva a la calle, lo coge por la piel del cuello y lo tira al contenedor marrón. Cierra la tapa con violencia y vuelve a mirar a su alrededor. A continuación se sacude las manos, entra en la casa y cierra la puerta.

En el cochecito, las tres mujeres están boquiabiertas.

—¿Qué coño...? —dice Nisha al cabo de un instante.

—¿De verdad que ha tirado el gato en el cubo de basura? —Andrea escudriña el parabrisas.

—Ya te digo —susurra Sam casi para sí—. Ha tirado un gato a la basura.

Y, antes de que a Nisha le dé tiempo a hablar, Sam se baja del coche. Da unos cuantos pasos en dirección a la casa y a continuación se gira. Tiene la cara roja.

—¿Os dais cuenta de lo que hay que aguantar? No es más que un gato que no hace daño a nadie, haciendo lo que se espera de un gato y es probable que haciéndolo bien, además. Llevando una vida felina y tranquila. Hasta que llega una gilipollas y, porque le da la gana, decide cargarse todo, tirarlo a la basura. Pero literalmente. A un cubo que tiene basura dentro.

No parece ser consciente de que está gritando, ni importarle que alguien pueda oírla. Tiene la cara angustiada y salta a la vista que está a punto de echarse a llorar.

—¡Ese gato ni siquiera estaba haciendo nada malo! ¡Y ha intentado destrozarle la vida! ¿Por qué tienen que ser tan horribles las personas? ¿Por qué no pueden intentar ser menos horribles?

Nisha mira a Andrea.

—Esto... ¿Está bien?

—¡No! ¡No estoy bien!

Sam da media vuelta y corre hasta el cubo de basura. Ante el silencio sorprendido de Nisha y Andrea, mete las dos manos en el cubo, se inclina un poco más de forma que sus pies se separan por un momento del suelo y saca el gato. El animal parece algo cabreado y está manchado de fideos, pero impertérrito por lo demás. Sam se lo acerca a la cara, le quita los fideos, lo acaricia, le murmura algo que las otras dos no oyen. Cierra los ojos y hace una inspiración larga, profunda y temblorosa. Al cabo de un momento los abre y deja con cuidado el gato en la acera. Este se sacude, se lame un poco una pezuña y se aleja despacio por la calle sin mirar atrás.

—Está diciendo que se identifica con el gato, ¿no? —murmura Nisha.

—Yo diría que sí —dice Andrea.

Sam mira al cielo y se limpia las manos en los pantalones. Vuelve al coche y se sube con los ojos echando chispas. Espera un momento antes de hablar.

—Que le jodan a esa tía. Haz lo que te parezca. Vamos a recuperar esos zapatos.

Cuando llegan, Jasmine está en plena faena de plancha. Sin decir una palabra, deja la plancha en la tabla y se pone a preparar té mientras escucha despacio el resumen de lo sucedido que le hace Nisha. Sam se queda en un rincón de la cocina de aquella desconocida y se fija en las pilas de ropa, las encimeras impolutas y a continuación mira a hurtadillas a Andrea, que está detrás de ella y parece más alegre y animada de lo que la ha visto en meses. Después de poner cuatro tazas de té en una bandeja, Jasmine las manda al cuarto de estar y se sientan.

—A ver si lo he entendido bien. Necesitas quitarle los zapatos a esa mujer. Que los compró en una tienda de ropa usada. Y que no ha hecho nada malo.

—Tiró un gato a la basura. —La cara de Sam es de obstinación.

La adolescente abre los ojos como platos. Quizá ha detectado un extraño cambio en la atmósfera y lleva de pie en la puerta desde que llegaron las mujeres.

—¿Tiró un gato a la basura?

Andrea saca su teléfono y le enseña el vídeo. Durante los pocos segundos que dura, la cara de Jasmine adopta varias expresiones y termina en desconcierto.

Niega con la cabeza.

—Gracie, vete a hacer los deberes.

La niña chasquea la lengua bajito y sale de mala gana. Jasmine se dirige a Sam y a Andrea.

—Y vosotras dos ¿quiénes sois? ¿Qué tenéis que ver en esto?

—Yo soy Sam, la persona que se llevó los zapatos de Nisha. Por accidente.

Sam mira a Nisha, pero esta, por primera vez, no tiene los ojos en blanco y expresión escéptica.

—Y yo Andrea. Amiga de Sam. La verdad es que no tengo ni idea de qué hago aquí, pero es bastante más interesante que estar en mi casa.

A Jasmine las dos explicaciones parecen resultarle de lo más razonables.

—Básicamente estamos intentando pensar cómo podemos recuperar los zapatos sin tener que recurrir al robo ni a dar una paliza a alguien.

—Aunque tampoco hemos descartado ninguna de las dos cosas —añade Nisha.

—¿Y no podéis pedírselos a esta mujer y ya está?

—Tiró un gato a la basura —dice Sam como si estuviera explicando algo a alguien no muy inteligente.

Jasmine asiente con la cabeza con cierta desconfianza.

—Eh… Vale.

—Si se los pedimos y dice que no, nos quedamos sin opciones. —Nisha se inclina hacia delante—. Jas, me he estado acordando de lo que pasó cuando cogí mi ropa del ático. De lo rápido que conseguiste devolverla. Y he pensado que igual podías…

Jasmine mira a Nisha. Se retira el pelo de la cara con un dedo lleno de anillos. Una sonrisa asoma en las comisuras de su boca.

—¿Qué pasa? —pregunta Nisha.

—Nisha Cantor, ¿me estás pidiendo que te ayude?

Es la primera vez que la expresión de Nisha pierde su filo. Durante un momento sostiene la mirada a Jasmine y algo le sucede a su cara, como si un tumulto de emociones bulleran bajo la superficie.

—¿Me vas a montar un número? —dice por fin.

La expresión de Jasmine es de incredulidad.

—Ya te digo.

Y Andrea, que ha estado pendiente de todo, deja su taza en la mesita de centro y se frota las manos.

—Vamos a ello.

Las cuatro mujeres siguen en el pequeño cuarto de estar hasta casi las diez de la noche, hablando, tramando, riendo. La parte de tramar a menudo deriva en anécdotas, risas histéricas o sonrisas irónicas de complicidad. En algún momento pasadas las diez deciden cambiar el té por vino y Nisha baja corriendo a la tienda de la esquina a comprar algo de picar y dos botellas de un vino que un mes antes ni siquiera habría considerado digno de tirar por el fregadero. Envalentonada por el alcohol barato, cuenta un par de historias sobre Carl —incluida una de cuando se enfureció por llevar los calcetines equivocados— y las otras tres mujeres se muestran comprensivas y divertidas de una forma que en su vida anterior la habría puesto automáticamente a la defensiva. Ahora en cambio, para su sorpresa, comprueba que le gusta esa mano que le frota el brazo en señal de solidaridad o las bromas sobre lo que debería hacer para vengarse.

Cuando Jasmine cuenta que le puso polvos pica-pica en los pantalones, Andrea, la que está enferma, escupe vino en el regazo. Parece que la velada le ha sentado muy bien: grita y dice groserías, comentarios ingeniosos sobre las personas y sus motivaciones, una actitud que choca con la fragilidad de su aspecto. Nisha cae en la cuenta de que esa emoción poco usual que experimenta se llama admiración. Andrea explica su enfermedad con ese tono bromista y despegado al que recurren los ingleses cuando caminan por un campo de minas emocionales. Jasmine interrumpe el breve silencio cuando se levanta y le da a Andrea un efusivo abrazo. Solo dice: «Amiga…», y Andrea le da palmaditas en los brazos que la rodean como si esa sola palabra en inglés contuviera multitudes.

Incluso Sam, tan mustia, parece salir un poco de su concha y ya no tiene cara de ir a llorar en cualquier momento. Salta a la vista que se siente responsable de todo lo ocurrido y es la que intenta que la conversación, y los planes, no se desvíen. A las once Jasmine anuncia aterrorizada que se ha olvidado de la plancha y, cuando explica su pluriempleo a Sam y Andrea, esta decide que no tardarán nada si lo hacen entre todas, así que el resto de la conversación transcurre mientras Jasmine plancha, Sam y Nisha doblan y Andrea, instalada en el sofá con el enorme costurero de Jasmine, cose primorosamente el bajo a unos pantalones de mujer. Jasmine, que no estaba muy convencida de dejar esta tarea en sus manos, la abraza y la llama ninja cuando examina las puntadas.

Cuando Sam y Andrea por fin se van, Nisha y Jasmine les dicen adiós por la ventana. Las dos mujeres caminan del brazo por la acera iluminada por el resplandor anaranjado de una farola. Al llegar al coche Andrea parece cansada y apoya la cabeza en el hombro de Sam. Esta la acerca hacia sí. Ninguna ha hecho ningún comentario sobre lo que está pasando con Sam, sobre su marido deprimido y su trabajo: en ocasiones hay que saber cuándo alguien necesita tomarse un descanso de lo que sea que domina su vida ahora mismo.

—Me caen bien. ¡Tenemos que repetir! —dice Jasmine.

Nisha la mira.

—¿Hablas en serio?

Lo ha dicho medio en broma, pero Jasmine le pone una mano en el brazo.

—Nisha, cariño. A veces te puedes quitar la armadura, ¿sabes?

Sonríe, no sin amabilidad, y se va a la cama.

Phil está dormido cuando Sam sube por fin a acostarse. Camina de puntillas por el dormitorio a oscuras, deja la ropa en la silla del rincón y se mete con cuidado en la cama con la esperanza de no despertarlo. No tiene ni idea de qué decir. Se limita a dar gracias porque no siga escondido en la caravana.

Se tapa con el edredón y escucha los coches que circulan por la estrecha calle y el ladrido lejano de un perro, con el cerebro todavía activo por la extraña velada, el mundo nuevo y extraño en el que se ha adentrado.

—No estoy preparado para hablar del tema —dice la voz de Phil en la oscuridad.

Sam pestañea.

—Vale.

Alarga una mano para tocarlo. A medio camino se arrepiente y la retira; se tumba de espaldas y se pone a mirar la oscuridad y a esperar un sueño que está convencida de que no va a llegar.

27

Sam va hasta la puerta acompañada de Nisha. Viste su mejor traje de chaqueta, el que ha empezado a caberle otra vez, y Nisha se ha puesto su chaqueta de Chanel, de cuyos brazos sacude pelusa imaginaria con gesto territorial cada vez que descubre a Sam mirándola. Al otro lado de la calle y a tres coches de distancia, Jasmine y Andrea esperan en el Nissan Micra y Sam nota sus ojos fijos en ella incluso desde esa distancia. Respira hondo e intenta reprimir el brote de miedo que florece en su estómago, no está segura de ser capaz de hacer esto. Nunca se le ha dado bien mentir. Pero entonces mira el cubo de basura con tapa algo oscilante porque alguien se lo ha dejado abierto y su determinación crece.

Mira a Nisha, quien hace una inclinación de cabeza. Sam llama a la puerta.

Esperan casi treinta largos segundos antes de que abra un hombre. Tiene un cuello tan ancho como su cabeza y viste sudadera de capucha con cremallera y pantalón de chándal, como si fuera a salir a correr. Pero salta a la vista que lleva sin correr algún tiempo. Mira a las dos mujeres y también el sujetapapeles de Sam.

—No somos religiosos —dice y se dispone a cerrar la puerta.

—Estamos buscando a… —Sam consulta su portapapeles— Liz Frobisher. ¿Se encuentra en casa, por favor?

—¿Quiénes son ustedes?

—Somos del Fondo Global de Protección Felina —dice Nisha con voz tranquila.

—Ya colaboramos con organizaciones solidarias —dice el hombre y otra vez intenta cerrar la puerta.

Pero Nisha ya ha metido el pie en el umbral.

—No queremos nada, señor. De hecho venimos a comunicar a su esposa —¿entiendo que es usted el señor Frobisher?— que ha ganado un premio.

El hombre las mira desconfiado.

—¿Un premio por qué?

—Su mujer compró recientemente en el Fondo Global de Protección Felina y resultó ser el cliente un millón. ¡Así que le corresponde un premio!

—¿Hay que pagar algo?

—Ni un penique —dice Sam con una sonrisa—. Es un premio precioso.

—¿Qué es?

—¿Está su mujer en casa, señor, por favor? Tenemos que hablar de ello directamente con la persona que compró el artículo… Los zapatos. Es lo que compró.

El hombre las observa un momento más y a continuación se vuelve hacia el interior de la casa.

—¡Liz!

Vuelve a llamar y llega una voz desde el fondo del pasillo.

—¿Qué?

—Hay alguien que pregunta por ti. Dice que has ganado un premio.

Hay un breve silencio durante el cual Nisha y Sam sonríen al hombre. Quizá de manera exagerada, piensa Sam cuando el hombre parece cada vez más incómodo. Esperan un par de segundos eternos mientras Liz Frobisher se acerca por el pasillo. Lleva vaqueros ajustados, sudadera y una zapatillas peludas. Sam se da cuenta de que Nisha le está mirando los pies y piensa que puede no ser una mala señal. Liz Frobisher llega a la puerta y se queda detrás de su marido.

—¿Liz Frobisher? —pregunta Sam con tono cantarín.

—¿Sí?

—Es un placer comunicarle que, como cliente número un millón de la Fundación Felina Global, ha ganado usted una noche para dos personas en el famoso hotel Bentley, en Londres.

Liz Frobisher frunce el ceño y mira a Sam y a Nisha alternativamente.

—¿Qué? ¿En serio?

—Dicen que no tenemos que pagar nada —apunta el marido.

—¿Cuál ha dicho que es el premio?

Sam se lo explica con una sonrisa forzada: este domingo Liz y un acompañante —que supone será este amable caballero, ja, ja, ja— podrán alojarse en una habitación doble superior del hotel invitados por la fundación. Es un hotel de cinco estrellas y el preferido de las *celebrities* por su trato exclusivo y su atención al detalle.

—¿Compró usted unos zapatos en la tienda solidaria de la Fundación Felina Global esta semana, señora Frobisher?

—Sí.

—No me habías dicho nada —dice el hombre.

—No voy a estar informándote de cada cosa que me compro.

—Pero si ni siquiera te gustan los gatos.

—Era por una buena causa. —Liz Frobisher intenta leer el portapapeles—. Entonces... ¿qué tengo que hacer?

—Absolutamente nada —dice Nisha con una sonrisa—. ¡Excepto ir! Ah, un momento... Nos han solicitado que lleve usted puestos los zapatos que compró en la tienda para una foto publicitaria. Saldrá en nuestro perfil de Instagram y en otras redes sociales. ¿Es posible?

—Una foto publicitaria. —A Liz Frobisher se le ilumina la cara ante la sugerencia de fama inminente—. ¿Puedo ver el perfil de Instagram?

—Ahora mismo no funciona porque lo están rediseñando. Para publicar todo lo relativo al cliente número un millón premiado —se apresura a decir Nisha—. Pero creo… Sí… Aquí tengo un pantallazo.

Nisha enseña su teléfono con una falsa página de Instagram que ha creado Andrea la noche antes.

Los Frobisher la miran.

—Pues… creo que sí puedo. Podemos, ¿verdad, Darren?

—Este domingo iba a ir a casa de mi madre.

—Bueno, pues vamos después.

—Le dije que nos quedábamos a cenar.

—Pues entonces dile que vamos a comer. —Liz Frobisher dirige su sonrisa a Sam—. ¿Tiene que ser este domingo?

—Me temo que sí —contesta Sam—. El hotel tiene una tasa de ocupación muy alta y el domingo es la única la noche que la fundación puede conseguir una habitación de esta categoría… —Hace una pausa para crear efecto y consulta su portapapeles—. Tendríamos que pasar al siguiente cliente de la lista.

—No, no, vamos nosotros —dice Liz Frobisher con un codazo a su marido cuando este empieza a protestar.

—¡Estupendo! Pueden ir en cualquier momento a partir de las tres y hacer el *check in*, un empleado concretará con ustedes la hora que mejor les convenga para hacer la fotografía.

—¿Habrá servicio de peluquería y maquillaje? —pregunta Liz Frobisher.

Sam ve que Nisha empieza a poner los ojos en blanco y se apresura a intervenir:

—No estoy segura, pero lo puedo consultar. En cualquier caso, nosotros recomendamos presentarse ya listos para ser fotografiados. El vestíbulo del hotel es uno de esos sitios donde nunca se sabe a quién te puedes encontrar —dice en tono cómplice—. ¡Y ya sabemos cómo son los paparazzi! ¡Un horror!

Un horror, coinciden todos. Un verdadero horror.

—Estupendo —dice Sam—. ¡Nos vemos el domingo entonces! Esta es la tarjeta del hotel. Pregunten por esta persona en la recepción. ¡Hasta el domingo y enhorabuena!

—¡Y no olvide los zapatos! —dice Nisha.

—¡Vale! —dice Liz Frobisher, que sigue mirando la tarjeta mientras su marido cierra la puerta.

Las dos mujeres echan a andar por la acera. Sam deja de contener la respiración, aunque no era consciente de estar haciéndolo. Nisha vuelve la cabeza y dice en voz baja:

—Buen trabajo.

Sam está tan sorprendida que se le olvida contestar. El camino de vuelta parece el doble de largo que el de ida, con las caras esperanzadas de Jasmine y Andrea a lo lejos, detrás del parabrisas del coche. Entonces de pronto Sam retrocede dos pasos, abre deprisa el cubo de basura y echa un vistazo dentro. Lo cierra y al levantar la cabeza ve que las tres mujeres la están mirando.

—¿Qué pasa? —dice—. Solo quería asegurarme.

Nisha y Aleks van camino de la parada del autobús, como hacen varias veces a la semana ahora, siempre que sus turnos terminan a la misma hora o se encuentran a la salida del cuarto de personal. Han empezado a hacer una parada andando, luego dos, tres, en un acuerdo tácito y silencioso que les permite seguir charlando, ajenos a la lluvia color gris pizarra, al interminable río de tráfico que circula en paralelo al bullicioso y turbio río. De cuando en cuando, Aleks le señala cosas: el edificio que fue sede del MI5, el servicio secreto; gárgolas con aspecto de pez camufladas en las recargadas farolas y, en una ocasión, una foca con la cabeza apenas visible asomando del agua, una estampa que le resultó a Nisha extrañamente mágica. Esta espantosa ciudad no resulta tan inhóspita vista a través de la mirada de Aleks. Se descubre medio esperando todo el día este paseo.

—Por lo que me cuentas, en tu antigua vida no tenías demasiados amigos.

En circunstancias normales, Nisha se habría tomado esto como una crítica, pero ahora piensa un instante y dice:

—Pues supongo que no. La verdad es que las mujeres no me caían bien. Pero estas… me gustan. —Menea la cabeza como si no diera crédito a sus propias palabras—. Incluso la que se llevó mis zapatos.

Aleks ha oído su relato de lo sucedido los dos últimos días y se ha reído a carcajadas con el falso desmayo de Andrea en la tienda solidaria y con la vanidad de la mujer que compró los Louboutin.

—Jasmine es una buena persona. Lo ha pasado mal en la vida. Pero tiene un gran corazón. Siempre está ayudando a alguien.

—Sí. A mí, por ejemplo.

Algo en el tono de voz de Nisha hace que Aleks la mire de reojo. Él lleva el cuello subido y un gorro de lana calado hasta las orejas que brilla con gotitas de lluvia. Lejos de las luces fluorescentes de la cocina, su piel es menos pálida y del pelo color caramelo se le escapan rizos por la frente.

—¿Por qué te resulta tan incómodo? Que alguien te ayude, quiero decir.

—No sé. —Nisha se frota la cara—. No me gusta la caridad. Y me resulta difícil que haya personas ayudándome cuando sé que no voy a poder darles nada a cambio. —Se hace a un lado para no pisar el carril bici—. Supongo que la mayoría de mis amistades de antes eran… transacciones en realidad. Yo consigo que te inviten a esta fiesta y tú me metes en la lista. Facilito a tu marido acceso a mi marido. Nos vamos de vacaciones juntos a vuestra maravillosa casa en el lago Como o Calabasas o donde sea. Yo te compro ropa cara. Tú me dejas guapísima y cancelas lo que tengas para acompañarme a eventos cuando mi marido no pueda.

—Eso no son amistades.

—¿Pero no crees que, si te paras a pensarlo, todo es una transacción? —se pregunta Nisha en voz alta—. Casi todos los matrimonios lo son, incluso si el intercambio se reduce a «Yo te cuido y paro a tus hijos y a cambio tú me mantienes económicamente». O «Yo me conservo atractiva y te proporciono sexo en cantidad para que no mires a ninguna otra mujer».

Aleks se para.

—¿Así es como ves tú el matrimonio?

Nisha titubea un poco.

—Bueno…, son todo variaciones de lo mismo, ¿no? Todas las relaciones humanas son una transacción de alguna clase.

Entonces piensa en Juliana. Allí no había transacción alguna. Aleks levanta las cejas pero no dice nada y al poco Nisha sigue hablando.

—Es que incluso pasa con la amistad, si lo piensas. Tú escuchas mis problemas y yo los tuyos. Eres leal y me haces sentir bien y yo a mi vez soy leal y te hago sentir bien. Eso también es una transacción, solo que más bonita. ¿O no?

Aleks no parece convencido.

—¿Y qué pasa con el afecto verdadero? ¿Qué hay del amor? ¿Del deseo de hacer algo porque quieres a alguien?

—Bueno, pues lo mismo. A ver, lo que quiero decir… Igual es que no lo he expresado demasiado bien. —Nisha se siente cohibida, incómoda, como si acabara de revelar sobre ella algo que no tenía intención de enseñar.

Aleks se detiene en el paso de peatones. Nisha nota sus ojos en ella y se asegura de mirar al frente. Cree que está a punto de criticarla, de hacer un comentario sobre su manera de ver las relaciones, pero, cuando se abre el semáforo, Aleks dice:

—Hoy estás distinta.

Nisha se lleva la mano a la cabeza.

—Uf. Ya lo sé. Necesito un corte de pelo y solo llevo rímel…

—No. No necesitas maquillarte más. Estás… más guapa. Más feliz.

Nisha se pone un poco tensa.

—Pues no sé por qué. Ahora mismo no tengo nada.

—Tienes amor propio. Tienes amigos. Tienes la satisfacción diaria del trabajo bien hecho. Tienes poder de decisión sobre tu vida. Eso ya es mucho.

—¿No te cansas de parecer un calendario de frases motivadoras?

Aleks sonríe.

—No.

Nisha da unos cuantos pasos en silencio. A continuación dice con un hilo de voz:

—No tengo a mi hijo.

Aleks se detiene.

—Te lo juro, soy feliz quince minutos y entonces me acuerdo de que no tengo aquí a mi hijo. Lleva mucho tiempo solo. Su padre... Su padre considera... —Traga saliva y respira hondo—. La cosa es que Ray, mi hijo, ha tenido problemas emocionales..., probablemente porque ha estado demasiado tiempo sin sus padres. —Mira a Aleks de reojo. Ha inclinado la cabeza como para escucharla mejor—. Ray es... es un chico maravilloso, de verdad. Si lo conocieras estarías de acuerdo, estoy segura. Es listo, es divertido y guapísimo, y bueno... Sabe mucho... Sabe un montón de cosas de las que yo no tenía ni idea. Se le dan fenomenal las personas. Las entiende. Pero su padre se toma la sensibilidad y la..., bueno, la orientación sexual de Ray como una afrenta a su reputación. Carl es igual que un cavernícola. Es de esos tíos que consideran que los hombres de verdad solo pueden ser heteros, duros y viriles. Hace mucho que no deja a Ray viajar con nosotros, por lo menos dos años. Hubo... Pasó una cosa una vez. Ray tuvo su primera ruptura amorosa..., su primer amor y eso. Y sufrió acoso en el colegio al que iba, así que entre eso y todos los problemas que ya tenía con su padre... vivió un momento crítico. Ya es bastante duro tener quince años en la mejor de las circunstancias. Pero es que Ray... como que tocó fondo. Y eso para Carl fue... pues la gota que colmó el vaso. Lo vio como un síntoma de debilidad. Y él no soporta lo que considera debilidad.

Nisha sigue sin ser capaz siquiera de referirse a ello, el «incidente», como estuvieron llamándolo durante meses, antes de que Carl prohibiera incluso mencionarlo. El viaje en ambulancia, el lavado de estómago, las instrucciones susurradas de, en el futuro, guardar bajo llave objetos afilados y medicamentos. Mientras habla, Nisha no puede mirar a la cara a Aleks. Las palabras salen de su boca a pesar del gigantesco nudo que se le ha formado en la garganta, a borbotones. No nota la lluvia, ni el frío, tampoco los coches que escupen plomo junto a la mediana. Por primera vez en su vida no puede dejar de hablar. Se da cuenta de que Aleks le ha cogido la mano.

—Fue un susto horrible. Horrible de verdad. Luego Ray ingresó en un centro…, un colegio para chicos con problemas y eso. Es buenísimo. Tienen un montón de psiquiatras y médicos especialistas y actividades para ayudar a los chicos a superar sus problemas. A ver, nos dijeron que era el mejor sitio. Supercaro. La mitad de los adolescentes de la Quinta Avenida han pasado por él; es de esos centros exclusivos de los que ninguna familia habla abiertamente pero que todos comentan en voz baja. Y yo no quería dejarlo allí. No quería. Accedí porque pensé que igual era lo mejor. A mí nadie me ha enseñado a ser una madre. Mi familia siempre ha sido un puto desastre. Ni siquiera se me da bien tener amigas. Pensé que si Ray iba allí no tendría que enfrentarse todos los días al rechazo de Carl, a sus cambios de humor. Y que mientras tanto yo conseguiría ablandar a Carl, hacer que cambiara de opinión, que se diera cuenta de que tiene un hijo maravilloso. Pero después de irse Ray, Carl ni siquiera quería hablar de él. Se negaba. Cuando entendió que no iba a ser no gay fue como si hubiera muerto. Y luego la vida se complicó bastante y supongo que bajé la guardia. Estaba muy ocupada, viajando muchísimo y luchando por que mi matrimonio funcionara.

»Pensaba que estábamos pasando por un mal momento. Como una crisis de mediana edad, o algo así. He visto muchos matrimonios irse al garete y decidí que tenía que quedarme al lado de Carl, trabajar para sacarnos adelante como pareja. Creía que eso daría estabilidad a Ray. De verdad que lo creía...

Se detiene. Unos colegiales bulliciosos pasan en fila, como una serpiente, guiados por un profesor con un bastón rojo en alto. Nisha los mira cruzar la calle y a continuación menea la cabeza.

—¿Sabes qué? Que no es verdad. Eso es lo que me decía a mí misma. Te voy a contar una cosa horrible. Espantosa. Cuando la oigas seguramente no querrás volver a verme.

Aleks sigue cogiéndole la mano, pero ahora con las dos suyas.

—Si te soy sincera, no quería renunciar a la vida que llevaba. Quería que los problemas de Ray desaparecieran. No me sentía capaz de enfrentarme a ellos. Quería vivir la vida que me había construido, ¿sabes? Porque me había costado mucho conseguirla. Me daba miedo tener que empezar otra vez de cero si perdía a Carl. Me daba miedo volver a ser esa persona pequeña e impotente. Así que confié en que ese centro arreglara mi familia. Que arreglara a Ray.

»Lo llamaba todos los días. A ver, lo llamo todos los días. Pero ahora me doy cuenta de que quien tiene un problema es Carl. Y que lo que Ray de verdad necesitaba... era a mí. Me siento fatal porque solo me necesitaba a mí. Y ahora, con todo lo que ha pasado, ni siquiera puedo ir a buscarlo.

Se da cuenta de que Aleks la mira con ternura.

—Menuda madre estoy hecha, ¿eh?

Aleks menea la cabeza.

«Ni se te ocurra abrazarme —piensa Nisha—. Ni se te ocurra decir algo baboso y compasivo o ponerte en plan gurú motivador». Ya está bastante incómoda por haberse expuesto tanto y la tentación de salir huyendo empieza a apoderarse de ella.

Pero Aleks no la abraza. Tampoco le dice nada ñoño ni empalagoso. Sigue cogiéndole la mano con una de las suyas y echa a andar. Se limita a decir:

—Tendrás aquí a tu hijo. Muy pronto.

—¿Tú crees?

—Lo sé. Me parece... —Frunce el ceño como si quisiera elegir las palabras con cuidado—. Creo que nunca he conocido a una mujer que se asuste menos ante los obstáculos. También creo que ya falta poco para que tengas aquí a tu hijo. Y que probablemente es muy afortunado de tener una madre como tú.

Esto último es lo que consigue que a Nisha le escuezan los ojos.

—¿Por qué eres tan encantador conmigo? —dice. Se detiene en la isleta del centro de la calle—. No pienso besarte otra vez.

—¿Por qué voy a decirte cosas agradables solo para besarte? Si no soy... ¿Cómo lo has llamado? Transaccional. —Se encoge de hombros y ladea la cabeza—. Si quisiera besarte, te besaría y punto.

Le suelta la mano. Nisha sigue en la isleta varios minutos con el tráfico rodeándola, antes de caer en la cuenta de que se ha quedado sin palabras.

28

El insomnio era muy de esperar, así que a las seis, con ojos de sueño y náuseas por el cansancio, Sam deja al marido que es posible que ya no lo sea, hace caso omiso de la ropa de un trabajo que ya no tiene, se calza las zapatillas de deporte y se va a boxear. A esta hora el gimnasio está muy tranquilo, con solo los adictos al boxeo absortos en sus forcejeos, sus puñetazos y gruñidos que resuenan en el espacio casi vacío. En un rincón gorjea una radio que nadie escucha. Sam calienta en una máquina de correr anticuada, nota cómo las piernas empiezan a protestar y su respiración se acelera y a continuación levanta unas pocas pesas tal como le ha instruido Sid, repeticiones para despertar los músculos y hacer que circule el ácido láctico, negándose a sentirse intimidada por el desproporcionado tamaño de las mancuernas. Cuando termina se venda las manos, las mete en unos guantes de boxeo gastados y algo malolientes, se ajusta las tiras de velcro con los dientes y se dirige hacia el saco de boxeo.

Está sujeto al suelo para que no se balancee demasiado y Sam empieza a dar puñetazos —un, dos, un, dos— notando cómo con cada impacto entran sus músculos en calor y el abdomen se le endurece. Se fija en que uno de los hombres la mira brevemente. Conoce ese gesto; es el desprecio de un hombre que piensa que aquel no es lugar para Sam, la mirada inexpresiva que transmite indiferencia por una mujer ya no considerada deseable sexualmente. Se queda un momento mirándole la nuca y a continuación da un fuerte puñetazo cuyo impacto nota hasta el omóplato. Es una sensación agradable. Vuelve a golpear, con fuerza y determinación, y de pronto ve la cara de Simon, su torso, cada vez que sus guantes entran en contacto con el arañado cuero rojo y se sorprende pegando más fuerte, desde el hombro, desde los pies, «un, dos». Hace ganchos oblicuos y directos con la cara arrugada por el esfuerzo y el sudor se le mete en los ojos y tiene que secárselos con el brazo mientras respira en fuertes jadeos. Ya no le importa si hay alguien mirándola o juzgando lo penoso de su técnica. Da puñetazos a todos los que se han aprovechado de su amabilidad, que la han mirado con superioridad, se han reído de ella o la han pasado por alto. Da puñetazos a los Hados que la han dejado sin trabajo, al desdén de su hija, al posible fracaso de su matrimonio y su pegada es cada vez más fuerte. Da puñetazos a los cada vez más pasivo-agresivos mensajes que le deja su madre en el buzón, el último diciendo que su padre está intentando vaciar él solo la habitación de invitados para los afganos y exigiendo saber qué se supone que va a hacer ella si se cae y se ahoga sepultado bajo los trastos. «Está claro que has decidido pasar de nuestros sentimientos igual que haces con los de Phil».

Da puñetazos al espectro de Miriam Price, a la vergüenza de convertirse en alguien a quien «han despedido» y a ese trabajo al que ya no podrá aspirar. Aunque Miriam sepa cómo es Simon, es imposible que su empresa pase por alto las razones de la salida de Sam de Uberprint, su ausencia de referencias. Pega puñetazos a sus propios fracasos y flaquezas, a su agotamiento y a su tristeza, agradece que los hombros le griten de dolor, tener el corazón acelerado, que cada músculo de su cuerpo le suplique que pare. Y por último, cuando nota que sus fuerzas empiezan a fallar, con su camiseta y su sujetador deportivo oscurecidos por el sudor, forcejea con los guantes para sacarlos, se quita las vendas de las manos y las tira en la cesta. A continuación, mientras estudia sus nudillos amoratados con algo parecido a la satisfacción, va a darse una ducha.

El viernes Sam lleva a Andrea al médico. Andrea no protesta cuando se lo anuncia. Sam coge la caravana porque su coche sigue estropeado pero la caravana no, al haber sido el único objeto de la atención de Phil durante días. No quiere pedirle a Phil que le cambie la batería del coche. Ahora mismo no quiere pedirle nada a Phil. No está preparada para su mirada fría, ese gesto de encoger un poco los hombros como dando a entender que nada en la vida de Sam es asunto suyo ya.

Ninguna de las dos habla casi, y no se debe solo a que Sam necesite concentrarse en conducir la enorme y rebelde caravana por calles estrechas y se ponga nerviosa cuando intenta aparcarla en un hueco. Sam no quiere ser de esas personas que insisten en que todo va a ir bien, que por supuesto Andrea se va a curar. «¡Eres una luchadora! ¡Puedes con esto!». Hace tiempo que aprendió que esas no son formas de hablar a un persona con una enfermedad grave. Ahora, más que nunca, sabe que no hay garantías.

Andrea está más pálida que de costumbre, le tiemblan un poco los dedos mientras se pelea con el cinturón de seguridad y Sam confía en que esto no sea el presagio de algo terrible. Se ha pasado meses estudiando la cara de Andrea cada vez que la ve, atenta a una posible pérdida de peso, a un aumento de la fragilidad de sus movimientos, a cualquier señal que indique que «la cosa» está ganando la partida.

En la sala de espera, sorbe un café solo y ojea sin ver las páginas de una revista hasta que llaman a Andrea, y, cuando esta le hace un gesto para que entre con ella, una parte de Sam tiene miedo y otra, alivio por no tener que quedarse a solas con sus pensamientos.

Se sientan en el despachito sin intentar siquiera sonreír y, después de las presentaciones, Andrea le coge la mano a Sam. Sam la aferra con fuerza en un intento por transmitirle todo el amor que siente y procura no pensar en lo que ocurrirá en el próximo par de minutos, en cómo les va a cambiar la vida. El médico, el doctor Singh, es el cirujano que ha tratado a Andrea. Lo ha sido desde que la diagnosticaron y tiene las maneras autoritarias y paternales, el encanto ligeramente distante de un hombre que ha definido mil futuros y ha tenido que explicar el desenlace más probable de todos ellos. Lleva un bigote exagerado, una camisa impecablemente almidonada y un anillo con un gran rubí en el dedo meñique que se le hunde en la carne. Sam le mira la cara e intenta adivinar lo que va a decir por la forma en que se inclina hacia delante para estudiar con cuidado las pruebas radiológicas que tiene frente a él.

—¿Y qué tal se ha encontrado últimamente? —dice después de cerrar la carpeta y apoyar la espalda en el respaldo de la silla.

—No muy mal. Algo cansada —dice Andrea.

Sam la mira de reojo. Andrea diría «no muy mal, algo cansada» si un tiburón le hubiera arrancado las dos piernas.

—¿Algún dolor nuevo?

Andrea niega con la cabeza.

—Muy bien. Eso es bueno.

Dilo de una vez, le ordena Sam mentalmente. No puede dejar de mirarle la cara. Tanta tensión le da ganas de vomitar.

El médico baja un poco su doble barbilla.

—Pues en los TAC no sale nada. La cirugía fue bien, como sabe. Y los ganglios linfáticos, que evidentemente era lo que más nos preocupaba, no parecen afectados.

—¿Y eso qué quiere decir? —pregunta Sam.

—No quiero adelantarme a los acontecimientos. Pero los indicadores son muy buenos. Creo que la combinación de cirugía y la quimioterapia adecuada nos ha dado unos resultados alentadores.

—¿Alentadores? —pregunta Sam.

El doctor la mira con amabilidad.

—Esto no es una ciencia exacta. No nos gusta hablar de resultados definitivos. Pero parece que el cáncer ha sido extirpado con éxito y no se aprecian nuevos signos de él. Seguiremos vigilándola para asegurarnos, pero este es el mejor resultado que podíamos esperar.

La voz de Andrea es vacilante.

—Entonces… ¿ya no tengo cáncer?

El doctor Singh junta las manos. El anillo de rubí centellea en el sol que de pronto entra por las rendijas de las persianas.

—Sinceramente, eso espero.

—¿Tengo… tengo que hacer algo?

—De momento no. Su tratamiento ha terminado. Como he dicho, la vigilaremos. Y quizá quiera empezar a pensar en la cirugía reconstructiva. Aunque de momento yo me concentraría en recuperar las fuerzas y hacer una vida lo más normal posible.

Nadie habla. Entonces Andrea mira a Sam y de pronto su cara lo dice todo, la sorpresa y el alivio dibujan profundas líneas de expresión. Le ruedan lágrimas por las mejillas. Las dos mujeres se ponen de pie casi sin saber lo que hacen y Sam abraza a Andrea, la estrecha con fuerza como si hasta ahora no se hubiera permitido comprender en toda su magnitud el horror al que podía enfrentarse.

—Ay, Dios mío —repiten las dos a la vez—. Ay, Dios mío. Gracias, gracias, Dios mío.

—Tenía muchísimo miedo de perderte —dice Sam llorando pegada al huesudo hombro de Andrea—. No sabía cómo iba a salir adelante sin ti. Ni siquiera sé quién sería yo sin ti. Y sé que soy una tonta y una egoísta por pensar así cuando eres tú la que ha estado hecha una mierda.

—Tú sí que estarías hecha una mierda sin mí. —Andrea ríe y llora abrazada a Sam. Sam nota sus lágrimas calientes en la piel—. Lo llevarías claro, vamos.

—Desde luego. Y quiero que sepas que eres una cerda por hacerme esto —dice Sam—. Una auténtica cerda.

Andrea ríe. Le brillan los ojos y se los seca con una mano pálida.

—Qué egoísta. Hay que ver lo que te he hecho pasar.

—Lo digo en serio. No entiendo ni cómo somos amigas.

Se abrazan entre risas y llanto y a continuación se separan y miran al doctor Singh, a poca distancia de ellas. Este sigue sonriendo, pero con esa expresión algo desconfiada y vacilante de alguien que no entiende muy bien qué está pasando.

—¡Le quiero, doctor Singh! —exclama Andrea.

Entonces las dos lo abrazan, le dan las gracias y se ríen de sus protestas ahogadas cuando se niegan a soltarlo.

En el viaje de vuelta, Sam está tan absorta en sus pensamientos que no ve cerrarse el semáforo. Andrea y ella se han dado el capricho de tomarse un café sentadas en una desvencijada mesa al aire libre donde, por primera vez en todo el año, Sam ha mirado a su amiga sin sentir ese pánico impreciso y soterrado al pensar que puede coger frío, que su falta de apetito hace temer algo grave, que puede inhalar cualquier bacteria del aire que, en su estado frágil y neutropénico, resulte mortal. Hoy solo se han comido un bollo de miel en grato silencio y disfrutado del sol intempestivo en la cara.

Por un acuerdo tácito han decidido posponer todas las conversaciones difíciles, sobre el matrimonio de Sam, sobre las finanzas de Andrea o sobre cómo van a recuperar los zapatos, y se limitan a hacer pequeños comentarios sobre lo delicioso del bollo, la maravillosa intensidad del café y la sencilla felicidad que les produce la inesperada calidez de las temperaturas. Hoy Andrea está bien y todo lo demás se vuelve pequeño e insignificante. Sam no recuerda un café mejor.

Entonces se salta un semáforo. No se da cuenta hasta que no oye el claxon indignado, el sonido de ruedas derrapando cuando un conductor se ve obligado a frenar.

—¡Por Dios! —dice Andrea agarrándose a su cinturón—. Justo hoy no es el día para matarme, Sammy.

Sam termina de cruzar con el corazón acelerado y una mano levantada en señal de disculpa dirigida al otro conductor.

—Perdóname —dice—. No me… No tenía la cabeza…

—Por lo menos podías concederme un día de estar viva y sana.

Las dos ríen, aterradas. Entonces Sam mira por el espejo retrovisor y ve la luz azul.

—Lo que nos faltaba.

Aparca la caravana en el primer hueco que encuentra, esforzándose por encajar sin rozar nada, y después la separa un poco de la acera, no vaya a decir el agente de policía que también está mal aparcada. Mira por el espejo retrovisor el coche patrulla detenerse detrás de ella con la luz azul aún encendida. Se baja una agente. El otro, que Sam no puede ver bien por el resplandor en el parabrisas, se queda en el coche.

—Lo siento mucho —dice Sam antes de que a la agente le dé tiempo a hablar—. Ha sido totalmente mi culpa.

—Se ha saltado un semáforo en rojo. Ha estado a punto de provocar un choque en cadena.

—Lo sé. Lo siento muchísimo.

La agente mira a Andrea. A continuación vuelve a Sam, inspecciona el interior de la caravana con ojo experto y retrocede un poco para estudiar el girasol gigante en el costado. Entrecierra los ojos.

—¿El vehículo es suyo, señora?

—Sí —dice Sam—. Bueno, mío y de mi marido.

—¿Y está asegurado? ¿Ha pasado la inspección técnica?

—Pasó la ITV la semana pasada.

Phil no le había dicho nada, pero Sam lo sabe porque se dejó el certificado en la cocina.

—¿Los frenos funcionan?

—Sí.

—¿Y usted no tiene ningún problema de visión?

—Esto... No.

—Entonces ¿quiere explicarme por qué se acaba de saltar un semáforo en rojo?

—No es una disculpa —dice Sam meneando la cabeza—, pero aquí a mi amiga acaban de darle el alta después de un tratamiento de cáncer y... anoche no dormí de la preocupación, así que supongo que estaba tan contenta e igual también cansada que..., no sé, por un momento me desconcentré.

La mujer mira a Andrea, el pañuelo que lleva en la cabeza, la pálida piel.

—Seguramente también es mi culpa —dice Andrea—. Estaba hablando demasiado. Siempre hablo demasiado.

—¿Sabe qué? —dice Sam—. Póngame la multa. Es lo justo. Debería haber estado atenta. Para qué perder más tiempo.

La agente la mira con el ceño fruncido.

—¿Me está usted pidiendo que le ponga una multa?

Sam no tiene explicación para lo que le está pasando. Levanta las palmas de las manos y mira a la agente a los ojos.

—Sí.

Entonces, cuando nadie dice nada, añade:

—¿Sabe qué? Acabo de quedarme sin trabajo porque mi jefe piensa que soy un desperdicio de espacio. Mi hija no me habla. Mi marido me va a dejar porque cree que tengo un amante. Y la mayoría de los días me gustaría que así fuera, joder. También es probable que esté menopáusica. Es eso o tengo un problema grave, porque lloro casi todos los días. Llevo dos meses sin la regla y casi todas las mañanas me levanto como si me hubiera pasado por encima una apisonadora. Pero ahora mismo nada de eso me parece grave porque mi mejor amiga ha superado un cáncer. Todo lo demás no son más que mis problemas de mierda. Así que póngame la multa y no perdamos más tiempo.

La agente mira a las dos alternativamente y a continuación fija la vista en el suelo un momento mientras parece pensar.

—¿Así que menopáusica?

—Pero eso no quiere decir que sea una conductora temeraria —se apresura a decir Sam—. A ver, por lo menos no suelo serlo. Puede consultar mi expediente. Lo que pasa es que llevo unos días...

La agente sigue sin quitarle ojo.

—Perdón —vuelve a decir Sam.

La mujer se asoma a la ventanilla.

—Pues ya verá cuando empiecen los sudores nocturnos —dice bajando la voz—. Eso sí que es una putada.

Sam parpadea.

—Y esos cabrones no ayudan. —La agente señala al coche patrulla a su espalda con la cabeza. Se endereza. Se guarda la libreta en el bolsillo—. No la voy a multar. Esta vez. Mantenga la vista en la carretera y no se despiste, ¿de acuerdo?

—¿En serio? —dice Sam.

La agente ya se aleja. Se para y se vuelve un poco, se inclina para saludar con la mano a Andrea.

—Felicidades. Por lo del cáncer, digo. —Se interrumpe y al momento añade—: Si eso, la próxima vez coja un taxi de vuelta a casa.

Se vuelve y camina despacio hacia el coche patrulla mientras dice alguna cosa por la radio.

Kevin se ha cagado en la alfombra del recibidor. Se acerca a Sam cuando abre la puerta cabizbajo y con paso vacilante, enseñando el blanco de los ojos como pidiendo perdón. Phil no está y tampoco Cat y Sam no tiene valor para enfadarse con él. Es posible que lleve horas solo.

—No te preocupes, amigo. No es culpa tuya —dice y llena un recipiente con agua y detergente y se pone unos guantes de goma.

Está a cuatro patas cuando llega Cat. Vacila en la puerta,

como si estuviera decidiendo si entrar o no, pero quizá le parece duro dejar plantada a una madre cuando está limpiando excremento canino de una alfombra beis, así que saluda con una inclinación de cabeza y rodea la zona afectada de puntillas, como si eso fuera a tener algún efecto en la tarea de Sam.

—¿Está papá?

—No —dice Sam con los dientes apretados.

Se ha terminado el producto especial para alfombras y está usando lavavajillas. Se apoya en los talones y gira la cabeza mientras intenta contener las arcadas. Los accidentes del perro siempre son su responsabilidad y no se acostumbra a limpiarlos. Se pregunta en qué momento se le adjudicó esta tarea. Igual estaba tan ocupada que no pudo asistir a la reunión.

Entonces se da cuenta de que Cat está detrás de ella. Se gira para mirarla. La expresión de su hija es solemne.

—¿Estás bien? —pregunta Sam, aunque cree conocer la respuesta.

—Siento lo de los zapatos.

Sam suelta la esponja.

—No te preocupes. No podías saberlo.

—Pensé que tenías una aventura.

—¿Lo dices en serio?

—Papá y tú parecíais muy infelices. No hacíais ya nada juntos. Es como si… ya no disfrutarais de la compañía del otro.

Cada palabra es como un pequeño puñetazo. Cat se frota la nariz. Cuando dice la siguiente frase, evita mirar a Sam a los ojos.

—Y luego te vi con ese hombre.

—Joel no es más que un amigo.

—Pero los za…

—Llevaba puestos esos zapatos porque… Bueno, porque a veces una necesita sentirse distinta.

Entonces Cat la mira y Sam no está segura de si lo que detecta en su expresión es incomprensión o suspicacia.

—Últimamente no soy feliz, Cat. En eso no te equivocas. Llevo ya mucho tiempo así. Tu padre ni me ve. La mayor parte de los días tengo la sensación de que ni siquiera existo. Para ti es difícil imaginar algo así porque eres joven y guapa y todo el mundo se fija en cada cosa que haces. Pero yo me siento como si fuera invisible y, cuando ni siquiera el hombre que quieres te ve, pues… es muy desmoralizante. Necesitaba sentirme otra persona y supongo que los zapatos formaban parte de ella. Es difícil de explicar. Ni siquiera estoy segura de entenderlo yo. Pero siento que te haya pillado en medio.

—¿Por qué necesitas que un hombre te diga quién eres?

—¿Cómo?

Cat se acerca tras rodear la mancha oscura de la alfombra.

—¿Por qué necesitas la validación de nadie? Papá está hundido en la miseria, sí, pero eso no quiere decir que tú tengas que derrumbarte. Tú sigues siendo tú. Yo nunca dejaría que un hombre dictara cómo tengo que sentirme conmigo misma.

—Ya lo sé. Tú siempre has tenido las cosas claras. Creo que ya sabías quién eras a los tres años.

Sam mira a su hija, cuya generación parece tener soluciones para todo, con sus discursos sobre autonomía, contra la culpabilización de las mujeres, a favor de la justicia social y la aceptación del cuerpo. Siente la inevitable punzada de tristeza cada vez que piensa que su hija pronto se irá a luchar contra sus propios elementos, que ya no cruzará más el umbral con sus ruidosas botas de leñador.

Cat se sienta despacio en el primer peldaño de la escalera. Se ata el cordón de una de sus botas y espera un momento antes de hablar.

—La madre de Colleen dejó a su padre el mes pasado. Dijo que estaban «en momentos vitales diferentes».

Sam no sabe muy bien qué decir a esto, así que procura que su cara no refleje nada.

La expresión de Cat en cambio se ha vuelto vulnerable, como de una niña pequeña.

—¿Os vais a separar papá y tú?

«¿Sientes algo por Joel?», le había preguntado Phil la noche anterior mientras Sam se lavaba los dientes. Le había costado trabajo encontrar las palabras para contestar con sinceridad y se había demorado unos segundos antes de escupir el dentífrico. «No lo que siento por ti», había dicho. Phil había mirado su reflejo en el espejo un instante y a continuación se había metido en la cama.

—No creo —dice Sam y abraza a su hija disfrutando del breve momento de proximidad.

Espera haber sonado más convencida de lo que está.

Joel le ha mandado dos mensajes de texto. Uno largo e inconexo informándola de que le ha explicado lo ocurrido a toda la oficina y están intentando ver cómo lo solucionan. Que Marina se siente fatal. Que Franklin ya la ha cagado con el encargo de los holandeses. Que no se preocupe. Que lo llame si necesita algo, lo que sea. Que espera que vuelva pronto al gimnasio. ¡Iba genial! El segundo, enviado veinticuatro horas después, solo dice: «Te echo de menos». Sam lo lee varias veces al día, cuando está sola, y cada vez que lo hace su corazón experimenta una pequeña descarga, igual que un motor intentando arrancar.

29

Phil es incapaz de estar sentado. Cada vez que aterriza en el pequeño sofá se levanta igual que un resorte, como si tuviera demasiadas cosas dentro para que las contenga un simple mueble. Camina de un lado a otro del pequeño despacho y las palabras le salen como ráfagas de ametralladora.

—¡Pero si es que prácticamente lo admitió! Que, incluso si no tuvieron un lío, sentía cosas por él. ¿Cómo se supone que debo reaccionar a algo así? ¿Me lo puede decir? Porque no tengo respuesta. No hago más que darle vueltas a la cabeza y no tengo respuesta.

El doctor Kovitz está sentado con la libreta en la rodilla y cara de paciencia infinita. Phil tiene ganas de darle un puñetazo en la nariz.

—Ni siquiera lo negó. Solo dijo que los sentimientos que tenía por él no eran los mismos que los que tiene por mí.

—¿Y qué le dice eso?

Phil lo mira incrédulo.

—¿Pues usted qué cree que me dice? ¡Mi mujer tiene sentimientos por otro hombre!

—Yo tengo sentimientos por muchas personas. Eso no significa que me vaya a fugar con ellas.

—Ahórrese los jueguecitos de palabras hoy, por favor.

—No son juegos de palabras, Phil. Le ha dicho que no tiene una aventura. Y, puesto que según usted es una persona sincera, tenemos que suponer que dice la verdad. Tenía sentimientos por otra persona. En anteriores sesiones usted me ha dicho que entendería que se fuera con otro.

—¡Pero eso fue antes de que pasara!

Phil se lleva la base de las manos a los ojos y se los aprieta tan fuerte que ve pequeños estallidos de materia oscura. Quiere que su cerebro pare de pensar. Quiere que todo se detenga.

—¿Qué le ha dicho ella, Phil? Sobre lo que quiere hacer.

Phil se deja caer en el sofá.

—No lo hemos hablado.

El doctor Kovitz levanta las cejas.

—Me refiero a que no lo hemos hablado como estamos hablando nosotros ahora. Es que… no sé qué decirle. Tengo la sensación de que ya no la conozco.

—Bueno, es posible que así sea. Todos cambiamos. Cambiamos todo el tiempo. Usted mismo ha reconocido que dejó a su mujer el peso de todo durante un largo periodo de tiempo. Eso tiene por fuerza que cambiar a una persona. Tiene que alterar un matrimonio.

Phil cruza los brazos y se dobla hacia delante hasta que el pecho casi toca con sus rodillas. Algunos días la presión es tan grande que casi siente la necesidad de contenerla físicamente.

—Un matrimonio no se mantiene inmutable a lo largo de los años, Phil. Ustedes llevan casados mucho tiempo. Eso lo tiene que saber. Es algo orgánico. Cambia a medida que cambia la pareja. A veces tenemos que…

—Sigue ocultándome cosas —suelta Phil.

El doctor Kovitz se reclina en su asiento.

—De acuerdo.

—Hace dos días la llamé al trabajo porque los albañiles necesitaban saber no sé qué sobre el pago del seguro y me dijeron… Me dijeron que ya no trabaja allí.

Hay un largo silencio.

—No quiere contarme nada, ¿verdad? —Phil deja escapar un suspiro largo, derrotado—. Ya no pinto nada en su vida.

La vida con Sam fue una vez fuente de seguridad, lo que le daba fuerzas para enfrentarse a cualquier cosa. Ahora tiene la sensación de que vivir con ella es una sucesión de pequeños estallidos y que nunca sabe qué va a ocurrir a continuación.

—Phil —dice con suavidad el doctor Kovitz—, cuando estamos bajos de ánimo es fácil verlo todo bajo un prisma de negatividad. A los seres humanos se les da notablemente mal comprender las motivaciones ajenas, aunque sean de personas que conocen muy bien. Nos fabricamos toda clase de historias. —El médico junta las yemas de los dedos de las manos—. ¿Me permite que le sugiera otra interpretación de las cosas?

Phil espera.

—Por lo que me ha dicho en otros momentos, es posible que su mujer haya dejado su trabajo, un trabajo que, según usted, odiaba. También puede que la hayan despedido. No lo sabemos. ¿Y si la razón por la que se guardó la información es que le preocupaba contárselo? ¿Y si estaba intentando evitarse una conversación desagradable, con todas las ramificaciones que tendría para los dos?

Hace una pausa.

—Me ha dicho usted que Sam lleva mucho tiempo preocupada por su salud emocional. ¿Ha considerado la posibilidad de que no le haya contado nada porque quiere protegerlo?

Phil recuerda que antes, cuando a Sam le sonaba el teléfono, siempre sabía si era su jefe por el respingo que daba al ver el nombre en la pantalla.

—Entonces me está diciendo, básicamente, que no haga caso. Que siga como si no pasara nada.

—Todo lo contrario. Creo que ha llegado el momento de que hable con ella.

30

Nisha está tan absorta en sus pensamientos que da un respingo cuando se acerca Jasmine. Está en el estrecho balcón, mirando la ciudad oscura y centelleante. Lleva una bata de Jasmine bien cerrada para protegerse del frío y tiene un cigarrillo que no tiene ganas de fumarse en los labios, como si hacer algo tan horroroso como fumar a las seis de la mañana fuera a confirmarle lo horroroso que es todo ahora mismo. Algunas mañanas se siente tan lejos de su hijo que es como si un hilo, tensado entre los dos, conectara su corazón al de él y le causara un dolor constante y apenas soportable. Anoche lo notó tan alicaído, tan escéptico cuando le aseguró que iba a recuperar los zapatos, lo voy a conseguir, Ray, ya verás, y entonces podría ir a buscarlo. Cuando intentó explicarle su plan, la interrumpió. Le había salido mal un examen de matemáticas, papá seguía sin darle dinero y su amiga Zoë no hacía más que salir en Instagram divirtiéndose con unas chicas que sabe perfectamente que él no soporta. Sonaba muy solo y desanimado. Sí, se estaba tomando la medicación. No, no pasaba hambre. No, no dormía bien. Sí, sabía que todo iba a salir bien. Lo que tú digas.

«¿Cuándo vienes a buscarme?».

«Pronto, cariño. Debo conseguir esos zapatos para tu padre y entonces tendrá que darme el dinero».

«Lo odio», había dicho Ray con vehemencia y cuando Nisha intentó, sin demasiado entusiasmo, convencerlo de que no debía hablar así, que no estaba bien, le había preguntado ¿por qué? ¿Es que su padre lo quería? ¿Es que le debía algo? Y Nisha no había sido capaz de darle una buena respuesta.

Los dos habían callado durante unos segundos largos y angustiosos y a continuación Ray había preguntado en un susurro: «Mamá, ¿te acuerdas de esa canción que me cantabas? ¿Me la puedes cantar?».

Cuando Nisha cantó, le tembló la voz.

You are my sunshine, my only sunshine...
You make me happy, when skies are grey...

—¿Qué pasa? ¿Tú tampoco puedes dormir? —dice Jasmine mientras le pasa una taza de café.

Un helicóptero de la policía lleva horas volando en círculos y llenando la atmósfera de una amenaza imprecisa, inespecífica. Nisha acepta el café y menea la cabeza.

Jasmine se sienta en la sillita plegable que tiene en el balcón y se tapa las rodillas con la bata.

—Yo tampoco. No dejo de preguntarme si no estamos locas por intentar hacer esto.

Nisha sabe que lo que Jasmine quiere decir en realidad es que podría quedarse sin trabajo. Todo en el plan constituye motivo de despido. Cuando Jasmine se lo explicó a las demás, Nisha vio a las dos mujeres abrir las mandíbulas como si fueran personajes de dibujos animados. Nisha ha estado horas dándole vueltas a cómo proteger a Jasmine: será ella quien coja la tarjeta de la habitación, la que saque los zapatos, la que, en el peor de los casos, levante las manos y diga que todo es culpa suya, que obligó a Jasmine a ayudarla, que es la única responsable. Pero aun así es peligroso.

—No tienes por qué hacerlo —dice Nisha por quinta vez—. Ya me has ayudado muchísimo. No quiero ponerte en...

—Nish, ¿tengo pinta de ser alguien que hace cosas por obligación? No. Le he dado muchas vueltas. Lo que vamos a hacer es justo. Estamos recuperando algo que legítimamente te pertenece. Te vamos a ayudar. Soy tu amiga y te voy a ayudar. —Mira a Nisha por el rabillo del ojo—. Además, como tardes mucho más en dejar libre la litera de mi hija y conseguir tu propia casa, Grace me va a dar una patada en el culo.

Sonríen. A continuación Jasmine deja de sonreír y da otro sorbo a su café.

—Lo que me preocupa es la parte en que devuelves los zapatos. Me preocupa que ese tío no respete su parte del trato.

Carl hará cualquier cosa con tal de ganar. Si para él esto no es más que un juego —y de hecho es posible que lo sea—, simplemente buscará otra excusa para no pagarle el dinero que le corresponde. Ese es su mayor miedo: que la tenga dando vueltas y vueltas en esta ciudad desconocida, sin dinero e impotente mientras su niño sigue solo en ese colegio, cada día más triste, a miles de kilómetros de distancia. Había pensado que su posición la protegía. Que la ley la protegía. Y lo que ha descubierto es que se lo pueden quitar todo, que solo cuenta con sus propios recursos, con lo que sea que la mantiene en pie.

Se beben el café en silencio mientras miran las luces de la ciudad cambiar a medida que se despereza, las rojas de los coches que se dirigen hacia la oscuridad plomiza.

You'll never know, dear, how much I love you
Please don't take my sunshine away.

Nisha cierra los ojos. El hilo se tensa un poco más.

—Bueno, ya sabes lo que dicen. Pasito a pasito. —Jasmine apura su café y se toca el pañuelo que le protege el peinado mientras duerme—. Venga, cariño. Primero vamos a trabajar. Luego a recuperar tus zapatos. Del resto ya nos preocuparemos más adelante. Y el primer paso es que voy a hacer tostadas.

Entra en la casa. Nisha se sienta y mira al cielo. A continuación saca su teléfono y escribe un mensaje.

JULIANA? Sigues teniendo este número?

Duda un momento y añade:

Soy Anita.

Espera un momento más y a continuación le da a enviar y mira el mensaje parpadear camino del éter.

Sam pasea al perro en la oscuridad y por una vez se olvida de su miedo a encontrarse siluetas de desconocidos en la débil luz de sodio de las farolas. Está pensando en el día que la espera, en lo extraño de lo que ha accedido a hacer. Jamás en su vida ha hecho algo parecido. Ella, Samantha Kemp, mujer de mediana edad, comercial de artes gráficas, casada, con una hija, que vive en el mismo distrito postal en el que creció, está a punto de hacer algo completamente absurdo para devolver sus zapatos a una mujer a la que ni siquiera le cae bien. No deja de dar vueltas a estos datos en la cabeza. Pero lo cierto es que todo en su vida ahora mismo es tan volátil, tan irreal, que el día que tiene por delante no resulta tan marciano. Además, lo peor que podía pasar ya ha pasado: ha perdido, o casi perdido, todo lo que era importante para ella, excepto a Andrea.

Mientras Kevin olisquea interesado la base de cada árbol y cada farola, Sam piensa en Jasmine y Andrea y en cómo enseguida congeniaron. A Andrea le pasa eso con las personas; parece tener una facilidad especial, una franqueza, una cordialidad extrovertida que ataja cualquier situación incómoda y deja a las personas encantadas de haberla conocido. Cuando eran jóvenes Sam no entendía por qué quería Andrea ser amiga de alguien como ella. Sam nunca había tenido ese carisma, esa aura inidentificable que atraía a los demás. Pero Andrea no las acompañaría hoy. «Es demasiado identificable», había sentenciado Jasmine, y

Nisha había dicho: «Vaya por Dios. Con lo buena que es Calvita cuando se pone».

Sam había dado un respingo, pero Andrea se había limitado a reír y dicho que probablemente tenía razón. «No se puede poner a Gollum en una rueda de identificación policial. Esperad a que vuelvan a crecerme las cejas, voy a ser como Tom Cruise en *Misión imposible*».

Nisha y Sam seguían mirándose con desconfianza. Había en Nisha una ausencia de filtros, un atisbo de temeridad que ponía a Sam nerviosa. Siempre se había sentido más cómoda en compañía de personas que, como ella, obedecían las reglas. Además, presentía que había en ella algo que incomodaba a Nisha. Se trataban con perfecta cortesía, pero quizá las circunstancias que las habían llevado a conocerse eran demasiado extrañas y tenían demasiadas connotaciones para que pudieran mostrarse afectuosas la una con la otra.

Da igual. Sam ha perdido los zapatos de Nisha: por tanto tiene que ayudarla a recuperarlos. Es lo correcto en un momento en que nada más está claro. Es lo único que puede hacer. Cuando se haya quitado eso de en medio, habrá despejado el camino y podrá preocuparse por buscar otro trabajo.

La puerta no está cerrada con llave cuando llega a casa con Kevin, las calzadas empiezan a llenarse de coches, los compradores compulsivos de los domingos ya se han echado a la calle. Entra en la cocina y se sobresalta un poco al ver a Phil sirviéndose un café de espaldas a ella, vestido ya con una sudadera y los viejos pantalones de chándal. Se vuelve mínimamente y hace una inclinación de cabeza cuando entra Sam, es lo más parecido a un saludo que es capaz de ofrecer estos días. Para disimular la consternación y la congoja que esto le produce, Sam murmura algo sobre una ducha antes de que le dé tiempo a decir nada y deja que sea él quien dé de comer a Kevin.

Se ducha, se seca el pelo consciente, mientras se pone crema en la cara, de que las comisuras de su boca parecen habérsele

338

tensado y curvado hacia abajo. Está segura de que son arrugas nuevas. Deja de mirarse la cara en el espejo de aumento —la verdad es que deberían prohibirlos para las mujeres mayores de treinta— y se viste con camiseta y unos vaqueros negros tal como le ha dicho Jasmine, a continuación se pone un jersey gris y el anorak azul.

Está bajando los últimos dos peldaños cuando Phil sale al pasillo.

—¿Podemos… hablar?

Sam pestañea.

—¿Ahora?

—Sí. Ahora.

Sam consulta su reloj.

—Pues… es que ahora no me viene bien, Phil. Eh…, tengo que ir a trabajar.

—A trabajar —dice Phil. La mira con ojos inexpresivos—. En domingo.

—Es… un trabajo especial. De verdad que no puedo… Mira, si te parece hablamos esta noche cuando vuelva. Llegaré un poco tarde, pero podemos…

Phil la mira como si no la conociera. Justo entonces a Sam le suena el móvil. Mira la pantalla pensando que serán Nisha o Jasmine, pero es Joel. Su nombre parpadea igual que una granada a punto de estallar. Sam lo mira y se pone colorada, esperando que desaparezca.

—Coge —dice Phil, que lo ha visto todo.

—De verdad que…

—Coge.

Sam contesta y le da la espalda a Phil, aunque nota sus ojos taladrándole la nuca. Cuando habla, la voz le sale demasiado aguda, demasiado impostada.

—¡Joel!

La voz de Joel es un susurro cómplice.

—Perdona que te moleste en fin de semana, Sam, pero es

que ha pasado una cosa muy rara. Por lo visto el viernes vino un tipo israelí a la oficina. Haciendo preguntas sobre ti.

—¿Cómo? ¿Un israelí?

—Sí. Yo no me enteré. Habló con Martin, que le dijo que ya no trabajabas aquí y entonces se fue. No sé qué preguntas hizo, pero… no me dio buena espina. Martin acaba de contármelo, no te asustes, pero dice que no parecía trigo limpio. Así que he pensado que debías saberlo.

—Qué cosa tan rara. Gracias, Joel.

Hay un breve silencio.

—También quería saber si…

—Tengo que colgar —dice Sam en tono alegre—. ¡Te veo en el trabajo! ¡Gracias por darme el recado!

Cuelga antes de que a Joel le dé tiempo a añadir nada. Se mete el teléfono en el bolsillo y trata de poner una cara que no sea de culpabilidad ni de rubor.

—Entonces… ¿hablamos luego?

Phil la mira y todo en él sugiere que tiene encima un peso insoportable.

—Sí, Phil. Hablamos cuando vuelva. Pero es que… tengo que hacer esto.

—Me voy —dice Phil antes de dar media vuelta e ir hacia la cocina.

Sam se queda muy quieta.

—¿Qué?

—Que me voy. No lo soporto más. Necesito ordenar mis ideas.

Sam camina por el pasillo hasta que lo ve, de pie, apoyado contra la encimera de la cocina.

—¿Qué haces? ¿A dónde vas?

—No lo sé.

—Pero, Phil, ¡no seas absurdo! No te puedes ir sin más. Por favor, no lo hagas. Tenemos que… Mira, hablamos luego cuando venga, ¿de acuerdo? Déjame solo el día de hoy y lo solucionaremos.

Phil niega con la cabeza. Y cuando habla su perplejidad parece genuina.

—Son veintitrés años, Sam. ¿De qué vamos a hablar?

A Michelle la recepcionista siempre le ha caído bien Jasmine, así que cuando se ofrece a sustituirla diez minutos mientras se fuma un cigarrillo lo considera una muestra más de su amabilidad, de su generosidad con los otros empleados del Bentley. Michelle suele dejar la recepción sin atender para fumarse un Marlboro Light, pero de esta manera no tendrá problemas con Frederik. La recepción es una de las pocas zonas del vestíbulo en la que no hay cámaras de seguridad.

Nisha está a pocos metros de Sam, vigilando, mientras Jasmine repasa las reservas hasta encontrar lo que busca. Bloquea una habitación, hace unos cuantos cambios en la pantalla, coge una llave de un panel que hay detrás de su cabeza y cuando vuelve Michelle oliendo ligeramente a humo de cigarrillo está de nuevo en la recepción sonriendo inofensiva. Michelle se repasa el pintalabios en un espejito de mano y cierra el mostrador después de entrar.

—Eres la mejor, Jas. No me puedo creer que Jena se haya saltado otra vez el turno. Como me pidan que haga doblete otra vez, me largo.

—Cuando quieras, cariño. Cuando quieras —dice Jasmine y sale de detrás del mostrador.

Michelle la mira inquisitiva.

—Qué raro, estaba convencida de que hoy no tenías…

—Ponte perfume. Frederik va a notar el olor a tabaco.

Jasmine se saca un frasco de un aroma sin identificar del bolso y rocía dos veces a Michelle, quien se olvida de lo que estaba diciendo, tose y murmura un débil «Gracias» mientras Jasmine se guarda el perfume en el bolso y desaparece.

Nisha y Jasmine conducen a Sam por la puerta lateral y escaleras abajo hasta el vestuario de empleados, donde se ponen sus uniformes de blusas y pantalones oscuros. Sam lleva callada desde que llegó, está pálida y ojerosa, y Nisha se pregunta si se deberá a los nervios. Va a necesitar sangre fría para poder hacer esto. Es de esas mujeres capaces de asustarse, anunciar de repente que es incapaz de mentir o echarse a llorar. «Por favor, que no la cague —ruega a una deidad desconocida—. Necesito esos zapatos».

—¿Estás bien? —le pregunta con tono seco a Sam mientras se abrocha los pantalones.

—Muy bien —dice Sam, que está sentada en el banco con las manos entrelazadas con fuerza en el regazo. Tiene los nudillos blancos.

—¿No nos vas a dejar tiradas?

—No os voy a dejar tiradas.

—¿Por qué no te maquillas un poco, cariño? Estás demasiado blanca.

Jasmine, que salta a la vista que necesita estar ocupada, lleva a Sam hasta el espejo. Saca su enorme estuche de maquillaje y empieza a aplicarle colorete y rímel. Sam está por completo inexpresiva, abducida por alguna misteriosa tristeza. «¿Se puede saber qué le pasa?», piensa Nisha. Después de todo, ella es la que se la está jugando con esto. La que más tiene que perder.

—Ya está —dice Jasmine—. ¡De entre los muertos!

Ríe amable y acaricia la mejilla de Sam.

Sam se mira en el espejo.

—Gracias —dice con voz débil.

Tiene pintada la raya de ojo y la piel brillante con polvos bronceadores. Se maquilla tan poco normalmente que la transformación casi la asusta.

—¿Qué hora es? —dice Nisha mirando su reloj—. ¿Tenemos que ir ya para recepción?

—El *check in* es a las tres —dice Jasmine—. Vamos a comer algo. No se puede ir a la guerra con el estómago vacío, ¿no os parece?

Las tres mujeres están en un rincón de la cocina. Jasmine se ha comido sus tortitas pero Sam no ha tocado su comida, algo que Nisha sabe pondrá nervioso a Aleks. Le entra ansiedad si piensa que alguien no está disfrutando del plato que le ha preparado. A veces Nisha lo descubre espiando por las puertas batientes acristaladas, comprobando en silencio quién se ha dejado qué de una tortilla o unos huevos Benedict y se le tensa la espalda de tristeza si es más de la mitad.

—¿No te gusta? —pregunta señalando con un gesto el casi intacto plato de Sam—. ¿Quieres que te prepare otra cosa?

—Huy, no, está buenísimo —dice Sam con una media sonrisa forzada—. Lo que pasa es que no tengo mucha hambre.

—Pues no deberías dejarte lo que ha cocinado Aleks. Es el mejor.

Nisha está algo irritada por la negativa de Sam.

—He dicho que no tengo hambre.

Llevan toda la mañana ladrándose. La tensión está sacando a la superficie ese extraño resentimiento que las dos intentan contener.

Nisha está muerta de hambre. Se le ha olvidado desayunar, de tan concentrada que estaba pensando en todos los ángulos que tienen que cubrir y pendiente del teléfono. Cuando Aleks le ha puesto delante un plato de tortitas rociadas con sirope de arce y rodeadas de arándanos ha tenido que reprimir la casi irresistible tentación de besarlo. Se las ha terminado en pocos minutos entre gemiditos de placer producidos por la perfecta esponjosidad, el sirope pegajoso y las tiras de beicon crujiente.

—¿Estás preparada? —le ha preguntado Aleks mientras se encajaba de nuevo el paño de cocina blanco en la cintura.

—Todo lo preparada que se puede estar para algo así. —Nisha le devuelve el plato—. Gracias por las tortitas.

—Mi turno termina a las cuatro, pero me voy a quedar por aquí. Por si me necesitáis.

—No te vamos a necesitar —dice Nisha. Y como ha sonado poco amistoso, añade—: Quiero decir que espero que no. Pero te lo agradezco.

Aleks no se inmuta. Nunca lo hace.

—De todas maneras, me quedo.

Se asegura otra vez de que Sam de verdad no quiere las tortitas y, con un suspiro apenas contenido, se lleva los platos.

Son las tres menos cuarto y Sam espera en recepción. Lleva allí casi media hora y se siente incómoda y fuera de lugar en esta fortaleza marmórea de serenidad impuesta. Los huéspedes van y vienen seguidos de botones uniformados empujando carritos de equipaje o tirando de maletas de mano. Enormes cuencos con pálidas orquídeas flanquean los mullidos sofás. En el aire flota un elegante aroma a vetiver. Sam no recuerda la última vez que estuvo en un hotel, menos todavía en uno tan lujoso como este. Quizá aquella noche en Formby, cuando trabajaba para Henry y fueron a intentar conseguir una tirada gigante de programas de fútbol. Le parece recordar una tarjeta de acceso de la cadena Travelodge que no funcionaba y un persistente olor a pescado.

Mira el recargado reloj y a continuación la puerta detrás de la cual sabe que Nisha está esperando, con esa expresión tensa y determinada con la que lleva toda la mañana. Sam sabe que Nisha piensa que las va a dejar tiradas y la irritan tanto la suposición de Nisha como la leve sospecha de que puede tener razón. Cada célula de su cuerpo le está diciendo que se vaya de allí. Y, sin embargo, sabe que no tiene a donde volver. ¿Qué otra cosa va a hacer? Entonces se abren las puertas acristaladas que dan a la calle y Sam los ve: Liz y Darren Frobisher, con esa mirada de las personas que llegan a un sitio donde nunca han estado. Sam escribe «ya» en su teléfono, toma aire y va a su encuentro antes de que les dé tiempo a llegar a recepción.

—¡Hola, señor y señora Frobisher! Qué alegría verlos.

Lo han repasado un montón de veces. Michelle, de recepción, no se va a fijar en una pareja a la que saluda otra huésped en el vestíbulo, así que Sam podrá llevárselos de allí y subir con ellos a la habitación que han preparado. Hay gente que usa el vestíbulo del hotel como punto de encuentro incluso si no se hospedan en él: es glamuroso, tranquilo, está en el centro y queda bien en selfis de Instagram para quien quiera dar a entender que lleva una vida propia de un hotel elegante. La lujosa decoración a base de mármol acalla por un momento la cháchara interminable de Liz Frobisher y la pareja sigue obedientemente a Sam hasta los ascensores mientras esta les habla distraída, les pregunta si han llegado bien, comenta el día tan bonito que hace y lo elegantes que están. Liz Frobisher no lleva puestos los zapatos, pero su marido tira de una maleta de ruedas y Sam siente su presencia dentro de ella como si fueran radiactivos.

Cuando llegan a la habitación 232 la puerta está abierta y Jasmine está dentro simulando ahuecar almohadas.

—¿Son estos los ganadores del premio? —dice con una sonrisa de oreja a oreja y Liz Frobisher le tiende una mano con la palma hacia abajo igual que una reina saludando a un súbdito. Jasmine consigue arquear las cejas solo un poco. La habitación es una Ejecutiva Superior Confort, de cuarenta y dos metros cuadrados, con una cama de matrimonio y un pequeño sofá bajo la ventana.

—Bueno —dice Sam—, pues esta es la habitación. Una de las mejores del hotel. Esperamos que se encuentren cómodos.

Liz Frobisher está rodeando despacio la cama, pasando los dedos por la colcha y las cortinas como comprobando las calidades. Mira la suntuosa decoración y una expresión de ligera decepción tiñe sus facciones. Es posible que el estatus de ganadora de un premio se le haya subido a la cabeza.

—Entonces ¿cuándo me van a hacer las fotos? —pregunta a Sam.

—Estaría bien hacerlas cuanto antes —contesta Sam—. Ahora que hay buena luz, me refiero.

—¿Está bien este estilismo?

Liz Frobisher lleva un falso Chanel de dos piezas, con los bajos deliberadamente deshilachados y un pañuelo anudado al cuello de manera informal. Lleva el pelo rojo, que ahora Sam comprueba que es teñido, repartido en ondas poco abiertas y su maquillaje sugiere que ha pasado más de una hora delante del tocador.

—Maravilloso —dicen Jasmine y Sam al unísono y Liz se ahueca como si el cumplido fuera de esperar.

—¿Nos van a invitar a una copa? —pregunta Darren.

—Darren, ya hemos dicho que no vamos a beber —dice Liz, cortante, y añade—: Queríamos saber…, bueno…, si la velada incluye algo más o solo la habitación.

El «solo» flota en el aire como una vaga amenaza.

—Estoy segura de que podremos improvisar algo para nuestros flamantes ganadores —dice Jasmine con tacto. A continuación escribe su número de teléfono en el bloc que hay en la mesilla y se lo da—. Cualquier problema que surja, lo que sea, llamen a este número. Soy la supervisora encargada de su habitación. Estaré encantada de ayudar.

Nisha llama con energía a la puerta y entra con una cámara que alguien llevó a Objetos perdidos y allí sigue, seguramente porque ninguno de los empleados ha conseguido hacerla funcionar. Saluda a la pareja con esa calidez ensayada que tan natural resulta en los americanos y espera mientras Liz abre la maleta. Sam ve cómo se le salen los ojos cuando descubre los Louboutin rojos primorosamente colocados encima de un suéter claro y observa cómo Liz los saca con cuidado de la caja y se los pone. Ahí están, piensa Sam, a centímetros de nosotras, y mira preocupada a Nisha, temiendo que se le vaya la pinza y se los arranque a la mujer de los pies. Pero Nisha parece recobrar la compostura y, aunque su sonrisa resulta un poco más gélida, Sam sospecha que es la única en darse cuenta.

Los tres, Darren, Jasmine y Sam, esperan sin saber muy bien qué hacer mientras Nisha pide a Liz que pose junto a la ventana, sentada a la mesita primero y a continuación con Darren en la puerta hasta que Liz insiste en que Darren no debe salir porque no se ha afeitado por la mañana.

—Y, además, tampoco ha sido él quien ha comprado los zapatos.

Darren, liberado de sus obligaciones, empieza a pulsar botones en el mando a distancia de la televisión.

—¿Y qué plan tienen para esta noche? —dice Sam mientras Nisha finge hacer fotos—. ¿Van a cenar en el restaurante del hotel?

—Ah, Darren ha mirado la carta y no le gusta. Quiere ir a otro sitio.

Liz levanta la barbilla y hace un pequeño puchero.

—¿No le apetece nada de la carta? ¿Ni siquiera una hamburguesa? —pregunta Sam.

—Vamos a ir a comer comida china. Me encantan las tortitas crujientes de pato —dice Darren.

—Supongo que no irá con esos zapatos —dice Sam como quien no quiere la cosa—. Tienen mucho tacón, ¿no?

Liz se mira los pies.

—Ah, estoy acostumbrada a los tacones.

—Pero no querrá ir hasta Leicester Square con ellos puestos.

Liz se encoge de hombros.

—No lo sé. En realidad depende de si llueve, ¿verdad, Darren?

—Pues estos son preciosos —dice Sam señalando con el dedo—. Los zapatos que traía puestos. Yo me pondría estos.

Nisha está callada y sin quitar ojo a los pies de Liz. Si una mirada pudiera quemar, de las tiras de los Louboutin saldría ahora mismo una fina nube de humo.

—Ah, son de Russell y Bromley —dice Liz—. Pero no sé si pegan mucho con este traje.

—¡Claro que sí! Van fenomenal. Me encantan —dice Sam.

—Las aceras en Leicester Square son muy desiguales —dice Jasmine mientras ahueca otro cojín—. Tenga cuidado no vaya a torcerse un tobillo por llevar tacones. La semana pasada tuvimos una huésped que se hizo bastante daño. —Inclina la cabeza y añade en tono sombrío—: Pero daño de verdad.

Liz se sienta en el borde de la cama.

—No. Lo más probable es que lleve estos. Son mis zapatos de la suerte, ¿a que sí, Darren?

Gira un tobillo y se mira el pie con admiración.

Jasmine y Sam se miran consternadas.

—Bueno —dice Sam mientras retrocede hacia la puerta—. Pues muy bien. Les dejamos que disfruten del premio.

—No se olviden de que pueden llamarme directamente si necesitan cualquier cosa —dice Jasmine—. Es mucho más cómodo que hacerlo a través de recepción.

—¿Puedo ver las fotos? —pregunta Liz cuando Nisha va hacia la puerta.

Nisha se pone la cámara a la espalda.

—Cuando estén reveladas le mandaré la hoja de contactos.

Las palabras «hoja de contactos» parecen complacer a Liz. Las tres mujeres se detienen un momento en la puerta.

—¡Bueno! —dice Jasmine—. ¡Pues que lo pasen estupendamente!

—Me parece precioso —dice de pronto Sam— que estén aquí precisamente por su amor a los gatos.

No ha podido evitarlo. Reprime un aullido de dolor cuando Nisha le clava un dedo en los riñones. A continuación salen y Jasmine cierra la puerta.

—Nadie sale con zapatos abiertos con este tiempo —dice Jasmine esperanzada—. Ni siquiera ella.

—Hace bastante frío —añade Sam.

—Se va a poner sus «zapatos de la suerte» —dice Nisha furiosa—. Aunque nieve.

—No me puedo creer que no beban. —Jasmine acaricia el cuello de la botella de champán rechazada—. ¿Cómo puede haber gente que no beba? Todo sería mucho más fácil si se emborracharan.

Son las cinco y cuarto y Jasmine tiene la teoría de que los Frobisher son de cenar temprano. Salta a la vista que Darren es un hombre de apetitos. El plan original era esperar a que la pareja saliera, entonces Nisha entraría a coger los zapatos. Se sientan en el vestuario de personal y miran por el ventanuco mientras se preguntan si la elección de calzado de Liz Frobisher va a estropearlo todo.

—Que llueva, joder —dice Nisha mirando el cielo gris—. En este condenado país llueve todos los días. ¿De verdad no va a caer un poco de agua hoy?

El mensaje que le mandó a Juliana figura como «leído». Pero no ha recibido contestación.

31

Los Frobisher por fin salen de la habitación 232 a las seis y cuarto, alrededor de una hora después de que las mujeres hayan decidido en silencio que el plan no va a funcionar y se hayan sumido en el desánimo. Jasmine se ha dedicado a «ordenar» lo que hay detrás del mostrador y a responder con generalidades a la interminable cháchara de Michelle sobre lo injusto del sistema de turnos mientras vigila las idas y venidas del vestíbulo. Sam y Nisha esperan en silencio en el recalentado vestuario haciendo caso omiso de las miradas indiferentes de los empleados que entran a coger cosas de sus taquillas o a cambiarse para ir a casa. Para cualquiera que pase por allí no son más que dos trabajadoras anónimas a las que no merece la pena hablar ni saludar. Ambas están calladas, absortas en sus respectivos pensamientos. A Nisha la irrita la expresión alicaída de Sam, ese aire de alguien derrotado por la vida. Entonces un mensaje la saca de sus cavilaciones. Mira la pantalla, repentinamente alerta.

—Se van. —Nisha mira su teléfono justo cuando le entra otro mensaje—. Ay, Dios mío —dice, casi sin dar crédito a lo que lee—. No lleva los zapatos.

—¿En serio? —pregunta Sam, esperanzada.

—Está lloviendo —dice Nisha—. Se ha puesto a llover. gracias, Dios mío. —Se pone de pie—. Vale. Acuérdate de lo que hemos acordado. Los sigues hasta asegurarte de que se han ido y yo subo corriendo a coger los zapatos.

Nisha lleva camiseta y pantalones negros con el fin de pasar por empleada del hotel siempre que lleve su identificador, o una huésped especialmente sosa a la hora de vestir si se lo guarda en el bolsillo. Jasmine le ha dado una tarjeta llave recién programada de la habitación y tiene el corazón desbocado. Ha llegado el momento. Va a recuperar sus zapatos. Por fin.

Sam y ella recorren en silencio el pasillo hasta la puerta lateral y Sam sale a la calle con el teléfono pegado a la oreja mientras Jasmine la informa de en qué dirección han ido. «Va a la derecha hacia Regent Street. Sigue vestida con el traje de chaqueta rojo. Sin abrigo. La muy tonta debe de estar pelada de frío».

Nisha va hasta el ascensor y pulsa el botón de la segunda planta. Mientras sube despacio se mira los pies, calzados con los zapatos planos de Sam, y da vueltas a la tarjeta que tiene en la mano. El momento es ahora. El ascensor llega a la segunda planta, las puertas se abren y Nisha sale. Tiene la cabeza a mil por hora y está eufórica por su victoria inminente. Veinte pasos, diez y los zapatos serán suyos.

Entonces ve a Ari hablando con dos hombres trajeados en mitad del pasillo.

Nisha da media vuelta, entra corriendo en el ascensor y espera con el dedo sobre el botón de «abrir puertas» mientras decide qué hacer. Asoma un poco la cabeza para asegurarse de que es Ari y la retira enseguida. Está enseñando algo escrito en un trozo de papel a uno de los hombres. Ahí plantado, charlando tranquilamente, como si no tuviera dónde ir, ningún otro sitio en el que estar. Nisha no puede llegar a la habitación sin pasar a su lado. Y teme que esta vez sí la reconozca.

Sale del ascensor y se mete en el armario de servicio que una de las limpiadoras se ha dejado abierto. Rodeada de estantes con toallas y sábanas, manda un mensaje a Jasmine.

No puedo entrar en la habitación. Está Ari.

La respuesta de Jasmine es inmediata.

Tú tranquila. Ya entro yo a por ellos.

Le sigue un segundo.

Lo vamos a conseguir. TÚ RESPIRA.

Hay algo inesperadamente calmante en seguir a alguien por las calles de Londres, piensa Sam mientras esquiva los grupos de peatones que pasean por Regent Street. Necesita concentrarse al máximo para no perder de vista a los Frobisher; el rojo chillón del traje de Liz brilla y avanza despacio porque cada pocos metros se detiene para señalar un escaparate. Sam se mantiene a unos treinta pasos por detrás, lleva la capucha del anorak subida para protegerse de la llovizna y su aliento forma nubecillas de vapor en el aire frío; siente un extraño agradecimiento por poder hacer algo que está en su mano hacer, por que el grado de atención que la tarea exige no le deje espacio en la cabeza para nada más.

Y salta a la vista que Liz Frobisher se está divirtiendo de lo lindo. Camina con un ligero contoneo, como si esperara despertar admiración, «la ganadora del premio de la tienda solidaria de la Fundación Felina Global», y de tanto en tanto levanta una mano para atusarse el pelo o comprobar su maquillaje en un escaparate. Darren Frobisher, en cambio, parece taciturno y harto, mira su teléfono a hurtadillas y suspira visiblemente cada vez que Liz se para.

A Sam le suena el teléfono. Contesta de inmediato.

—Vaya. Qué alegría saber que estás viva.

Sam mira a los Frobisher seguir por Regent Street, perderse un momento dentro de un gran grupo de adolescentes y reaparecer.

—¿Qué pasa, mamá?

—¡Qué pasa, dice! Bonita manera de saludar a tu madre, de verdad. ¡Pasa que no has buscado los himnos!

—¿Qué?

—Tu padre está considerando «A los que surcan el proceloso mar». Dice que los otros son demasiado religiosos. Yo ya le he dicho que es horriblemente lúgubre. Solo de pensar en él me mareo.

—Ahora mismo estoy un poco ocupada. ¿Te puedo llamar más tarde?

—Y encima es de lo más patriarcal. ¡Todos esos himnos lo son! —La madre empieza a cantar—. «Padre eterno, poderoso salvador, cuyo brazo amansó la ola indómita». Hablo en serio, solo falta llamar al Increíble Hulk. Aunque tu padre se ha enfurruñado muchísimo cuando se lo he dicho.

Los Frobisher se detienen y se ponen a hablar de alguna cosa. Darren señala hacia el este, quizá hacia Chinatown, y hace una mueca. Liz levanta una mano como si se diera cuenta ahora de que llueve.

—En fin, que ya veo que no nos vas a ayudar con los himnos. Así que quería preguntarte cuándo vas a venir a ayudarnos a arreglar la casa. Está hecha una pena. El váter del piso de abajo lleva días atascado. Tu padre se siente bastante abandonado. No sé qué es lo que te pasa, pero…

—No puedo hablar ahora, mamá.

—Y no me gusta que use el baño de arriba porque seguro que lo atasca también. Acuérdate de cuando se comió aquellas ciruelas pasas.

—Mamá… Luego te llamo.

—Pero ¿cuándo…?

Sam cuelga el teléfono y se esconde en la entrada de una tienda, temerosa de que la pareja la vea. Sea lo que sea de lo que hablan, queda claro que Darren está todavía menos entusiasmado que antes. Siguen discutiendo acaloradamente unos momentos entre la marea de gente de compras y de vuelta del trabajo y a continuación sus voces suben de volumen y Sam oye fragmentos de la conversación, que la brisa transporta a pesar del rugido del tráfico.

—¿Y cómo podía saber yo que iba a hacer tanto frío?

—Estoy muerto de hambre, Liz. No quiero volver hasta...

Sam no consigue oír el resto, pero ve que Liz gesticula y Darren levanta los brazos en señal de exasperación. Entonces Liz da media vuelta y echa a andar hacia ella. Sam se gira de espaldas a la calle y comprueba que los dos caminan en dirección al hotel sin dejar de discutir. Empieza a marcar el número de Nisha... y en ese momento su teléfono se apaga. Por un instante se le para el corazón. Mira la pantalla, incrédula. Se ha quedado sin batería. Con todo lo que tiene en la cabeza se le ha olvidado cargar el puto teléfono.

Levanta la vista. Los Frobisher ya van veinte metros por delante de ella, caminando a buen paso hacia el Bentley. Darren menea la cabeza por algo que ha dicho Liz.

«No, por favor. Ay, Dios mío».

Esto no lo habían previsto. Solo hay una solución. Sam se sube la capucha y echa a correr.

Jasmine se dirige al ascensor cuando oye a Frederik, el gerente del hotel, a su espalda llamándola por encima del runrún del vestíbulo.

—Ah, Jasmine. Justo te estaba buscando.

Está junto a la recepción y le hace gestos para que se acerque.

Jasmine maldice en voz baja y se vuelve con la sonrisa falsa.

—Mancha de vino en la dos diecisiete. Hay que cambiar las sábanas. ¿Puedes ir ahora mismo? Están esperando en la habitación.

Jasmine abre la boca para contestar que hoy no trabaja, pero cae en la cuenta de que no puede hacerlo sin explicar por qué está allí. Así que asiente con la cabeza, dice «Claro» y se dirige a buen paso hacia la segunda planta. Por el camino escribe a Nisha.

Lo siento. Interrupción. Tardo 5 min.

Sam tarda siete minutos en llegar al hotel, abriéndose paso entre los peatones de la ajetreada calle, esquivando varillas de paraguas, disculpándose cada vez que alguno la insulta y jadeando por el inesperado esfuerzo físico. Corre a la entrada lateral y por el estrecho pasillo hasta el pequeño vestuario. Hay un hombre sentado en el banco sacando brillo a unos zapatos de cordones negro brillante.

—¿Jasmine? —pregunta Sam sin aliento.

El hombre niega con la cabeza.

Sam echa a correr por el pasillo gritando el nombre de Jasmine; dos limpiadoras la miran, pero nadie contesta. Mientras maldice en voz baja, Sam hace un alto e intenta pensar con claridad. Jasmine puede estar en cualquier parte. Este hotel es una madriguera. El vestíbulo. Jasmine estará en el vestíbulo. Pues claro. Echa a correr de nuevo por el pasillo intentando recordar dónde está el ascensor de servicio. Lo encuentra al fondo del todo, pulsa el botón y espera dando saltitos nerviosos mientras baja parsimonioso desde el cuarto piso. La puertas se abren con dolorosa lentitud. Pulsa el botón del 0 una, dos, tres veces. «¡Vamos!», dice en voz alta mientras el desvencijado ascensor parece pensárselo hasta que por fin accede de mala gana, igual que un pariente anciano y gruñón, y sube dando pequeñas sacudidas.

Nisha espera en el armario de la ropa blanca pendiente de Ari, que sigue hablando en el pasillo. Su voz monótona sube en ocasiones de tono mientras discute alguna cosa que Nisha no logra identificar. Qué cerca está. El cuerpo entero le vibra de tensión, cada músculo está atento a un posible movimiento de Ari. «No pasa nada —se dice—. Enseguida llega Jasmine. Tú respira». Entonces, varias décadas después, oye pisadas amortiguadas en la moqueta. Vienen hacia ella, así que se queda muy quieta, pegada a las baldas y de espaldas a la puerta, medio esperando a que se abra y Ari la descubra. Pero, cuando las pisadas se alejan, Nisha contiene la respiración y, con cautela, se gira y abre un poco la puerta. La espalda ancha y fuerte de Ari con su traje negro desaparece por el pasillo. Parece estar muy concentrado hablando con alguien por el pinganillo. Nisha inspecciona el otro lado del pasillo y ve a los hombres con los que Ari estaba hablando camino del ascensor.

Cierra los ojos y respira tratando de no hacer caso del temblor de sus manos. A continuación, después de cerciorarse de que no se oye nada, sale del armario y camina rauda hasta la habitación 232 con actitud de mujer con todo el derecho a estar allí. Acerca la tarjeta al lector de la puerta, que se abre con un satisfactorio chasquido. Por fin está dentro.

Sam llega al vestíbulo justo a tiempo de ver la espalda de Jasmine desaparecer por las puertas del fondo. Atraviesa a paso más tranquilo el enorme suelo de mármol tratando de pasar desapercibida y, en cuanto cruza las puertas, echa otra vez a correr.

—¡Jasmine! —grita y Jasmine se gira con una mano en el pecho—. ¿Tiene ya los zapatos?

—No lo sé. Uno de los gorilas de su marido estaba en el pasillo. Se supone que iba a entrar yo a cogerlos, pero tengo que cambiar unas sábanas.

Justo entonces le suena el teléfono con un aviso de mensaje. Mira a Sam y sonríe radiante.

—¡Sí! ¡Está dentro!

—¡No, no, no! ¡Están volviendo!

—¿Qué?

—Los Frobisher. Han discutido y están volviendo a por el abrigo de ella. Dile que salga.

—Mierda. Qué mujer tan tonta. Estaba claro que iba a pasar frío con ese traje —murmura Jasmine y a continuación manda un mensaje a Nisha.

SAL DE AHÍ! ESTÁN VOLVIENDO!

Nisha pasea la vista por la habitación con respiración jadeante. El perfume penetrante y dulzón de Liz Frobisher aún flota en el aire. Los zapatos están aquí, maldita sea. Tienen que estar. Ve la maleta en el reposaequipajes, la abre y revisa el contenido con las puntas de los dedos intentando no pensar en el factor asco implícito en tocar la ropa interior de alguien. Nada. Abre el armario. Tampoco están ahí. Piensa. Liz Frobisher no lleva puestos los zapatos, de eso Jasmine estaba segura. Y Sam habría mandado un mensaje; después de todo está siguiendo a la pareja. Nisha levanta la falda de la cama para mirar debajo por si estuvieran allí. Considera la posibilidad de que Liz Frobisher se los haya llevado para ponérselos una vez haya llegado a su destino y suelta una maldición. ¿Cómo puede alguien llevarse unos zapatos de tacón solo para comer en un chino? Por último se asoma al cuarto de baño y da un respingo de alivio: allí están, en el suelo de baldosa, y sus suelas rojas brillan contra el mármol. Al verlos una descarga de electricidad le recorre el cuerpo, como si de pronto se le hubieran activado todas las terminaciones nerviosas. Se agacha, coge los zapatos y recupera un aliento que no sabía que estaba conteniendo. «Sí!». Entonces le vibra el teléfono. Lo mira.

SAL DE AHÍ! ESTÁN VOLVIENDO!

Nisha hace una inspección de trescientos sesenta grados de la habitación, comprueba que todo está en su sitio y corre a la puerta. Tiene la mano en el picaporte cuando oye voces en el pasillo.

—Es que yo no salgo vestido como si fuera a una fiesta al aire libre a principios de diciembre. Por Dios.

—¿Por qué tienes que ser tan desagradable? ¿De verdad quieres que me acatarre?

—No, Liz. Solo quiero cenar. Sabes cómo me pongo si no como. Y podías haber cogido el abrigo y ahorrarnos la molestia de volver hasta aquí.

Las voces se interrumpen junto a la puerta. Nisha la mira horrorizada. Recorre la habitación con la vista y entonces, con un chasquido, la puerta empieza a abrirse.

—No contesta.

—Igual está bajando en ascensor. Dentro no hay cobertura —murmura Sam y Jasmine asiente con la cabeza.

Se encuentran en un rincón del vestíbulo con la mirada fija en el ascensor y sin hablar. Cada vez que se abre, vomita un puñado de huéspedes, pero no a Nisha. Entonces a Jasmine le vibra el teléfono.

Estoy en la habitación. Han vuelto. Sacadme de aquí.

Jasmine teclea a toda velocidad con Sam leyendo por encima de su hombro.

Cómo que estás en la habitación? Dónde?

Debajo de la cama. Se han puesto a discutir.

—Madre del cielo —murmura Jasmine mirando la pantalla horrorizada.

—¿Qué hacemos? —pregunta Sam.

—No ponernos nerviosas —dice Jasmine—. Si han vuelto a por el abrigo de ella, saldrán enseguida. Todo va a ir bien. —Lo dice dos veces como para convencerse—. Seguro que han vuelto a por el abrigo, ¿no?

—Sí —dice Sam—. Sí, tienes razón. Todo va a ir bien.

Nisha está debajo de la cama de matrimonio con cada célula de su cuerpo tensa por el miedo. Jasmine y ella siempre mueven las camas para pasar la aspiradora debajo, pero está claro que la persona encargada de la segunda planta no se toma tantas molestias. Por todas partes hay pelusas, pelos de desconocidos, células muertas, una miasma de asquerosos residuos corporales microscópicos justo donde está ella tumbada. Solo de pensarlo, quiere llorar en voz alta. No puede mirar ni a derecha ni a izquierda porque entonces ve la porquería que la rodea y le produce ganas de vomitar. De modo que permanece muy quieta, con los ojos muy cerrados y las manos en la barriga para que su piel esté lo menos en contacto posible con el suelo.

—No vamos a llegar tarde a cenar. ¡No tenemos ninguna puta reserva, Darren! Porque, como de costumbre, no te has molestado en hacerla. A lo único que llegamos tarde es a que te pongas ciego de comer. ¡Otra vez!

Pisadas alrededor de la cama.

—¿Todo esto es porque querías ir a casa de tu madre? Por el amor de Dios.

—¡Me gusta ir a casa de mi madre los domingos! ¿Por qué te molesta tanto?

—¡Solo vas porque te lo hace todo y no te deja mover un dedo! No me extraña que luego seas un inútil en casa.

Largaos, piensa Nisha. Largaos y tened vuestra lamentable pelea en un restaurante. Por favor, salid de esta habitación.

—¿Sabes qué? Que ya no me apetece salir. Voy a llamar al servicio de habitaciones.

—¿Cómo? —la voz de Liz Frobisher es de incredulidad.

—Ya me has oído.

Nisha hace una mueca de horror cuando nota peso en la cama, justo encima de ella. Tiene el somier a menos de tres centímetros de la nariz. Oye a Darren —porque tiene que ser Darren— coger el mando a distancia y encender la televisión. Los comentarios de un partido de fútbol llenan la habitación.

—Entonces ¿te vas a quedar aquí? ¿Me vas a hacer cenar sola?

—Haz lo que te dé la gana. Venir aquí ha sido idea tuya, así que arréglatelas como quieras.

—Mi hermana tenía razón sobre ti.

—Ah, tu hermana. Pues muy bien. La que faltaba.

Algo hace cosquillas a Nisha en la nariz. Quizá una partícula de polvo desplazada por el peso de Darren. Se lleva la mano a la nariz y aprieta fuerte. Va a estornudar. Ay, Dios mío. No puede evitarlo. Nisha se siente a punto de explotar. Es imparable…

Justo cuando estornuda sonoramente, la habitación se llena de ruido.

—¡Gol! Tremendo gol de Kane. ¡El portero no ha podido hacer nada! —grita el comentarista deportivo y el ruido empieza a bajar de volumen. A Nisha le lloran los ojos. Siente que va a gritar de un momento a otro. Encima de ella, Darren cambia de postura y Nisha lo oye coger el teléfono de la habitación de la mesilla.

—O sea, que te quedas aquí.

—Sí —dice Darren—. Fuera hace demasiado frío. Vamos a comer algo.

—Quiero salir. Nunca vamos a ningún sitio bonito.

—Salimos el sábado pasado.

—Sí, pero con tu hermano.

Nisha intenta disociarse de su cuerpo tal y como ha oído que hacen algunas personas. Se concentra en su respiración, hasta que cae en la cuenta de que, si respira hondo, aumentan sus probabilidades de inhalar la basura que hay debajo de la cama. Cierra fuerte los ojos y se tapa la boca con la mano.

Se oyen pisadas, a continuación nada excepto el bullicio del fútbol televisado.

Nisha abre los ojos y oye sollozos ahogados procedentes de la butaca en un rincón de la habitación. La cama se mueve un poco encima de ella y ve los pies de Darren en el suelo enmoquetado a la altura de su cabeza. Tiene un tomate en el calcetín izquierdo por el que asoma un círculo de piel pálida.

—¿Estás llorando?

—Déjame.

Largo silencio. Más sollozos ahogados.

—Solo quería tener un día especial. He ganado un premio, Darren. Estaba superemocionada y lo has estropeado todo.

Un suspiro.

—No he estropeado nada. Anda, ven aquí. Lo único que pasa es que tengo hambre.

De pronto Nisha ve un aviso de mensaje en su teléfono.

Has salido?

No!

No se van?

No lo sé. Me voy a morir debajo de esta cama. Tal cual.
SOCORRO

Tres puntos suspensivos, a continuación silencio. Se imagina a Jasmine y a Sam abajo intentando pensar qué hacer. A Jasmine se le ocurrirá algo. Seguro.

—De acuerdo, cariño, salimos a cenar. Ponte el abrigo. —Nisha oye a Darren ponerse su cazadora, el brazo que se desliza dentro de la manga, el tintineo de llaves—. ¿Está por ahí mi cartera?

Largaos, piensa Nisha. Id a cenar. Por el amor del cielo.

Entonces la voz llorosa de Liz:

—Ya no tengo ganas de salir.

Nisha abre los ojos. «¿Está de coña esta cabrona?».

—Lo has estropeado.

La voz de Darren tiene ese tono conciliador de un hombre que ha tenido muchas, pero muchas conversaciones como esta.

—Ay, cariño, no llores. Sabes que no soporto verte llorar.

Unas palabras farfulladas que Nisha no entiende.

—Ven aquí. Ven a sentarte conmigo en la cama. Y te achucho un poco.

Nisha contiene la respiración, a continuación hace una mueca cuando la cama cruje ligeramente bajo el peso de lo que pueden ser dos personas.

—Ven aquí, mi nenita preciosa. Anda.

El lloriqueo cesa. «¿Están… Ay, no, por favor». No. A Nisha se le eriza el vello de la nuca. Oye ruido de besos.

—Ya nunca me llamas así.

—Mi nenita preciosa. Estás guapísima con este traje. Guapísima.

—Lo dices para hacerme la pelota.

—Estás más buena que un plato de pato crujiente.

Hay una risita reacia.

«Ay, Dios, no, por favor. No, no, no».

—Oooh, ¡mi sujetador favorito! Sabes que me encanta.

El sonido de más besos, más risitas. A continuación un suave gemido. Luego otro más sonoro, masculino.

POR DIOS SACADME DE AQUÍ YA

Nisha ha vivido muchos momentos de infelicidad en el último mes, pero no eran más que un aperitivo. Ahora ha tocado fondo. Es como si cada una de sus peores pesadillas se hubiera materializado en una pareja de salidos echando un polvo a escasos centímetros de su cara. Ha entrado en un nuevo estado mental en que necesita hasta el último gramo de concentración que tiene para respirar sin gritar, para resistir un segundo más la urgencia de salir chillando de debajo de la cama y cruzar la repugnante moqueta. Cierra los ojos e intenta pensar en Ray, pero evocar su preciosa cara en este asqueroso fárrago no le parece bien, así que se limita a taparse la boca con la mano e intentar no oír los ruidos que hay encima de ella. «Se acabó —piensa—. Ha llegado mi hora. Caerán en un coma poscoital y me quedaré aquí atrapada toda la noche. Encontrarán mi torturado cadáver la próxima vez que una de las limpiadoras del segundo piso decida que mover un puto mueble para pasar la aspiradora debajo de esta cama no es algo degradante».

Cada vez que cree que no aguanta más, lo consigue. Un segundo de pesadilla detrás de otro. Hasta que, por fin, Darren decide darlo todo. La cama empieza a moverse, las lamas situadas encima de Nisha se comban y le rozan la cara. Los gemidos y chillidos de placer suben de volumen. Nisha empieza a perder los nervios. Está temblando. Tiene la mente en blanco. Esto es demasiado. Es insoportable. Es…

Sam y Jasmine están al fondo del pasillo de la segunda planta, aproximadamente a un metro la una de la otra, Jasmine junto al carrito de limpieza, Sam con la capucha subida, y Jasmine le va leyendo en voz baja los mensajes de texto que le llegan al teléfono, que tiene apoyado en una pila de toallas.

Jasmine lo coge y escribe:

ESTÁS BIEN?

NO NO ESTOY BIEN ESTÁN HACIÉNDOLO ENCIMA DE MÍ

Jasmine abre los ojos horrorizada. Se lo cuenta a Sam y ríe nerviosa. Pegan la oreja a la puerta de la habitación 232. En el silencio distinguen los sonidos, unos ruidos que, incluso en la mejor de las circunstancias, pondrían la piel de gallina a cualquiera.

—Se va a morir —dice Jasmine asintiendo con la cabeza mientras se endereza—. Te lo digo en serio.

Hay otro aviso de mensaje.

CON TANTO POLVO VOY A ESTORNUDAR

—No, cariño —murmura Jasmine mientras teclea.

No estornudes. NO ESTORNUDES.

ESTOY TENIENDO UN ATAQUE DE PÁNICO

Los mensajes se suceden.

NO PUEDO RESPIRAR SOCORRO

—¿Qué vamos a hacer? —susurra Jasmine angustiada.

Sam no lo soporta más. Agita las manos intentando pensar. Cierra los ojos, a continuación los abre y echa a correr por el pasillo hasta encontrar lo que busca. Se vuelve a mirar a Jasmine, se quita uno de los zapatos salón azul marino de Marks & Spencer y martillea con él la alarma de incendios —dos, tres veces— hasta hacer añicos el cristal. Pulsa el botón con la mano. El ruido es inmediato y ensordecedor.

—¿Se puede saber qué coño haces? —grita Jasmine.

—¡Corre! —dice Sam y echa a correr hacia la salida de incendios.

32

El mensaje grabado atruena en cada una de las trescientas diez habitaciones del hotel Bentley. «Por favor, mantengan la calma. Se ha activado la alarma de incendios. Diríjanse a la salida de emergencia más cercana».

Darren, interrumpido en lo que posiblemente era un momento inoportuno, tarda un segundo más en comprender lo que pasa que Liz. Esta ya se ha levantado de la cama y apoyado los pies descalzos en el suelo.

—Un incendio. ¡Darren, hay un incendio! ¡Un incendio!

Darren jadea:

—Será una falsa alarma.

—Oigo a gente en el pasillo. ¡Darren, levántate! ¡Tenemos que salir!

—No me lo puedo creer.

Los pies de Darren, todavía con calcetines, aterrizan junto a la cabeza de Nisha. Está paralizada, ensordecida por el ruido. Busca a tientas los zapatos, junto a su muslo derecho, y los coge por las tiras. Oye cómo los Frobisher se visten a toda velocidad, discuten, cogen sus cosas, las voces apremiantes y las pisadas al otro lado de la puerta. Y, por encima de todo lo demás, el timbrazo penetrante y discontinuo de la alarma de incendios.

—El bolso. ¿Dónde está mi bolso?

—En cuanto bajemos parará, cariño.

—¿Dónde están los zapatos?

—No te preocupes por los puñeteros zapatos. Coge tu...

—Darren. Está saliendo todo el mundo. Por favor.

Nisha detecta el pánico en la voz de Liz Frobisher. Una lejana parte de ella se pregunta si el fuego es real. Si le dará tiempo a salir o morirá calcinada debajo de la cama y la encontrarán más tarde convertida en una reliquia humana como las de Pompeya. Oye el chasquido de la puerta que se abre, el ruido abrupto de cien personas saliendo de sus habitaciones, desorientadas y confusas, un llanto de bebé. Entonces la puerta se cierra y amortigua de nuevo el ruido. Hay un corto silencio. Nisha espera un momento, a continuación sale de debajo de la cama, tose y se sacude polvo de la ropa con ojos llorosos por las arcadas. La fotografía. No puede dejarse la fotografía. Saca la copia impresa y la deja en la mesilla de noche, luego va de puntillas hasta la puerta, se asoma y, con los zapatos pegados al pecho, se deja arrastrar por la marea de huéspedes nerviosos que se dirigen hacia las escaleras de incendios, sin importarle ya si la engullirán las llamas.

Sam y Jasmine esperan muy juntas en la entrada trasera, por donde salen empleados en pequeños grupos, todavía sin estar seguros de si deben abandonar o no sus puestos. Algunos han empezado a fumar, ajenos a la ironía del gesto, y hay unos cuantos cocineros con chaquetilla blanca que tiritan juntos y se lamentan de suflés echados a perder, platos de pescado quemados y lo furioso que se va a poner el maître.

—No contesta mis mensajes. ¿Crees que debemos llamarla?

—Mejor espera cinco minutos más. Por si acaso.

—Voy a llamar a Aleks. Igual sabe algo.

Sam tiene el corazón desbocado. Se siente al mismo tiempo eufórica y aterrada. Ha sido ella. Ella ha desatado este épico estado de caos y confusión. Oye el aullido de la alarma, las voces de encargados del hotel intentando localizar dónde está el fuego. El hotel se vacía. Centenares de personas se reparten por la acera, padres guiando a hijos llorosos, turistas con desfase horario que parpadean a la luz de las farolas. Su vida es un caos y ahora ella ha creado uno. Ha detenido esta gigantesca maquinaria con una mano. Con el estrépito de fondo ve a Jasmine hablar por teléfono con expresión tensa y tapándose la oreja libre con una mano. El tráfico de la calle se ha detenido a medida que los huéspedes, algunos en albornoz, otros en abrigos puestos a toda prisa, han empezado a repartirse por la calzada, y los taxis tocan el claxon mientras los esquivan en la oscuridad.

Sam lo observa todo sin dar crédito y descubre que algo extraño está ocurriendo. En su pecho se forma una burbuja de algo que le es desconocido y que empuja hacia arriba sin que pueda controlarlo. Se echa a reír. Recuesta la cabeza en la pared, nota el frío del ladrillo en el cuero cabelludo, su tacto rugoso en las manos, y se ríe de la caótica locura de la situación. Ríe y ríe hasta que empieza a llorar, hasta que le salen las lágrimas de los ojos y tiene que sujetarse los costados con las manos. Entonces ve a Jasmine que la mira con el ceño fruncido y expresión incrédula y esto la hace reír aún más.

—¿Te has vuelto loca? —dice Jasmine mientras se guarda el teléfono en el bolsillo.

Sam se seca los ojos y asiente con la cabeza sin dejar de reír.

—Puede. Sí. Sí. Creo que sí.

Nisha se abre paso por el pasillo entre el gentío; en la puerta de las escaleras de incendios se empieza a formar un cuello de botella. Un grupo numeroso de jóvenes ríe y bromea y detrás de Nisha una pareja mayor se queja del ruido y se tapa las orejas con manos arrugadas. Nisha se pega los zapatos al pecho todavía sin creer que lo ha conseguido. Por fin los tiene. Mira el gentío enfilar despacio la estrecha escalera y se vuelve para comprobar si Jasmine o Sam andan por allí. Es entonces cuando lo ve. Ari.

Este mira fijamente los zapatos y a continuación la cara de Nisha y su expresión delata momentáneamente sorpresa cuando la reconoce. Casi de inmediato se abre camino entre protestas de huéspedes hacia ella. A Nisha se le para el corazón. Cruza a codazos la puerta y empieza a bajar la escalera esquivando a las personas que van a paso lento, consciente de que Ari la sigue.

«¡Cuidado! ¡Casi me tiras al suelo!».

Nisha no tiene aliento para disculparse. Se le ha quedado atrapado en algún lugar del pecho. Sigue empujando, baja los escalones de tres en tres y, a juzgar por las exclamaciones que oye a su espalda, sabe que Ari está haciendo lo mismo. Calcula rápidamente y entonces se zambulle entre la gente y sale en el primer piso, con una mueca de dolor cuando alguien le clava un codo en el pecho. Están tan apretados que huele los olores de otras personas, nota su ligero pánico. Se apretuja entre dos corpulentos hombres de traje y echa a correr en sentido contrario a la gente que va hacia la salida de incendios, en dirección al ascensor de servicio.

La primera regla del protocolo en caso de incendio es no usar el ascensor, pero Nisha entra y pulsa el botón de la planta baja justo a tiempo de ver la cara de Ari cuando le cierra la puerta en las narices. Grita algo, no sabe muy bien qué, y de pronto el ascensor se pone en marcha y empieza a bajar despacio. Estará llamando a sus hombres. ¿Cuántos habrá? ¿Dónde irá? Las puertas se abren en la planta baja y Nisha corre por el atestado vestíbulo hasta la puerta del restaurante. La cruza, atraviesa pegada a la pared el salón casi vacío a excepción de unos pocos clientes agitados que discuten con el personal porque quieren sus abrigos y llega a las cocinas.

Es domingo por la noche y por lo general las cocinas del Bentley son un mundo de sonidos, de repiqueteo de sartenes, de vapor, de alimentos friéndose a temperaturas imposibles. Hombres de blanco con expresión agobiada se gritan y limpian manchas de platos con trapos de algodón mientras las puertas se abren y cierran con camareros que traen y llevan platos. Hoy no hay más que un puñado de empleados recogiendo sus objetos personales y dirigiéndose a la puerta de servicio, y olor a quemado. Lo ve.

—¡Aleks!

Este se vuelve, es posible que vea algo en la expresión de Nisha, porque corre hacia ella.

—¡Me está persiguiendo! ¡Ayúdame! —grita Nisha volviendo la cabeza.

Aleks la coge del codo y la empuja hacia el fondo de la cocina.

—Entra aquí —dice mientras teclea un código en el panel que hay junto a la puerta metálica.

Están en el cuarto frío y Aleks ha cerrado la gruesa puerta y dirige a Nisha detrás de la cortina de plástico, hacia el fondo. Las luces se encienden automáticamente con sus movimientos y Nisha pasea la vista por las enormes bandejas de carne, los cuerpos de animales que cuelgan de las paredes de azulejo, las baldas con verduras y cartones de leche de tamaño industrial.

—Allí —señala Aleks—. Al final de las estanterías.

Nisha obedece y se mete detrás de una montaña interminable de huevos, los dos se encajan detrás de una repisa con latas de acero inoxidable, ocultos a la vista.

Reina el silencio, a excepción del zumbido del motor de refrigeración. Nisha tiene la respiración jadeante y el corazón le atruena los oídos ahora que el bullicio exterior se ha acallado. Cada vez que cierra los ojos ve a Ari, la sorpresa y la determinación en su cara mientras la perseguía.

—Los tienes —dice Aleks.

Nisha baja la vista, se da cuenta de que sigue aferrada a los zapatos y asiente en silencio mientras se los pega más al pecho y cae en la cuenta de que es verdad; los tiene. Fuera la alarma sigue aullando, pero aquí el ruido llega amortiguado y, poco a poco, Nisha deja de tener los nervios de punta. Aleks sonríe con su cara a centímetros de distancia y Nisha le devuelve la sonrisa, un poco más nerviosa. Una parte de ella sigue convencida de que Ari va a entrar como una tromba y arrebatarle los zapatos.

—No va a entrar —dice Aleks como si le leyera el pensamiento—. Necesitaría el código para abrir la puerta.

—¿De verdad hay un incendio?

—No. Tu amiga Sam dio al botón de la alarma. Me lo ha dicho Jasmine.

—¿Sam?

Nisha no da crédito. Consulta su teléfono y ve la retahíla de llamadas perdidas y mensajes.

—Dice Jasmine que estabas teniendo un ataque de pánico y que tomó una decisión ejecutiva. —Aleks levanta una mano para retirarle a Nisha un mechón de la cara—. ¿Estás bien? ¿Qué ha pasado?

—Si lo cuento no me creerías.

Aleks sonríe. Tiene el brazo junto a la cabeza de Nisha, con la palma apoyada en la pared, y Nisha ve los músculos de sus antebrazos, el vello rubio diminuto erizado por el frío. Ahora que está quieta de pronto es consciente de la temperatura.

—¿Cuánto tiempo crees que vamos a tener que estar aquí?

—Hasta que vuelva todo el mundo.

—¿No crees que deberíamos intentar escabullirnos ahora? ¿Mientras están todos fuera?

Aleks hace una mueca.

—Lo veo complicado. Esta puerta no se abre desde dentro.

—¿Cómo?

—El mecanismo es defectuoso. Aquí jamás arreglan nada si está en la zona de servicio. Pero no te preocupes. Estarán todos de vuelta dentro de veinte minutos como mucho. No vamos a morir congelados.

—Yo igual sí.

Nisha ya se está arrepintiendo de no llevar más que la blusa negra y los pantalones. Allí dentro no hay absolutamente nada con que protegerse del frío. Se abraza a sí misma y empieza a tiritar.

Aleks se da cuenta y se quita la chaquetilla de cocinero, se la pone sobre los hombros y se la abotona debajo de la barbilla.

—¿Mejor?

—Un poco.

Qué cerca está. Nisha inspira su aroma impreciso a alimentos cocinados y, por debajo, el olor cítrico de su jabón. De pronto le viene a la memoria el beso, la sensación de querer fundirse con él y olvidarse de todo.

—Ven —dice Aleks, que la rodea con sus brazos y la atrae contra su pecho.

Nisha siente el calor de su cuerpo a través de la camiseta y cuando recuesta la cabeza en su pecho percibe los latidos de su corazón. Cierra los ojos mientras oye los sonidos distantes de puertas, el zumbido interminable de la alarma. Aleks es la persona más calmada que ha conocido nunca… y eso la tranquiliza. Todo va a salir bien. Aquí está a salvo. Ari no la va a encontrar. Tiene los zapatos.

Pero.

En el casi silencio, por encima del ronroneo del refrigerador, oye el corazón de Aleks. Sin duda late más deprisa que un corazón normal. Nisha tiene las manos frías y Aleks le coge una y se la lleva a los labios, la calienta con su aliento y la encierra en sus dedos. El corazón se acelera un poco más. Nisha mete la mano que tiene libre por debajo de la camiseta de Aleks. «Así me la calientas», murmura, y el ritmo cardiaco de Aleks vuelve a aumentar. Entonces algo cambia dentro de Nisha. Levanta la cara. Aleks la está mirando y el aire entre los dos se ha vuelto algo borroso.

—Qué frío hace —susurra Nisha.

Silencio. Y a continuación los labios de Nisha están en los

de Aleks y este tiene las manos en su pelo y están contra la estantería, sus besos son ardientes e interminables, las manos de Aleks estrechan a Nisha y esta se ha olvidado por completo de la temperatura.

Veintiocho minutos después la puerta se abre. La alarma está silenciada y el personal se dirige a sus puestos entre murmullos y bromas. Nisha y Aleks esperan detrás de la puerta, ella todavía lleva la chaquetilla blanca sobre los hombros y la expresión de ambos es sospechosamente impenetrable. André abre y los mira con curiosidad.

Cuando sigue sin quitarles la vista de encima, Aleks dice:

—Era para que no se enfriara.

—Ya —dice André.

Ya están a medio camino del callejón cuando caen en la cuenta de que Aleks se ha dejado el cinturón y que a Nisha le bajan dos huevos rotos por la espalda.

Abandonan el hotel por la puerta lateral cruzando un gran almacén con sillas y mesas de banquete y salen al callejón situado al otro lado, lejos de la gente y el caos. Recorren caminando el último kilómetro hasta el apartamento de Jasmine cogidos del brazo, sin hablar apenas, pero los largos silencios no preocupan ni incomodan a Nisha. Quizá por primera vez en su vida experimenta una profunda paz, una calma que parece producto de las drogas y que apenas reconoce. Nota todo el cuerpo electrificado, hipersensible al hombre que camina a su lado, pero al mismo tiempo muy relajado. Aleks lleva los zapatos a salvo en la mochila; camina con brío por las calles nocturnas acompasando su paso al de Nisha y esta habla únicamente para dirigirlo. «Aquí hay que torcer» o «En esa esquina», y Aleks de cuando en cuando la estrecha contra sí.

Es algo agradable, ese apretón, nada posesivo, solo reconfortante, un recordatorio de su presencia. También sirve para evocar de tanto en tanto un eco de la media hora que han pasado juntos en el cuarto frío y, cada vez que piensa en ello, algo dentro de Nisha arde y se funde. «Así que esto es lo que se siente». Casi le produce tristeza, entender lo que ha normalizado durante los últimos veinte años, cómo había dado por hecho que estaba en una relación de igualdad, de respeto, cuando todo lo que Carl hacía no venía sino a subrayar su elemental falta de respeto. Había admirado a Nisha, sí, la había deseado, a menudo. Pero ¿amarla? No. No estaba segura de que Carl fuera capaz de una emoción así. «Quédate conmigo», había murmurado Aleks con los ojos a centímetros de los de Nisha, y en ese momento a flor de piel Nisha supo que había pasado media vida con un hombre que no había sabido conectar con ella en absoluto. Porque conectar era una palabra que ni siquiera figuraba en su vocabulario. He sido una posesión más, piensa. Un objeto. Cierra los ojos en un intento por ahuyentar la vergüenza y la tristeza que acompañan esa constatación.

—¡Ha llegado!

Jasmine abre la puerta dejando salir una ráfaga cálida de aire perfumado y cuando entra Nisha ve que Sam, Andrea y Grace la esperan en la cocina con caras felices y expectantes.

—¡Lo has conseguido! —dice Jasmine riendo y abraza con empatía a Nisha de manera que Aleks tiene que echarse a un lado—. ¡Lo has conseguido, joder! ¡Eres una crack! Ay, Dios mío, no sé cómo hemos podido sobrevivir a esa última media hora. ¡Casi me da algo! Por lo menos cincuenta veces pensé que iba a tener un infarto. —Los hace pasar a la cocina después de cerrar la puerta de la calle y echar el cerrojo—. En serio, Nish, cuando empezaste a mandarme esos mensajes no sabía si reír o tener un puto ataque de pánico como el tuyo.

Nisha ha estado tan absorta en el placer callado de su paseo con Aleks que tarda un momento en sintonizar la frecuencia de las otras.

—Estamos tomando champán —dice Andrea mientras descorcha una botella—. Bueno, prosecco. No tenía dinero para champán, pero es más o menos lo mismo.

Hay un aullido de aprobación y Jasmine saca copas de un armario mientras Grace vacía una bolsa de patatas tamaño familiar en una enorme ensaladera.

—Saca otra ensaladera, cariño, y pon esos nachos. Los de sabor a queso. ¿Saco dips? ¿Alguien quiere?

Aleks y Andrea se presentan por encima de la música que ha puesto Jasmine. Grace pasa las patatas fritas y cada vez que las ofrece coge a hurtadillas unas pocas para ella. Jasmine abraza a Aleks dos, tres veces, lo interroga sobre dónde han terminado Nisha y él, y, cuando Aleks se lo explica, mira de reojo a Nisha con expresión cómplice. La estrecha habitación rebosa de ruido, alivio y risas. Nisha da un sorbo de prosecco. Es barato, demasiado dulce y está riquísimo. Mira a Sam, quien, como de costumbre, está de pie en un rincón. Los mira a todos con una sonrisa imprecisa, pero en sus ojos hay tristeza y cansancio.

Nisha rodea la mesa y se reúne con ella. De pronto todos se callan. Nisha ve cómo Sam se tensa un poco, como preparándose para el nuevo proyectil verbal que está a punto de recibir. Las dos se miran.

—Gracias —dice Nisha—. Por lo que has hecho.

Y ante la mirada algo incrédula del resto, Nisha da un paso adelante y abraza a Sam, la estrecha con fuerza hasta notar que Sam se ablanda y, tímidamente al principio, pero con sorprendente intensidad después, le devuelve el abrazo.

Como ocurre en las mejores fiestas improvisadas, esta fluye sin el más mínimo esfuerzo. Se termina el prosecco y Aleks baja en un momento a comprar vino. Para cuando dan las nueve y media hay música y conversación y el pequeño apartamento se ha convertido en un oasis de calidez y risas. Andrea, cuya recuperación parece haber cobrado ímpetu desde su última cita médica, insiste en que Nisha les cuente hasta el último detalle qué pasó en la habitación 232 y ríe tanto que tiene que secarse las lágrimas y se le descoloca el pañuelo de la cabeza. Jasmine hace un relato pormenorizado de cada uno de sus estados de ánimo, imita a la dirección del hotel mientras intentaban descubrir quién había hecho saltar la alarma antiincendios. Terminaron culpando a algún gamberro de la calle, cosas que pasan en un hotel que está en el centro de la ciudad. Felicita a Sam por llevar puesta la capucha de su sudadera dentro del hotel y Sam no tiene el valor de decirle que solo lo hizo porque se le olvidó que la llevaba así. Hablan de los Frobisher, interrumpidos abruptamente en su interludio sexual («Por favor, no cuentes esa historia otra vez, Nish, o me hago pis»), que es posible que en este momento se estén encontrando la fotografía que les dejó Nisha de Liz Frobisher tirando un gato a un contenedor. «¡Van a pensar que somos de la patrulla felina!». Grace se parte de risa.

—Y si después de eso todavía tienen la cara dura de quejarse al hotel de que les faltan unos zapatos se encontrarán con que ni siquiera están registrados como huéspedes —dice Jasmine. ¿Qué hotel se va a tomar en serio una reclamación por robo de alguien que está ocupando ilegalmente una de sus habitaciones? Alguien baja a comprar patatas, que comen mojadas en un cuenco de tomate kétchup.

Sam, que observa desde un taburete en el rincón, está sorprendida por el cambio operado en Nisha. Está distinta: ablandada, más relajada. Está sentada al lado de Aleks en el estrecho sofá y de tanto en tanto, cuando creen que nadie los ve, entrelazan los dedos sin mirarse. La imagen entristece a Sam. He perdido eso, piensa. Lo tenía y lo he perdido. Ahora que ha hecho lo que había prometido, el ímpetu y la determinación la abandonan poco a poco. Ha ayudado a Nisha a recuperar sus zapatos, pero lo ha perdido todo. La velada da vueltas y se desdibuja. Pasan horas en cuestión de minutos. Están todos, se da cuenta Sam, bastante borrachos y lo cierto es que le da igual. Cat duerme hoy en casa de Colleen, hace un rato le ha mandado un escueto mensaje informándola de ello y también de que ha «sacado el perro, por si te habías olvidado de él». Phil se ha ido y en casa no la espera nada.

Nota la mano de Andrea en el brazo.

—¿Estás bien, cariño mío?

—Muy bien —dice Sam tratando de sonreír.

Los ojos de Andrea buscan los suyos.

—Luego hablamos —dice y le da unas palmaditas de ánimo.

—¿Puedo ver los zapatos? —pregunta Grace.

—¿Qué?

—Quiero ver por qué se ha armado todo este lío —insiste Grace haciéndose oír por encima de la música.

Aleks sonríe y coge su mochila.

—Claro —dice—. Vamos a celebrar el premio.

De pronto Nisha parece inquieta. Espera mientras Aleks saca cada uno de los zapatos de tacón rojos de su mochila y se lo da con cuidado. Nisha los coloca uno junto al otro encima de la mesa baja que tiene delante.

—Son muy bonitos —dice Grace y Jasmine le da un apretón en el hombro.

—Qué locura, ¿no? —dice Andrea—. Todo esto por un par de zapatos.

Sam tarda un momento en darse cuenta de la expresión de Nisha mientras los mira.

—¿Sabéis qué es lo más raro? —dice Nisha—. Que ni siquiera me importan.

—¿Qué es lo que no te importa? —Jasmine baja la música.

—Los zapatos. Miradlos.

Todos miran los zapatos. Y a continuación, algo menos convencidos, a Nisha.

—Para él son un juego. Una forma de tenerme a su merced. La verdad es que creo que los odio. Son el resumen perfecto de nuestro matrimonio. Pura fachada. Yo corriendo detrás de él como una tonta, vestida como un puto poni de competición. Con él controlándolo todo. ¿Sabéis que según mi hijo ni siquiera son Louboutin auténticos?

—Lo importante es que ya los has recuperado —dice Andrea con tono tranquilizador—. Y eso significa que tiene que darte lo que le has pedido. Tiene que darte tu compensación económica.

—No —dice Nisha—. Aquí hay algo raro. No entiendo por qué se ha obsesionado tanto con unos zapatos.

—Y a ti qué más te da por qué los quiere —dice Aleks—. Un trato es un trato. Tú has cumplido tu parte.

Nisha coge uno de los zapatos, repentinamente enfadada, y vuelve a dejarlo en la mesa.

—Pero, vamos a ver, ¿de qué coño va esto? He estado casi veinte años casada con él, he tenido un hijo con él, he renunciado a mi vida por la suya, le he dado todo lo que ha querido. Perdí a la mejor amiga que he tenido nunca porque me dijo que no me convenía… y me dejé convencer. Le dejé que me dijera de quién podía ser amiga. Y después de todo eso, ¿me humilla haciéndome correr detrás de un par de zapatos que para colmo son míos?

Sam mira los lustrosos zapatos, la mueca furiosa de Nisha. De pronto la atmósfera en la habitación es otra, la felicidad de las últimas horas se ha evaporado. Jasmine y Andrea se miran. Nadie parece saber qué decir.

—Es que a ella ni siquiera le sirven, ¿sabéis? Si es que los quiere para eso. Tiene unos pies que parecen dos canoas. Los odio —dice Nisha—. Casi tanto como lo odio a él.

—Cariño, siéntate —dice Jasmine tendiéndole un brazo—. Te estás rayando. No pasa nada.

Nisha mira a Aleks, que sigue sentado. Su expresión es de total empatía, de comprensión.

—Esos zapatos no significan nada —dice en tono amable—. No son nada, solo el medio para conseguir algo. Es lo único que importa.

—Ponle otra copa, Aleks —dice Andrea.

—No quiero otra copa.

Nisha mira fijamente los zapatos en la mesa baja. Entonces, casi como por impulso, coge uno y le da la vuelta despacio con las dos manos. Mira a los demás con expresión sombría.

—Cariño. Te lo digo en serio... —empieza a decir Jasmine.

—Me dijo que le llevara los zapatos, ¿verdad? Ese era el trato. Pero no dijo en qué estado se los tenía que devolver. —Antes de que a nadie le dé tiempo a detenerla y entre gritos de «¡Para! ¡No!», Nisha se ha puesto a retorcer el zapato, a tirar de él mientras lo sujeta encima de la rodilla hasta que el tacón se desprende con un chasquido. Y de su interior se derrama una lluvia centelleante de diamantes.

Todos guardan silencio.

—¿Qué coño...? —dice Jasmine.

Nisha mira boquiabierta el tacón hueco.

Aleks es el primero en agacharse. Recoge con cuidado un pequeño puñado de diminutas piedras preciosas y las deposita una a una en la mesa, donde centellean bajo la luz del techo entre pelusas de alfombra y migas de patatas. Nisha hace ademán de hablar, pero no emite ningún sonido.

—Bueno —dice Jasmine ladeando la cabeza—, pues va a resultar que sí quería recuperar los zapatos.

Unos chavales pedalean de un lado a otro de la acera en sus bicicletas fuera del apartamento de Jasmine, llamándose a gritos y tirando petardos en el pavimento. Uno tiene una pequeña motocicleta y, de cuando en cuando, Nisha oye el rugido del motor y el plan cataplán del piloto cuando baja un pequeño tramo de escaleras de cemento, así como los chillidos cuando lleva a alguna chica de copiloto. En circunstancias normales, el ruido la habría sacado de quicio. Esta noche apenas lo oye. Está tumbada en la estrecha litera con la cabeza bullendo al pensar en todas las ramificaciones del contenido de los zapatos, en lo que han hablado durante la última y sobria hora antes de que los demás se marcharan.

Ahora lo ve todo horriblemente claro: por qué Carl insistía en que llevara puestos los zapatos cuando viajaban de un país a otro, a pesar de que volar con ellos era verdaderamente incómodo; su enfado cuando descubrió que ya no los tenía. La había usado de mula. ¿Cuántas veces había pasado piedras preciosas de contrabando para él sin saberlo? Habían arrancado el tacón del zapato izquierdo y encontrado más diamantes. Ninguno conocía su valor, pero Nisha calculaba que estaría cercano a los cientos de miles de dólares, quizá más. Son diamantes de buen tamaño, con un hermoso corte; el más grande es del tamaño de su dedo pulgar. En el apartamentito no hay una lupa, pero Nisha está convencida de que son de primera calidad.

—Madre mía, cariño. Ahí tienes tu compensación económica. —Jasmine había apoyado las manos en las rodillas y se había inclinado hacia delante para mirarlos—. Tal cual.

Andrea había murmurado para sí:

—Es como un cuento. Ahora ya le puedes mandar a freír espárragos.

Nisha piensa en los viajes a África que han hecho en los últimos años, en otros pares de zapatos que le compró Carl: unos salones de Gucci azul oscuro, otros de plataforma color crema, de Prada. ¿Habrían sido alterados de la misma manera? ¿Ha estado haciendo de mula en todos esos viajes sin saberlo? ¿Son diamantes de sangre? ¿Robados? ¿De contrabando? Y lo peor de todo es que a ella, la correo inocente, podían haberla descubierto en cualquier momento. Detenido. No le importaba nada a Carl. ¿Cómo puede importarle a un marido alguien a quien utiliza así?

Baja de la litera con cuidado de no despertar a Grace y se pone la vieja bata color lavanda que se ha acostumbrado a usar. Huele al reconfortante aroma del hogar de Jasmine, a su suavizante. Son casi las dos de la madrugada. Va al cuarto de estar, abre sin hacer ruido la puerta del balcón y, una vez fuera, se enciende un cigarrillo. Mira la hora y a continuación marca un número en su teléfono.

—¿Ray?

—¿Mamá?

La voz de Ray es un susurro preocupante.

—¿Estás bien?

Hay un breve silencio. Nisha da una larga calada a su cigarrillo.

—Ray, ¿estás bien?

Tarda un instante en contestar.

—Sí.

—No suenas bien.

—Ya no aguanto más aquí, mamá.

—Ya no falta mucho, te lo prometo.

—Emily y Sasha se han ido y estoy solo con los de trastornos alimentarios. Todos los demás se van a casa los fines de semana. Me paso el día viendo la tele. Solo.

—Lo sé.

Ray da un largo suspiro.

—Vas a decirme que todavía no puedes venir, ¿a que sí?

Nisha cierra los ojos.

—Pronto, cariño. Ya tengo los zapatos. Los tengo. Están pasando cosas. Y tengo que hablar con tu padre sobre algunos puntos relativos a…, al acuerdo de divorcio. Luego iré a buscarte.

—Tengo la sensación… —su tono de voz es manso, resignado—, tengo la sensación de que no vas a venir.

—¿Por qué dices eso?

—¿Te acuerdas de cuando estaba malo? ¿Aquella vez que dijiste que ibas a venir y papá te obligó a ir a Toronto? Yo estaba tristísimo, mamá, y vosotros os fuisteis a Toronto. Te pusiste de su lado.

Nisha recuerda el viaje, cómo lloró en el avión y cómo Carl se irritaba cada vez más y decía que todos los adolescentes tienen cambios de estado de ánimo. Que Ray y ella tenían que ser menos sensibles, que el chico estaba en las mejores manos, con psiquiatras y gente experta en gestionar esas cosas. Él ya había criado a dos adolescentes con su primera mujer. Dijo que a ellos les había pasado lo mismo y que lo habían superado, que lo peor que se podía hacer era estar todo el rato pendientes de ellos, y Nisha le había creído. A pesar de que los hijos mayores de Carl parecían odiarlo, a no ser que quisieran pedirle dinero, le había creído. Después de todo, ¿qué sabía ella de ser una buena madre?

—Ray, Ray, escúchame. Dame un par de días, ¿vale? Te lo prometo. Incluso si sale todo mal cuando hable con tu padre. Como si tengo que sacarme un pasaporte nuevo y pedir dinero prestado a mis compañeros de trabajo para comprar un billete de avión. Voy a ir a buscarte aunque sea cruzando el maldito Pacífico a nado.

—Es el Atlántico.

—Pues ese también.

Ray ríe a pesar suyo.

—Además, yo nado muy rápido. Ya lo sabes.

—Odio mi vida. Odio vivir así. Tengo la sensación de que nadie me quiere y que me habéis dejado tirado aquí.

—Nada de eso es verdad. Yo voy a ir a buscarte, cariño.

Hay un largo silencio. Nisha cierra los ojos y apoya la cabeza en las rodillas.

—Te quiero muchísimo, tesoro. Por favor, resiste. No te voy a fallar otra vez, te lo prometo. A partir de ahora vamos a ser tú y yo, solos.

Oye la respiración de Ray, el millón de pensamientos poco gratos que bullen en su cabeza.

—¿Quieres que te cante otra vez? —dice cuando ya no soporta el silencio—. *You are my sunshi...*

—La verdad es que no —dice Ray.

Y cuelga.

Entonces, antes de que el pánico pueda apoderarse de Nisha, le llega un mensaje.

Sigo teniendo este número.

Juliana.

33

Hola.

—Hola. —Nisha traga saliva—. Gracias por contestar.

—No tiene importancia. Lo que pasa es que… estoy sorprendida. ¿Qué tal estás?

El tono de Juliana es cortés, desconfiado. Es el que usaba para dirigirse a sus empleados, cuando ya había eliminado y sustituido su acento de chica de Brooklyn por otro más profesional, más «aceptado». Recuerda las cosas que decía Carl de Juliana: que Nisha no debía andar con una criada ahora que estaban casados, que era demasiado ordinaria, demasiado poco cultivada, una mala influencia, su enfado cuando supo que la madrina de Ray iba a ser Juliana en lugar de alguna de sus adineradas amigas. Lo que decía en realidad, ahora Nisha lo entiende, era sencillamente que Juliana era demasiado pobre.

—Eh… Escucha, no sé cuánto saldo tengo en este teléfono. Pero necesito pedirte un favor.

El tono de Juliana se endurece.

—Ya.

—Mira, sé que no tengo derecho a pedirte nada, pero es para tu ahijado, Ray.

—¿Ray? ¿Está bien? —La voz de Juliana cambia de inmediato.

—La verdad es que no. Sé que ha pasado mucho tiempo y que es un favor muy grande, pero necesito que alguien de confianza compruebe cómo está. Yo no puedo salir de Inglaterra, es una larga historia, y está... Juliana, está muy mal de ánimo. Ha tenido algunos problemas gordos y algunos son culpa mía y... necesito que alguien de confianza vaya a verlo. Solo para..., no sé..., que le diga que voy a ir. Que todo va a salir bien.

Hay una larga pausa.

—Dime dónde está.

—¿Vas a ir?

—¿De verdad tienes que preguntarlo?

Nisha se echa a llorar. Son lágrimas inopinadas, lágrimas de alivio, de culpabilidad y de liberación. Se tapa la cara con la mano que tiene libre en un intento por secárselas, de controlar el temblor de su voz.

—¿De verdad? ¿Lo vas a hacer? ¿Después de todo lo que ha pasado?

—Mándame la dirección. Iré en cuanto salga de trabajar.

—Gracias. Muchísimas gracias.

Nisha no consigue dominarse. Está temblando.

—¿Sabrá quién soy?

—Sí. Seguimos hablando de ti.

—Y yo sigo pensando en él. Es un niño encantador.

Nisha cierra fuerte los ojos y sus hombros dan sacudidas mientras intenta recobrar la compostura, disimular la emoción en la voz. Intercambian algunos detalles para que Juliana se haga una idea de dónde va y qué se puede encontrar. Le explica —entre sollozos— que ya no está con Carl. Que está haciendo todo lo posible por ir a buscar a su hijo. Por su parte, Juliana le cuenta que está casada. Con dos hijos, de once y trece años. El hecho de que en la vida de Juliana haya habido unos acontecimientos tan sísmicos sin que Nisha sepa nada le oprime dolorosamente el corazón. Entonces un mensaje grabado le recuerda que su saldo casi se ha agotado.

—Te mando un mensaje, ¿vale? —dice Juliana—. En cuanto lo haya visto.

La sensación de alivio es abrumadora. Juliana hará lo prometido. Es la persona más sincera, más recta que Nisha ha conocido. Entonces las lágrimas brotan de nuevo.

—Lo siento mucho —dice de pronto Nisha—. Tenías razón. En todo. Lo he hecho fatal. Te he echado muchísimo de menos. Me dejé llevar por las circunstancias. No sabes cuántas veces he querido llamarte. Lo siento muchísimo, de verdad.

Hay un largo silencio. Nisha se pregunta por un momento si debería haber sacado ese tema. Después de todo, ¿qué derecho tiene ella a pedirle nada a Juliana? Pero entonces oye su voz, cargada de emoción:

—Yo también lo siento. Estoy aquí, cariño, ¿vale? Voy a ir a ver a tu hijo.

Sam sale de casa de Andrea, donde ha pasado la noche, y recorre el corto camino a su casa por calles aún tranquilas en el silencio de la mañana. La cabeza le bulle todavía con todo lo que habló con Andrea la noche anterior, por el asombroso descubrimiento de lo que ha estado llevando en los pies. Lo arbitrario de la situación las hizo reír a carcajadas —¡diamantes en las suelas de los zapatos como en la canción de Paul Simon!—, pero, cada vez que Sam piensa en la clase de hombre con el que ha estado casada Nisha, le viene a la cabeza Phil. Su bondad. Su ternura hacia ella. Lo inconcebible de que pudiera quererla tan poco como para obligarla a hacer algo así. Sam se había fijado en la cara de Nisha cuando entendió lo que pasaba y, mientras todos los demás se emocionaban con el botín, lo que ella había visto era tristeza, fealdad, el insulto definitivo que sumar a un larga lista.

Ya en casa de Andrea, las dos siguieron levantadas en el pequeño cuarto de estar hasta la madrugada, eufóricas por la adrenalina y las ganas de hablar, y Sam por fin le había contado a su amiga que Phil se había ido de casa. Andrea la había abrazado y asegurado que volvería, pues claro que sí. Sam vuelve a comprobar su teléfono dudando de si escribirle, pero es temprano y además no tiene ni idea de qué decir. O de cómo de sincera debe mostrarse. Quiere que todo vuelva a ser como antes, cuando Phil y ella formaban un equipo. Cuando tenía la sensación de estar casada con su mejor amigo, antes de que su padre enfermara y Phil se quedara sin trabajo y ella se enamoriscara de la única persona que le hacía caso. ¿Es siquiera una petición razonable? ¿Es posible resucitar un matrimonio cuando los daños son tan grandes?

«Por supuesto que es posible», había dicho Andrea convencida, pero Andrea se ha divorciado dos veces, anoche llevaba encima cuatro copas de vino y además quiere tanto a Sam que es capaz de decirle que todo va a salir bien solo porque lo desea de todo corazón.

Sam entra en su calle y repara en lo distinto que parece todo ahora que sabe que se dirige a una casa vacía. Se pregunta, sombría, si esta será su vida de ahora en adelante. Sin Phil. Con Cat cada vez más ausente hasta que también ella abandone el nido por completo. Ni siquiera Kevin va a durar mucho. Tiene trece años, una edad indudablemente geriátrica para un perro. Se quedará triste y sola en la casita, viendo telenovelas y seleccionando ofertas de trabajos basura en la sección de anuncios del periódico local, además de ir dos veces por semana a limpiar la casa de sus cada vez más excéntricos padres.

«Ya basta», se dice con firmeza. Se detiene y respira. «Inspirar en uno, retener en cuatro, exhalar en siete». ¿Era soltar en siete? ¿O retener en siete? Lleva tanto tiempo sin practicar que se le ha olvidado. Se obliga a pensar en su inverosímil grupo de nuevas amigas, en la calidez de Jasmine, en cómo incluso Nisha la había abrazado, como si fuera alguien importante para ella. Había ayudado a Nisha a recuperar sus zapatos. Había paralizado por completo todo un hotel y como resultado de ello le había cambiado la vida a alguien. Al menos era capaz de algo, aunque solo fuera sembrar el caos.

Se detiene delante de su casa y levanta la vista antes de abrir la cancela, con una parte de ella todavía albergando la esperanza de que parpadee una luz en el piso de arriba, de que Phil haya decidido volver a casa. Entonces lo ve: un leve resplandor en el rellano del segundo piso. Nunca dejan encendida esa luz cuando salen. Recorre el camino de entrada con ilusión renovada, abre la puerta principal y pestañea asombrada al ver los fragmentos centelleantes de cristal, una silla rota y el televisor hecho añicos en el suelo del cuarto de estar.

34

Cat?

Sam tirita en el jardín. Ha entrado en la cocina, pisado montoncitos de cereales y legumbres volcados y loza hecha añicos y ha dado la vuelta corriendo, de pronto temerosa de que el intruso pudiera seguir allí. Ya lleva esperando diez minutos sin que haya movimiento en la casa, pero dentro no se sentía segura.

—¿Mamá? —Cat tiene la voz pastosa y somnolienta.

Sam se tapa la boca con la mano.

—Gracias, Dios mío.

—¿Qué haces llamándome a las… nueve y media de la mañana?

—Nos han entrado a robar en casa, cielo. Quería… No quería que llegaras y te lo encontraras.

No le dice la verdad, que de pronto se había apoderado de ella el temor a que Cat estuviera en la casa y lo ocurrido fuera mucho peor que un robo.

—¿Qué?

—Ya lo sé. Es… un desastre. No te preocupes. Lo arreglaremos. ¿Está Kevin contigo?

—Sí. Puaj. Se acaba de tirar un pedo. ¡Kevin!

Sam vuelve a respirar de alivio. Oye cómo Cat intenta incorporarse.

—¿Qué se han llevado? ¿Voy para allá?

—Pues no sé. He llamado a la policía. Pero no. Quédate ahí de momento. No…, no quiero que veas la casa así.

—¿Has llamado a papá?

Sam mira la puerta principal de la casa, aún entreabierta.

—No… No sé si querría que lo llamara. No pasa nada. Ya me ocupo yo.

—Mamá…

—Tengo que colgar, tesoro. Luego hablamos. No vengas hasta que te llame, ¿vale?

Termina por meterse en la autocaravana. Le resulta menos desagradable que estar en la casa. Se sube al asiento del conductor y mira por el parabrisas sin saber muy bien qué hacer. La policía le ha dicho que enviarán un agente, pero también que están muy ocupados y que lo aconsejable sería llamar a un cerrajero y asegurar la casa. No han dicho nada de buscar huellas dactilares, ni siquiera han hablado de investigación. «Últimamente ha habido una avalancha en esa zona», dice la operadora con tono de resignación.

«Ojalá estuvieras aquí», le dice a Phil en silencio. Llama a Andrea, quien le informa de que va para allá. Cuando le habla a su amiga del desorden, de los daños, Sam cae en la cuenta de que es real, no un extraño sueño febril. Su casa parece zona de guerra y no sabe de dónde va a sacar el dinero para otro televisor. Antes de colgar, Andrea dice:

—No piensas que han entrado buscando los zapatos, ¿verdad?

Sam se queda helada. Entra en la casa, ahora completamente alerta. La recorre con ojos nuevos y repara en que todos los objetos que se suelen robar, televisores, iPads, aunque rotos, siguen allí. Pero la casa ha sido brutalmente registrada, cada paquete, cada caja han sido volcados y vaciados, han sacado todos los cajones.

Cuando llega Andrea, Sam está sentada en el escalón de la entrada con el plumas sobre los hombros y su joyero en el regazo. No falta nada. Sabe que sus joyitas de oro no son valiosas —la mayoría son gargantillas chapadas en oro, pendientes que le regaló Phil antes de que naciera Cat—, pero también prueba de que quienes han estado allí no era oportunistas y yonquis en busca de algo con que pagarse la siguiente dosis. Estos intrusos buscaban algo concreto.

—Sammy.

Andrea sale del coche antes incluso de que se apague el motor; en lugar de turbante lleva un suave gorro de lana. Hace el camino de entrada medio andando medio corriendo y, cuando Sam se pone de pie, la abraza. Es entonces cuando, por primera vez, Sam se siente desbordada y llorosa. Se abandona al estrecho abrazo de Andrea.

—No sabes cómo han dejado la casa. Es un completo caos —le dice con la boca pegada a su hombro—. No sé ni por dónde empezar.

—Pues menos mal que estamos aquí, entonces. —Sam levanta la vista y ve a Jasmine que sigue a Andrea por el camino con una gran bolsa llena de artículos de limpieza en una mano y un rollo de bolsas de basura negra debajo del brazo—. No merece la pena esperar a la policía, cariño. Tienes que ser un oligarca para que la policía se moleste en aparecer solo porque te han entrado en casa.

Del asiento de atrás baja Nisha con cubo y fregona y por el otro lado del coche aparece Grace llevando con cuidado una bandeja de cartón con cafés.

—Nos ha llamado Andrea —dice Jasmine—. Así que hemos cambiado los turnos para entrar más tarde. Hemos supuesto que no te apetecería enfrentarte a esto sola.

Sam ni siquiera puede hablar. Solo de verlas le tiemblan las rodillas de alivio. Nisha asoma la cabeza por la puerta de la casa. Observa el interior un momento y se vuelve hacia Sam.

—Lo odio. Lo siento muchísimo, de verdad.

A estas alturas Nisha es experta en ordenar y limpiar, pero hay algo en este trabajo concreto que la endurece, le tensa un músculo en la mandíbula mientras barre y frota. Bajo los cristales rotos y los objetos astillados ve el esqueleto de la casita, un hogar lleno de amor; fotografías de boda y retratos de familia mal enmarcados se reparten sin criterio estético alguno, aparte de que estén juntos. El sofá raído que habla de un millón de veladas de acurrucarse en él, los dibujos desvaídos de niños que nadie tiene el valor de arrancar del pasillo. Carl ha mancillado esta casa. Se acuclilla para recoger los añicos de cristal, para limpiar mermelada del suelo de la cocina y piensa que en pocas ocasiones ha odiado a Carl tanto como ahora. Y eso que es la campeona olímpica del odio a Carl. Una cosa es atacar a sus enemigos del mundo de los negocios, incluso a ella. Son oponentes que tienen la oportunidad de defenderse. Pero golpear a una modesta familia que claramente no tiene nada (tampoco demasiado gusto, reconoce con sentimiento de culpa) es ruin. Por la palidísima cara de Sam, sabe que no volverá a sentirse segura en esta casa, que no será fácil reemplazar las cosas rotas. Carl ha destrozado la más frágil de todas: la sensación de paz y seguridad que debe proporcionar un hogar.

—Ay, Dios mío.

Nisha mira a Sam, que está observando fijamente su teléfono con una gran bolsa de basura en la mano. Jasmine y Andrea están arriba y se oye la aspiradora gemir mientras rueda atrás y adelante.

—¿Qué pasa?

—Miriam Price, una mujer que fue mi clienta, me acaba de llamar. Quiere saber por qué no le he confirmado una entrevista de trabajo que teníamos pendiente.

—Pues muy bien. ¿Y qué le has dicho?

—Que no me siento con ánimos porque me han despedido. Y por todo lo de…, ya sabes, el robo. Pensé que no querría hablar conmigo. A ver, me había dicho que fuera a verla, pero después de lo que pasó no le veía sentido, así que no me molesté en…

—Sí, vale. Pero ¿qué te ha dicho?

—Quiere entrevistarme de todas maneras.

Nisha hace una mueca.

—Pues eso es bueno, ¿no? Necesitas un trabajo.

Sam parece angustiada.

—Pero es que es hoy. A mediodía. ¡Y mira cómo estoy! Me han entrado a robar. Mi casa está destrozada. Mi marido me ha dejado. Llevo dos días casi sin dormir. ¿Cómo narices voy a hacer una entrevista de trabajo hoy?

Nisha se seca la cara con la manga de la camisa. Deja la fregona.

—Llámala ahora mismo. Dile que irás encantada.

Jasmine y Nisha le eligen la ropa mientras Sam se ducha. Cuando sale, con el pelo mojado y envuelta en una toalla y también en una nube de timidez, entra Jasmine en el dormitorio con una blusa azul pálido recién planchada en una percha.

—¿Estos te sirven? —Nisha le enseña unos pantalones oscuros.

—Creo que sí —dice Sam. Estos últimos días casi no ha comido.

—Vale. Con pantalones oscuros y blusa clara siempre se acierta. He encontrado esta americana en el cuarto de tu hija. Creo que te servirá.

—Pero…

—No te ofendas, pero todas tus chaquetas son un horror. Esta es de Zara, pero tiene más pinta de cara. ¡No, no, no! Deja ese jersey ahora mismo. Quieres transmitir una imagen de autoridad, no de persona que se acaba de escapar de un centro de día.

Nisha coge unos zapatos que Sam llevó a la boda de una prima tres años antes.

—Y estos.

—Pero son azulones. Y… de tacón alto.

—Necesitas algo que contraste. El estilismo es convencional. Dice que vas en serio. Los zapatos sugieren que hay algo interesante en ti. Los zapatos transmiten seguridad. Venga, Sam. ¡Cambia el chip! Estas personas te van a estar juzgando desde que entres allí. Esta es tu armadura, tu tarjeta de visita. Necesitas comunicar.

Cuando Sam parece dudosa, Nisha pone cara de irritación. Deja la americana en la cama y pregunta:

—¿Cómo te sentías con mis zapatos puestos?

Sam no sabe si es una pregunta con trampa. Pero Nisha la mira expectante.

—Pues… ¿un poco incómoda?

—¿Y?

—Y después… poderosa.

—Exacto. Poderosa. Alguien a tener en cuenta. ¿Y cómo te sientes ahora? Mírate. ¿Qué ves?

—Esto… A mí no.

—Ves a la directora comercial de una imprenta. O como se llame tu trabajo. Ves a una mujer que sabe lo que hace. ¡Que pisa fuerte!

Sam se sienta mientras Jasmine le seca el pelo con una toalla.

—¿Dónde tienes las cosas de maquillaje?

—En el armario del baño. Aquí al lado.

—Sí, eso ya lo he visto. Me refiero al maquillaje de verdad.

—Solo tengo eso.

Jasmine y Nisha dejan lo que estaban haciendo y miran fijamente a Sam.

—Sam. —El tono de Nisha es severo—. A eso que tienes ahí le van a salir patas de un momento a otro. ¿Qué eres, una salvaje?

—Pues igual sí.

—Pero tienes muy buena piel, cariño. Se ve que te la cuidas.

Jasmine empieza a peinarla mientras le rocía el pelo con uno de los muchos productos capilares de Cat.

—Solo uso Nivea.

Jasmine y Nisha ríen. Nisha le da un codazo a Sam.

—Sí, claro. Es lo que dicen siempre las supermodelos.

—Eso y «Me mantengo delgada porque me paso el día corriendo detrás de mis hijos».

Rompen a reír a carcajadas. Sam, que realmente solo usa Nivea, esboza una débil sonrisa y decide no añadir nada.

Media hora después Sam está frente al espejo de su ya ordenado dormitorio.

—Baja los hombros —le aconseja Nisha.

Sam se pone recta y levanta el mentón. Jasmine le ha secado y moldeado el pelo de manera que lo tiene voluminoso y algo brillante. El maquillaje es obra de Nisha, quien ha eliminado como por arte de magia las ojeras y hecho algo con los párpados que los vuelve más grandes y definidos. No parece Sam. Parece alguien a punto de conseguir un trabajo. Sonríe un poco.

—¡Sí! —dice Nisha—. Ahí está. Esa es nuestra campeona.

—¿Mentón arriba y tetas bien altas? —pregunta Sam volviéndose para que la vean.

—Pero no demasiado. Ese sujetador es fatal. ¿Qué...? ¿Qué pasa? —dice Nisha cuando Jasmine la pega.

—¡No lo olvides, Sam! —dice Jasmine—. Eres la mujer capaz de paralizar un hotel entero. ¡Hay poderío en esas manos! —Señala la palma de Sam.

—Exacto. Eso es —dice Nisha mientras se frota el brazo con expresión dolorida.

—Yo te llevo —dice Andrea—. Las chicas se quedan aquí a terminar de limpiar.

Sam mira a las tres mujeres tan distintas reunidas en su habitación. De pronto se muestra otra vez insegura.

—No estés nerviosa —dice Andrea—. Da igual si no lo consigues. Piensa que estás practicando para futuras entrevistas.

Pero Sam parece preocupada.

—¿Por qué hacéis todo esto por mí? —suelta de pronto.

Nisha le alisa una de las solapas.

—Pues... porque me ayudaste. Y porque, oye, eres una buena persona. Eres guay, Sam.

Sam tiene los ojos llenos de lágrimas.

—Pero es que ya me habéis ayudado mucho. Todas. Hoy me habéis arreglado el día. La limpieza. La ropa. La... Nunca he tenido a nadie tan..., tan...

—Huy, no —dice Nisha con firmeza mientras la coge por el hombro y la guía hacia la puerta—. Nada de ponerse sentimental. Y ni se te ocurra estropear mi maravilloso maquillaje llorando. Esos rabillos en los ojos no se han hecho solos. Venga, Andrea. Llévatela. Ve a por ese puto trabajo. Te estaremos esperando.

Nisha, Jasmine y Grace escuchan alejarse el cochecito de Andrea. Cuando están seguras de que se han ido, Nisha se agacha a recoger los tubos manchados y las cajitas de maquillaje esparcidas por la cama de Sam. Dios mío, qué espanto de edredón. ¿Qué les ven las mujeres inglesas a estos horribles estampados florales? Cuando levanta la cabeza se encuentra con la sonrisa de Jasmine. Es una sonrisa cómplice, con un atisbo de travesura.

—¿Qué pasa?

Jasmine mira a su hija y a continuación asiente con la cabeza.

—Eres una buena persona.

—¿Qué? No. De eso nada. Largo de aquí.

Nisha recoge el último tubo costroso de maquillaje y se dispone a llevarlo todo al cuarto de Cat. Claro que también podría hacer un favor a la madre y a la hija y tirarlo todo a la basura.

—Has hecho una buena acción. Hay un corazón ahí dentro. Y no puedes esconderlo.

—Mira, anda… Recoge tus cosas.

—Es una buena persona. Nisha es una buena persona…

Jasmine y Grace canturrean burlonas. Nisha les pide una y otra vez que se callen, pero siguen cantando cuando llegan al piso de abajo.

Una hora y media después, Sam sale de las oficinas de Harlon and Lewis. Andrea la espera en el aparcamiento y Sam cruza despacio el asfalto con unos zapatos a los que no está acostumbrada y el bolso debajo del brazo. Es posible que Andrea estuviera echando una cabezada, porque se sobresalta un poco cuando Sam abre la portezuela del Micra, sube y la cierra con un ¡pam!

—¿Y bien?

Sam se quita los zapatos y los deja en el suelo del coche. Mira hacia delante y a continuación a Andrea. Tiene aspecto de alguien que acaba de recibir varios electrochoques.

—Lo he conseguido —dice con voz algo temblorosa—. Me han dado el trabajo.

Se miran.

—Para trabajar directamente con Miriam Price. Y me pagan más de lo que cobraba en Uberprint. Empiezo dentro de una semana.

Miriam Price sale de la oficina cinco minutos más tarde. Pasa junto al Nissan Micra azul de camino a su coche y ve a dos mujeres de mediana edad dando botes en los asientos de delante, abrazándose y chillando como dos adolescentes. Se detiene a mirarlas, sonríe para sí y se pone a buscar las llaves de su coche.

35

Carl ha intentado llamar a Nisha diecisiete veces y cada vez que esta ve su nombre en la pantalla siente que recorre su cuerpo algo que puede ser un sofoco o un escalofrío. No lo sabe con seguridad. Tumbada en la litera de arriba, mira fijamente el teléfono vibrar en silencio y con insistencia y espera a que pare. Que no conteste pondrá furioso a Carl. No está acostumbrado a que no le hagan caso. Sabe que Nisha tiene los zapatos porque Ari la vio. Aleks le ha aconsejado que no le coja el teléfono para no darle su localización, pero es solo cuestión de tiempo que Ari siga su rastro. Después de todo, ha encontrado la casa de Sam.

Pero Nisha no quiere hablar con Carl hasta haber decidido qué hacer. Las demás le han aconsejado quedarse con los diamantes, empezar de cero en alguna parte. «¡Tendrías la vida resuelta! ¡Seguro que valen más de lo que te va a ofrecer!». Pero Nisha conoce a Carl. El valor de las piedras preciosas no será lo más importante. Lo que le resultará insoportable es que Nisha lo derrote en algo. Y aquí está el dilema: si se queda con los diamantes al menos se garantiza una seguridad económica. Sigue existiendo la posibilidad de que Carl no respete el trato y evite darle dinero. Pero, si se queda con los diamantes, nunca la dejará en paz. Dedicará el resto de su vida a intentar vengarse.

Recuerda una mujer de su círculo de amistades, Rosemary, una esposa traicionada, furiosa y de mirada gélida que peleó en los tribunales hasta conseguir una pensión compensatoria de más de setecientos cincuenta mil dólares al año. Su exmarido se la podía permitir; esa cantidad equivalía más o menos a su presupuesto para almorzar. Pero, indignado por la decisión del juez, se negó a pagar. Lo puso todo patas arriba, reorganizó sus activos y asumió año tras año de costas legales para recurrir la sentencia hasta que, diez años después, la exmujer estaba exhausta y los dos se habían arruinado. Hay hombres que no soportan perder, en lo que sea. Esta tarde Nisha ha visitado un sitio en Hatton Garden, donde un hombre le ha sugerido hablar en la trastienda, no le ha preguntado por la procedencia de los diamantes y le ha dicho que está dispuesto a quedárselos por ochenta mil libras. De esto Nisha deduce que deben de valer al menos diez veces más. Ha visto cómo el hombre se fijaba en su chaqueta barata y daba por hecho que los diamantes eran robados.

—Se los puedo comprar en dos tandas, si así le resulta más fácil —le ha dicho cuando Nisha ya se iba.

El teléfono vibra otra vez. Lo mira.

Y por fin descuelga.

—Tengo los zapatos —dice—. Te los daré cuando me enseñes el acuerdo económico.

—Las condiciones no las pones tú.

—Son tus condiciones, Carl. No sé si te acuerdas.

Carl calla un instante. Nisha percibe su rabia apenas contenida al otro lado del teléfono y un leve escalofrío le recorre el cuerpo.

—¿Dónde estás?

—Mañana te los llevo —dice Nisha—. Al hotel. Nos vemos abajo, en el vestíbulo.

—A mediodía. De ahí me voy directo al aeropuerto. Así que nada de jueguecitos. Si no apareces, te dejo sin pensión compensatoria y ahí te pudras.

Cuelga antes de que a Nisha le dé tiempo a decir nada.

La voz de Carl aún le provoca un ligero temblor. Sigue tumbada un rato, concentrada en su respiración, y a continuación se incorpora. Hoy ha llamado a Ray dos veces y no le ha cogido el teléfono. Está a punto de mandarle otro mensaje cuando repara en la colección de bisutería infantil en el espejo de Grace, en las ristras de cuentas y falsos cristales colgadas de una esquina. Y Nisha se pone a pensar.

Sam está limpiando las encimeras de la cocina de sus padres. No es una tarea tan sencilla como lo sería en su casa, porque fregar medio metro cuadrado de esta formica rayada y viejísima requiere mover de sitio frascos, montañas de papel, cartones de leche inservibles y pilas que pueden o no estar gastadas pero no se pueden tirar porque «si terminan en el vertedero es malo para el planeta». Ha dedicado cuatro horas ya a devolver a la casa algo parecido al orden y todavía no ha terminado la cocina.

—Pero ¿por qué está Cat en casa de Andrea? ¿Vuestra casa no es segura? Me parece muy preocupante. Hace siglos que le digo a tu padre que necesitamos una alarma.

La voz del padre llega desde el cuarto de estar, donde está terminando un puzle de dos mil piezas que pueden estar o no mezcladas con las de la caja que está encima.

—Dijiste que nada de alarmas porque no querías que saltara cada dos por tres y montara un escándalo.

—No digas tonterías. Claro que quería una alarma. Lo que pasa es que te pusiste tacaño.

Su madre se llevó las manos a la cara cuando Sam le contó que les habían entrado en la casa y el aparente delito de no haber ido a limpiar en semanas quedó momentáneamente olvidado frente a este aún más grave atropello. Había querido saberlo todo: lo que se habían llevado (nada), si la casa de algún vecino había corrido igual suerte (no), si la policía estaba haciendo algo al respecto (todavía no habían ido por allí) y pareció vagamente decepcionada con las respuestas obtenidas.

—Pero, si la casa ya no es peligrosa, ¿por qué sigue Cat con Andrea?

Sam escurre una bayeta sucia en el fregadero.

—Porque Phil no está en casa ahora mismo y no me apetecía que estuviera allí sola mientras yo estoy fuera.

En realidad había sido idea de Nisha. Las dos debían salir de la casa, había dicho. Ari conocía a gente mala. Esto lo había dicho con expresión algo contrita.

—¿Y dónde está Phil? Ay, Dios mío, no le harían daño, ¿verdad? ¿Está en el hospital?

—No, mamá. —Sam hace una mueca de asco cuando mueve un tarro y encuentra un gran trozo de cheddar mohoso detrás—. Está... pasando fuera una temporada.

Incluso distraída por la posibilidad de un crimen violento, su madre muestra la puntería de una paloma mensajera.

—¿Seguís teniendo problemas?

Sam tira el queso a la basura y se lava las manos bajo el grifo evitando mirar a su madre.

—Necesita aclarar sus ideas.

—Te lo dije, Tom. ¿No te lo dije? Es lo que pasa cuando una mujer trabaja tanto como tú. No es bueno para el matrimonio. El hombre necesita tener su orgullo, y, al ser tú el sostén económico principal, se lo has quitado. Mira lo que le pasó a Judy Garland.

Sam deja la bayeta. Apoya las manos en el borde del fregadero.

—Supongo que te refieres a *Ha nacido una estrella*. Y lo cierto es, mamá, que Phil se ha ido porque creía que yo estaba teniendo una aventura con un compañero de trabajo.

—No digas ridiculeces. ¿Has tirado ese queso a la basura? Es un desperdicio. Podemos cortarle los bordes.

Sam se queda muy quieta un instante. A continuación abre

el cubo de la basura, saca el queso y se lo pone a su madre en la mano.

—Mamá —dice mientras se quita el delantal—, es la última vez que vengo aquí a limpiar. Os quiero mucho a ti y a papá, pero estoy a punto de empezar en un trabajo nuevo que me va a exigir mucho. El poco tiempo que tenga libre debo dedicarlo a mi familia, al menos a lo que queda de ella. Justo lo que me aconsejas. He llamado a tres agencias de limpieza, todas las cuales tienen disponibilidad. Estoy segura de que estarán encantadas de ayudaros. Estos son los teléfonos. La segunda, por cierto, es la más barata. Es posible que empleen a trabajadores sin papeles. Probablemente afganos. Igual podéis consultar con el sindicato. Y, ahora, si me disculpas.

Besa la cara atónita de su madre, le da un apretón en el brazo a su padre y coge su abrigo de la silla donde uno de los dos se lo dejó cuando llegó.

—Me ha encantado veros. Y yo estoy bien, gracias. Todavía un poco asustada y la verdad es que exhausta. Pero nada que cuatro horas de limpieza no remunerada no curen. ¡Bueno! Pues me voy. Ya os contaré qué tal me va en el nuevo trabajo.

Al salir da un vigoroso portazo que sabe los irritará y se va de allí sin mirar atrás.

Cuando llega al café, Joel ya la está esperando. Ve su cabeza inclinada hacia el teléfono y, cuando la levanta al oír la puerta, su sonrisa es tímida y maravillosa. Sam vacila un momento y a continuación entra y se sienta al otro lado de la mesa de madera.

—Te he pedido un capuchino —dice Joel mientras se lo acerca—. No sabía lo que te podía apetecer.

Sam sonríe y da un sorbo al café. Joel la mira y tamborilea suavemente en la mesa con los dedos. Incluso las uñas las tiene bonitas, pulcras e impolutas. Sam se pregunta distraída si se las limará. Igual hasta le hacen la manicura, como a Ben, el amigo de

Cat. En realidad no sabe nada de Joel. Es posible que haya proyectado en él todo tipo de ideas. Por lo que ella sabe, puede que sea un apasionado del laúd bizantino, o tenga una colección de muñecas en su habitación de invitados. Pensarlo le da risa, que disimula convirtiéndola en una especie de hipo. ¿Qué saben el uno del otro en realidad?

—¿Estás bien?

Sam se pone seria y traga saliva.

—Creo que sí. ¿Tú?

—Bien. Bien.

Sam da otro sorbo de café.

—He estado hablando con Marina —empieza a decir Joel—. Y creemos que podemos conseguir que recuperes tu trabajo. Estuvo informándose con una amiga de Recursos Humanos y al parecer Simon tenía que haberte dado un aviso. Y, como además podemos probar que no robaste esos zapatos, si le pedimos a esa mujer que escriba...

—No voy a volver, Joel —dice Sam. Y añade—: He conseguido el trabajo. Con Miriam Price.

Los ojos de Joel se abren un poquito más.

—Harlon and Lewis. Guau. —Se recuesta en su silla, pensativo. Lleva una camiseta que Sam no le había visto y que se le tensa a la altura de los hombros cada vez que se mueve.

—No... no puedo volver. —Niega con la cabeza—. No estoy a gusto. No con... —Deja la frase sin terminar.

Joel no dice nada. Se le curvan las comisuras de la boca y a continuación asiente con la cabeza.

—Pero nos seguiremos viendo en clase de boxeo, ¿no?

Al otro lado del café, una pareja juega con su bebé. El padre lo balancea en su rodilla y el pequeño sube y baja la cabeza feliz mientras su madre le hace cuchufletas.

—No lo sé. —Se muere de ganas de cogerle la mano. Cierra los dedos alrededor de la taza para evitar hacerlo sin querer—. No sé qué está pasando con mi matrimonio. Pero tengo que intentar y… no puedo… esto. —Cierra más los dedos alrededor de la taza—. Creo que no puedo seguir viéndote. Necesito sentir que soy buena persona y esto… esto me hace sentir bien, pero no buena persona. No sé si me explico.

Ya lo ha dicho. Eso que le rondaba la cabeza todas esas noches de insomnio. La confirmación de que hay algo entre Joel y ella, de que, sea lo que sea, no puede continuar. A lo único que puede aferrarse es a creer que puede volver a ser una buena persona. Mira a Joel a los ojos y encuentra tristeza y comprensión en ellos y siente un pellizco en el estómago.

—¿Habéis… vuelto?

—No. No lo sé. —Sam suspira—. Llevamos casados mucho tiempo. Es difícil de repente… A ver, no es mala persona. Es complicado dejar atrás todo ese pasado como si nada. No sé, igual él lo ha hecho. Igual necesito estar sola y descubrir quién soy sin él. Lo que pasa es que me resulta muy duro porque nunca he estado… sin él. —Los dos guardan silencio un momento—. Qué difícil, ¿no?

Joel asiente con la cabeza.

—Sí que lo es.

—Pensaba que a esta edad ya lo tendría todo más claro.

Joel suelta una risita. Y se pone serio otra vez.

—Espero que sepa valorarte, Sam. Eres… eres especial.

—No lo soy. En realidad no. Seguramente estarás mejor con alguien menos… complicado. Pero gracias. Por darme…

Joel se inclina sobre la mesa y acaricia la mejilla de Sam con la palma de la mano. Le da un beso leve y, por espacio de un momento, apoya la frente en la de Sam de modo que esta nota el calor de su piel y los alientos de ambos se mezclan en el espacio que los separa. Se quedan así, ajenos al gorgoteo de la máquina de café, a los arañazos de las sillas en el suelo y a los sonidos del bebé a su lado y Sam oye lo que podría ser un suspiro.

Coge la mano de Joel y se la retira con delicadeza de la cara antes de recostarse despacio en su silla. Contempla la mano de

Joel en la suya, observa los nudillos con cicatrices y las uñas varios tonos más oscuras que su color de piel. Cuando se miran, intercambian una sonrisa que es triste y sincera y está llena de las cosas que ninguno de los dos puede pronunciar.

Joel es quien interrumpe el momento. Aprieta un poco la mano de Sam y la suelta. Sam no está segura de lo que hay en su expresión: ¿orgullo? ¿Decepción? ¿Resignación? Joel da media vuelta y, sin decir palabra, coge su chaqueta del respaldo de la silla, hace una inclinación de cabeza y se va.

Sam conduce la caravana por la estrecha calle de su casa y la aparca en la puerta, reparando en que los albañiles casi han terminado la tapia. Necesita coger más ropa para Cat, quien al parecer se cambia tres veces al día, y para ella. Mañana volverán a casa, en cuanto Nisha haya arreglado las cosas con Carl. Pero en los momentos en que se permite pensar en ello, Sam no sabe si quiere seguir viviendo en esta casa. El aire inmóvil contiene todavía el eco de la intrusión, el ocasional y minúsculo chasquido de algo que se rompe bajo los pies y que está alojado bajo la alfombra. Cuando cierra los ojos y recuerda la devastación de su pequeño hogar, es una imagen que la despierta por las noches. «Por lo menos tienes el auténtico y aterrador perro guardián», había dicho Andrea mirando a Kevin despatarrado y en el suelo, roncando.

No por primera vez, Sam siente la pérdida de su antigua vida como una herida. La vida está llena de últimas veces, piensa. La última vez que coges a tu hijo en brazos. La última vez que abrazas a un progenitor. La última vez que cocinas para una casa llena de tus seres queridos. La última vez que haces el amor con el marido que una vez adoraste y que ahora te ha dejado porque las hormonas te han convertido en una idiota loca y resentida. Y en cada uno de esos momentos nunca sabes que va a ser el último, de lo contrario la ternura te desbordaría, te aferrarías igual que una trastornada, enterrarías la cabeza en ellos, no los soltarías nunca.

Sam piensa en la última vez que se abrazó al cuerpo de Phil. De haber sabido que era la última ¿habría hecho las cosas de manera distinta? ¿Habría sido más paciente? ¿Menos irritable? Cuando piensa en la posibilidad de no abrazarlo nunca más se le abre tal agujero en el estómago que tiene la sensación de ir a desintegrarse.

«Inspirar en seis, retener en tres, exhalar en siete».

Al llegar a la puerta principal, se arma de valor. ¿Qué haría Nisha? Cogería fuerzas, sería práctica, decidiría los pasos a seguir. Así que mañana irá a John Lewis a sustituir las cosas rotas. Al menos dentro de un mes cobrará. Hasta entonces vivirá a crédito. Quizá en algún momento hasta pueda ahorrar un poco para ayudar a Andrea. Da un respingo al oír un ruido dentro de la casa y se para en seco, asoma la cabeza por la puerta con el corazón desbocado. «Los hombres de Carl Cantor». Tiene el corazón en la garganta. Empieza a sudar.

Rodea la casa hasta la puerta trasera y mete la mano despacio por detrás del enanito cubierto de moho para coger la llave de la puerta de la cocina. Deben de haber entrado, pero no sabe por dónde: a simple vista no hay signos de violencia. Pues claro que no. Como dijo Nisha, son profesionales. Pero eso no quiere decir que puedan entrar como si tal cosa. La adrenalina empieza a recorrerle el cuerpo y, mientras permanece atenta a sonidos de movimiento dentro de la casa, descubre que, en lugar de miedo, lo que siente es furia pura. Hay alguien en su casa, en su hogar. Tratándolo como si fuera suyo y pudieran coger lo que se les antoje. Pues no van a llevarse nada más. Sam piensa en el gato en la basura, en la sonrisa de superioridad de Simon, en su cocina, destrozada y profanada, en sus queridas fotos familiares pisoteadas en el suelo, en las horas que llevó colocar todo en su sitio. Sam Kemp se ha hartado.

Apoya sin hacer ruido la mano en el picaporte, ve la sombra detrás de la puerta acristalada y ahí está, un hombre agachado. ¿Haciendo qué? ¿Rebuscar entre lo que ya ha roto? ¿Terminar lo que empezó?

Sam no tiene un plan. Sabe que hay millones de razones para no interrumpir al intruso que hay en su casa, pero algo en su cuerpo la impulsa con un rugido que parece salir de algún punto del fondo de su estómago, le hace echar atrás el puño y, con un derechazo que habría despertado los vítores de Sid, pega al intruso en plena cara y lo hace caer al suelo de espaldas.

—Pero ¿qué… qué estabas haciendo?

—Colocando cosas. —Phil sigue hablando con voz ahogada. Todavía tiene unos clavos en la mano izquierda y ahora, cuando Sam le pone una bolsa de hielo en la nariz, los deja con cuidado en la mesa baja. Los sujetaba tan fuerte que le han dejado marcas en la piel de la mano—. Cat me contó lo que había pasado. He venido a ayudar.

A Sam le gustaría saber qué más le ha contado Cat, pero no quiere preguntar. Retira un momento la bolsa de hielo y le toca la nariz, donde la piel se está empezando a amoratar, y tiene un pequeño corte que ya le ha limpiado con antiséptico. Tocar la cara de Phil, algo tan familiar y al mismo tiempo ajeno. Vuelve a colocarle el hielo, loca por tener las manos ocupadas. Es entonces cuando ve el televisor apoyado contra la pared, en un rincón.

—Ah, sí. Me dijo Cat que el nuestro lo habían destrozado, así que llamé a los chicos para ver si alguien podía prestarnos uno. Este es de Jim. Dice que lo tiene en el garaje porque su mujer prefiere que vea allí las carreras. Por lo visto se pone muy escandaloso cuando gana su caballo.

—Creí que no te gustaba pedir nada a tus amigos.

—Me parecía una tontería no hacerlo. Por lo que me ha contado Cat…, el estropicio ha debido de ser gordo.

—Sí —dice Sam—. Lo ha sido.

Phil parece cambiado. Incluso con la bolsa de hielo en la cara. Sam ve que se ha afeitado. Que lleva vaqueros en lugar de pantalón de chándal y una camiseta limpia. Pero hay algo más:

parece menos agobiado, como si se sintiera más seguro en el espacio que ocupa.

—Así que las clases de boxeo han dado resultado —dice tocándose con cuidado la nariz.

—Lo siento muchísimo —dice Sam—. De haber pensado por un momento que podías ser tú, no habría...

—Ha sido un buen puñetazo.

Sam nota cierta debilidad a medida que la adrenalina desaparece, y se deja caer en el sofá. Intercambian una sonrisa incómoda. Sam se mira los nudillos. El del centro se ha puesto de color morado y la parte que ha podido entrar en contacto con los dientes de Phil está despellejada.

—No... La verdad es que no sabía que era capaz de pegar tan fuerte.

Phil la mira con tristeza.

—Ya. Bueno, siempre has sido más fuerte de lo que pensabas.

Por un momento callan mientras esas palabras flotan en el aire. Phil se recuesta en el sofá cerca de Sam. Se frota la cabeza con la mano que tiene libre. Ninguno mira al otro.

—Lo he estropeado todo, Sam —empieza a decir Phil.

—No has estropeado nada. Yo...

—Por favor. Déjame decirte una cosa. Lo estropeé. Durante un tiempo dejé de saber quién era. Y no quería reconocerlo. Pero he empezado a tomar antidepresivos..., pastillas de la felicidad. Por lo visto empezarán a hacerme efecto pronto. —Sonríe un poco—. Y he empezado a hablar con alguien. Un terapeuta. Sí, yo —dice ante la expresión sorprendida de Sam—. Tenía que habértelo contado, pero sabía que te preocupaba el dinero y, bueno, el caso es que no te lo conté. Como tampoco te conté muchas otras cosas. —Suspira—. No sé por qué, pero el caso es que lo estoy haciendo ahora. Estoy haciendo todo lo que tenía que haber hecho.

—Phil...

—Sam, todavía no sé si quiero hablar de lo que pasó. No estoy seguro de querer saberlo. Pero... tú y Cat sois mi vida. Mientras estaba en casa de mi madre, lejos de las dos, supe que había cometido una terrible equivocación. No te culpo, Sammy. No te culpo, pasara lo que pasara. Quiero ser mejor. Quiero recuperar a mi mujer. Quiero que volvamos a ser lo que éramos. Quiero... quiero recuperar la sensación de tener un hogar. —Traga saliva—. Si... si es que aún lo tengo.

Entonces Sam lo abraza. Ha escuchado sus palabras mientras una parte de ella pensaba que tal vez debería mostrarse reservada, defender su versión, pero mientras Phil habla hay una dulzura en su expresión, una esperanza y una franqueza que algo en ella se abre de par en par. Lo abraza por la fuerte cintura, nota sus brazos rodeándola, sus labios en el pelo y piensa: «Este es mi sitio».

—Te quiero muchísimo, Sammy. No te voy a volver a perder. Te lo prometo... —Se le rompe la voz al decir estas palabras.

—Más te vale, joder —dice Sam con la cara pegada a la camiseta de Phil. No quiere soltarlo. Es posible que no lo suelte nunca. Se aferran el uno al otro y de pronto es consciente de una creciente sensación de gratitud y esperanza, dos emociones que le resultan muy, pero que muy poco familiares. Quizá a veces las cosas salen bien después de todo, piensa, y decide que es un pensamiento de lo más radical.

Siguen en la misma postura cuando se abre la puerta. Oyen el ladrido de Kevin antes de ver a Cat, quien parece vacilar en la entrada a la casa y los mira por la puerta del salón. Phil hace ademán de separarse, pero Sam se lo impide. Tiene ganas de pasarse así el resto de su vida.

—He conseguido un televisor —dice Phil cuando a ninguno se le ocurre nada más que decir. Lo señala.

—Tu padre lo está arreglando todo —dice Sam todavía pegada a su camiseta.

Hay un breve silencio.

—Vaya, hombre. ¿Significa esto que no voy a tener dos Navidades? —dice Cat—. Qué bajón.

Pero mientras cruza el pequeño vestíbulo hacia la cocina sonríe.

36

Juliana le manda un mensaje a la 1.43.

> Está bien. Le he dicho que vas a venir. Voy a ir a verlo todos
> los días a hasta que estés aquí.

Un par de minutos después llega otro:

> Me recuerda muchísimo a ti. Bss

Hay algo en el olor de Aleks que Nisha podría pasarse la vida respirando. No es loción para después del afeitado. Carl usaba una colonia tan cara como agresiva, de manera que, pasada media hora, sabías cuando había estado en una habitación. El olor de Aleks es indefinible pero reconfortante y le gusta enterrar la cara en ese punto en que su cuello se encuentra con el hombro y respirar.

—¿No duermes? —La voz de Aleks interrumpe la oscuridad.
—No.
—¿Estás bien?
—Creo que sí.

La mano de Aleks baja por el costado de Nisha y esta cierra los ojos y disfruta del tacto suave y curioso de su palma caliente. Aleks vive a dos calles del río, en un edificio que perteneció al Ayuntamiento y en el que la mayoría de los habitantes son orgullosos propietarios. El apartamento es de paredes blancas y decoración austera, un reflejo de la estética de su dueño. Aleks ha puesto suelos de madera, insonorización —lo hizo él mismo, explicó a Nisha con callada satisfacción—, y, aparte del cuarto de su hija, que está lleno de colorido y de estantes con objetos decorativos de tonos arcoíris, en las habitaciones hay pocas distracciones visuales. Entra tan poco ruido que a Nisha le cuesta recordar que está en el centro de Londres. El dormitorio de Aleks solo contiene una cama baja sin cabecero, una cómoda antigua y dos grandes carteles de películas polacas clásicas colgados en la pared. En el cuarto de estar no hay nada excepto dos sofás y una gran librería de obra. Nisha se sintió inundada de la calma del lugar, como si la absorbiera por ósmosis, en cuanto puso un pie en él.

—No tienes muchas cosas —había dicho.

—Vivo con poco.

Es la primera vez en casi veinte años que duerme en la cama de otro hombre. Es la primera vez en semanas que duerme en una cama de matrimonio, y la combinación de espacio, sábanas de algodón limpias y libertad para enroscarse alrededor del cuerpo del hermoso y fuerte Aleks ha sido un verdadero lujo. Aleks no parece querer nada de ella, no la bombardea a preguntas ni le exige respuestas. No tiene expectativas sobre quién debería ser Nisha cuando está con él. Da la impresión de limitarse a observar su estado de ánimo y sus necesidades y a decidir en qué punto encontrarse con ella. Nisha lo desea, claro. Casi no puede mirarlo sin desearlo. Es como si una atracción magnética la empujara hacia el cuerpo de Aleks; necesita notar su piel contra la suya, el calor de sus labios, no soporta estar cerca de él pero separada físicamente. Cuando menos parece Aleks necesitarla, más lo desea ella. Pero esto cambia cuando la besa; llegado este punto Nisha nota cómo surge algo distinto. Aleks deja de ser lacónico y cauto: se la bebe con avidez, sus manos la acarician y la agarran, la abraza, la venera. Todo su ser insiste en retener a Nisha unida a él. La mira a los ojos y en esta intimidad hay una vulnerabilidad y una profundidad que casi aterran a Nisha.

—¿Estás pensando en mañana? —dice Aleks acercándola a sí.

—Puede.

—¿En tu hijo?

—Eso siempre. Pero quizá… con algo menos de angustia.

—Parece buena amiga, esta Juliana. Me alegra que la hayas recuperado.

Le besa la frente y le pasa los dedos por el pelo. Si Carl hubiera hecho algo así, Nisha lo habría interpretado como el preámbulo de un asalto. Con Aleks es una delicia, como si formaran un nudo imposible de deshacer. Le pasa una pierna por encima de la cadera acercándolo más a ella.

—Tu cabeza sigue a mil por hora —dice Aleks somnoliento—. La oigo.

—¿En serio?

—Parece un motor.

Nisha oye la sonrisa en sus palabras. Levanta la cara para mirarlo, pega sus caderas a las de Aleks.

—Pues si fueras un caballero encontrarías la manera de liberarme de mis pensamientos.

—Ah —dice Aleks, divertido—. O sea, que piensas que no soy un caballero.

—Es la esperanza que tengo —dice Nisha.

Y al momento Aleks está encima de ella, con sus labios en su piel, y Nisha aspira su olor y poco después ha dejado de pensar por completo.

—Así que los vas a devolver como si tal cosa.

Andrea menea la cabeza con los brazos cruzados sobre el

pecho. Coge su taza de té de la mesa y deja escapar un largo suspiro de desaprobación.

—No tengo elección. Si no se los doy, vendrá a por mí... y es posible que también a por vosotras. No quiero que os veáis envueltas en este lío. Esto ya no tiene nada que ver con un acuerdo de divorcio.

—Pero ¿y si se niega a darte una pensión compensatoria? No tendrás con qué negociar.

Nisha se retira el pelo de la cara y mira a Aleks, a su lado.

—Llevo veinticuatro horas sin pensar en otra cosa. Carl no sabe que sé lo de los diamantes, y esa es la situación menos peligrosa. Si le devuelvo los zapatos antes de que haga más daño, podré confiar en que cumpla su palabra y luego..., pues no sé, supongo que seré libre.

Andrea se encoge de hombros.

—Igual quiere casarse con esa otra mujer. En ese caso le interesará quitarte de en medio lo más rápida y limpiamente posible.

—Pues no sé —dice Sam—. Con todo lo que nos has contado de él, no creo que puedas confiar en que haga lo correcto.

Están en la cocina de Sam, que no conserva apenas rastro de la zona de guerra que era la semana anterior gracias al trabajo de Phil, que ha reemplazado persianas y recolocado baldas. Ha puesto a hervir agua para hacer más té y, recostado contra una encimera, mira al grupito congregado alrededor de la mesa. Sam se da cuenta de que está intrigado por estas mujeres, por su repentina presencia en una historia que no conoce. Phil la ve mirándola y esboza una sonrisa secreta, solo para los dos.

—Tienes que conseguir que firme los papeles de la pensión antes de darle los zapatos —dice Andrea—. Es la única manera.

—Asegúrate de que os veis en un sitio público. Para que no pueda quitártelos sin más.

—Por cierto, ¿dónde están los zapatos? —dice Andrea. No se le había ocurrido preguntar.

—En un lugar seguro —dice Nisha en un tono que da a entender que la conversación se ha terminado.

—No me gusta —repite Andrea—. Ojalá Jasmine no tuviera el primer turno. No me gusta que hagas esto sola.

—Yo estaré en la cocina —dice Aleks con voz queda—. Por si me necesitáis. No andaré lejos.

—No va a estar sola —dice Sam y todos la miran—. Yo voy a ir con ella.

Van en silencio al Bentley en la autocaravana; ahora que Phil ha arreglado la batería del coche, Cat se lo ha llevado. Sam sabe que Nisha está nerviosa porque no se ha quejado ni una sola vez del medio de transporte, ni siquiera cuando ha cogido una curva con demasiada brusquedad y algo se ha caído de una estantería en la parte trasera. Se le escapa una interjección cuando ve a la policía menopáusica en un control cerca del hotel y le cuenta a Nisha lo que le pasó cuando se saltó el semáforo, pero casi no parece oírla. Al final Sam renuncia a hablar.

Aparca en una zona de estacionamiento regulado con una tarifa que parece el PIB de un país pequeño y caminan unos minutos hasta llegar al Bentley. Entran por una puerta lateral para poder esperar en los vestuarios del personal sin ser vistas.

Nisha lleva absorta en sus pensamientos desde que se fueron de casa de Sam y ha insistido en salir pronto, de manera que han llegado casi una hora antes. Jasmine le ha hablado a Sam del hijo de Nisha, le ha explicado que está triste y solo, que necesita que esto salga bien para poder ir a buscarlo, y Sam la mira mientras están sentadas en el pequeño banco y se pregunta cómo se sentiría ella separada por un continente de un hijo vulnerable.

Nisha la mira.

—¿Estás bien? ¡Pareces más nerviosa que yo!

—Es que se me hace raro, no sé…, saber que este tipo es el

responsable de… ya sabes. De lo que pasó. Y que vamos a sentarnos a hablar tranquilamente con él.

—Estoy segura de que ha hecho cosas peores.

—¿Y eso lo dices para tranquilizarme?

Pasa media hora. Nisha consulta el reloj de manera compulsiva, hasta que decide que necesita fumar y se lleva a Sam fuera.

—Es un hábito asqueroso —dice de pie junto a los cubos de basura e inhalando profundamente—. Lo voy a dejar. —No para de mirar hacia el callejón, como si buscara a Ari—. Este es el último. —Cuando se lo termina, dice—: ¿Vamos un momento al vestíbulo? Solo para ver dónde podemos sentarnos luego.

Salta a la vista que Nisha está alteradísima por dentro y Sam ha decidido que la mejor forma de ayudarla es seguirle la corriente. Entra detrás de ella por la puerta lateral y hacia el vestíbulo mientras se pregunta solo a medias si no la reconocerá alguien, cuando de pronto ve a Michelle, la chica rubia maquilladísima en recepción, hablando por teléfono. Jasmine está de pie junto al conserje. Las ve y levanta una ceja. Hace un gesto con la cabeza en dirección al fondo del vestíbulo y Nisha mira hacia allí.

—Mierda. Ya ha llegado.

Sam nota una descarga de adrenalina. Mira hacia la mesa baja rodeada de tres sofás curvos y mullidos en los que un grupo de hombres de negocios trajeados beben café. Sentada al lado de Carl hay una mujer joven rubia que toma notas en un iPad. Es delgada, atractiva y su expresión es ligeramente territorial. Sam se vuelve hacia Nisha, que tiene la mirada absorta. Es evidente que sus pensamientos están muy lejos de allí.

Sam se fija en el hombre del centro. Incluso de lejos salta a la vista cuál de todos es Carl: es más alto, más fornido, mayor que los demás y emana un sutil aire de autoridad, como un rey presidiendo su corte. El único hombre más grande que él está de pie detrás y lleva un pinganillo.

—Me suena.

—Sí. Sale mucho en la prensa económica. Le encanta que le hagan fotos. Cuesta creerlo, ¿verdad?

Sam no puede quitarle los ojos de encima. Ese pelo entreverado de gris, peinado hacia atrás, la barriga demasiado grande. Y entonces cae en la cuenta. Toca a Nisha en el brazo.

—Nisha, tengo que irme.

—¿Qué?

—Tengo que ir a coger una cosa. Enseguida vuelvo.

Nisha la mira sin dar crédito.

—¿Me… me estás dejando colgada?

Sam ha echado a correr hacia el pasillo de servicio.

—¡Me estás dejando colgada!

Sam oye la protesta de Nisha —«¿Vas a dejarme sola con esto?»— y sigue corriendo hacia la caravana.

—¿Qué quieres decir con que se ha ido?

Aleks está cocinando, pero se gira para mirar a Nisha con un trapo de cocina en el hombro.

Nisha camina de un lado a otro de la zona de desayunos, ajena a las miradas furiosas de los pinches de cocina que están por allí.

—En cuanto vio a Carl y a sus matones se largó. Salió corriendo. Tal cual. La verdad es que tenía que haberlo imaginado. Es demasiado tímida. Está demasiado asustada después de que entraran en su casa. Debería habérselo pedido a Andrea.

Aleks menea vigorosamente su sartén. Detrás de él, las cocinas están a pleno rendimiento, por todas partes se oye tintineo de ollas e instrucciones gritadas.

—¿Y no le puedes pedir a Jasmine que se quede en el vestíbulo? ¿Para que esté pendiente de ti? Yo no voy a poder moverme de aquí hasta dentro de una hora por lo menos.

—No hace falta —dice Nisha y le da un beso en la mejilla—. De verdad. Es que… me ha puesto furiosa. Necesitaba desfogarme. ¿Me das la llave?

Aleks se mete la mano libre en el bolsillo y saca la llave de una taquilla. Nisha la coge y se dirige a los vestuarios del personal. En el cuartito de aire viciado busca en la pared de taquillas hasta encontrar la 42 y la abre. Dentro hay vaqueros y una camiseta limpia (los cocineros siempre huelen a fritanga al terminar su turno). Levanta despacio la camiseta y aspira el olor a detergente que por un momento la transporta a la noche anterior, y cuando la devuelve a su sitio repara en la fotografía que hay en la puerta: una pequeña y gastada imagen de Aleks con una niña rubia que lo mira con adoración. Nisha la estudia durante un minuto y piensa en Ray a su edad. «Ya falta poco, cariño», le dice en silencio. A continuación saca los zapatos guardados en una bolsa de plástico del fondo de la taquilla y la cierra.

—Voy a estar aquí, Nisha —dice Aleks cuando le devuelve la llave—. Llámame cuando termines. —Deja la sartén, la rodea con sus brazos y la besa, sin importarle si el personal de cocina lo ve—. Todo va a salir bien. Vas a conseguir lo que quieres. Porque eres una mujer absolutamente extraordinaria.

Nisha cierra los ojos un momento y escucha a Aleks murmurarle al oído.

—Gracias —dice y se estira la chaqueta de Chanel.

Se fuma dos cigarrillos más junto a los cubos de basura, visita dos veces el cuarto de baño de empleados (lo de los nervios y la vejiga es automático), luego se lava los dientes y se arregla el pelo, se lo recoge y se lo suelta tres o cuatro veces. Mira su teléfono y hace varias respiraciones profundas. Son las doce menos cinco.

37

Los hombres de negocios se están marchando cuando Nisha se acerca a la mesita. Espera a pocos metros hasta asegurarse de que Carl la ha visto y él se demora más de la cuenta en sus despedidas. Es una demostración de fuerza, Nisha la ha presenciado un millón de veces: haz esperar a alguien y automáticamente le quitas importancia comparado contigo. La rabia que dio fuerzas a Nisha durante su último encuentro parece haberse disipado y ahora nota mariposas en el estómago, un ligero temblor de rodillas. Su cara en cambio no deja traslucir emoción alguna, consciente de las miradas curiosas de los hombres, de la proximidad de Charlotte, quien se acerca unos milímetros a Carl, ya sea como exhibición de poder o porque también ella está nerviosa por la presencia de Nisha. Por fin, después de una espera interminable, Carl se da por enterado.

—Ah, Nisha —dice y le hace un gesto para que se siente. Él no se levanta.

—Con ella no —dice Nisha.

Carl mira a Nisha como si intentara calcular si le compensa llevarle la contraria en esto. Pero entonces se dirige a Charlotte.

—Danos un minuto, cariño. Igual podías comprobar que hemos cogido todo lo de la habitación.

—Menos mi ropa —dice Nisha. Y a continuación añade, en tono burlón—: Cariño.

Charlotte, tal vez ofendida porque se le ha negado su momento de gloria, dirige a Nisha una mirada llena de antipatía y resentimiento antes de ponerse de pie. Después se sacude la melena y se aleja en dirección a los ascensores.

—¿Dónde está Ari? —dice Nisha mientras toma asiento.

—¿A ti qué más te da?

—Solo quiero asegurarme de que no esté allanando ninguna casa. Considéralo un servicio a la comunidad.

—No tengo ni idea de lo que hablas —dice Carl y sonríe impenetrable. Mira de reojo la bolsa a los pies de Nisha.

—Veo que has sustituido los bolsos de Chanel por las bolsas de plástico. Muy elegante.

—Me pareció lo más acorde con la situación.

Entonces Carl se echa a reír.

—Ay, Nisha, Nisha... Siempre me ha gustado tu lengua afilada. Entonces... ¿los llevas ahí?

Se inclina hacia delante, pero Nisha se acerca la bolsa con los pies.

—Antes quiero ver el convenio regulador. Imagino que lo tienes por escrito.

—Primero quiero ver los zapatos.

—¿Por qué iba a venir aquí sin los zapatos?

—No lo sé, querida. Tu comportamiento siempre ha sido un misterio para mí.

—Los tendrás cuando vea el acuerdo.

Carl suspira, menea la cabeza. Hace una señal a un hombre con gafas y traje que Nisha no ha visto hasta ahora pero que evidentemente estaba esperando en una mesa cercana. El hombre se apresura a acercarse y le pone delante un fajo de papeles. Nisha los mira. Es un acuerdo escrito a máquina de varias páginas, en la primera de las cuales dice: «Acuerdo de separación».

—¿Y bien? —dice Carl.

—Tengo que leerlo —dice Nisha.

Levanta la vista y ve a Ari en un rincón, mirándola. Inspecciona el vestíbulo. Frederik, el gerente, está en recepción, hablando con uno de los conserjes, un hombre que no reconoce. Mientras habla mira dos veces a Nisha. Es posible que también esté al tanto. A Jasmine no la ve. Se sienta recta, decidida a que Carl no note lo sola que se siente ahora mismo.

Este documento estipula, de acuerdo con la ley del estado de Nueva York, que la relación entre el demandante y la demandada lleva rota un mínimo de seis meses y que el demandante así lo ha declarado bajo juramento.

—Espera —dice Nisha de pronto—. Este documento lleva fecha de hace seis meses.

—Sí. Es cuando lo firmaste.

Nisha pasa las hojas hasta que la ve: una firma, algo irregular, pero sin duda parecida a la suya.

—¿Cómo? Yo no he firmado esto. Esto dice que llevamos meses separados. Y todo el tema económico está ya decidido. Según este documento prácticamente estamos divorciados.

—Me pareció que lo mejor era ir adelantando trabajo. Alistair nos preparó un documento con antelación.

Nisha revisa el acuerdo económico. Una cantidad para comprar un apartamento de dos dormitorios en una ciudad de su elección por valor de hasta un millón y medio de dólares. Los gastos de la universidad de Ray. Una pensión mensual de diez mil dólares hasta que termine la universidad.

—Yo no he aceptado esto. Has… falsificado mi firma.

—No, querida. Lo que pasa es que no te acuerdas. Siempre tenías la cabeza llena de pájaros.

Nisha mira a Alistair, quien aparta la mirada con expresión un tanto incómoda.

—Pero es que esto no es ni el cinco por ciento de lo que me deberías según un convenio regulador justo.

—Es totalmente justo. Si miras las cuentas de la empresa,

verás que los últimos años han sido complicados. Hemos tenido que vender mucho patrimonio para hacer frente a las deudas. Esto es… la mitad de lo que me queda. Por lo visto al juez le pareció perfectamente aceptable.

Nisha piensa en lo que le dijo el abogado, que Carl habría estado desviando sus activos a todo tipo de paraísos fiscales. Piensa en la casa de Londres que vendió sin decírselo. Lleva meses planeando esto.

—Esto no es un acuerdo justo, Carl, y lo sabes.

—Es más del cien por cien de lo que habrías recibido en Hicksville, Ohio. —Se arrellana en el sofá—. En cualquier caso parecías encantada de firmarlo en Saint-Tropez.

Nisha hace memoria y recuerda de pronto una noche en el Hôtel du Cap. Carl había insistido en tomar cócteles, a pesar de saber que Nisha tolera mal el alcohol. Esa noche, cuando dijo que necesitaba irse a la cama porque le daba vueltas la cabeza, Carl le había dicho que tenía que firmar un montón de papeles y se había quedado de pie a su lado mientras los firmaba sin mirar. No era algo inusual: estaba acostumbrada a firmar documentos que ayudaban a los negocios de Carl. Había sido directora, cónyuge, secretaria, evasora fiscal. Papeles que cambiaban en función de lo que el contable considerara conveniente. Así había sido Nisha. La mujer perfecta del empresario exitoso.

—¿Me engañaste para que firmara los papeles de mi propio divorcio?

Carl mira su reloj.

—La oferta expira dentro de diez minutos. Después puedes demandarme por la cantidad que consideres. Voy a echar un pis.

Se levanta despacio y Ari aparece de pronto a su lado y recorre con él los veinte metros hasta el baño. Jasmine, que claramente ha estado haciendo tiempo mientras pasaba el polvo con parsimonia a las superficies del vestíbulo, rodea corriendo el sofá y se sienta al lado de Nisha.

—¿Cómo va la cosa?

Coge el fajo de papeles haciendo caso omiso de las débiles protestas de Alistair, quien no entiende qué hace una limpiadora con su documentación financiera altamente confidencial.

—Ni hablar —dice Jasmine después de leer el documento por encima y dejarlo en la mesa—. No, cariño. Eso no es ni lo que deja en depósito para que le reserven el ático aquí. He visto la cantidad. —Cuando Nisha la mira se encoge de hombros—. No puedes permitir que te estafe de esta manera.

—Pero, si no acepto, me puedo quedar sin nada. Está claro que lo tiene todo planeado.

—Esto no lo vas a firmar y se acabó. ¿Vale? —Jasmine se dirige a Alistair—. Si firma el resto de papeles, ¿luego no puede reclamar nada?

Alistair pestañea.

—Eh..., sí. Correcto. A partir de ese momento estarán técnicamente divorciados.

Jasmine y Nisha se miran. Los pensamientos de Nisha van a mil por hora.

Jasmine le pone una mano en el brazo.

—Cariño, no puedes firmar esto.

—Me ha engañado como a una tonta —murmura Nisha.

Carl ya vuelve del baño de caballeros escuchando algo que Ari le cuenta. Se echa a reír, su aspecto es relajado y alegre, como si viniera de un agradable almuerzo. Charlotte sale del ascensor y trota detrás de él. Le dice algo que parece urgente y Carl le toca un momento el vientre y asiente con la cabeza. Nisha observa con atención cómo Charlotte sigue a Carl a la mesa con una sonrisa en los labios.

Carl ha vuelto a ser más listo que ella, se da cuenta Nisha. En muchos sentidos. Nunca tuvo la más mínima oportunidad de ganar. Levanta el mentón y guarda la compostura mientras Charlotte dobla sus exageradamente largas piernas para sentarse al lado de Carl.

Justo entonces una leve agitación en el vestíbulo llama su atención. Mira a su derecha y ve a Sam correr hacia ella y resbalar un poco en el suelo de mármol.

—¡Nisha! ¡Nisha!

Tiene la mano levantada. Al ver a Carl se detiene y agita la mano frenéticamente.

Carl mira a Sam, con su anorak, sus vaqueros de señora mayor y deportivas gastadas. Sonríe con suficiencia a Nisha. «¿Con esta gente te relacionas ahora?».

—Nisha, por favor. Tengo que hablar contigo.

Nisha mira la expresión implorante de Sam.

—Dame un minuto.

—En cinco minutos nos vamos —dice Carl. Se sienta y hace un gesto a Ari para que le traiga agua. Charlotte le pone una mano con perfecta manicura en el muslo y la deja ahí.

—Lo he reconocido —dice Sam sin aliento mientras tira de Nisha hacia el otro lado del vestíbulo—. Lo he reconocido. A tu marido. El original lo tengo a buen recaudo, pero he conseguido que Phil me lo envíe al teléfono.

Nisha la mira intentando comprender lo que dice. Mira el móvil de Sam mientras esta, con dedos nerviosos, pincha en un vídeo. Y ahí está: Carl completamente desnudo en blanco y negro, pequeño y pixelado, con Charlotte acuclillada encima de él.

—¿Qué es esto? —dice Jasmine mirando por encima del hombro de Nisha.

—Eh… Huy. —Por un momento Nisha está absorta—. Oooh. Oh, no.

Parpadea y hace una mueca. Entonces se dirige a Sam, que no le quita ojo.

—Fue la noche que me puse los zapatos. Estaba en el pub y un hombre vino y me lo dio. Andrea y yo le echamos un vistazo y…, bueno, pensamos: qué asco…, y que era alguna clase de broma. Perdón, no pretendía ofender.

—Normal que lo pensaras —dice Jasmine.

—Lo metí en un cajón y me olvidé. Pero cuando entramos me acordé. Es tu marido, ¿verdad? El del vídeo es él.

Nisha mira a Sam.

—Mi póliza de seguros —murmura—. Se me había olvidado.

—Ya te la he mandado. Supuse que necesitarías copias.

Nisha comprueba su teléfono. Ve la notificación que dice que el vídeo está ahí, esperando.

—Vale —dice con respiración acelerada—. Vale.

—Ahora ya puedes humillar a ese hombrecillo patético —dice Jasmine—. ¡Vamosss!

Entonces Sam sonríe, es una sonrisa anchísima y abrupta, de felicidad y orgullo.

—Exacto. Esta es tu arma de negociación. Para tu pensión compensatoria. —No puede evitar añadir algo más—: ¿Ves? Te dije que entendía de negociaciones.

Carl parece algo perplejo cuando las dos mujeres se sientan en el sofá. Mira, con mal disimulado asco, la apariencia desaliñada de Sam, su expectación ligeramente trémula. Acto seguido simula estar aburridísimo. Suspira, mira su reloj y dice arrastrando las palabras:

—¿Habéis terminado?

Nisha se inclina hacia delante y estudia el documento.

—Así que, según este papel, tú y yo nos separamos hace seis meses. Aunque sabes perfectamente que no es verdad.

—Eso es. —Carl da un sorbo de agua y se recuesta en su butaca.

—Y me harás la transferencia… ¿cuándo? ¿Ahora?

—¡Espera un momento, Nish! —empieza a decir Sam, pero Nisha levanta una mano.

Carl asiente con la cabeza.

—Te la hará Alistair. Pero primero quiero ver los zapatos.

Nisha coge la bolsa, se la pone en el regazo y saca uno de los zapatos de tacón de piel de cocodrilo. La noche anterior pegó con cuidado los tacones usando el pegamento para manualidades de Grace. Lo enseña por los dos lados, saca el otro para que Carl vea el par completo y vuelve a meterlos en la bolsa.

—Entonces… lo de hacerme correr de un lado a otro buscando los zapatos no era más que una broma. Una forma de tenerme ocupada mientras preparabas esto.

Carl ni siquiera pestañea.

—Puede. ¿Qué más da?

—Supongo que sabes que son pequeños para ella. Tiene unos pies enormes. —Nisha señala con la cabeza a Charlotte, quien abre la boca, y a continuación sonríe a Carl con dulzura—. ¿De verdad estás seguro de querer estos zapatos?

Se sostienen la mirada y entonces ocurre. Se odian. Nisha no concibe cómo ha podido compartir su vida con este hombre.

—Dame los zapatos —dice Carl con voz grave y amenazadora.

—Sam… Pásame tus datos bancarios —dice Nisha.

—¿Qué?

—No tengo cuenta corriente aquí. Como Carl muy bien sabe. Pásame tus datos.

Sam toca despacio la pantalla de su teléfono y se lo da a Nisha. Esta se lo pasa a Alistair.

—Quiero ver cómo llega el dinero a esta cuenta. Venga ya, Carl —dice cuando lo ve vacilar—. No voy a salir corriendo. Sé perfectamente que Ari tendrá hombres en todas las salidas. No soy tonta.

—Esto no es buena idea —susurra Sam nerviosa—. No lo hagas, Nisha.

—Hazlo —dice Carl.

Esperan mientras se completa la transacción en línea. Sam enseña de mala gana a Nisha la cifra de su cuenta corriente. Nisha hace un gesto a Jasmine, que espera cerca de allí.

—¿Puedes recoger mis cosas del ático, por favor? ¿Y llevarlas a la entrada principal?

—¿Sus pertenencias, señora? ¡Por supuesto! —dice Jasmine y se dirige a buen paso a los ascensores.

Nisha espera hasta que esté dentro y levanta una mano pidiendo un bolígrafo.

—Vale. Voy a firmar.

—Nisha. —Sam coge a Nisha del brazo—. No tienes que hacerlo. Ahora cuentas con eso. ¡Exige lo que te corresponde!

Pero Nisha la rechaza. Firma cada documento con cuidado, los devuelve y espera a que Alistair haga lo propio en calidad de testigo y le dé una copia. Nisha la coge, la dobla con cuidado y se la guarda en la chaqueta. Luego suspira profundamente.

—Entonces ya está. Todo firmado. Hemos terminado.

—Hemos terminado —dice Carl.

Entonces Nisha se pone de pie y le tiende la bolsa de plástico con los zapatos. Se da cuenta de que Carl no quiere tocar una bolsa de plástico —sería rebajarse—, de manera que hace una señal con la cabeza a Ari, quien la coge y mira su interior. Al lado de Nisha, Sam está boquiabierta y con expresión de mal disimulada angustia.

Ari asiente con la cabeza. Carl se vuelve hacia Nisha.

—Bueno, querida. Al final me has salido igual de barata que cuando te conocí.

—Qué bonito, Carl —dice Nisha.

Sale de detrás de la mesa. Se aleja unos pasos y entonces se detiene.

—Ah, casi se me olvida. Te acabo de mandar una cosa —dice con media sonrisa—. Un regalito de despedida.

Carl está de pie alisándose la chaqueta. Nisha espera hasta que mira su teléfono y oye el pequeño ping que indica que el mensaje ha llegado.

—A partir de ahora es como si no nos conociéramos. Déjanos en paz. Si tú o uno de tus matones nos molesta a Ray o a mí, o si le pasa algo más a una de mis amigas, lo subiré a internet. O igual lo mando a la prensa sensacionalista. Lo que me parezca más… apropiado. Hay copias de sobra, así que no te hagas ilusiones.

—¿De qué hablas?

—Un pequeño entretenimiento para el camino de vuelta, tortolitos —dice Nisha—. Ah, otra cosa, Charlotte. Te voy a dar un consejo. Hay mujeres que no deberían vestir de Yves Saint Laurent. Tal como lo llevas tú parece... ¿Cómo era? —Mira a Sam y escupe las palabras—: Ah, sí. De Primark.

Y dicho eso, Nisha cruza el vestíbulo y sale al acuoso sol de invierno. Justo cuando se abren las puertas oye el grito ahogado de indignación de Carl.

Nisha camina tan deprisa que Sam tiene que correr para alcanzarla. Le da vueltas la cabeza y, ahora que están lejos de la mesa, las palabras salen de su boca en tropel.

—¿Se puede saber qué coño has hecho? Podías haberle sacado una cantidad como es debido. Suficiente para tener la vida solucionada. ¡Te di justo lo que necesitabas!

—Me da igual —dice Nisha alejándose del hotel—. No lo quiero. ¿Dónde está la caravana? —Mira distraída hacia la entrada trasera.

Sam la obliga a girarse para mirarla.

—Pero lo tenías todo a tu favor. ¡Todo! Con el vídeo te habría dicho que sí a cualquier cosa.

—Pero entonces habría sido una persona tan despreciable como él. ¿Dónde coño se ha metido Jasmine?

Nisha alarga el cuello y busca en la entrada del hotel. Tardan un instante en verla salir por la puerta lateral. Va acompañada de Viktor y empuja un carrito portaequipajes dorado cargado con la ropa de Nisha. Cuando las ven, rectifican el rumbo y se dirigen hacia ellas.

—¿Podéis llevarlo hasta la caravana? —pregunta Sam—. Está aquí a la vuelta de la esquina.

—¿Qué pasa, cariño?

Jasmine jadea un poco. Se ajusta la correa del bolso en el hombro mientras Nisha coge la otra esquina del carrito.

427

—¡Es que no lo entiendo! —exclama Sam.

Pero Nisha no parece oírla. Da la impresión de estar concentrada en la autocaravana y ni siquiera se vuelve. Sam intercambia una mirada con Jasmine, quien menea la cabeza dando a entender que tampoco ella lo entiende.

Para cuando llegan a la caravana están sin resuello. Viktor las ayuda a meter la ropa en la parte de atrás y estrecha la mano de Nisha cuando esta le da un billete de diez libras.

—Bueno —dice Nisha mientras lo mira volver al hotel con el carro—. Vámonos.

Sam explota por fin.

—¡Estás loca! —grita—. No hablabas de otra cosa más que de conseguir lo que se te debe hasta que nos convenciste a todas. Ese rollo de que las personas tienen que defender sus derechos. Y luego, cuando llega el momento de hacerlo…, ¡vas y lo dejas escapar! Por Dios, Nisha, llevas semanas haciéndome sentir como una lechuga marchita. ¡No te tenía que haber hecho ni caso!

Se sienta detrás del volante. Jasmine ocupa el centro del asiento corrido y Nisha sube también y cierra la portezuela.

—Por favor, dime solo que tienes los diamantes escondidos en alguna parte —dice Sam.

—Pues no. Están en los tacones de los zapatos.

—¡Podías habértelos quedado!

—Y entonces no habría sido mejor que él.

—Ese hombre me destrozó la casa. Nos dio un susto de muerte a todas. Se ha llevado veinte años de tu vida y ha hundido a tu hijo. ¿Y le vas a dar lo que quiere como si tal cosa? ¡Y encima me obligas a estar presente mientras lo haces! No te entiendo, Nisha. De verdad te lo digo.

—A esta mujer por fin se le han caído los pelos de la lengua —dice Jasmine.

—Tengo suficiente —dice Nisha con voz calmada—. Me bastan un techo sobre mi cabeza, mi hijo y mis amigos. Soy más feliz, ¿vale? Soy más feliz así.

Sam maniobra la caravana para incorporarla al tráfico. Las otras dos mujeres guardan silencio. Nisha está absorta en sus pensamientos y Jasmine parece enmudecida por el giro de los acontecimientos. Sam intenta concentrarse en el vehículo rebelde y decide que no quiere pensar en ello ahora mismo. No quiere estar tan enfadada. Lleva una semana demasiado desconcertante. Solo quiere volver a casa y ver a Phil. Quiere estar con personas que comprende.

—¿Dónde está la agente de policía? —dice Nisha.

—¿Qué?

—La policía que señalaste cuando veníamos. ¿Dónde está?

Sam mira a Jasmine, quien hace una mueca sutil que dice: «A mí no me mires».

—No pienso saltarme otro semáforo —dice Sam, irritada—. Voy a conducir con mucho cuidado, ¿vale?

—Vete por donde la agente. Mira, ahí está.

Sam pone el intermitente izquierdo aunque significa dar un rodeo y conduce a exactamente treinta kilómetros por hora hasta que ve a la agente.

—Ve más despacio —dice Nisha—. Y, ahora, para.

Sam, confusa, detiene la caravana haciendo oídos sordos a los bocinazos del coche que tiene detrás. Nisha agita vigorosamente la mano por la ventanilla. La agente la mira y ladea la cabeza como si quisiera asegurarse de lo que ve. Echa a andar hacia la autocaravana y se fija en el girasol gigante del costado.

—¿Usted otra vez? —pregunta al ver a Sam.

—Lo siento mucho —empieza a decir Sam—. No estoy muy segura de lo que mi amiga...

Nisha ha sacado la cabeza por la ventanilla.

—Voy a darle una información que le va a cambiar la vida. Apunte esta matrícula: PYF 483V. En ese coche irá un hombre con unos zapatos de Christian Louboutin falsos. En los tacones hay diamantes sin certificar por valor de más de un millón de dólares introducidos ilegalmente en el país. No es la primera vez que lo hace.

La agente mira a Nisha y a continuación a Sam.

—¿Es una broma?

—No —dice Nisha—. En absoluto.

—¿Y por qué tendría que creerla?

—¿Tengo pinta de querer tomarle el pelo?

Las dos mujeres se miran unos instantes. Parece producirse entre ellas esa clase de entendimiento peculiar propio de mujeres de determinada edad.

—Así que diamantes ilegales.

—Si con esto no consigue un megaascenso, le prometo que volveré y me dejaré detener.

Jasmine y Sam no dicen nada. La agente de tráfico mira a Nisha con atención.

—¿Cuál era la matrícula?

—PYF 483V. El coche saldrá del hotel Bentley camino del London City Airport dentro de unos cinco minutos.

La mujer entrecierra los ojos.

—Es verdad —dice Sam.

—¿Qué tal está su amiga? —pregunta de pronto la agente.

—Muy bien, gracias —contesta Sam—. Ya ha empezado a crecerle el pelo.

—Anda. Qué bien.

La agente asiente satisfecha con la cabeza.

—Cinco minutos —dice Nisha—. Como mucho.

La agente mira a las tres mujeres, pensativa aún. Mientras esperan, se acerca despacio la radio a la boca sin quitar ojo a Nisha.

—¿Control? Sí, necesito inspección de un vehículo que puede contener diamantes de contrabando. La matrícula es PYF 483V. Sí. Cuanto antes. Está saliendo ahora mismo del hotel Bentley y se dirige al City Airport. Sí, viaja con un alijo grande de diamantes ilegales.

Baja la radio.

—¿Y de dónde sale este soplo?

—Bueno, de un ciudadano anónimo.

La agente mira la mano izquierda de Nisha.

—¿Por ciudadano anónimo se refiere a una exmujer cabreada?

—Me cae bien, agente 43555. Debería haber sido detective.

—Me llamo Marjorie —dice la agente—. Y llevo cinco años esperando el ascenso.

—Pues se acabó la espera. Que tenga un día estupendo, Marjorie —dice Nisha y, cuando la agente se pone a hablar por la radio otra vez, Sam arranca.

Conduce cinco minutos con los pensamientos a mil por hora. No deja de mirar de reojo a Nisha, que está con los ojos cerrados y las manos en las rodillas, como saliendo por fin de un periodo de inmensa agitación.

—Ya lo entiendo. Lo tenías todo pensado.

—No me habría dejado en paz. Ni a ti. Ni a Ray —dice Nisha abriendo los ojos y fijando la vista en la carretera—. Pero Carl está convencido de que no sabemos nada de los diamantes en los tacones, así que no podrá relacionarnos con lo que está a punto de pasarle.

Se enciende un cigarrillo.

—Es la única cosa útil que me enseñó mi padre —dice mientras inhala el humo—. La gente decide de lo que eres capaz basándose en tu aspecto, sobre todo si eres mujer. Y ser una mujer de cierta edad equivale a no ser capaz de nada. En mi caso Carl piensa que no soy más que una venida a menos desesperada y furiosa a la que solo le importa su guardarropa.

Sam menea la cabeza.

—Qué lista has sido.

Nisha exhala una larga nube de humo.

—Además, como al parecer ahora estoy divorciada, la ley no me impide testificar en su contra.

Hay un breve silencio. A continuación Jasmine suelta un aullido. Sam se echa a reír. No se puede contener. Se ríe tanto que no mete bien la marcha y tiene que dar un volantazo para esquivar un bolardo.

Nisha se sacude una pelusa imaginaria de los pantalones.

—¿Ves? —dice con una sonrisa dulce a Jasmine—. Te dije que no soy buena persona.

38

Una huelga de personal de tierra en la terminal 5 provoca colas de viajeros malhumorados que llegan casi hasta la entrada del aeropuerto de Heathrow. A Nisha no le importa, ni siquiera cuando el hijo de la familia detrás de ella le da varias veces con su maleta en la espinilla. A su lado está Aleks, quien de tanto en tanto le pone una mano en la cintura o se cambia de hombro el bolsón de Prada de Nisha. La primera vez que se ofreció a llevarlo Nisha rio, incrédula; Carl se habría muerto antes que coger un bolso de mujer, pero Aleks parece no darle ninguna importancia. «Tiene pinta de pesar mucho; yo te lo llevo».

Nisha lleva su abrigo de borreguillo de Chloé en preparación de las temperaturas invernales en Stateside, y, aunque últimamente intenta convencerse de que no es una persona superficial, cada vez que nota la lujosa suavidad del cuello subido algo en su interior se derrite de placer. Las personas cambian, pero probablemente solo hasta cierto punto.

Evoca la velada anterior en casa de Sam. Sam cocinó para todos: pollo asado con todo tipo de guarniciones, una despedida como es debido, dijo. Se habían quedado alrededor de la mesita de la cocina hasta la madrugada charlando, bebiendo y riendo. Sam estaba radiante. Se había maquillado tal y como Nisha le había enseñado —aunque esta pensó para sus adentros que el rabillo del ojo no estaba muy conseguido—, sonreía y reía constantemente y miraba todo el rato a su marido. Estaba ilusionada con su nuevo trabajo. Miriam la había llamado dos veces solo para asegurarse de que tenía toda la información y había sugerido ir a tomar una copa después de su primer día para comentar posibles dudas. Le había asignado una plaza en el aparcamiento de la empresa. «¡Con mi nombre escrito! ¡Mi nombre en una plaza de aparcamiento!». Nisha pensó que un cartel de plástico de treinta centímetros en un aparcamiento de White City no era precisamente su aspiración en esta vida, pero, qué coño, Sam estaba feliz, así que sonrió y dijo que le parecía maravilloso.

Andrea estuvo toda la noche con la cabeza descubierta. Llevaba pendientes grandes y un gran fular rojo que disimulaba la delgadez de su cuello y dijo que quería repetir de pollo porque empezaba a recuperar el apetito. Seguía sin tener trabajo. Ni pareja. «Pero de momento estoy bien —dijo con filosofía—. Es a lo máximo que podemos aspirar, ¿no? A estar bien de momento». Tan sabias palabras —más todavía si las oías después de tres botellas de vino— habían propiciado un brindis.

Grace se había sentado en una esquina de la mesa al lado de Cat. Habían charlado con esa timidez propia de dos adolescentes que no se conocen pero están en compañía de adultos que sí. De vez en cuando Nisha las miraba y se preguntaba cómo sería tener allí a Ray. Le caería simpática Cat, descarada y con cara de inteligente. No sería de las que se dejan amilanar, como le había pasado a su madre. Pero Grace sí que entendería a Ray, piensa. Grace, con su naturaleza observadora y levemente traviesa.

—¿Estás nerviosa? —pregunta Aleks interrumpiendo su ensoñación.

Nisha piensa en su hijo y no puede hablar. Mira a Aleks y este sonríe y le aprieta un poco el brazo.

No se separó de ella en toda la noche. Fue el invitado perfecto, preguntando a Phil por sus entrevistas de trabajo, hablando de literatura con Grace, que quiere estudiar filología inglesa, ofreciéndose a echar una mano con las salsas y felicitando profusamente a Sam por la comida. Es como si fuera alguien nuevo y al mismo tiempo de toda la vida, resulta tan fácil estar con él que a veces Nisha se pregunta si lo suyo puede ser real. La noche anterior, cuando estaban acostados casi a oscuras, Nisha algo mareada por todo el vino que se había bebido, Aleks le había cogido la mano y besado los nudillos uno por uno, y le había dicho muy solemnemente que era extraordinaria, preciosa, valiente y divertida y que cuando cerraba los ojos era como si se hubiera adueñado de todo su ser de manera que se sentía transformado por ella de la mejor de las maneras posibles. Nisha se había quedado mirándolo.

—Creo que son las palabras más bonitas que me ha dicho nunca nadie —había dicho con un temblor en la voz nada propio de ella.

—Huy, no —dijo Aleks y le besó el nudillo del dedo pulgar—. Habrá muchas más.

—Esto podría ser solo sexo —dijo Nisha con cautela—: A ver, salgo de una relación muy larga. No sé muy bien…

—Y, claro, eso para mí sería una tragedia —dijo Aleks y la miró con los ojos entrecerrados de la risa.

No hablan del futuro. Nisha ha aprendido que todos los planes que hagas pueden irse al garete.

Jasmine estuvo media hora llorando en la puerta de la casa de Sam negándose a soltar a Nisha.

—Pero vas a volver, ¿verdad? ¿Vamos a seguir en contacto? ¿No te vas a olvidar de nosotras?

—Te llamo en cuanto aterrice.

—¿Me prometes que no te vas a subir a la parra y a dejarnos tiradas ahora que tienes dinero?

Nisha había ladeado la cabeza y mirado a Jasmine como la habría mirado ella de haberse dejado encendido el calentador de agua y Jasmine había agitado las manos.

—Ya lo sé, cari. Lo que pasa es que te voy a echar mucho de menos.

Se habían dado un fuerte abrazo y Nisha había susurrado:

—Haz el favor de no ponerte sentimental. Esto es solo una separación corta, ¿vale? Tenemos que hacer un montón de cosas juntas. Para empezar, quiero verte abrir tu negocio de costura.

—Pasaporte.

El guarda de seguridad alarga una mano aburrida. Nisha le da el pasaporte mientras él comprueba su tarjeta de embarque y, cuando se lo devuelve, revisado y aprobado, sale de la fila. Aleks le da su bolso con expresión seria.

—Bueno —dice.

—Te llamo cuando llegue.

Aleks asiente con la cabeza.

—Ah —dice Nisha—. Casi se me olvida. ¿Me haces un favor? ¿Puedes repartir estas cosas? No quiero mandarlas por correo.

Aleks mira las direcciones escritas en los sobres acolchados y dice:

—Sí, claro. ¿Se te olvidó dárselos anoche?

—Más o menos.

Entonces Aleks tira de ella y la abraza con fuerza, en silencio, ajeno a las conversaciones de fondo, a las idas y venidas de la gente alrededor. Nisha apoya la cara en su pecho, cierra los ojos y a pesar del ruido consigue oír los latidos de su corazón.

—Llámame cuando quieras —susurra Aleks con la boca en su pelo—. Te estaré esperando.

La verdad es que le creo, piensa Nisha. Y este pensamiento es el que le da la determinación que necesita para separarse de él. Coge su equipaje y sigue las indicaciones del personal del aeropuerto, se une a la marea de pasajeros que cruzan las puertas opacas hacia los controles de seguridad.

Nueve horas después Nisha está en un taxi amarillo circulando bajo el acuoso sol de diciembre hacia el condado de Westchester.

Los amortiguadores del coche protestan y traquetean por la velocidad y el mal estado de la autopista. Hay muchas cosas a las que Nisha se ha acostumbrado en su nueva vida de austeridad, pero viajar en clase turista no es una de ellas. Después de una corta siesta, se endereza masajeándose el cuello y se le escapa un «au» cuando su pulgar encuentra un tendón especialmente dolorido. El avión iba lleno y entre las turbulencias, los interminables movimientos del respaldo del asiento de la persona que viajaba delante de ella y la discusión susurrada de los dos pasajeros a su derecha, ha llegado exhausta, contracturada y de mal humor, no fresca y radïante, como había supuesto.

—¿Es aquí, señora? —El taxista golpea el cristal de separación con un grueso nudillo.

Nisha lee el letrero.

—Sí. ¿Me espera, entonces?

—Si usted paga, yo espero —dice el taxista sin sonreír y enfila el largo camino de entrada con un ligero acelerón.

Está a menos de quinientos metros del edificio cuando vislumbra a unas figuras sentadas en los escalones. Se inclina hacia delante para intentar ver por el parabrisas, y cuando el taxi se acerca por la avenida de entrada la más delgada de las figuras se pone de pie. Con el fondo blanco de la elegante piedra del edificio del colegio y a pesar de la distancia, Nisha reconoce el pelo oscurísimo, las piernas y los brazos larguiruchos. Y algo empieza a latir dentro de ella, una energía de la que no ha sido consciente estos últimos años, un hilo tan tenso que está segura de que se va a romper. Al lado de Ray, Juliana se pone de pie y le dice algo al oído antes de ponerle una mano en el hombro. Nisha se ha bajado del taxi antes de que se haya detenido del todo en la rotonda, hace caso omiso de la exclamación de advertencia del taxista, también del hecho de que se ha torcido el tobillo con los zapatos de tacón alto y de que el bolso se le ha caído al suelo y su contenido está desperdigado en la pálida grava.

Y allí está, su cuerpo desgarbado de adolescente que se despliega, que da un primer paso vacilante y a continuación baja saltando los escalones, todo brazos y piernas, y echa a correr hacia ella y ella hacia él y se encuentran junto a los leones de piedra y Nisha rodea con los brazos a su niño, a su precioso e inteligente y afectuoso niño y nota los brazos de él rodeándola y de pronto Nisha Cantor, que rara vez llora, está sollozando mientras sujeta la cabeza de su hijo con su cara pegada a la suya, y es consciente de lo que se ha estado perdiendo.

—Mamá —dice Ray y también él está llorando y abrazando tan fuerte a Nisha que no la deja respirar.

Así que Nisha cierra muy fuerte los ojos y aspira su olor, feliz y por fin —por fin— en casa.

—Cariño. Ya estoy aquí.

Epílogo

La causa procesal del Servicio de Aduanas e Impuestos de Su Majestad contra el señor Carl Cantor es sorprendentemente diáfana, a pesar del batallón de abogados que el acusado ha contratado para oscurecer y combatir el proceso legal desencadenado por las piedras preciosas sin certificar por valor de veintiún millones de libras encontradas en su poder. Los documentos obtenidos después de que el asesor en materia de seguridad de Cantor, el señor Ari Peretz, decidiera testificar a favor de la Corona, muestran que se trata de la decimocuarta operación de contrabando llevada a cabo por el señor Cantor en cinco años, consistentes en introducir diamantes en bruto y sin certificación en el Reino Unido, donde se tallaban, se enviaban de vuelta a Estados Unidos y, una vez allí, se vendían mediante contactos de la red de tráfico de diamantes sudafricana y rusa. Aunque el señor Cantor se declaró inocente, ha sido encontrado culpable y extraditado a Estados Unidos, donde cumplirá una pena de cárcel aún por determinar.

La prensa sensacionalista ha mostrado un interés especial y algo triunfal por un comentario de la instrucción judicial, según el cual el señor Cantor habría sido delatado por sus propios contactos. Los detalles de la operación de contrabando que propició su condena presentan puntos oscuros. Entre las piedras de gran tamaño y corte cojín extraídas del interior de un par de zapatos de mujer adaptados para la ocasión, muchos de ellos por valor de varios millones de libras, hay tres sencillas cuentas de pasta de las que se usan en los collares infantiles. La prensa señala que el señor Cantor parece tan indignado por este supuesto engaño como por la perspectiva de una larga estancia en prisión (una posibilidad que se niega en redondo a aceptar, pese a la insistencia de su abogado).

Andrea se levanta con resaca y concluye, sombría, que sentirse morir después de una velada con amigos en la que cada uno se ha bebido prácticamente una botella de vino no se diferencia demasiado de tener una enfermedad mortal. Sonríe irónica ante la reflexión y baja despacio a prepararse lo que se promete será una enorme taza de su excelente café, la última cápsula antes de verse obligada a reconocer que está en bancarrota y pasarse a la marca blanca de café instantáneo del supermercado. Da de comer al gato, que se le enrosca alrededor de las piernas, y, mientras se hace el café, abre el armario para coger su taza de rayas favorita. Es entonces cuando ve el sobre acolchado en el felpudo de entrada. Faltan varias horas para que llegue el correo (si es que llega algo) y, cuando se acerca, comprueba que el sobre no lleva sello.

Momentáneamente reconfortada por el hecho de que al menos no tiene pinta de ser un último aviso por impago, mira la letra, que no reconoce, y, después de un sorbo de café, abre con cuidado el sobre y entrecierra los ojos, con la vista aún algo nublada.

Necesita dos intentos para leer la nota que viene dentro.

Lleva esto a la dirección en Hatton Garden que viene abajo. Te dará menos de lo que vale, pero tendrás para salir adelante hasta que estés recuperada.

N x

P.D. No digas nada a Sam ni a Jasmine. Se pondrán en plan ñoño.

Debajo de la dirección, pegado a la tarjeta con un trozo de celo, hay lo que parece ser un diamante de corte cojín grande y centelleante.

Pasarán tres semanas antes de que Nisha vuelva a Londres con su hijo, preparados para las novedades y felices reencuentros que preludiarán esta nueva etapa de sus vidas. Faltan tres meses y once salidas nocturnas —la última de ellas para celebrar la inauguración del nuevo negocio de Jasmine— antes de que Sam, Jasmine y Andrea descubran en el curso de una primero cauta y después cada vez más animada conversación que aquel día todas recibieron exactamente la misma nota.

—Bonita chaqueta.

Miriam llega tarde y entra en la sala de reuniones algo jadeante. Ha llamado a Sam para informarla de una emergencia roedora: tenía que llevar el hámster de su hija a un veterinario especializado en animales pequeños en la otra punta de Londres. Miriam es muy partidaria de la flexibilidad laboral. Por las razones que sean. Si cumples con tu trabajo y obtienes resultados, entonces como si trabajas de madrugada. Sam ocupa su sitio en la sala de juntas. Le ha comprado un café a Miriam y esta lo acepta agradecida antes de sentarse.

—Gracias. Es de Zara —dice Sam—, pero encuentro que me favorece.

—Sin duda. Deberías vestir más de colores. Oye, ¿os apetece a Phil y a ti venir este domingo a comer? Queremos inaugurar la ampliación de la casa. Habrá gente que creo que te gustará conocer. Y prometo no hablar de trabajo.

—Pues iremos encantados. ¡Gracias!

Phil y Sam intentan hacer un plan juntos cada fin de semana. Es algo que leyó Sam en una revista, un artículo sobre cómo inyectar diversión a tu matrimonio. Decide que le apetece más comer con Miriam e Irena que el plan del rocódromo en el que se empeñó Phil la semana anterior. Al terminar y mientras se masajeaban la dolorida musculatura de personas de mediana edad, habían concluido que la escalada no era lo suyo.

—Ah, y otra cosa —dice Miriam mientras ordena los papeles que tiene delante hasta formar un pulcro montón. Mira a Sam con una sonrisa—. Esta es la empresa que vamos a absorber. No podía contarte nada hasta que no terminaran los del departamento legal. Pero he pensado que te gustaría coordinar la operación. Va a haber que hacer recortes de plantilla, para empezar. Estoy segura de que vas a saber cómo enfocarlo. Tengo la sensación de que es una operación que necesita alguien como tú al frente.

—¿Cómo al frente?

—Sí. A la junta le gustaría que asumieras la dirección de esta compañía. Bueno, en realidad de esta nueva división de Harlon and Lewis.

Por la puerta abierta Sam ve a Emma, la recepcionista, recibiendo a dos hombres jóvenes cargados con carpetas. Sam pestañea al ver unos zapatos algo puntiagudos que le resultan familiares, y entonces repara en el traje con brillos, en la repentina incomodidad de su dueño, Simon, cuando la reconoce.

Mira a Miriam con la boca algo abierta.

Miriam levanta las cejas. Sonríe.

—Como te decía, he pensado que podías llevar tú la primera reunión. Luego ya hablaremos más formalmente de tu nuevo cargo.

Sam apoya un momento las manos encima de la mesa. A continuación coge un bolígrafo y respira hondo.

—Bueno, bueno —dice mientras les hace un gesto para que entren—. Esto va a ser muy divertido.

Agradecimientos

Todos los libros son un trabajo de equipo, así que gracias, como siempre, a mis maravillosos editores: Louise Moore y Maxine Hitchcock, de Penguin Michael Joseph; Pamela Dorman, de Pamela Dorman Books, Penguin Random House en Estados Unidos; a Katharina Dornhofer de Rowohlt, Alemania, y al resto de editores por todo el mundo que han seguido apoyándome, ayudándome y guiándome. No me olvido nunca del privilegio que supone publicar con editoriales tan excelentes.

Gracias a mi incansable agente Sheila Crowley, de Curtis Brown; a los equipos presentes y pasados de derechos extranjeros, incluidas Katie McGowan, Grace Robinson y Claire Nozieres; y también a Jonny Geller, Nick Marston y a todos los de la agencia. Gracias al otro lado del charco a Bob Bookman de Bob Bookman Management por su energía y apoyo inagotables y por permitirme probar vinos muy por encima de mi presupuesto.

Gracias de nuevo a Clare Parker, Liz Smith, Marie Michels y a todos los equipos a cada uno de los lados del Atlántico por vuestra asombrosa habilidad a la hora de ayudarme a presentar mis historias a los lectores. A un nivel más general, gracias a Tom Weldon y Brian Tart y, en Alemania, a Anoukh Ferg.

Toda mi gratitud a Catherine Bedford de Harbottle and Lewis por su valiosísima ayuda explicándome cómo se divorcian los superricos (por supuesto con la máxima discreción y sin revelar nombres). Sigo pensando —horrorizada— en algunas de las cosas que me contaste. Si me he apartado de las prácticas legales acostumbradas ha sido por exigencias concretas de la trama, y cualquier error es responsabilidad solo mía.

En el terreno más personal y por estos últimos y extraños años, gracias otra vez a Jackie Tearne por su ayuda administrativa y su amistad, a Sarah Phelps por hacer *storyboards* conmigo mientras tomábamos café en el jardín, a Emily White por estar ahí, a Cathy Runciman, Alice Ross, mis compañeros de Litmix Maddy Wickham, Jenny Colgan y Lisa Jewell, a Glenys Plummer, a Lydia Thomson por mantenerme a flote, a Lee Child y Ol Parker por sus valiosos consejos cuando más los necesitaba, a Becky McGrath y, por último, pero no por ello menos importante, a John Hopkins por animarme en las etapas más duras del proceso de escritura, entre muchas más cosas. Gracias siempre a mi familia: Jim Moyes, Brian Sanders, y sobre todo a Saskia, Harry y Lu por ser siempre tan comprensivos con las facetas más extrañas de esta profesión.

Os quiero mucho.

«Para viajar lejos no hay mejor nave que un libro».

EMILY DICKINSON

Gracias por tu lectura de este libro.

En **penguinlibros.club** encontrarás las mejores
recomendaciones de lectura.

Únete a nuestra comunidad y viaja con nosotros.

penguinlibros.club